光文社文庫

無暁（むぎょう）の鈴（りん）

西條奈加

光　文　社

目次

無暁の鈴

一

山に抱かれた境内には、樹々の立てる森閑だけが満ちていた。

もうふた月もすれば蟬（せみ）の声が鈴のように降ってくるが、初夏のいま時分はまだ地中で眠っていて、湿った葉叢（はむら）からただよう濃い緑のにおいだけが、朝もやとともに息苦しいほどに立ち込めていた。

久斎（きゅうさい）にとって、この寺は決して居心地のいい場所ではなかった。それでも朝の清々（すがすが）しい気は、新しい一日へと誘（いざな）ってくれる。

今日こそは、本当の夜明けが来るかもしれない――。

七歳のときから、ずっと待ち焦がれていた。この陰鬱な世界から解き放たれることを、六年のあいだずっと待ち望んでいた。その日が今日こそ、両手を広げて招いてくれるかもしれない――。

そんな希望が、ほんの少しだけ胸にわく。

もちろん十三にもなったのだから、自分に都合のいいことがそうそう起こるはずもないと、諦めに近い分別もすでに備わっている。

それでも朝が来るたびに、人生の暁けを願う気持ちが、性懲りもなくふくふくとわいてくる。それはきっと、辛い修行の日々の中で見つけた、ささやかな楽しみのおかげかもしれない。

「よし、行くか!」

手桶をふたつ抱えて、小走りで境内の北の斜面から谷へと下りた。

上野国高崎城下から北へ行き、榛名山と中山峠を越えた深い山間に、木菅村はある。

村の南端に、芥川と呼ばれる川が流れ、その岸辺にだけ狭い畑が拓かれていたが、決して肥えた土地ではなく、作物も限られている。米は穫れず、蕎麦や粟、稗などの雑穀とわずかな野菜のみ。それでも百姓ができればましな方で、猟師や杣人をして暮らす家も多かった。

西菅寺は、木菅の村人すべてを檀家にもつ寺であり、村の西側にあたる山の中腹に建てられていた。村の南を流れる芥川までは遠く、境内には井戸もない。ただ幸いにも、寺の北の斜面を下ったところに湧水があって、窪地が沢になっていた。寺沢（てらさわ）と呼ばれ、毎朝ふたつの手桶をもって、かなり急なこの坂を三往復するのが久斎の日課だった。もとは久斎を含めて四人いる雛僧（すうそう）、つまりは小坊主たちの役目であったのだが、並よりからだが大きいという理由から、いちばん下っ端にいる久斎に押しつけられた。

凍えるような真冬ですら、両手に桶の柄を握りしめて境内までの急坂を登れば汗みずくになる。一方で手指の切れそうな水の冷たさは、手足をかじかませ、冬場はあかぎれが絶えない。修行なのだから当然だと兄僧たちはのたまったが、己ひとりが辛い役目を担わされることには未だに納得がいかない。それでも久斎が一年以上もひとりで水汲みを続けてきたのには、別の理由（わけ）があった。

「今日は、いるかな……」

短い石段を下りながら呟（つぶや）くと、自ずと足取りが軽くなる。申し訳程度の石段の下は、くねくねと曲がった蛇のような細い道が谷まで続いていたが、久斎は律儀に辿（たど）ることをせず、蛇のからだを裂くようにして、木や草の生い茂った場所を突っ切った。久斎が毎日通るおかげで、すでに草分け道となっている。一気に谷底まで下りたが、あいにくと寺沢には誰もいなかった。

がっかりしながらも、白い上衣の袖をまくり襷（たすき）で結わえ、黒い下衣の裾をからげてざぶざぶと沢に入る。水かさは膝上くらい、溜まりの奥にあたる北側は切り立った短い崖になっていて、水は崖の途中から岩肌を洗うように流れ落ちている。

ちょうど久斎の腰のあたりに窪みが穿（うが）たれていて、昔誰かが削ったのだろう。窪みの下は石の手水鉢（ちょうずばち）の形を成している。手桶が入る大きさで、飲み水はここから汲む。ふたつの手桶に水を満たし、もと来た道を辿った。

ただし帰りは行きより十倍も難儀で、少し登っただけでたちまち汗が吹き出した。それでも修行は無駄ではなかったらしく、桶の柄を握る両腕は、明らかに太さが増した。斜面を踏みしめる脚も逞（たくま）しくなっている。一度も休むことなく、境内に辿り着いた。

庫裏（くり）の台所に置かれた大甕（おおがめ）に水をあけ、また沢へと駆けるようにしてとって返す。二度目もあいにくと外れ、三度目もやはり沢には人影がない。

「どうしたんだろ、今日は遅いな……」

足を水につけたまま、石の手水鉢の前で、しばしつくねんとした。真冬なら決してできないが、初夏のいまなら汗ばんだからだにひんやりと心地いい。けれど汗が引くと、しだいに水の冷たさが、足許から這（は）い上がってくる。

「手持ち無沙汰だし……先に獲っておくか」

呟いて、桶をひとつ手にとった。ざぶざぶと沢を漕いで、崖とは反対側の岸を目指す。このあたりはわずかに溜まりが深くなっており、腿（もも）の中ほどまで水がくる。蘆（あし）や蒲（がま）などが生い繁っていて薄暗く、魚たちには格好の住処（すみか）だ。メダカほどの小魚が多いが、鮒（ふな）や鱒（ます）に似た魚や、ときには沢蟹（さわがに）もいる。

ためしに水底の石をどけてみると、舞い上がった泥と一緒に数匹の魚影が映じた。すぐに蘆の合間に消えてしまったが、今度は桶を横にして沈め、逃げ道を塞いだ。一度ではうまくいかず、底の泥を蹴散らしたり水草を揺らしたりと何度もためして、ようやく二匹の魚を桶の中に追い込んだ。どちらも久斎の手を広げたくらいの長さで、たいして身もついてなさそうだが、この沢の魚としては大きな方だ。

満足げに桶を覗（のぞ）き込んでいると、背中から声がかかった。

「久斎さま、おはようございます」

待ちあぐねていた姿を認めて、思わず笑顔になる。

色は黒いがすらりとして、膝丈の着物のすそから、きれいな脛（すね）が覗いている。わずかに目尻が垂れていて、小作りのやさしい顔立ちだった。手桶をもって岸に上がると、久斎の方がわずかに背が高い。しのは十七になる娘だった。

「おはよう、しの。……いつもより遅いから、今日は来ないかと思った」

「すんません……今朝は、お父の具合がよくなくて」

約束していたわけでもないのに、しのはすまなそうに詫びた。

「やはり、咳が止まらんのか？」

「はい……今朝方からずっと苦しそうで、なのに背中をさすってやることしかできなくて、いままでずっと……」

しのの父親の為三は、今年の春先から、かれこれ三月も臥せっていた。はじめは風邪に思えたが、肺腑でも患ったのか咳がひどく、夏を迎えても快癒の兆しが見えない。

母を早くに亡くし、しのの姉は三年ほど前に村を出ていた。兄もひとりいたのだが、出稼ぎに行ったきり音信不通のありさまだ。父とのふたり暮らしの上に、働き手の為三が寝たきりとなり、いまは娘のしのが他所の畑を手伝って、わずかな食べ物を得ている。

「せめて、薬でもあればな……」

木菅村には医者はおらず、薬が購えるのは名主くらいのものだろう。薬の代わりにと、久斎は手桶の魚をさし出した。

「すまん、今日は二尾しか獲れなかったが、少しは滋養にもなる。お父に食わせてやってくれ」

「いつもありがとうございます、久斎さま。でも、お坊さまに殺生をさせるのは、やはり申し訳ないようにも……」

「案ずるな、殺してはおらんからな。ほれ、このようにぴんぴんしておるわ」

両手で魚をすくうと、身をよじって手からこぼれ、地面でぴちぴちとはねる。

「まあ、本当に生きのよい」

「だろう？」

ふふ、と顔を見合わせて笑う。四つ上のしのと、こうして仲のよい姉弟のように語らうのが、久斎のたったひとつの楽しみなのだった。

木菅村は、三つの集落に分かれていて、それぞれ南野、東山、北辺と呼ばれている。芥川の岸に沿って広がる南野は、畑をもつ百姓たちが住んでいて、名主を含め、この村では物持ちの部類に入る。東山は、樵をする杣人が暮らし、中には猟師もいる。もっとも貧しいのが北辺で、傾斜のきつい土地に、へばりつくように二十戸ほどの小屋が建てられているが、畑にできるほどの土地はなく、わずかな山菜と、南野や東山の手伝いをして糊口を凌いでいた。

何よりも困るのが水であり、南野と、東山の一端は芥川が流れているが、北辺は西菅寺と同様、高い場所にあるために水の引きようがない。北辺の者たちは、久斎の何倍もかけて、寺沢まで水を汲みにくるのである。

しのの家は北辺の外れにあたるが、寺沢からはわりと近く、毎朝、誰よりも早く沢に下りてくる。それを知ってから、どういうわけか久斎の寝坊癖はぴたりとやんで、水汲みも厭（いと）わなくなった。

「昨日の沢蟹はどうだった？　お父は喜んでくれたか？」

「え、ええ……」

一度うなずいてから、ひどく申し訳なさそうに、しのはうつむいた。

「お坊さまに、嘘はいけませんね……ここ二、三日はことに加減がよくなくて……稗粥（ひえがゆ）すら、むせて吐き出してしまうようなありさまで」

「そうか……」

しのが悲しいと、久斎も悲しくなる。年下の者への配慮もあろうか、しのは久斎の前では滅多に暗いようすを見せず、こんな顔をするのは初めてだった。為三の病が、よほど悪いに違いない。

「すっかり気も弱っちまって、おらの身のふり方を、あれこれと案じているようで……」

「大丈夫だぞ、しの。おれがついてる！」

「久斎さま……」

「小坊主のおれじゃ、たいして頼りにはならぬが……和尚さまに言えば、きっと助けになってくれる。だからしのは、何も心配するな」

拳で胸を、どんと叩く。少なくとも、まっすぐな気持ちは届いたようだ。

「ありがとうございます、久斎さま」

しのが嬉しそうに微笑んで、それだけで胸がふくふくとふくらんだ。

おはよう、と、北辺に続く小道から声がかかった。為三の家とは近所になる初老の男で、毎朝、しのの次に寺沢に現れる。ふたつの桶に水を汲んでから、どっこらしょと岸辺に腰を下ろした。

「お父の具合はどうだい？」

と、やはり同じことをたずねる。芳しくないとしのがこたえると、そうか、と気の毒そうな顔をした。

「うちは嬶も息子夫婦もおるから、手が足りねえときは何でも言ってくれ」

「ありがとう、おじさん」

「したども、万が一のときには、どうすっぺかな……葬式が出せるかどうか」

「縁起の悪いことを言うな！」

「いや、すまね、そんなつもりはねえんだ」

久斎の剣幕に、にわかにおろおろする。

「だども、今年の二月に、おりく婆がぽっくり逝っちまったろ？　あんときから葬式は、北辺にとっちゃ頭の痛いものになってな」

「おじさん、その話は……」

しのが小さく首を横にふり、相手も気づいたように首をすくめた。

「すまねえ、坊さんにする話ではなかったな」

ふたりのようすが気にはなったが、そのとき寺の方角から大きな声がとんだ。

「久斎、まだそんなところで油を売っておったのか！　朝の勤行に遅れるとは何事か！」

上から若い僧の叱咤が降ってきて、あわてて腰を上げた。

「いけね。じゃあな、しの、おじさん」

ふたつの桶を引っつかみ、急いで斜面を登った。庫裏に行く暇もなく、桶をその辺に放り出したまま、本堂へと駆け込む。

すでに本尊の前には、住職の利恵が端座して、その後ろに四人の僧侶が居並んでいる。さらに手前に、久斎と同じ、上が白、下が黒い衣の小坊主が、三人並ぶ。久斎がその列の端にすべり込むと、若い僧がふり向いて怖い顔をした。

「たるんでおるぞ、久斎。この前も同じ過ちを、しでかしたばかりではないか」

「申し訳、ありません……」

横一列にならぶ三人の小坊主の、にやにや笑いが目についていて、自ずと不満げに口が尖った。水汲みや薪割なぞの力仕事を、久斎ひとりに押しつけているのは同じ小坊主連中で、さらにそれを、見て見ぬふりをしながら助長しているのは、上にいる僧侶たちだ。こんなときはさすがに、文句のひとつも吐きたくなる。

「何だ、その顔は？　仏に仕える者として、己の過ちは素直に認めよ！」

「まあ、待ちなさい。そうがみがみと叱るものではない」

住職の利恵が、穏やかな顔でふり向いた。手のかかる子供をなだめるように、久斎に注がれる視線はやさしい。

西菅寺は、年老いた和尚が長く住職を務めていた。その和尚が去年の秋に往生し、本山から利恵が遣わされた。去年の暮れのことで、利恵は今年で四十二歳という。

先代の和尚は、ただがみがみと怒鳴り散らすばかりで、久斎は辟易(へきえき)していたが、利恵は品がよく、身ごなしも洗練されている。田舎坊主であった先代と違い、さすがに本山からきた僧侶だけあって垢抜けていると、村でも評判になっていた。若い僧や小坊主たちに対しても、無闇に叱りつけたりせず、あくまで穏やかだ。

「水汲み、ご苦労だったな、久斎」

「はい……いいえ……遅れてしまい、申し訳ございませんでした」

利恵の前では、素直に詫びが口に出る。住職は、満足そうにうなずいた。

くわわん、と鐘が鳴り、利恵の朗々とした声が経を唱えた。その後に若い八人の声が重なる。久斎も腹に力を込めて大きな声で経を読んだ。

「久斎、おまえ、どうして勤行に遅れた」

勤行の後は、庫裏で朝餉の仕度にかかる。西菅寺には寺男がふたりいるが、小坊主たちも手伝わなくてはならない。四人連れ立って、本堂から庫裏の台所へと行くあいだ、さっそくいちゃもんをつけられた。

「またどうせ、沢で女子といちゃついていたのだろう？　坊主のくせに色気づきおって。おまえのような奴を、生臭坊主というんだ」

「色気でも生臭でもない！　しのの親父さんの具合が悪いから、魚獲りを助けてやっていただけだ」

「おまえがしのに岡惚れしておるのは、先刻承知よ。ましてや魚だと？　色惚けの上に殺生とは、この上なく生臭よ。そういう坊主を、破戒僧というのだぞ」

十五歳の源斎を筆頭に、久斎と同じ十三歳と、ひとつ下の十二歳の小坊主がいる。三人とも西菅寺への入山は先だから、久斎にとっては兄僧になる。

最初から、三人はやたらと久斎に絡んできた。生意気だの偉そうだのと難癖をつけられたが、何が憎まれるのかさっぱりわからなかった。

久斎が侍の子だということが、兄僧たちには気に入らないのだ——。そう察したのは、だいぶ経ってからだった。武家の出の者は、西菅寺には他にもいる。ただいずれも三人扶持、五人扶持といった小禄の家の子で、百姓と変わらぬ貧しい暮らしぶりだ。

一方で久斎の生家は、隣国下野国、宇都宮では名家の部類に入る垂水家だ。

久斎の幼名は、垂水行之助という。父は宇都宮藩戸田家の家臣で、郡奉行を務めている。ただし行之助は庶子で、六歳までは母の実家で暮らしていた。垂水家には、すでに正妻の産んだふたりの兄がいて、貧しい炭焼きの娘であった母の出自が、正妻には疎んじられていたようだ。六歳で母を亡くし、垂水家に引きとられてから、そのあたりの経緯が幼いなりに呑み込めた——というより、否応なくつきつけられた。

それほどに、義母の態度はあからさまだった。我が子たるふたりの兄への身びいきはあまりに露骨で、そのぶん継子へは容赦がない。おそらく義母は、恐れていたに違いない。

行之助は生まれつき覚えがよく、また機敏で、からだもすくすく成長した。学問所でも道場でも師範に褒められ、それが癇に障ったに違いない。習字で丸をもらっても、道場の試合でいちばんになっても、いっそうの不興を買う。義母がその調子だから、ふたりの兄も、末っ子の行之助を野良犬のごとくあつかう。何かといえば小突かれ、苛められた。

「おまえは生意気なんだ！　何だ、その目は」

「貧乏人の子のくせに、どうしてそんなに偉そうなんだ」

兄たちからは、憎々しげな目を向けられた。

義母とふたりの兄、三人の顔立ちはあまり似ていない。なのに目だけは同じだった。三角の目だ――。行之助に向けられる目は、いずれも同じに尖っていた。

どんなに邪険にあつかわれ虐げられても、幼いころから行之助は、義母や兄の前では決して泣かなかった。太い眉の下の大きな目で、じっと睨みつけるのが常で、それがまた可愛げがないと相手の機嫌を損なう。さらに垂水家に入って二年も経つと、口応えするようにもなった。

「ふん、兄上たちこそ、学問も剣術もさっぱりではないか。貧乏人の子にも敵わぬくせに、血筋がきいてあきれる」

大声で言い切って、義母から平手打ちを食らったこともある。それでもあのときまでは、道場の師範の言葉を守って、行之助なりに堪えていた。

「よいか、行之助。人より優れ、力の勝る者は、弱い者には決して手を出してはいけない。

これこそが、武の心得と肝に銘じておけ」

奥にくすぶる気性の激しさを、師範は見抜いていたのかもしれない。折あるごとに説きかせ、行之助も神妙に教えを守っていた。

しかし行之助が十歳のとき、聞き捨てならないことを兄たちは口にした。

「おまえの母は、遊び女だったのだぞ、行之助」

「嘘だ！」

「嘘ではないわ。宇都宮城下で、客をとっておったのだ。『はしば』という場末の料理屋で、色を売る女たちがたむろしている店よ」

「炭焼きでは食うていけぬ故に、おまえの母はその店で、たびたび春をひさいでおったのだ。つまりは行之助、おまえは遊女の子よ」

真か嘘かはわからない。ただ他愛のない嘘にしては、描写が細かい。だからこそ、抑えがきかなかった。自分のことなら、何を言われようと我慢もできる。けれども亡き母が辱めを受けたように思えて、たちまち頭に血がのぼった。

何を考えるまもなく右手がふり上がり、正面にいた長兄を殴りつけた。厚みのない長兄のからだはあっけなく倒れ、呆然と突っ立ったままの次兄の腹にも蹴りを食らわせた。そんなものでは怒りは到底収まらず、ふたりの顔といい腹といい、無茶苦茶に拳と蹴りを叩きつけた。義母の悲鳴も、使用人たちの留め立ても耳に入らなかった。狂い犬のようなありさまで、若党三人がかりで、ようやく兄たちから引きはがされた。

幾日も納戸に籠(こ)められ、父から厳しく叱責されても、行之助は謝ろうとはしなかった。このままでは我が子が殺されてしまうと、義母は大いに悲嘆にくれた。

隣国の山奥にある西菅寺に預けられたのは、ひと月後のことだった。

垂水家の祖父と、先代の住職のあいだに、何がしかの親交があったようだ。若党に連れられて、西菅寺に入山したその日、久斎という僧名を与えられた。

「山門の内は、御仏(みほとけ)の世界。俗世とは切り離された、清浄な地と心得よ。むろん喧嘩沙汰なぞ、もってのほか。すべては修行と思い、己の中の荒ぶる心を鎮めるのだぞ」

先代の住職はそのように戒めたが、名を改めた久斎はほどなく気がついた――。

山門の内も、俗世間と何ら変わりない。

やはりまわりから、三角の目を向けられる。

経は誰よりも早く覚え、声の響きも良い。作務をさせても、兄僧たちよりよほど手際がよかった。何故こんなことにてこずるのかと、久斎には不思議に思えたが、その傲慢が、周囲の嫉妬を買った。弱い者、能のない者に限って、他人の足を引っ張り、自らが立つ低い場所に貶(おとし)めようと躍起になる。

馬鹿馬鹿しいと、心底思った。

山門の内も外も、ざらざらとした砂に覆われ、不愉快極まりない。それでも西菅寺で三年のあいだ堪えていたのは、他に行き場がなかったからだ。義母と兄たちがいる垂水家へ戻されることだけは、死んでも嫌だ。

そんな無味乾燥な寺の暮らしの中で、唯一見つけた潤いが、しのだった。

もしかすると、しのを生みの母と、重ね合わせていたのかもしれない。木菅村でもっとも貧しい北辺にいながら、日に焼けた顔から笑顔が絶えることはない。母もまた、炭焼きを営む父親しか身内はおらず、決して豊かとは言えないまでも、六歳までの祖父と母との暮らしは穏やかだった。しのといると幼いころを思い出し、常にささくれ立っているような久斎の心が、少しだけ安堵する。

そのわずかな楽しみすら、同輩たちには癪の種になるようだ。

「修行最中（さなか）というのに、女子にかまけておるとは何事か！　水汲みも修行のうちだ」

「そうだぞ！　女にうつつを抜かす暇（いとま）などなかろう。修行を怠ける者は、とっととこの寺から出ていけ」

歳の近いふたりの小坊主が、もっともらしく説教する。

すでに久斎の背丈は、年長の源斎すらかるく追い越し、それも生意気のひとつに数えらった。

れた。仏門に入った以上、腕にものを言わせることはないが、そのぶん嫌がらせは陰湿だった。

からだが大きいのだから、水汲みはおまえがやれと命じられ、重い桶を引きずりながら沢から運んだ水を、うっかりつまずいたと称してぶちまける。寝ている間に衣が裂かれていたり、飯椀が泥で汚されていたりという悪戯も茶飯事で、けれども垂水家で揉まれた久斎は、さもしい苛めに屈するほど弱くない。

「ふん、兄僧がきいて呆れる。何年寺にいようが、経すらろくに唱えられぬ。おまえたちこそ、無駄飯食いだ」

即座に切り返されて、ふたりの小坊主の顔が真っ赤に染まる。いくら踏まれても屈しないしぶとさが、周囲の反感をいっそう煽る。いつもなら、真っ先に反撃に出るのは源斎なのだが、今日は違った。にちゃあ、と不気味な笑みを、顔いっぱいに広げる。

「でも、残念だったなあ、久斎。しのはもうすぐ、北辺からいなくなる。さぞかし寂しかろう」

「いなくなる……って、どういうことだ？」

「なんだ、久斎、知らなんだのか？　しのは前橋の色街に、売られるんだぞ」

久斎には初耳だ。頭を蹴られたみたいに、急に耳鳴りがした。

「……そんな話、きいてない」

「昨日、村に来ておった女衒から教えられた。北辺の違う娘を連れにきたのだが、どうやら冬を待たずにもう一度、足を運ばねばならないとぼやいておったわ。次に迎えにくるのはしのだと、はっきりとそう言ったわ」

しのは姉のような存在だった。兄僧たちが揶揄するような邪な思いなどこれっぽっちもなく、ただ優しい姉を慕う気持ちに過ぎないと、久斎自身そう思っていた。

だとしたら、胸にこみ上げたこのやるせなさは、いったい何なのだろう？

売られる身の上を憐れんでのことだと、懸命に言い訳したが、もっと激しい熱をもった何かが、真っ赤に爛れてぼこりぼこりとわき上がる。ふたつ上の源斎は、奇しくもその正体に気づいているようだ。嫌な笑みは、いまにも顔が裂けそうなほどに、いっそう広がった。

「時節外れの上、今年は不作の兆しもないのにと、女衒も不思議がっておったがな。まあ、北辺なら仕方あるまい。なにせ嫁に行くより、売られる娘の方が多いくらいだからな」

源斎の言葉は本当だった。この辺りは、三年に一度は不作になる。北辺の者たちは、南野のように自らの土地もなく、東山のように手に職もない。南野が不作なら食べ物が不足して、割を食うのは北辺の者たちだ。冬場に出稼ぎに行くか、それでも凌げなければ娘を身売りさせるしかない。

実を言えば、しのの姉も、やはり三年前に前橋城下の色街に売られていた。久斎が入山する少し前のことだから顔も知らないが、その前年が不作であったから、北辺からは何人もの娘たちが売られたときいていた。

北辺なら、めずらしいことではない。わかってはいたが、溶岩に似た怒りが黒く冷えると、泣きたくなるほどの切なさだけが残った。

「まあ、いまのうちに、せいぜい別れを惜しんでおくのだな」

よほど情けない顔をしていたのか、源斎も少しは溜飲が下がったようだ。久斎を残して、ふたりの小坊主とともに庫裏の方角へと去っていった。


本当は、仮病を使ってでも水汲みを断るつもりでいたのだが、ひと晩中まんじりともせず、障子の向こうが白みはじめると、矢も楯(たて)もたまらず手桶をもって沢へと下りた。

今日は魚を獲る気すら起こらず、沢の岸で膝を抱えてひたすら待った。

「久斎さま、どうなさいました？　具合でも悪いんですか？」

ぽつねんとした姿が、遠くからでも目についたのか、挨拶もそこそこに心配そうな声がかかる。頭を上げると、間近にしのの顔があった。ひと重のまぶたは、やわらかな弧を描き、黒目がちな瞳が久斎を覗き込んでいる。

昨日覚えた、たまらない気持ちがふたたび喉からせり上がり、素直な問いがこぼれた。

「しのは……色街に行くのか？」

こちらに向けられていた目が、はっと見開かれた。

「行くな、しの！　廓（くるわ）なんぞに行ってはいけない。お父がおまえに強いたのか？　それなら、おれが言ってやめさせてやる。どうしても金が要るというなら、垂水の実家（さと）に頼んででも工面してやる。だから行くな！　後生だから、行かないでくれ！」

細いからだにとりすがるようにして、必死に乞うた。

迷うような、いまにも崩れそうな脆（もろ）い影が、しのの瞳に一瞬よぎったが、払いのけるようにぱっと笑顔になった。

「いやですね、久斎さま。前橋に行くのを望んだのは、おらの方です」

「しのが……？　どうして？」

「前に、久斎さまに頼んで、姉ちゃんに文（ふみ）を書いたでしょ。覚えてますか？」

木菅村では、文字が読めるのはせいぜい半分くらい、ほとんどが男に限られる。女は読み書きのできない者が多く、久斎はふた月ほど前、しのに頼まれて代筆をしてやった。文の送り先は、前橋の色街にいるしのの姉であり、父の病が長引いて心細いとしたためた。村に来た旅の行商人に文を託し、その返事を昨日、女衒が届けてくれたという。

「お父にもしものことがあったら、おまえも前橋に来いと、姉ちゃんが言ってくれました。ここなら、極楽みたいに暮らせるって」

「廓が、極楽だと？」

「だって、久斎さま。見たこともないようなきれいなべべを着て、白いままが三度三度食べられる。そんな暮らし、この村にいたら一生できません。南野の名主さまですら、米を口にできるのは盆と正月だけですから。おら、いっぺんでいいから、白いままをお腹いっぱい食べてみたいんです」

しのの語る夢は、本物だろう。木菅村にいる限り、いや、農民である限り、たとえ米が穫れる村であっても百姓の口には入らない。四公六民との建前だが、米の不作が多い陸奥や関八州では、半分以上は年貢にとられ、翌年に蒔く種籾をとり置いて、残りを金に換えて安い雑穀を購わなければ、とても暮らしていけない。

田畑をもつ百姓ですら、そのありさまだ。米の穫れぬ木菅村はさらに実入りが限られていて、北辺ともなれば、一生、米の味を知らずに死んでゆく。

けれども、しのがこんなに饒舌に語ることなぞ、ついぞなかった。無理をして明るくふるまっているのだと、久斎にもわかる。その証拠に、作り笑顔も声の張りも、だんだんと勢いが失せていき、やがて火が消えたように静かになった。

「それでもしのは、行きたくないのだろう？」

久斎が静かに問うと、強がりが崩れ、細い肩がふるえた。顔をおおった指の隙間から、小さな嗚咽がもれる。本当は力いっぱい抱きしめてやりたかったが、できなかった。そっと手を当てて、背中を撫でるのが精一杯だ。

「行きたくないなら、行くな。……行くな、しの」

久斎はくり返したが、すすり泣きながら、しのはこたえた。

「でも……おらが行かないと、お父の葬式すら出してあげられない」

「……葬式、だと？」

背に当てた手が、ぴたりと止まった。

「葬式の布施なぞ、あるとき払いでよかろうが。もとより北辺の者たちからは、ほとんどとらぬはずだ。ない袖はふれぬから仕方がないと、前の和尚さまからはそうきいて……」

「いまの和尚さまになってから、変わったんです……」

「何だと……？」

「小坊主さまたちは知らぬようでしたから、黙っていたのですが……」

日々の暮らしですらかつかつなのだから、北辺では誰かが死んでも、まともな布施など払いようがない。何十年も木菅村にいた前の住職は心得ていて、葬式でも法事でも志でよいとして、北辺の者たちにはわずかな見返りしか求めなかった。

もともと布施には、決まった額なぞない。各々の気持ちで良いとされ、それが一切の衆生をすくう仏の教えだと、前の住職は説いていた。

しかしいまの利恵になってから、急にようすが変わった。

いつのまにやら木菅の三集落のあいだでは、それぞれ布施の相場とやらが定められているようだが、このような差が生じるのは不公平だ。仏に仕える身としては、布施を出し惜しむような輩を見過ごしにはできない——。利恵はそう言い立てて、東山はもちろん北辺の者たちも、南野と同じ額の布施を納めるようにと申し渡した。

「あの利恵さまが……まさか……」

あくまで品よく柔和で、寺でひとり疎んじられている久斎にも、やさしく接してくれた。その利恵が、ひどい阿漕を働いているときかされても、にわかには信じがたい。

「久斎さまは、いまの和尚さまを慕っているようでしたから、とても言えませんでしたが……きくちゃんが女衒に連れていかれたのも、おりく婆ちゃんの葬式代が払えないからです」

季節外れの時期に、女衒が訪ねてきたわけが、ようやく呑み込めた。

きくちゃんとは、二月に亡くなったおりく婆の孫である。娘を売るより他に、布施を払う方途がないと、おりく婆の息子は寺に泣きついた。しかし利恵は、俗世間のしがらみは僧侶には与り知らぬこととして、何の情けも与えずに切り捨てた。

「布施を納めなければ、檀家帳から外すしかないと言われて……泣く泣くきくちゃんを手放したんです」

檀家帳は、いわば人別帳に等しいものだ。すべての民を寺の檀家とすべしとは、江戸幕府が決めたことで、当時は多かった切支丹をとりしまるための策だった。檀家から外れれば、人として認められず、無宿人に落ちるに等しい。江戸なぞには吹き溜まりのように集まるそうだが、無宿人はそれだけで罪となり、見つかれば寄場送りや島流しになる。貧しいながらも真面目に生きてきた者たちには、とても耐えられないあつかいだ。

「利恵さまが、そんなことを……少しも、知らなかった」

沸々と、抑えようのない怒りがこみ上げた。しののことで感じた、溶岩に似たものとは少し違う。弱い者いじめに対する純粋な義憤と、そして、利恵に裏切られたという理不尽な思いだ。

「おれが、言ってやる！　利恵さまに質してくる」

「やめてください、久斎さま。久斎さまのお立場に障ります」

「立場など、知ったことか。どうせこれ以上、悪くはならん。阿漕な布施をやめさせれば、しのが色街に売られることもないんだ！」

しのの留め立てを払うように立ち上がり、桶を放り出したまま、久斎は一気に寺へと続く斜面を駆け上った。


たぶん利恵は、まだ庫裏にいるはずだ。一目散に目指したが、本堂の角から出てきた者とぶつかりそうになって、慌てて足を止めた。

「久斎か……境内を、無闇に走るものではないぞ」

まだ、二十代と思しき応顕が、眉間をしかめる。

応顕は、利恵とともに本山から西菅寺に送られてきた。慣れぬ住職を助けるためとの名目で、来月には本山に戻ることになっている。そのためか、寺でつまはじきにされている久斎のことも、ことさら構うような真似はしない。すぐに本山に帰る身であるから、寺内のいざこざにつき合うつもりもないのだろう。

「応顕さま、利恵さまはどこにおられますか？」

「まだ庫裏におるが、そろそろ本堂に見えられるだろう。朝早うから何事だ？」

「どうしても、利恵さまにお頼みしたいことがあるのです」

行きがかり上、北辺の者たちの窮状を語ったが、応顕のつるりとした表情は少しも動かない。焦れながら、久斎は必死で言葉を重ねた。

「ただでさえ北辺の者たちは、金など縁がありませぬ。前の和尚さまのときは、布施は雑穀だったり大根だったり、薪割や寺の修繕など力仕事で払う者さえおりました。なのにどうして……」

「利恵さまに訴えたところで無駄だぞ。あの方は、金集めに躍起になっておるからな」

ひととおりきき終えると、応顕は経でも読むような抑揚のない調子でこたえた。

「金集め、とは、どういう……」

「前のご住職は、この村に骨を埋めるつもりであったようだが、利恵さまは違う。あの方は、ふたたび本山に戻らんと、切に欲しているのだ。不始末をしでかして、この寺に送られた身であるからな、金でも積まぬことには戻る手立てがないのであろう」

「……不始末、とはどのような？」

「おっと、よけいな口を利いたか。これより先は教えられぬ。おまえも口を慎むようにな」

にんまりと、人の悪い笑みを浮かべたところを見ると、わざと明かしたのかもしれない。

「あのような貧しき者たちからとり立てたとて、わずかな銭にしかならぬというに、利恵さまも諦めの悪いお方でな。まあ、本山ではそこそこの位にあったのだから、昔の栄光が忘れられんのだろう」

「仏門にあっても、位や金が要るのですか？」

それはある意味、新鮮な驚きだった。位とは武家のためのものだ。仏に仕える身には金とともに無用の長物だと、いままで久斎は信じていた。

「本山はことにそうよ。僧侶には細かな位があってな。上へいくためには、徳ではなく金を積まねばならない」

金が要るのは、何も本山の中だけではない。西菅寺のような小さな山寺ではなく、少しでも立派な寺に勤めたいと思うなら、やはり金の力に頼るのがてっとり早い。

応顕が説く現実に、からだ中から力が抜けるようだった。

利恵だけでなく、御仏にまで裏切られていた——。久斎には、そう思えた。

「やれやれ、その調子では、本当に何も知らぬのだな。おまえが寺の者たちに疎まれるのも、住職がおまえを庇いだてするのも、やはり同じ道理だというのに」

「……え？」

「おまえの家は、なかなかに裕福な武家なのであろう？　つまりは家に頼れば、こんな山寺ではなく、もう少しましな寺に移ることも叶おうし、おまえしだいでは本山に上ることもできる。利恵さまは名のとおり、利に長けたお方だからな。それを見越して、おまえを邪険にはせぬのよ」

西菅寺にいる者たちは、僧も雛僧もともに出自が貧しく、一生涯この寺か、あるいは似たような山寺で暮らす羽目になろう。久斎を的にしていたのは、単にその腹いせだった。

垂水の家には、良い思い出などひとつもない。久斎には忘れ去りたい場所であっても、はたから見れば金と権力に守られた、恵まれた家と映るのだ。

それまでも十分に陰っていた垂水の家が、なおいっそう疎ましいものに思えた。あんな腐った家からただよう臭いに、引きつけられる虫もいる。そのいっとう大きな虫が、他ならぬ利恵なのだ。

「おまえのような子供が、住職にいくら言っても無駄なこと。いいようにあしらわれるだけだ」

応顕の言葉に嘘はなかった。朝の勤行がはじまる前に伝えてはみたものの、北辺で述べたのと同じ方便を、まことしやかに返されただけだった。

それ以上、訴える気力が、どうしてもわかなかった。

利恵が纏う立派な袈裟は、厚い錦なぞではなく、ぺらぺらに薄い紙のような代物だった。紙に息を吹きかけたところで、ゆらゆらと翻るだけで何の手応えもない。

終始にこやかな利恵の顔には、そう書かれていたからだ。

しのの父親が息を引きとったのは、それからわずか五日後のことだった。

為三の葬式の日、ともに喪に服してくれるかのように、空はどんよりと悲しい色をしていた。

樽の棺桶に詰められた遺骸は、険しい山道を越えて西菅寺まで運ばれた。北辺の男たちがふたりひと組で、何交代もしながら担いできたのだ。

久斎は、寺の山門の前で、じりじりしながら葬列の到着を待っていた。

一昨日の明け方、為三は息を引きとった。

去年まで北辺では、通夜も葬式も各々の家で行って、集落の外れにある墓地に埋葬された。いまの時代、寺で法要を営むのは、ごく一部の裕福な家だけだ。庶民はもっぱら、通夜も葬式も家で行うのがあたりまえで、ただし死人の見届け役だけは僧侶が行うべしとされている。

見届けるのは、成仏したか否かではない。邪宗でないことを確認するためである。前の和尚は、自ら北辺まで出掛けていって、経をあげる形で済ませていた。

なのに今年から、その慣習が改められた。正確には、二月に北辺のおりく婆が亡くなったときからだ。

木菅村の住人は、南野の物持ち同様、寺で葬式をあげ、寺の裏手にある墓地に埋葬すべし。

それが檀家のまっとうな姿であり、極楽浄土に召される唯一の道だと、新しい住職の利恵は主張した。相応に寺がすべきことはしてやるから、そのぶんの金を出せ、ということだ。

食うや食わずの貧しい暮らしぶりだ。北辺の者たちには、死ねと言っているに等しい。北辺はこれまでどおり略式で済ませてくれと、久斎は頭を下げて必死に頼み込んだ。しかし利恵は、顔だけはにこやかなまま、端からきく耳をもたなかった。

「そうはいかぬのだよ、久斎。なにせ御上から、厳しく達せられているからな。寺は寺の務めを果たし、檀家もまた己の本分をまっとうせねばならない。さような掟が、きちんと定められているのだからね」

寛永十四年、江戸幕府が立って三十余年後、島原の乱が起きた。切支丹と農民が大蜂起したこの事件を、幕府はことのほか深刻に受けとめた。切支丹をとりしまる目的で寺請け制度を作り、国の隅々にまで普及させた。

「御条目宗門檀那請合之掟(ごじょうもくしゅうもんだんなうけあいのおきて)」である。

神君家康(いえやす)公が発したとされており、ご丁寧に日付までもが改ざんされているのだが、本当のところは江戸中期、八代将軍吉宗(よしむね)のころに発布された。むろん、庶民には与り知らぬ事実であり、その請合之掟には、こう書かれている。

「檀那寺の住職が死に顔を見届け、邪宗でないことを確かめよ。そして死骸の頭に剃刀(かみそり)を入れ、戒名を授け、引導を渡すべし」

引導とは、迷う衆生を導いて、仏道に入らせることをいう。前住職は、戒名さえ授けることをしなかったが、これも庶民のあいだでは、めずらしいことではない。一方で、檀家の側にも、相応のすべきことがある。

「宗派の祖師の法要や、盂蘭盆(うらぼん)、彼岸、先祖の命日などに、寺に参詣しない者は、判形(はんぎょう)を引き、宗門奉行に届け出てかならず吟味する」

と、請合之掟にも示されていると、利恵は説いた。「判形を引く」とは、人別改帳(にんべつあらためちょう)に記された個人や家族の名に、線を引いて抹消するという意味だ。従わねば戸籍がなくなるぞと、利恵が北辺の者たちを脅したのも、これに拠るもので、御上の定法を守らんとする己には、褒められこそすれ非難される筋合いなどどこにもない――。いたって流暢にそう説かれ、久斎はそれ以上抗う術がなかった。

「こう言うては何だが、前のご住職は、その辺りがいささかいい加減であったようだ。お歳を召されていたから仕方がないが、私が来たからには、そうはいかない。これまでの不信心を改めてもらわねばな」

小うるさいばかりで、何の愛着もなかった。前の和尚のしわしわ顔が浮かび、ふいに泣けそうになった。自分は幼過ぎて生前は気づけなかったが、御上の押しつけではない本当の仏の道を、問えば教えてくれたのかもしれない。

「良慶さま……」

去年の秋に亡くなった住職の名が、自ずと口からこぼれ出た。

為三の葬列は、やがて山門下に着き、うんせうんせと男衆が四人がかりで棺桶を担ぎ、急な石段を登ってくる。その後ろに、しのの姿が見えた。

しの、とひと声かけるつもりが、唇からは息しか出なかった。しのは泣いていなかった。ぼんやりとした横顔に、目だけが虚ろに開き、何も見ていない。

久斎の前を通り過ぎながら、葬列の者たちが頭を下げる。しのも倣うように軽く辞儀をしたが、久斎だということすらわかっていない。うつむいたまま、黙って寺の敷石を本堂の方角へと踏みしめながら去った。

質素ながらも葬儀となれば、小坊主にはやることが多い。結局その日は、しのと一言も言葉を交わせなかった。

葬式そのものは滞りなく終わり、為三は寺裏の墓地に埋葬された。木菅村には火葬の習慣がなく、土葬がもっぱらである。遺体を骨になるまで燃やすには、大量の薪と、人手や時間もかかる。近年は火葬も少しずつ増えてきたときくが、田舎ではまだまだ土葬が多かった。

寺の墓地といっても、拓かれた土地に墓石が整然と並んでいるわけではない。石屋の手による墓石は数えるほどで、あとは板切れの墓標や、その辺の石が置かれているだけの雑木林だ。村内に貧富の差はあっても、木菅村自体、決して裕福なわけではない。東山の民ですら、この墓地に埋葬されるのは一部の者たちだけだから、北辺ともどもさぞかし困惑しているだろう。

そんな村人の心中なぞ気づかぬふりで、利恵は本堂で行われた葬式はもちろん、墓地の片隅に作られた為三の墓の前でも、ねんごろに経を読む。真新しい白木の墓標もまた、利恵が作らせたものだ。仰々しい戒名が連ねてあって、戒名にもまた金がかかる。

本山から来ている応顕に語られて、憤るよりも馬鹿馬鹿しさが募り、力が抜けた。

幕府が強いた檀家制度は、寺院のためにもまことに都合がよかった。宗門替えをせぬよう、決して乱など起こさぬよう監視する役目を担わせ、代わりに寺社には特権を与えた。葬式や法要はもちろん、祭事や勧進といった金集めの名目には事欠かない。それらをすべて負担するのは、民百姓たちである。

この国の仏教が地に堕ちたのは、江戸時代であると後世の学者は評した。

幕府が置かれて二百年が経ったいまの世では、奪われる側の民草(たみくさ)さえも、それがあたりまえの形だと信じ、露ほども疑わない。

けれども久斎は、何かおかしいと、その思いに囚われていた。

以前のような慎ましい弔いなら、しのはきっと存分に泣きながら、為三を見送ってやれたのではないか——。

泣くことすらできず、からからに乾いた姿は、夏の終わりに地に落ちた蟬の死骸を思わせた。

墓前での読経が済むと、参列した村人たちは三々五々散っていったが、しのは長いこと墓の前にうずくまっていた。久斎はすぐにでも走り寄り、悔やみの言葉をかけたかったが、源斎をはじめとする兄僧たちに意地悪く見張られていたために、行くのがはばかられた。代わりに利恵がしのの傍へ行き、何か話をしていた。住職としての通り一遍な慰めかと思えたが、それまで生気の抜けたようだったしのが、かすかに驚いた表情で利恵をふり返った。しのはうなずいて、墓の前から腰を上げた。

どうしてだか、それもまた妙に心にかかる。

寝床へ入っても、あのときのしのの顔やら、仏の道への迷いやらが頭の中を走り回って落ち着かない。まんじりともせずに夜が更けたが、一瞬、悲鳴をきいたように思えて、寝床から起き上がった。

耳をすましたが何もきこえず、悲鳴というほどたしかなものではない。昼間の鳥が見当違いに夜に鳴いたような、か細いものだ。それでも気になって、久斎はそっと小坊主たちにあてがわれた寝間を抜けた。

西菅寺の庫裏は、端に台所と食堂、次が小坊主と若僧たちの寝間であり、奥はふた間の座敷で、ひとつは応顕が使っている。その向こうに渡り廊下が通っていて、住職の居室である離れへと続いていた。

縁から裸足で下りて、裏庭伝いに庫裏を抜けたが、二、三のいびきがきこえてくるだけだ。

ごろっと空が鳴り、稲光も見えたが、かなり遠い。やはり気のせいだったかと、引き返そうとしたとき、稲妻ではない光がちらりと見えた。住職のいる離れの明かりだった。

「利恵さま、まだ起きているのか……」

暗闇にぽつんと灯った明かりを何となくながめていると、さっきと同じ高い悲鳴が、今度は最前よりはっきりときこえた。間違いない、離れからきこえてくる。

胸が痛くなるほどに、急に鼓動が速くなる。嫌な予感がした。

行ってはいけない、見てはいけないと、頭のどこかで声がする。それでも足だけは、無闇に前に進む。引かれるように明かりを目指すと、離れの裏手に出た。南側は居間と客間で、北側は寝間になっている。薄ぼんやりとした明かりがもれているのは、その寝間だった。

若い女のうめき声が低くきこえ、かぶさるように男の声がした。

「さすがに生娘は、心地よいのう」

下卑(げび)たいやらしい呟きが、利恵のものだと察するのに暇がかかった。まるで違う生き物のように、久斎にはきこえたのだ。しかし次の瞬間、全身の血がぞわりと波立った。女の哀れな嘆願が、かすかに耳に届いたからだ。

「もう、堪忍してくださいまし……」

誰よりもやさしく、久斎の名を呼んでくれた。その声が、苦し気に訴えている。

何を考える間もない。からだが勝手に動いていた。両手で襖を開け放つ。勢いがついて、襖の桟が派手な音を立てた。重なり合った男女が、はっとこちらに顔を向ける。

ぶざまに尻を出しながら、女にまたがっているのは紛れもなく利恵であった。そこから視線を移し、女と目が合う。

「……久斎、さま」

「し……」

名を呼ぶより前に、甲高い悲鳴が女の喉からほとばしった。顔を覆い、狂ったように叫び続ける声だけが耳を打つ。上に乗った男は、みっともなく慌てふためきながら腰を外す。そのとき、あのにおいが強く鼻を突いた。

初めて嗅いだのは、ほんの数日前だ。しののことを小坊主たちに揶揄されて、その翌朝のことだった。起きてみると、股座が白いもので汚れている。そんなことは初めてで、病気ではないかと久斎は青くなったが、見つけた兄僧の源斎は、意地悪くにたりと笑った。

「おまえ、しのの夢を見ていたろう？」

言い当てられて、久斎はひどくうろたえた。たしかに目覚める間際、しのの夢を見た。どんな夢かは覚えていないものの、ただとても気持ちがよくて、腰の辺りに余韻が残っていた。

「久斎のやつ、栗の花をもらしやがった」

「栗の花だ、栗の花だ。朝から臭うて、たまらぬわ」

時が経つにつれ、股を汚す粘っこいものは強烈な臭気を放ち、生臭いそのにおいは、たしかに栗の花によく似ている。ふたりの兄僧に囃されるよりも、源斎が放ったひと言が、久斎の胸に突き刺さった。

「久斎、教えてやる。そいつはな、不浄だ」

「不浄……ご不浄のことか？」

ご不浄といえば厠（かわや）のことだ。しかし源斎は、もっともらしく首を横にふった。

「糞や尿（ゆばり）より、ずっとずっと汚らわしい。僧にはあるまじき、もっとも忌むべき不浄よ。そいつを堪えぬことには、仏の道は果てしなく遠いぞ」

いつもの下らぬ嫌がらせだと、切り捨てることが何故かできなかった。

不浄というその言葉だけが、きついにおいとともに胸に突き刺さった。

あれと同じにおいが、この座敷にも立ち込めている。ここは不浄に侵されている。

久斎の背後で雷が轟き、空が不穏に明滅した。

その雷が脳天に突き刺さり、からだ中が焼かれたようだった。熱さに耐えかねて、喉が破れんばかりに叫んでいた。同じことが、前にもあった。垂水家の屋敷――。ふたりの兄は、久斎の母を愚弄した。まったく同じ怒りが、何倍にもなってからだ中を焼き尽くす。

「うおおおおお――――！」

獣じみた咆哮が、自身から発せられていることすら気づかなかった。ただ夢中で、住職のからだをしのから引き剝がし、顔といい腹といい所構わず殴りつけた。情けない悲鳴をあげていた利恵は、やがてぐったりと動かなくなったが、それでも熱いものは、ぶくりぶくりと沸いてくる。怒りか焦りか、あるいは哀しみか。正体がわからぬままに、ひたすら利恵に向かって打ちつけた。

「やめぬか、久斎！　住職に、何ということを！」

若い僧たちに数人がかりで引き離されるまで、久斎は手を止めなかった。騒ぎをききつけたか、あるいは女の悲鳴が届いたか、応顕を含めた四人の僧たちが離れへと駆けつけていた。

大人の僧が三人がかりで押さえつけても、久斎は気を惑うたように暴れ続ける。見る影もないほどに顔が腫れ上がり、壁に貼りついたボロ雑巾さながらの利恵に向かい、なおも必死で両手両足をふりまわす。

「放せ！　こいつは、住職でも何でもないっ！　こいつは、こいつは……しのを……！」

それだけで、すべてを察したのだろう。壁に背を預けた格好の利恵に、応顕は蔑みの目を向けた。

「まったく、あなたの病は救いようがない。同じ過ちを本山でくり返し、挙句の果てにこんな山奥にとばされたというのに……」

その臭気を厭うように、袖で鼻を覆う。

「せめて目付の私がいるあいだくらい、慎んでおればよいものを……利恵殿、あなたもこまでですな。これほどの騒ぎとなっては、本山に知らせぬ訳には参りませぬから」

ちょうど遅れて辿り着いた三人の雛僧に、手当のための水や布をもってくるよう応顕は命じ、三人が出ていく前に、その場にいた僧たちにきつく言い渡した。

「よいか、おまえたち、今日のことは決して、この寺の外に漏らすでないぞ。万一、村人に知られでもしたら、西菅寺だけに留まらず、一門にとって由々しき大事となる」

ひと言でも口をすべらせれば、破門と心得よ。そう脅されて、六人の僧たちは神妙にうなずいた。

「さて、久斎。かような狼藉を働いたのだ。本来なら、おまえも住職ともども破門を食らうところだが、格別に図ろうてやる。その代わり、あのしのという娘を説き伏せよ」

「……どういうことだ？」

「今日のことを、村の者には決して明かさぬよう、あの娘に承服させるのだ」

その代わり、為三の葬式代などは便宜を図ると、応顕はほのめかした。

「おまえの言葉なら、あの娘も耳を貸すだろうし、もとより無体を受けたなどと噂が広まるのは、当人にとっても本意ではなかろう。よいな、しのを探し出し、きっと説き伏せて……」

「え？　探し出す……？」

と、久斎は、唐突に気がついた。三人にのしかかられたまま頭を上げて、ぼんやりと明かりの灯る座敷内を、改めて見まわす。しのの姿は、どこにもなかった。

「しのは？　しのは、どこに行った！」

「おれたちが離れに向かおうとしたとき、走り去る人影を見たぞ。おそらく、それかと……」

兄僧の源斎が、もごもごとこたえる。

「北辺の方角じゃなく、寺裏へと向かっていた……あれがしのなら、親父さんの墓かもしれない」

応顕が無言でうなずくと、久斎を押さえつけていた三人の僧が腕を解いた。弾かれたように立ち上がり、久斎は後ろも見ずに駆け出した。応顕の指図に従ったというよりも、ただ、しのの身が案じられてならなかった。

つむじ風のように久斎が出ていくと、応顕はいかにも面倒そうにため息をついた。

「やれやれ、またぞろ新たな住職を立てねばならぬ上に、それまでは私もここを動けぬな。こんなつまらぬ山奥に、いつまでも縛りつけられるのはたまらぬわ」

ひとり言ち、未だに気を失ったままの住職に、冷笑を浮かべる。

「利恵殿も、そうお思いでしょう？　ようございましたな。これであなたさまも、ようやく退屈なこの地から、抜けることが叶いますな」

傷の具合を看るふりで、利恵の耳許で呟いてから、応顕は三人の僧たちに、住職を床に寝かせるよう指図した。

「しの、しの！　どこにいる。頼むから、こたえてくれ！」

息せき切って、為三の墓の前に行ってみたが、しのの姿はなかった。墓地といっても、雑木林に近い。見通しが悪く、辺りは真っ暗だ。墓地の中を無闇に駆けずりまわったが、目当ての姿は見つけられない。途方に暮れて月のない空を仰いだとき、すぐ近くで雷が光った。

目の端に、たしかに動く人影が映じた。

ここからは、かなり遠い。墓地の裏手には、日の落ちる方角を塞ぐ形でさらに険しい山がそびえ、その北側の突端に、ひときわ高い崖がある。深い谷底にのみ込まれれば、人はもちろん、獣ですらも二度と這い上がれない。

数年に一度、自らとび込む者が後を絶たず、『不帰(かえらず)の崖』と称されていた。

その崖の辺りに、たしかに人らしき姿が、稲光に照らされて一瞬見えた。

「しの……まさか……！」

久斎は、崖に向かって猛然と走り出した。ごろごろごろと長い余韻を引いて雷が呻(うめ)き、墓地を抜けて細い山道にさしかかったときには、最初のひと粒が頬に当たった。父の葬儀で泣けなかったしのの代わりに、空が涙をこぼしてでもいるようだ。大粒の雨がばらばらと落ちてくる。

不帰の崖では、命を絶った者たちの供養のために、年に二度の彼岸には西菅寺の僧たちが打ちそろって読経を行う。道は足が覚えていたが、行き交う者もほとんどない獣道に近いありさまだ。山の暮らしでだいぶ夜目がきくようになったものの、焦る気持ちからがつがつと進むものだから、数えきれないほど枝に顔を叩かれ、切株でしたたかに脛を打った。

それでも痛くも何ともない。

このまま、しのを失うかもしれない——。

からだの芯が震えるような、その恐怖にくらべれば、些細な怪我など二の次だ。

雨は少しずつ強まって、裸足の足の下で草がすべる。何度もころび、突いた手に太い茎が刺さり、白い衣はたちまち泥だらけになった。心の臓は、すでに口からとび出しているかのように、荒い息は耳の外からきこえてくる。構わずに、ひたすら足を前に出した。

どのくらい経ったろうか——ふいにぽっかりと、視界が開けた。

鬱蒼と茂っていた樹木が切れて、ちょうど寺裏の墓地くらいの空き地が広がっている。その向こうは、ただ真っ黒な空が占めていた。

何も見えず、久斎はいっときその場にへたり込んだが、何度目かの稲妻が、かっと辺りを照らした。崖の突端に立つ細い姿が、白い光の中に影絵のように浮かび上がった。

「しの！」

破れそうな胸から、辛うじて声がほとばしる。ふたたび闇に沈んだ影絵が、ゆっくりとふり返った。

「久斎、さま……」

その声が、からだにしみわたるようで、不覚にも涙がこぼれた。引き寄せられるように、ふらふらと近づくと、鋭い声がそれを制した。

「久斎さま、来ないで！　……来ないでください。こんな姿……久斎さまだけには、見られたくなかったのに……！」

久斎と同様に、少しは親愛の情をもってくれていたのか。あるいは、子供には見せたくなかったという意味か。しのの心中はわからなかったが、それでも必死で説いた。

「しの、帰ろう……しのには、酷なことかもしれん。あんな糞坊主どもの顔なぞ、二度と見たくないかもしれん。それでも、しの、おれと一緒に帰ってくれ！」

金の心配はなくなった。しのが受けた傷にくらべれば、とても足りぬだろうが詫び料代わりにはなる。寺の面目にかけて、今夜の不始末は決して表には出さない。しのはいままでどおり、何も知らぬふりで暮らしていけばいい――。

口にしながら、久斎は気づいていた。紡ぐ言葉はあまりに空虚で、まるで黒い煙を吐いてでもいるようだ。いまのしのには何の意味もなさないばかりか、逆に小さな礫をぶつけているような気さえする。

そこにあるのは西菅寺の身勝手な理屈ばかりで、心とからだを深く傷つけられたしのの癒しには、ひとつもなりはしないのだ。

久斎は、途中でやめた。何か言わなければ……昂ったしのの気持ちを、どうにか鎮めなければ……焦れば焦るほど、言葉は重く腹の底に凝っていく。まだ本降りにはなっていないが、粒の大きな雨の音だけが、漆黒の闇を埋めてゆく。

「もし……もしも、しのに何かあれば、前橋にいる姉さんが悲しむ。父を亡くしたばかりなのに妹までいなくなったら、しのの姉さんが……」

「姉ちゃんは、死にました……ひと月前に」

「……なん、だと？」

「この前、村に来た人は、それを知らせにきたんです」

しのの姉は、色街に行ってたった三年で、重い病にかかり先を憂えて首を括った——村に来た女衒からきかされて、父と妹宛の短い詫び状も受けとった。早過ぎる娘の死が、為三にはことのほか応えたのだろう。まるで娘の後を追うようにして、息を引きとったのだ。

「病のせいだと、そうきいたけれど……きっと、それればかりじゃなかったんだって、いまならわかる……だって姉ちゃんは、あんな辛い目に、あんな恥ずかしい思いを毎日して……首を括りたくなるのも、あたりまえだ」

今夜の出来事は、わずかに残っていたしのの生きる希望を、根こそぎ刈りとった。前橋の色街に行けば、同じことがくり返される。これ以上ないほど残酷に、しのの心に焼き鏝の痕のような無残な現実を刻みつけた。

しのがどうして、まっすぐに不帰の崖を目指したか、ようやくわかった。

「前橋には行きたくない。でも、おらひとりでは、どのみち村では暮らしていけない……おまけに、こんなからだになったら、もう嫁にも行けない」

静かな慟哭だった。こんなときですら、しのは泣き叫ぶ真似をしない。それが何より悲しくて、涙と一緒に、素直な気持ちがこぼれ出た。

「しの、頼むから、おれを置いていかないでくれ……おれをひとりにしないでくれ……おれにはもう、しのより他に誰もいないんだ！」

「久斎さま……」

「村に残るのが嫌なら、おれと一緒に村を出よう！　おれもあんな寺には、ほとほと愛想が尽きた。誰も知らぬところで、ふたりで暮らそう。そうしよう、しの！」

表情など少しも見えないのに、たしかにそのとき、しのが笑った——。何故だか、そう思えた。

あれは一瞬だけ、ほんのわずかに灯った生きる希望だった。けれどもあまりに小さな灯は、最前よりも強まった雨に、たちまちかき消された。

もしも久斎が、もう少し大人であったなら、せめてもう少し歳が近ければ、しのは頼ってくれたかもしれない。久斎を巻き込んで、ともに生きる道をえらんでくれたかもしれない——。後になって、そう思った。久斎が子供であったから、しのの希望にはなり得なかった。子供であったから、しのは久斎を守ろうとしてくれた。

「ありがとう、ございます、久斎さま……その言葉だけで、しのは十分です」

「しの、待て！　行くな、しの！」

「久斎さまならきっと、立派なお坊さまになります……さようなら、久斎さま」

崖の上の気配が、ふっと消えた。その瞬間、ひときわ大きな雷光が、真上で光った。

光と影に彩られ、浮かび上がった崖の先端には、誰もいなかった――。

一瞬の光が消えると、底の知れない恐怖が久斎を襲ってきた。

つんざくような咆哮が、あたりの山々からいっせいにこだまする。

己自身の叫び声だと、それすら気づかぬまま、ただ魔物に追いつかれぬよう、叫びながら必死で山を駆け下りた。

得体の知れない恐怖の正体は、空虚な色をした絶望だった。

悲しみ、憤っているあいだは、人はまだ死なずにいられる。その狭間にぽっかりとあいた灰色の穴に嵌まると、己の命すら、どうでもよくなってしまう。――ちょうど、しののように。

さっき、しのに言ったことは本当だ。久斎には、しのより他に何もない。しののいないこの世には、そこかしこに灰色の穴があいていて、気を抜けばたちまち落ちる。

不帰の崖は、心にそんな穴をもつ者を引き寄せるのだ。

本能が、逃げろと告げていた。不帰の崖からも、西菅寺からも、木菅村からも。

生来の我の強さか、あるいは若さか、もしかすると、他ならぬしのの最後の温情だったのかもしれない。

声ならぬ声に従って、夢中で駆けた。

行きと同じにころびながら山を下り、墓地を抜け、境内を突っ切り、石段を五、六段落ちたような気もする。それでも足は止まらなかった。村の途中で道を折れて、南野を過ぎたが、それすら覚えていない。

しののいなくなった木菅村に、久斎は二度と戻らなかった。

二

　目が覚めると、見事な朝焼けの空が広がっていた。

　ぼんやりとした頭には、何も浮かばない。木々の枝越しに見える鮮やかな色に、ただ見とれていた。

　木の根を枕に、草の上で大の字になっている。頭上の葉叢が風を受けて鳴り、呼び合うように辺りの草がさわさわと揺れる。また目を閉じて、心地のいい風に、しばし頰を預けていた。

　ここがどこで、何をしているのか。自分が何者なのかさえ、久斎は忘れたままでいたかった。ふたたび訪れたまどろみに、身を任せようとしたとき、邪魔をするものがあった。

　地面に耳が近いせいか、足音がやけにはっきりときこえる。ひどく焦ってでもいるような二、三の足音がどんどんこちらに迫ってきて、何かしきりと叫んでいるが、中身まではわからない。

　かかずらうのも面倒で、草むらに寝ころがったままやり過ごすつもりでいたが、ふいに軽い足音が、びっくりするほど近くできこえた。

大人のものらしい足音と声に気をとられていたのだが、首だけそちらに向けた瞬間、そいつが空から降ってきて、久斎の腹の上に見事に倒れ込んだ。

「……ってえ、何でこんなところに、人がいるんだよ」

「それはこっちの台詞(せりふ)……」

言いかけた文句は、相手の手に塞がれた。

「坊さん、仏の慈悲だ。見逃してくれや」

味噌っ歯の目立つ歯がのぞき、にっと悪戯気に笑った。久斎より、ひとつふたつ下か、まだ子供だった。丸い鼻頭の辺りに、炒った胡麻をまぶしたようにそばかすが散っていて、妙に愛嬌がある。

猫の子のように腹ばいのまま久斎の上を通り過ぎ、奥の草むらへと消えた。呆れて思わず半身を起こすと、ちょうどふたりの大人の声が耳に届いた。

「ちっきしょう、あのガキ、どこへ行きやがった」

「商い物を客から奪うなんて、ふてえ野郎だ」

そういうことか、と事の仔細(しさい)が呑み込めた。子供を追いかけてきたらしいふたりの男もまた、草むらからにょっきりと頭を出した久斎の姿に、ぎょっとして立ち止まる。

「うお、脅かすねえ。お坊さまかよ」

「こんなところで、どうしなすった。また、ひでえありさまだな」

衣は泥まみれ、あちこち破れている上に、顔も手足も傷だらけだ。あんぐりと口をあけたが、派手にころんだだけだから構うなと、ふたりの関心をぞんざいに遠ざけた。

「それより、おまえたちはこそ泥を追っているのだろ？」

「坊さん、奴の姿を見ましたか？」

「ああ、見た。あっちの林から、向こうの脇道に抜けたようだぞ」

と、見当違いの方角を、指で示した。

「そいつは、宿場に戻る道じゃねえか！」

「もしかすっと、宿場でもうひと稼ぎするつもりじゃねえか？」

仮にも坊主が、盗人をかばい立てするとは思わなかったのだろう。大人たちは素直に騙されて、久斎の示した方へと駆けていった。

「やれやれ、他愛のない」

腕を枕にまた寝ころがった。目を瞑りながら、そういえば、と思いついた。朝焼けに染まるこんな早朝から、ものを売り買いしたりするだろうか？　いや、そんな店もあるにはあるだろうが、どうもしっくりこない。

「もしかすると、朝焼けではなく、夕焼けか？」

「何だ、坊さん、寝ぼけてんのか？」

口に出すと、こたえる声がする。びっくりしてとび起きると、さっきの子供が脇の草むらから、ひょっこり顔を出していた。

「かっちけねえな、坊さん。おかげで助かった」

「別に……おまえを助けたわけではない。連中の目が三角で、そいつが気に入らなかっただけだ」

「三角？」と、不思議そうに首をかしげる。

「それよりおまえ、何で戻ってきた？　また、見つかるぞ」

「坊さんのおかげで、奴らは宿場に逆戻りだ。笑いを堪えるのに苦労したぜ」

うひゃひゃと笑う顔には、まるで屈託がない。

「盗人猛々しいとは、おまえのことだ。子供のくせに、末恐ろしいな」

「もう十三だぜ、子供じゃねえや」

「まさか、おれと同い歳か！」

「うええっ！　てっきり大人の坊さんかと！」

久斎以上に大げさに驚いてみせて、改めてまじまじと白い衣を検分する。寝衣のままとび出してきただけに、黒い下衣もつけていない。

「よく見りゃ、ひでえ格好だな。山で熊にでも襲われたのか？」

「ころんだだけだ」と、さっきと同じ言い訳をしたが、

「いやいやいや、石段を百遍踏み外さねえと、そうまでずたぼろにはならねえだろ」

ひらひらと、片手をふる。柄が小さいわりには、妙にこまっしゃくれて世間ずれしていた。

「おまえ、どうして盗みなんか？」

「そりゃ、腹がへったからに決まっているだろうが」

と、懐から、竹皮の包みを出した。ぷうんと甘いにおいが鼻をつき、たちまち腹が、ぐうきゅるると、とんでもない音で鳴った。思わず赤面して、下を向く。

「なんだ、坊さんも腹がへってんのか？　そうならそうと早く言えよ」

さっさと藁紐をほどいて、包みを開ける。ひと口大の小ぶりな饅頭が、縦に三つ横に四つ合わせて十二個、辺を寄せ合ってきゅうきゅうに詰められていた。

「坊さん、いつから食ってないんだ？」

こたえる前に、いまがいつの何時かとたずねた。見当したとおり、夕方の七つ過ぎだと相手はこたえた。

どこへ向かっているかもわからないまま、夜の中を、ただひたすら駆け続けた。雨がい

つやんだのかも覚えていない。何かにつまずいて、倒れ込んだまま動けなくなった。そういえば、黒一色だった空が、わずかに白んでいたような気もする。

久斎をつまずかせたのは、大きな橅の木の根っこであったようだ。張り出した枝のおかげで、地面もさほど濡れておらず、丸半日寝ていたあいだに、背中以外は着物も乾いていた。

たぶん、と少し考えて、久斎はこたえた。

「昨日の晩から……何も食ってない」

「それじゃあ、空きっ腹もおれの半分だな。おれはまる二日、何も食ってない！」

と、何故かえらそうに胸を張る。

「ま、腹のへり具合から考えて、坊さんはこんなもんだな」

白い饅頭のかたまりのへりを折るようにして、端の三つを久斎の手の上に載せた。

「どうした？　遠慮せず食えよ。助けてもらった礼もあるし、空きっ腹相哀れむって言うだろ？」

盗んだものだという躊躇は、やいのやいのと催促する腹の音に、たちまちかき消された。

三つの饅頭の、ひとつを口に放り込む。酒粕の香りと餡の甘さが、口いっぱいに広がった。

「うまい……！」

呟いた拍子に、片方の目から、ほろりと涙がこぼれ頰を伝った。自分も口に放り込もうとして、子供がぎょっとする。

「何だよ、泣くほどでもなかろうに」

「いや……泣くほどうまい……本当に、うまい……！」

今度は両目から涙が吹き出して、止めようがない。泣きながら、残るふたつの饅頭を、がつがつとむさぼり食った。涙が混じって、少ししょっぱい。それでもうまくてならなかった。

しのが死んだのに、腹がへる情けなさと、生きているという、どうしようもない実感がない交ぜになって、胸に押し寄せる。

――せめて死ぬ前に、こんな饅頭を、しのにも食べさせてやりたかった。

そう思うと、よけいに涙が止まらない。こちらをながめながら、子供が呆れたようにため息をつく。

「泣くほど腹へってんのかよ……仕方ねえな、半分やるよ」

竹皮からもう三つ、饅頭を分けてくれた。礼もそこそこに、その三つも口いっぱいに頰張った。

それぞれ六つの饅頭を腹に収め、ひと心地つくと、子供がたずねた。

「おれ、万吉(まんきち)ってんだ。坊さんは？」

久斎と名乗ろうとして、あけた口をまた閉じた。

「おれは……名などない。これまでの名は、捨てることにしたからな」

「ふうん……じゃあ、何て呼べばいい？」

「名無しだから……無名(むみょう)でいい」

「ムミョーって、言いづらいぞ。何だかお経みたいで、背中がムズムズする」

本当に背中がかゆいみたいに、もぞもぞする。経のようだと言われたのも不本意だ。久斎は少し考えた。

すでに日は西に沈み、茜空(あかねぞら)は藍(あい)にゆっくりとのみ込まれてゆく。

今日こそは、本当の夜明けが来るかもしれない――。

朝が訪れるたびに、そう願ってきた。けれども、しのがいなくなったいま、二度とそんな日は来ないのだ。本当の夜明けなど、金輪際己にはめぐってこない。

「無暁(むぎょう)だ……」

「ムギョー？」

「そうだ……おれはこれから、無暁と名乗ることにする」

さほど変わらないが、さっきよりはましと思えたか、万吉が承知した。

暁無し——。

無暁という名は、夜明けをひたすら待ち望む、子供の自分との決別を意味していた。


「へえ、そんなら坊さんも、帰る家がねえ身なのか」

饅頭を食べ終えると、万吉に問われるままに仔細を語った。しののことや出自などはあえて伏せたが、腐りきった寺に嫌気がさして逃げ出してきたと語り、意地の悪い継母や兄のいる家にも、足を向けるつもりはないと告げた。

万吉は、たいして同情する素振りも見せず、それでもふんふんと相槌は打ってくれる。からだは小さいのに、やはり人を食ったような世慣れたところがあって、聞き手としては悪くなかった。

「も、ってことは、万吉も実家には帰れないのか？　やはりなさぬ仲の親兄弟でもいるのか？」

「おれの場合は、血の繋がった実の親父だがな。これがまた、ひでえの何のって。親父は曲がりなりにも本百姓の家の出なんだがよ、三男じゃたいして土地ももらえねえと、いい歳してふてくされちまってよ」

世をすねた父親は酒や博奕に逃げ、万吉は四人兄弟の二番目だが、酔って子供たちに手を上げる姿しか覚えていないと吐き捨てた。

「おふくろとも年中ぎゃんぎゃん喧嘩のしどおしでな、おれが十歳のときだったか、下のふたりを連れておふくろは家を出ちまった。兄貴とおれは置いていかれたが、じさまの計らいで奉公に出されてな、おれは高崎城下の生糸問屋だった」

上州と呼ばれる上野国は、古くから養蚕が盛んな土地だった。前橋や高崎はその集散地であり、絹に関わる問屋が軒を連ねているという。しかし万吉が三年奉公していたという生糸問屋は、驚くほどに西菅寺によく似ていた。

「旦那は守銭奴だし、白ねずみどもは薄情で、てめえのことで手一杯。若い手代も同輩の小僧も鬱憤が溜まっていてな、柄が小さいってだけでそいつをおれに向けやがる」

白ねずみとは番頭のことだ。万吉がいたのは大きな店らしく、番頭は三人ほどもいたそうだが、語られた白ねずみの姿は、本山から西菅寺に遣わされた応顕に重なった。

万吉は小さいぶん力もなく、また読み書きや算盤も得手ではなかった。馬鹿だの役立たずだのと罵られ、いいかげん嫌気がさしていたようだ。

「おまえも、苦労したのだな……」

「こんな話、世間にはごまんところがってらあ。運のいい奴はほんのひと握りで、たいていはごまんの内で泣きを見ている。おれもおまえも、ごまんのうちのひとつに過ぎねえのさ」

「……そういうものか」

さっきまで、世の中の不幸を一身に背負っている心持ちでいたのに、万吉は実に呆気なく、ひっくり返してみせた。この程度の不運はむしろあたりまえ、決して己ひとりがどん底にいるわけではない。そう説かれているようで、不思議と心が軽くなった。

「おれもいいかげん頭にきてよ、腹いせに店の金をちょこちょこっとくすねてやったんだ」

手癖が悪かったのは、当時からか。呆れたが、家にいた頃からだと平然と語る。

「放っとくと、親父がみんな呑んじまうからな。寝ている親父の懐から小銭を抜いては、食い物に換えていた」

そうきくと、責めるのもはばかられ、つい同情めいた気持ちになる。見透かしたように万吉は、大きなため息を吐いた。

「坊主だけあって、とことん甘えなあ。いいか、おれたちみてえに親に恵まれねえガキは、ここを使わねえと生きていかれねえ。すうぐ死んじまうんだぞ」

万吉は自分の頭を、指でこんこんと叩いてみせた。

「おれは読み書きはてんで駄目だが、ここだけは目一杯使ってきたぞ。言ってみりゃ、世渡りのための知恵ってやつだ」

店に盗みがばれたときにも、万吉はその知恵とやらをふり絞ったようだ。主人からは大目玉を食らい、すぐさま実家に戻されるところを隙を見て逃げ出してきたと、ちょっと得意そうに胸を張る。

万吉のしぶといまでの逞しさには、ただただ圧倒される。たとえ悪事に手を染めても、生きようとする。しのの死に打ちひしがれていただけに、その姿は途方もなく安堵を誘った。

「ええっと、さっき言ってたおめえの名、何ていったっけ？　む、む……」

「無暁だ」

「そうだった。無暁も、行く当てがないんだろ？　だったら、おれと一緒に、江戸に行かねえか？」

「江戸、だと？」

「おうよ。上州にはもとより留まるつもりはねえし、江戸に行きゃあ食いっぱぐれねえときいた。何よりも、いの一番に行ってみてえところがあってよ」

いっひっひ、と嫌な笑いを浮かべる。

「何だ、気持ち悪いな。どこへ行くつもりなんだ」

「吉原よ」

「……吉原？　とは何だ？」

「知らねえのかよ。江戸随一、いや、日の本一の廓だぞ」

廓、ときいて、急に気分が悪くなった。視線を外し、ぷいと横を向く。

「おれは廓なぞ嫌いだ。そんなところ、行くものか」

「坊主だけあって固えなあ。まあ、行きたくねえなら無理にとは言わねえけどよ。おれは筆下ろしは吉原でって決めてんだ」

筆下ろしの意味すら知らなかったが、懇切丁寧に説かれて思わず赤面する。

「なに照れてんだよ。おめえだって、おっ立つことくらいあるだろうが」

「……そういうのは、不浄だと言われた」

「ぶはっ！　いかにも坊主の言い草だな。男がおっ立つのは、古今東西あたりまえじゃねえか。不浄もへったくれもねえ、むしろ役に立たねえ方がよほど危ねえぞ」

吹き出すなり、げらげらと笑いころげる。これまで自身をきゅうきゅうに縛りつけていた縄を、万吉はいとも鮮やかに断ち切ってみせる。

草の上にころがって腹を抱える姿に、自ずとその言葉が口を突いた。

「万吉、おれも一緒に江戸に行く……廓ばかりはご免だが、江戸までは同行させてくれ」

「お、そうか！　そうこなくっちゃあ」

起き上がり小法師のように、くるんと身を起こし胡坐をかく。

「なに、道筋なら心配はいらねえ。このまま中山道を行けば、江戸に着くからな。国境を越えて武蔵に入りゃ、江戸まではそう遠くないときいた」

木菅村を出てから、暗い道をひたすら駆け続けてきたが、どうやら南に向かっていたようだ。中山道の高崎から、宿場ふたつぶん江戸に近い辺りだと教えられた。ちょうど上州と武蔵の国境にあたり、三日も歩けば行き着くだろうと万吉は目算した。

「三日か……路銀がなくとも、飲まず食わずで何とか……」

「馬鹿野郎、食わねえと死んじまうじゃねえか」

「やはり盗み食いで、食い繋ぐつもりか？」

そればかりは気が進まないと、渋い顔をした。

「そのつもりでいたけどよ、もっと上手い手を思いついた……寺にいたなら、経の真似事くれえできるだろ？」

「真似事ではなく、ちゃんと唱えられるぞ」

「それは重畳。そういや、宗門によって経も違うんだったな。どこの宗だったんだ？」

無暁がこたえると、なるほど、と呟いて、腕を枕にごろりと横になった。無暁も倣い、となりに仰向けになる。

日はとうに陰っていて、昨夜とは打って変わって満天の星が広がっていた。

「宗門なぞきいて、どうするつもりだ？」

「明日の朝に、教えてやるよ……細工は流々、仕上げを御覧じろって……」

しゃべる声が途絶えて、くうくうと寝息が返る。今日一日、知恵も足も存分に使って、万吉は疲れていたのだろう。一方の己は夕方まで寝こけていたから、たいして眠くもなかったが、くうくうはほどなく、ぐうぐうに変わった。

健やかで呑気な寝息は、まるで子守歌のようで、自然にまぶたが重くなった。


目を覚ましたとき、空は暗い鉛色をしていた。東側は明るくなっていたが雲が居座っていて、日は顔を出しそうにない。昨日と同じに、ここがどこなのか、思い出すのにしばし暇がかかった。むくりと身を起こすと、朝露に濡れた衣が張りついてくる。大きなくさめが出て、その拍子に思い出した。

「……万吉？」

となりにいたはずの姿は、どこにもない。辺りを見渡し名を呼んでもみたが、こたえは返ってこなかった。

「憚(はばか)りでないとすると……朝飯でも、ちょろまかしに行ったか」

仕方なく、膝を抱えてつくねんとする。曇った空を憂えてか、鳥のさえずりさえあまりせず、妙に静まり返っている。見知らぬ土地にひとりでいると、わずかな時間すらとてつもなく長く感じる。そのうち、妙な心配までわいてきた。

「もしや……またどこぞに盗みに入って、捕まったのではあるまいな」

探しに行きたいところだが、万吉がどちらへ向かったか方角すらわからない。すれ違いでもしたら、二度と会えなくなりそうで、怖くてその場を動けなかった。

「それとも……まさか……」

その考えが頭をかすめたとき、言いようのないものに襲われた。

強い悲しみと、深い虚ろ――。

万吉はおれを置いて、ひとりで行ってしまったのだろうか？　何の役にも立たない厄介者のおれなぞ、連れていくには値しない。ひとりで江戸に向かったのか、あるいは江戸行きの話すら、嘘だったのだろうか――。

悪い考えが頭にも肩にも積もってきて、まるで塩をふったナメクジのように、からだがきゅううっと縮こまる。抱えた膝に顔を伏せると、涙がこぼれた。

昨日会ったばかりで、まだ半日も一緒にいない。置いていかれたとて、恨み言を言う筋合いすらない。わかってはいたが、悲しくてたまらなかった。

いまの自分は、本当に寄る辺のない身の上なのだ——。噛みしめるごとに、じわりと苦い孤独がにじんでくる。

どのくらいそうしていたろうか。遠くから、下手なさえずりがきこえてきた。

はっと顔を上げ、立ち上がった。調子っ外れな口笛を吹きながら、西の方角から誰かが歩いてくる。それは紛れもなく、待ち焦がれていた姿だった。

「万吉！」

喜び勇んで駆け寄った。どうしようもなく、嬉しくて嬉しくてならなかった。

「おう、坊さん。起きてたか……って、おめえ、何べそかいてんだ？」

「べそなぞ、かいてない！」と、急いで顔を拭う。

「なんだ、ひょっとして、置いていかれたとでも思ったのか？　でかい図体のくせに、本当に泣き虫だなあ」

にかりと笑う顔に安堵して、また情けなく口が曲がる。

「ちょいと路銀を、工面しに行っただけだ。ていうか、路銀に化ける代物だがな」

万吉が、肩に担いでいたものを下ろす。百姓家の庭先にでもありそうな、埃まみれの筵だった。

「その小汚い筵が、どう路銀に化けるというのだ？」

「ま、そいつは後で教えてやるよ。先に腹ごしらえしようぜ」

懐から、笹の葉の包みをふたつ出す。中身は大きな麦飯のおにぎりで、傍らに味噌も添えてあった。たちまちごっくりと喉が鳴り、握り飯にかぶりついた。

「また……どこぞから、黙って、とってきたのか？」

口をむぐむぐさせながら、無暁がたずねる。

「いんや。ちゃあんと断りを入れて、いただいてきたぜ」

「もらった、ということか？　世間には、親切な者がいるものだな」

「まあな。おれのためじゃあなく、おめえのためだがな。存外、有徳者には事欠かねえのさ」

謎解きのように言って、にやりとする。麦むすびを腹の中に収めると、よし、はじめるか、と万吉は腰を上げた。

「無暁、まず着ているものを、すべて脱げ」

「何だと？」

「その衣を、とれって言ってんだよ。で、この筵を羽織れ」

まったくわけがわからない。それでも強引な万吉に押し切られ、ひとまず白い寝衣を脱いだ。どのみち泥まみれだし、衣はここに捨てていくという。

「できればその褌も、とった方がいいんだが……さほど新しいもんでもなさそうだし、ま、そいつはいいだろ」

褌だけは勘弁してもらい、筵を羽織って前を合わせる。何とも情けない格好に、つい口を尖らせた。

「こんな格好で、何をさせるつもりだ。まさか、物乞いでもしろというのではあるまいな」

「平たく言や、そのとおりだ。ただし、道端でやるわけじゃねえ。目当ては寺だ」

「寺、とは？」

「この先に一軒、寺があるそうだ。さっき、筵と飯をめぐんでもらった百姓家できいてきた。てめえがいた寺とは宗門が違うそうだが、その方が都合がいい」

筵を巻きつけた無暁を、万吉は道に引っ張り出した。先に無暁を歩かせて、自分はその後に続く。ふたりがいた場所は、中山道へと続く脇道だったようだ。少し歩くと街道に出た。田舎道とはいえ、これから野良へ向かう百姓やら、街道では早立ちの旅人ともすれ違う。いずれも筵を巻いた異装の坊主に仰天し、じろじろと無遠慮な視線を送ってくる。顔から火が出るほどに、恥ずかしくてならなかった。

「万吉、いつまでこんな格好をさせておくつもりだ」

「もうちっとだから辛抱しろい。ほら、見えてきた。『真妙寺』って寺だそうだ」

街道から少し東に逸れた小高い場所に、寺らしき山門が見える。万吉に促されるまま、その方角に道を折れ、石段を上り山門を潜った。

数人の小坊主が、境内を竹箒で掃いていたが、無暁の姿を認めると、やはり奇異な目を向ける。頬に血がのぼり、このまま踵を返したい衝動に駆られたが、万吉がすかさず進み出て、無暁の身分を名乗り、住職との目通りを乞うた。

小坊主のひとりが庫裏へと駆けてゆくと、万吉がこそりと耳打ちした。

「いいか、口上はすべておれが引き受けるからな。おめえは坊主然として、話を合わせてくれりゃいい。無闇にうろたえたり、よけいな口をたたくんじゃねえぞ」

釘をさしたところへ、庫裏から住職が現れた。三十半ばくらいか、住職としては存外若い。無暁の形を見て、やはり目を丸くしたが、動揺を隠してていねいにたずねる。

「私が住職の光倫ですが、当寺に何か御用でしょうか？」

すかさず万吉が進み出て、常とは打って変わったていねいな口調で、ぺらぺらとしゃべり出した。

「お手間をとらせて、申し訳ございません。通りすがりの旅の者ですが、ぜひお慈悲をいただきたいと、お訪ねしたしだいです。こちらのお方は無暁さまと仰いまして、齢十九とまだお若い身なれど、心映えにも学問にもすぐれていると、本山の住職さまからの覚えもめでたきお方で……」

六つも歳を重ねられた上に、滔々と嘘八百を並べられ、身の内にびっしゃりと冷や汗をかく思いがする。江戸の本山に籍をおく、前途有望な若い僧だと、万吉はでまかせの肩書を語った。

「手前は万吉と申しまして、本山にて下働きをしております。このたびは無暁さまのお供をして、江戸から諏訪へと同行させていただきました」

江戸の本山から、諏訪にある末寺へと使いに出され、その帰り道にあると告げ、ここから万吉の口上は、さらになめらかになる。

「ところが、昨日のことでございます。先を急いでいたものですから、日が落ちてからも足を止めずにおりましたが、これがいけませんでした。倉賀野の宿を過ぎたあたりで、三人の追い剝ぎに襲われまして」

「それは物騒な……」

住職はすっかり話に引き込まれ、しきりに相槌を打つ。

「無暁さまが身を挺して逃がしてくださったおかげで、私はこのとおり事なきを得ましたが、かわりに無暁さまが、荷はもちろん身ぐるみ剝がされて、このような惨めなお姿に……」

器用にも、万吉が洟(はな)をすすりあげる。

先刻も同じ方便を使い、百姓家で筵と握り飯を得たことは、後で知った。

「それはそれは、ずいぶんと怖い思いをなされましたな」

住職が無暁を仰いで、大いに同情を寄せる。小柄な住職よりも上背があるから、よもや十三の小坊主とは夢にも思っていないようだ。

「いえ……私が至らぬばかりに、かような始末に……」

相手の目を避けながら、もごもごと呟くのが精一杯だった。対して万吉は、ここぞとばかりに哀れっぽく訴える。

「宗門は違えど、同じ仏の道に生きる身の上。どうかお慈悲をもって、無暁さまに衣のひとつもお与えいただけぬかと、こうして参ったしだいです」

「もちろんです。辿る道は異なろうとも、行き着く先は同じ仏様のもとなのですから。衣はお貸ししますし、その前に井戸でからだをお浄めくだされ。そうそう、朝餉もご一緒にいかがですか。山間の寺ゆえ、たいした馳走もできませぬが」

当然のことながら否やはない。万吉が大げさに礼を述べ、無暁もそれに倣う。

決して大きな寺ではないが、西菅寺にくらべれば倍も広く、本堂や庫裏の普請もよほど立派だった。僧の数も多いようで、小坊主も含めると二十人には届きそうだ。

小坊主に案内された井戸で、顔やからだを洗い口をすすぎ、さらに別の僧に促され、庫裏にあるひと部屋に通された。待つほどもなく、ふたりの小坊主が、白の下着と墨染の衣を運んでくる。ひとまず着替えると、万吉がほうっとため息をついた。

「いやあ、こいつは驚いた。おめえ、どっから見ても、いっぱしの僧侶に見えるぜ」

「どうそれらしく見えようが、小坊主には変わりないわ。さっきは慌てたぞ。十九だの本山だのと、大言ばかり抜かしおって」

「嘘はな、でけえほどばれねえものなんだよ。もうひとつ、嘘はできるだけ少ない方がいい」

「それは何だか、矛盾してないか？」

「つくときは思いっきりでかい嘘を、一方で来し方なんぞは、真実に合わせた方が見抜かれねえってことさ」

決して良い教えではないはずが、なるほど、と、ついうなずきそうになる。

「万吉は、その手の世渡り術を、誰に教わったんだ？」

「だいたいは、兄貴だな。おれより三つ上だったが、一年で奉公先をとび出しちまってな。いったん家に帰ったそうだが、親父がそりゃあもうえれえ剣幕で、さんざっぱら殴られたって」

その翌日、万吉の兄は家を出て、二度と故郷には戻らなかった。

「仲は良かったのだろ？　会えないとは寂しいな……」

「兄貴もきっと江戸にいるよ。江戸や吉原の話をしてくれたのは、兄貴だからな」

「江戸に行けば、兄貴を見つける当てでもあるのか？」

「いんや。でも縁がありゃ、そのうち会えるさ」

万吉の兄が便りを寄越さなかったのは、父親との縁を断ち切りたかったためだろう。万吉もまた、どうしようもない親の顔なぞ、金輪際見たくはないと言い切った。

「故郷(くに)を離れる前に、おれの奉公先に顔を出してくれてよ。そのとき、兄貴が言ったんだ。おれはもう、おまえの面倒は見てやれないから、おまえもこれからはひとりで生きろって。十やそこらじゃさすがに無理だから、奉公先で何年か辛抱して、その先はてめえで考えろって。とにかく頭を使え、使わないとすぐ死ぬぞって……そう教えられたのも、そんときだ」

「おまえも、辛い思いをしてきたのだな、万吉……」

「無暁は、ほんっとうに甘ちゃんだな。貧乏も奉公も、世間じゃめずらしくも何ともねえ。ついでに、ろくでなしの父親もな。むしろ大方が、一生、青息吐息でぜいぜい喘ぎながらのたれ死ぬ。おれはそんなのご免だからな。江戸で面白おかしく暮らしてやるんだ！……まあ、これも、兄貴の受け売りだけどな」

「そうか……それも、悪くないな」

盗みの上に騙りを働き、その片棒まで担がされている。無暁にしてみれば、正直怖くてならないのだが、万吉はすでに善悪を超えた向こう側に立っている。

そこにあるのは、逃れようのない絶対の貧しさと、生涯、土地や身分に縛られる理不尽だ。万吉の父親も、そんな鬱屈を抱えた挙句に、子に無体を働くような人でなしになってしまったのかもしれない。十三の無暁ではそこまで考えがおよばず、万吉兄弟を苛める父親が、ただ憎くてならなかったが、その底に貧困が張りついていることだけは、しのを見ていただけに理解できた。

「そんな甘々じゃ、世を渡っていけねえぞ。こっから先は、おめえにもちゃあんと働いてもらわねえと」

た。


「……何をさせる気だ？」

「まずは、ここの住職から……」

ごにょごにょと耳打ちしているところへ、住職の光倫がやってきて、慌ててかしこまった。

「おお、これはこれは、すっかり見違えてしまいましたな。さすがに本山におられるお方だけあって、涼やかなお姿だ」

筵姿では、さぞ怪しげに見えたろうが、僧衣に身を包んだ無暁は、ひとかどの僧と映るようだ。手放しで褒める光倫に、無暁は内心でひたすら恐縮しながら、ていねいに礼を述べた。

「住職さま、実はもうひとつ、お願いがあるのですが……」

「何ですかな？」

「もしお許しいただけるなら、朝の勤行に加えていただけぬかと……宗門の違う私が列座するのは、甚だ厚かましいことと承知の上ですが……もしもお許しいただけるならと」

「もちろんですとも！　どうぞご一緒にお励みくだされ」

光倫は、人の好さそうな顔をほころばせ、自ら本堂へと誘ってくれた。

宗派は違うものの、幸い同じ大乗仏教だ。経にもさほどの違いはなく、ことに三部経と呼ばれる三つの経は同じである。

本堂に着くと、すでに僧や小坊主が居並んでいて、数が多く堂内も広いせいか、なかなかに壮観なながめだった。末席に着こうとする無暁を、光倫は己の身近に座らせて、僧の鳴らす、ごおおんという鐘の音とともに、朝の勤行がはじまった。

「如是我聞　一時仏在　舎衛国　祇樹給孤独園　与大比丘衆　千二百五十人倶」

三部経の一で、もっともよく知られている「阿弥陀経」であった。長い経だが、もちろん無暁はすべて覚えている。淀みなく唱えながら、ふと気づいた。

二度と僧に戻るつもりなぞないが、経を読むことだけは嫌いではなかった。

知らぬ者からすれば、意味のない文字の羅列にきこえようが、経にはちゃんと意味がある。

「このように私は聞いた。あるとき仏は、千二百五十人の修行僧らとともに、舎衛国の祇樹給孤独園に滞在していた」

仏が舎衛城の近くにあった祇樹給孤独園、つまりは祇園精舎に集まった人々に向けて、阿弥陀仏と極楽浄土について説いたものである。その極楽浄土がいかに素晴らしいかが延々と説かれ、阿弥陀仏の名号、「南無阿弥陀仏」を唱えさえすれば、誰もが死後、極楽浄土に生まれ変わると説いている。

この念仏信仰こそが、大乗仏教の要なのである。

極楽浄土のありようが、詳細に経に織り込まれているのも、その素晴らしさを誰でも容易に頭に描くことができるようにとの配慮だろう。

悪や苦しみの一切ない、楽だけが満ちた世界であり、裏を返せば、それだけ今生は、苦労や悲しみにあふれた、切ない世界だということだ。

しのもやはり、この世の不条理に押し潰されて、為す術もなく死んでしまった。

あの世では、極楽に辿り着けるだろうか——？

そういえば、未だに弔いをしていなかったと、唐突に思い出した。

不帰の崖にしのが落ちたことは、己以外、誰も知らない。もしもふたりで村を逃げたと思われていたら、誰もしのを弔うことはしてくれない。弔いをせぬままでは、しのは迷ってしまうかもしれない。

怖気に似た焦燥に襲われて、無暁は一心に祈った。

どうか、しのが極楽に行けますように——！　仏がお導きくださいますように——！

ひときわ大きな声で経を唱えながら、ただそれだけを祈っていた。

勤行の後、朝餉を済ませると、無暁は座敷で光倫と向かい合い、改めて礼を述べた。

「お勤めに加えていただいた上に、結構な朝餉まで馳走になりまして、まことにかたじけのうございます」

「いやいや、目新しいものなぞ何もなく、江戸におられるお方には、お恥ずかしい限りですが」

住職は謙遜し、たしかに山菜や野菜、豆腐を使った質素な精進料理であったが、西菅寺にくらべれば馳走と呼べるほどの朝餉だった。魚がないことだけは、ぶつくさ文句をこぼしたものの、久々のまともな飯に、万吉もご満悦だった。

「使いに行った諏訪の末寺は山奥にあって、たいそう貧しい土地でした。お見受けしたところ、この辺りはまだしも豊かなようですね」

もちろん諏訪の末寺は嘘の話だが、西菅寺や木菅村に置きかえて、無暁は語った。

「上州は昔から、蚕が盛んな土地柄です。百姓たちも絹糸のおかげで、余分に金を得ることができますから」

同じ上州でも、木菅村のようにその恩恵に与れない者たちもいる。またぞろ、しのを思い出し、自ずとその問いが口からこぼれ出た。

「光倫さまに、伺いたいのですが……仏や極楽は、本当にあるのでしょうか?」

住職にしては若い光倫が、大きく目を見開いて、まじまじとこちらを見つめた。

「申し訳ありません！　仮にも仏道に帰依する身でありながら、罪深いことを口にしていると、重々承知してはいるのですが……」

慌てて言い訳したが、光倫は叱らなかった。びっくり顔を解いて、やわらかな表情で無暁をながめる。

「無暁殿は、たしか十九でありましたか」

「……はい」

「私も若いころ……ちょうど無暁殿と同じころかもしれません。同じ疑いを、抱いたことがありました」

「まことですか？　……それで、こたえは？　こたえは見つかったのですか？」

「そうですね……見つかったとも言えますし、未だにわからずじまいとも言えますね」

謎かけのように言って、微笑んだ。仏や極楽が在るとしても、生きている限りは決して見えない。だから今生では、たしかめようもない。光倫は、そのように説いた。

「それでも仏がおり、来世に極楽があると信じるからこそ救われる者もいる。それだけは、真実です。この世には、人の力ではどうにもならないことがあまりに多い。仏にすがるのも、それ故です。辛苦にあえぐ人々を、仏の道へと橋渡しすることこそが、我ら僧侶の務めだと、拙僧はそう思うています」

ある意味、あたりまえのことを、あたりまえに説いているだけなのだが、妙に心に染み透った。来世の極楽を説きながらも、この僧は、いま生きている人々の辛苦を和らげようとしている――無暁には、そう思えた。

「実は……これも諏訪の寺での話なのですが……私どもが寺にいた折に、若い娘が亡くなりました……身投げでした」

「それは……何ともいたわしい……」

光倫が、憐れみのこもった悔やみを口にする。嘘は少ない方がいい――。万吉の助言どおり、しのの身の上については、本当のことをそのまま語った。途中から、感極まって涙声になってしまったが、光倫は、黙って話をきいてくれた。

「貧しさと寂しさに耐えかねて、先々に望みを失って、娘はひとりで逝ってしまいました。私には、何もできなかった！　あの娘を、救ってやることができなかった！　それがどうにも情けなくて……何のために仏門に入ったのかと、修行の甲斐が、一切なくなったように思えて……」

大粒の涙をこぼすさまは、十九にしては幼過ぎたかもしれない。それでも止めることができなかった。万吉にも語れなかった事々を、すべて吐き出していた。

少し間があいて、すん、すん、と洟をすする音が間遠になったころ、光倫は静かに言った。

「人の力では、どうにもならないことがあると、先ほど申しましたが……」

「……はい」

「そこから先のこたえは、無暁殿、そなた自身が見つけることです」

「私が……？」

「さようです。おそらく正しいこたえなぞ誰にもわからず、また、この世にはないのかもしれません。本山におられる大僧正ですら、行きつけぬような頂に、こたえとやらが鎮座しているのやもしれません」

「それほどまでに、難しきことなのですか？」

「難しいですね……とても。なにせこたえは、ひとつではありませぬから」

「こたえが、たくさんあるということですか？」

「そのとおりです。たとえば、私と無暁殿では、こたえも違いましょうし」

決して宗門が違うためばかりではなく、目に映るもの、手に触れるものが異なれば、自ずと導き出す考えにも差異が出る。光倫は、そのように語った。

「あるいは、同じ無暁殿でも、十年後と三十年後に出すこたえは、やはり違うやもしれません」

経験の多寡を、光倫はさしているのだろうが、十三の小坊主には、そればかりはよくわからなかった。

「ともあれ、無暁殿、考えることだけは、やめてはいけません。長い時がかかりましょうが、きっと無暁殿にしか出せぬこたえがありましょう」

わかったようなわからないような、いまひとつ曖昧だったが、少なくともしののことを打ち明けたせいか、気持ちだけはだいぶ楽になっていた。

「光倫さま、本堂をお借りしてもよろしいでしょうか？　亡くなった娘のために、いま一度、経をあげてやりたいのです」

「もちろん、構いませぬよ。よろしければ、私もご一緒に、お弔いさせてもらいましょう」

住職とともに本堂に戻り、いっそう心をこめて、しののために経を読んだ。

「無暁殿の経は、まことによろしい。声が良く、響きが深く、心がこもっておりまする」

堂を出るとき、光倫はそう言って褒めてくれた。

住職がともに経を読んでくれたせいか、略式とはいえ、しのの弔いを無事に果たせたような、そんな気にもなった。

「無暁さま、そろそろ出立なさらないと」

待ちくたびれていたらしい万吉が顔を出し、催促する。そういえば、と万吉に言われていたことを思い出した。

「そのう……光倫さま、まことに勝手ながら、もうひとつふたつ、お借りしたきものがありまして……」

おそるおそる所望したのは、笠や草鞋、足許を固める脚絆などの旅装束と、いくばくかの路銀である。光倫は、何の疑いももたぬようすで、快くそろえてくれた。

「ありがとうございます！　この御恩は、一生忘れません。江戸へ着いたら必ず……もしかすると、多少暇がかかるやもしれませんが……必ず、必ずお返しいたします」

万吉には呆れられたが、この僧侶を騙すのはどうにも気が引けて、せめて江戸で落ち着き先を見つけたら、衣や路銀は必ず返そうと心に決めた。

「返していただくのは、いつでもよろしいですよ。それよりも、道中お気をつけて」

山門まで見送ってくれた光倫を、幾度もふり返り、万吉とともにふたたび中山道に出た。

「おっ！　思ったより、入ってるじゃねえか。重畳、重畳」

銭の入った巾着袋を覗き込み、万吉がにんまりする。

「光倫さまは、善きお坊さまであった……あのような方もいるのだな」

「なんだ、無暁。また坊主に戻りたくなったか？」

「そんなことはない！」

むっとして、大きな声で言い返す。光倫のおかげで、仏門の光の側面を見たように思えたが、しのの弔いを済ませたためか、僧への未練は残っていなかった。

「おまえがもたもたしてっから、遅くなっちまったじゃねえか。急がねえと、日が暮れるぞ」

万吉にどやされて、無暁も足を急がせる。

ふたりの道の先には、この世の極楽とも称される、江戸の街が待っていた。


両側に軒を連ねる商家の前を、びっしりと葭簀張りの床見世が塞ぐ。さらにあいた隙間には、これでもかと人が詰め込まれ、まるで勝手気ままな魚群のように、西へ東へと絶え間なく動いている。

「ふええ、何てえ人の多さだ。突っ立っているだけで、目がまわりそうだ」

万吉が、悲鳴じみた声をあげ、無暁も人の多さとかしましさに、ただただ圧倒されていた。

ふたりがいたのは、両国広小路（りょうごくひろこうじ）の西のとっつきだった。

正面に両国橋が見えるはずなのだが、人に塞がれてさっぱり拝めない。やたらと掛茶屋の数が多い床見世ばかりでなく、天秤で荷を担ぐ行商人や、奇妙な風体の芸人なども行き交っているものだから、てっきり祭りに違いないと勘違いしたほどだ。

「ここはきっと、江戸中でいちばん甘いんだ……」

無暁は自ずと呟いていた。

「甘いって、何の話だ？」

「板橋宿（いたばし）からここにくるあいだ、だんだんと人が増えていったろう？　砂糖に群がる、蟻（あり）の列のように見えたんだ」

「なあるほど、真っ黒になるほど集（たか）っているここが、いっとう甘いというわけか」

ひゃはは、と笑ってから万吉は、妙に厳かな顔を作る。

「だがな、まだまだ修行が足りんぞ、無暁。いっとう甘いのはここじゃあなく、新吉原よ」

「そうか、そうだったな……だが、万吉、金はどうする？　路銀はほとんど残っていないぞ」

「それでもここまで来たら、素通りするのは野暮ってもんだろうが。ひと目だけでも拝ませてもらわねえと、明日からの張り合いがねえじゃねえか」

万吉の何よりの目当てであり、ここから先は、無暁にはとりたてて行く当てもない。ひとまず同意すると、万吉はもう一度道を確かめてくると言って駆け出した。

真妙寺を出て三日目――昨日の晩、ふたりは板橋宿に着いた。あっちこっちの名所に寄り道して、街道では団子や饅頭を買い食いした。

子供同士の気楽さもあり、初めての旅に浮かれてもいた。それでも光倫和尚が用立ててくれた路銀は、わずかながら残っている。理由は、宿賃が要らなかったからだ。

僧侶の格好をしているのなら、きっと他の寺でも泊めてくれる。思いついたのは万吉で、見事に当たった。一泊目は熊谷宿で、二泊目は大宮宿の手前でひと晩の宿を乞い、おかげで宿代がかからなかった。真妙寺ほどの待遇は望めずとも、邪険に払われることがなかったのも、やはり万吉のおかげだ。先んじて土地の者に話をきいて、親切そうな住職のいる寺を見繕ってくれたからだ。

宿賃が要らないぶん気が大きくなり、ともに育ち盛りなだけにすぐに腹がへる。路銀の大半は買い食いに費やされたが、土地の名物のめずらしさも手伝って、ふたりとも大満足だった。

昨晩もやはり板橋宿に近い寺を塒にし、今朝は勇んで街道に出た。

板橋宿は、品川・千住・内藤新宿とともに江戸四宿の一とされ、曲がりなりにも御府内にあるのだが、宿場の外は田畑が多く、武蔵のひなびた田舎地と変わりなかった。けれども道を東へ進むごとに、だんだんと人も建物も増えてきて、延々と武家屋敷が続く場所や、びっくりするほどに豪壮な大名屋敷もあり、神田川に出るころには思わず目を見張るほどに往来の行き来は激しくなった。そのようすが、蟻の行列に重なったのだ。

「ここは御茶ノ水ってところで、あれが湯島聖堂だってよ」

無暁はすっかり気後れしてしまったが、万吉は通りすがりの者にたずねては、江戸案内をしてくれた。神田川沿いに東に行けば、江戸でもっとも繁華な両国広小路だときいて、ひとまず見物に来たのである。

いまも万吉は、近くの掛茶屋にとび込んで、店先に腰を下ろしていた男に気軽に話しかけている。それにくらべて、世間知らずの自分は何と役立たずかと気落ちもしたが、万吉はまったく屈託がなかった。

「なに言ってんだ。無暁がいるから、寺に泊めてもらえる上に、おめえの見てくれが大人だから、道中も事なきを得てんじゃねえか。それに、本当に山賊に襲われた暁には、守ってくれんだろ？」

「五人、十人はさすがに無理だが、二、三人なら何とか」

「そいつは頼もしい。いざという時はよろしくな」

にっ、と歯を見せた笑顔こそが、無暁には何よりも心強かった。

茶屋の店先で、商家の隠居らしき年寄りとしばし話をしてから、万吉が帰ってくる。

「新吉原までの道筋がわかったぜ。ここからちょいと戻って、浅草橋（あさくさばし）を渡るんだとよ。しばらく北に向かうと、浅草寺（せんそうじ）って大きな寺があるそうでな、その裏手から新吉原に行けるんだとよ」

明暦の大火の後、吉原は浅草の日本堤（にほんづつみ）に移されて、新吉原と称されるようになった。

これも万吉が、途中の宿場で仕入れてきた話種だ。

「なあ、無暁、その前に腹ごしらえをしていかねえか？　あそこの屋台から、旨そうなにおいがしてよ」

「もう、あまり銭がないぞ」と言いつつも、香ばしい胡麻油のにおいに抗いきれない。

「らっしぇい。ひと串四文だよ」

「これは、何だ？」

「天ぷらを、知らねえのかい？　まあ、坊さんじゃ無理ねえか。あいにくとエビや魚ばかりだからな、坊さんには生臭は法度（はっと）だろ？」

僧服姿なのだから、坊主をやめたと言ったところで仕方がない。心得た万吉が、横合いから注文した。

「おっちゃん、おれに四本くれ。エビと魚を、二本ずつな」

天ぷらを二本ずつ両手にもって、少し外れたところで半分を無暁に渡してくれる。旅の途中でも、万吉は同じやり方で、無暁に川魚などを食べさせてくれた。

「うお、うめえな！　胡麻油のおかげで、ちっとも生臭くねえや」

「うん、ことにこのエビが、たまらんな」

天ぷらは、あっという間に腹に収まったが、そのぶん巾着は何とも頼りなくなった。最後に残った四文銭四枚が、天ぷらの串四本に化け、ついにすっからかんだ。

「んなしょぼくれた顔すんな。金は天下の回り物ってな、どうにかならあ」

万吉は相変わらずのお気楽ぶりだが、頼もしく胸をたたかれると、不思議と大丈夫だと思えてくる。

そうだな、と気をとりなおし、万吉と並んで浅草橋を渡った。


浅草寺の裏手の道を北に行き、日本堤に出た。そこからは人にきかずとも、新吉原まで行き着くことができた。ちょうど日が暮れてきて、廓に向かう者たちが多くいたからだ。

新吉原への行き方は、舟も加えていくつかあるそうだが、そのどれもが日本堤に繋がる。日本堤には、両国広小路に劣らぬほどに、びっしりと掛茶屋が連なっていて、土手八丁を田面行灯が照らしている。

日本堤から、吉原に入る角にあるのが見返り柳。その先のだらだらが衣紋坂。遊客はここまで来ると、衣紋をつくろうことから名がついた。五十間のくねくねと曲がる道を行くと、いよいよ吉原大門だ。

「うひゃあ！　何てえ明るさだ。まるで昼間のようじゃねえか」

まわりは未だに田畑が多く、意外なほどの田舎地だが、それがかえって廓の明るさを浮かび上がらせる。日本堤を歩いていたときから、宵闇の祭りのように赤い光がぼうっと見えてはいたが、大門の向こうはさらに華やかだ。

吉原でただひとつの出入口であり、門は屋根のない冠木門に過ぎないが、丸形の門という字が書かれた高張提灯が、客を中へと誘う。

「大丈夫かな、万吉？　この姿では、咎められるのではないか？」

「心配性だなあ、無暁は。万一止められたら、出直しゃいいだけの話じゃねえか」

門番がいることに気がついて、無暁は尻込みしたが、万吉はその背を押すようにして門を潜らせる。他にも入る者が大勢いたために、特に文句をつけられもせず、無事に廓の内に辿り着いた。遊女の足抜けがないよう、女が出入りするときには通行手形にあたる大門切手が要るそうだが、男の客には頓着しないとは後で知った。

女遊びのための客ばかりでなく、天下の不夜城をひと目拝もうという、物見遊山めいた者も少なくない。門を抜けると、まさに別天地が広がっていた。

吉原の真ん中を貫く、仲の町である。

門を背にして、突き当たりの正面に火の見櫓。通りの両側には、ずらりと二階家が立ち並び、ふんだんな灯りのために障子を開け放った二階座敷の内までもが見渡せる。一階には畳敷の縁を出し、見たこともないほどきらびやかに着飾った、仲の町張りをする遊女が、ゆったりと腰かけている。

「見ろよ、無暁。とんでもねえいい女が、これでもかといやがるじゃねえか！」

吉原には、遊女だけで二千人とも三千人とも言われるが、仲の町で張見世ができるのはごく一部、中級以上の遊女に限られる。仲の町にあるのはいずれも引手茶屋で、遊女と客とをとりもつ役目を負う。

客はまず、いずれかの茶屋に取次を頼み、しかし一度目と二度目は顔合わせしかできない。三度も通ってようやく念願の床入りとなるのだが、むろんふたりは、そんなしきたりがあることさえ知らない。

「うわあ、すげえ！　見てみろよ。あれがきっと、噂に高い花魁道中だ！」

吉原の頂にいる遊女は、張見世すらしない。妓楼から引手茶屋まで馴染み客を迎えにいくのが慣例で、それが花魁道中である。付き人がさしかける傘の下、禿や振袖新造を従えて、十二単と見紛うような衣装をまとい、高下駄で外八文字を描きながらしずしずと過ぎてゆく。

「うはあ、話し以上に豪勢なもんだな。吉原には花魁道中があるとは、兄貴からきいてたんだ」

万吉はすっかりご満悦で、無暁もある意味当てが外れて、ほっと胸を撫でおろす。色街というから、もっと淫靡で後ろ暗い場所を描いていたが、過ぎるほどに華やかな彩りは、そんな憂いを一時払ってくれた。

だが、それは吉原の、いわゆる表の顔だった。

銭がないから遊びようもないが、そのぶんくまなく見て回ろうと、万吉は見物に精を出した。しかし仲の町から外れるごとに、通りは薄暗い影を落とし、見世や遊女のようすも一変する。

「これが……吉原か……」

もっとも奥まった通りで、無暁は言葉を失った。ほとんど灯りのない通りには、遊女屋からの赤黒い光が辛うじてさしている。ずらりと遊女が居並んでいるのは仲の町と同じだが、いずれも格子の中に収まっている。

まるで遊女のための牢獄だ。その牢屋を無遠慮に覗き込み、男たちが品定めするさまは、まさに見世物だ。中にいる女たちも、仲の町にくらべると数段落ちる。器量の冴えない者や、首や顔のしわを厚化粧で塗りこめた歳のいった者も交じっている。

その姿が、しのに重なって、どうしようもなく胸が塞がった。

吉原の吹き溜まりと呼ばれる、羅生門河岸(らしょうもんがし)であった。

切見世(きりみせ)といって、時間決めで色を売る。煙草を一服するほどの、ほんのちょんの間、相手をして百文。最下層の遊女たちが稼ぐ場所であり、数をこなさねばならないから、夜鷹(よたか)と変わらぬほどにからだがきつい。表通りにならぶ遊女たちとは、まさに天と地ほどの開きがあり、また、表で御職(おしょく)を張る遊女たちですら、羅生門河岸に落ちる者がいる。

そのような仔細は何も知らなかったが、格子の中に並んだ虚ろな顔の中に、いまにもしのを見つけてしまいそうで怖くてならない。

「万吉、もう行こう」

急いで踵を返したが、格子の内に気をとられているあいだに、はぐれてしまったようだ。万吉の姿がない。この辺りは往来が暗いために、小柄な姿がなかなか見つけられない。探していうちに、通りすがりの男と肩がふれた。

すまぬ、とひと言あやまって行こうとしたが、後ろから右肩をがつりと掴まれた。

「そっちからぶつかっておいて、何だあ、その素っ気のなさは。詫びの仕方も知らねえのか」

いちゃもんをつけてきたのは、いかにも柄の悪そうな男だった。ふり向いた無暁の姿に、相手がいささかぎょっとして、それから嫌な笑みを顔いっぱいに広げる。

「おいおいおい、こいつは驚いた。坊さんじゃねえか。坊主が色街で、何をしようってんだ？」

まずい手合いに、ひっかかってしまった。口の中で、思わず舌打ちした。ひとりならまだしも、相手は三人連れだった。いずれの男もやくざ者か渡世人か、どこからどう見ても堅気ではない。

「ほう、こんなところで坊主に出くわすとはな。まさか、堂々と女を買うつもりじゃあなかろうな」

「女犯の罪は重いぞお。よほど島送りに、なりてえらしいな」

仲間のふたりも、男の両脇から顔を出し、同じからかい口調で割って入る。

「何なら、いますぐ番屋に垂れ込んでもいいんだぜ？　女に現を抜かす生臭坊主がここにいる。すぐに捕らえてくれってな」

「勝手にしろ。おれはもう、坊主をやめたんだ」

無暁のこたえに、三人がそろって嘲(あざけ)るように笑う。

「そんな方便が通用すると思ってんのか？　……それでもまあ、おめえさんの出方によっちゃ、許してやらねえでもない。出すもの出して、とっとと去りな」

何のことはない、強請集り(ゆすりたかり)のたぐいだ。半ば呆れて、無暁は告げた。

「金なぞないし、払うつもりもない」

「ああん？　何だって？　いま何か、きこえたような……」

「おまえたちのような半端者に、びた一文、くれてやるものか！」

一喝すると、嫌らしい笑いが引っ込んで、男たちの気配が剣呑(けんのん)なものに変わった。

「こっちが大人しくしてりゃ、つけあがりやがって。少し痛い目をみねえと、わからないようだな」

最初に文句をつけてきた男が、ずい、と一歩前に進み出る。逆に騒ぎに気づいたらしい周囲の者たちが、関わり合いを避けるように遠巻きになり、できた人垣の中から、万吉が慌てふためいてとび出してきた。

「これは兄さん方、何か行き違いがあったようで、申し訳ありやせん。見てのとおり、今日お山から下りてきたばかりの坊さまで、下界のことにはとんと疎くて。ご無礼をしでかしたなら、平にお詫びいたしやすから……」

目にしたとたん、事のしだいを察したのだろう。何とかこの場を凌ごうと、万吉はいつもの調子で必死にまくしたてる。だがあいにくと、話の通じる手合ではない。

「うるせえ！　餓鬼はすっこんでろ！」

とりすがるようにして訴えていた万吉の腹を、男がいきなり蹴り上げた。軽いからだは呆気なくふっとばされて、人垣とは反対側の建物の壁に派手にぶつかった。

「万吉！」

急いで駆け寄ったが、万吉は腹を押さえて苦しそうに呻いている。それでも相手の腹の虫は収まらないようだ。最前の男が、無暁の衣の胸ぐらを、ぐいと摑み上げた。

「だからよお、坊さんもこうなりたくなかったら、さっさと金をよこしな」

きょろりとした目に、口許は横に長く広がって、どこか蛙を思わせる。けれど丸い目は、いまは三角に尖っている。相手を睨みつけ、無言のまま正面から思いきりぶつかった。

ごつ！　と鈍い音がして、衣を摑んでいた手が離れた。頭の固さには自信がある。無暁の重い頭突きをまともに食らい、男はまさに蛙のような格好で仰向けに倒れた。その腹に、重い拳を一発お見舞いする。相手はだらしなく、地面にのびた。

「おいっ、伊太郎！　……駄目だ、白目剝いてやがる」

「畜生が！　坊主のくせに、とんでもねえ野郎だ」

仲間ふたりの気配がにわかに逆立って、ひとりが問答無用で無暁に殴りかかった。喧嘩慣れはしているようだが、動きが大きすぎる。早々に見切ってからだをかわし、逆に相手の顎に、思いきり己の拳を叩きつけた。こちらは貉に似ていたが、ぐえっ、とやはり蛙のような声を発し、それでも手を緩めることなく、続けざまに顔と腹を殴りつける。

あれほど威張りくさっていた男が、腕をふりおろすたびに確実に弱っていき、無暁の中に爽快なものが駆け抜ける。

何だろう、これは——？

にわかに戸惑いながらも、快感に身をゆだねるうちに、ふたり目も地に伏した。

「この破戒坊主が……もう、勘弁ならねえ」

三人目が、懐から匕首をとり出したが、怖くも何ともなかった。鞘を払うより前に、刃物を握った手首をとって、背負い投げを食らわせた。とっくに忘れたつもりでいたのに、昔、道場で教わった技を、からだが覚えていた。投げた男は格子に激突し、中にいた女たちから悲鳴があがる。

「何だ、何だ、喧嘩か？」

「危ねえぞ、人を呼んでこい！」

いつのまにか人垣は厚みを増して、薄明りを映す目は、どれも三角に光っている。このまま十人でも二十人でも投げとばせそうに思えたが、そこで終いだった。

背中を棒でしたたかに殴られて、しゃがみ込んだところを三人がかりで組み伏せられた。必死にもがいたが、三人に馬乗りになられては身動きがとれない。地面に腹ばいになった格好で、首だけを必死にもち上げる。

「おら、大人しくしねえか！　坊主のくせに、なんてえ怪力だ」

「吉原で騒ぎを起こしたとあっちゃ、たとえ坊主でもただじゃあ済まねえぞ！」

さっきの男たちの仲間かと思っていたら、違うようだ。皆、そろいの法被を着ている。吉原の内を預かる、男衆だった。

「何でえ、この騒ぎは……」

ひとりの男が、人垣からのっそりと姿を現した。無暁よりも大きく、猪首が厚い肩にめり込んでいる。

濃い眉の下の三白眼が、眉間と目の下の深いしわに縁取られ、歪にぎらついている。滅多にない悪相で、周囲の者たちがにわかに怯む。しかし法被の男たちとは馴染みのようだ。無暁の両肩を押さえる男が声をあげた。

「困りやすぜ、荒隈の兄さん。吉原内での喧嘩は法度だと、知っていなさるでしょうが。見なせえ、のされてるのは軒並み、おめえさんの手下ばかりだ」

荒隈と呼ばれた男は、だらしなく倒れ伏した三人の兄貴分のようだ。呻いている子分たちをじろりと見渡して、最後に無暁の顔の上で視線が止まった。男衆のひとりが、皮肉な笑いをもらす。

「この三人も、まさか坊主ひとりにやられるとは、思ってもみなかったんだろうが」

「こいつが、ひとりで……？」

男の顔が、ずいと近づけられて、ふたつ名の謂れがわかったように思えた。三白眼を彩るしわは、歌舞伎の隈取に似ている。間近にすると、さすがに震えが出そうになる。怖気を払うように、首だけを精一杯上げて声を張り上げた。

「先に手を出してきたのは、そいつらだ！　仲裁に入ったおれの連れを、いきなり蹴りつけたんだぞ！　悪いのは、おまえの子分の方だ！」

「……何だと？」

人垣のあいだに、座り込んだままの万吉の姿があった。まだ痛むらしく、腹をさすっている。

「子供じゃねえか……」

呟いた荒隈のこめかみに、びしりと音がしそうなほどに、新たに太い隈が浮き上がった。

「つまり何か……？　てめえらは坊主と子供に手を出した上に、呆気なくやられたってのか！」

ようやく重そうにからだを起こした子分たちをどやしつけ、その顔を容赦なく蹴り上げる。悪党面の男が怒り狂うさまは、まさに悪鬼のようで、人垣からも悲鳴があがる。

「荒隈の兄さん、もうその辺で……これ以上の騒ぎはご免でさ」

男衆になだめられ、ずんぐりとした肩を怒らせながらも、ひとまず矛を収める。それから、意外なことに、無暁を押さえつけていた手を外させた。自力で立ち上がると、真ん前に隈取の悪相があった。

「すまなかった、坊さん。うちの舎弟が粗相をしでかした。詫びはさせてもらうから、勘弁してやってくれ」

こういうのを、狐につままれたというのだろう。やくざ者が殊勝に詫びるさまは、かえって薄気味悪く思えたが、荒隈は吉原の男衆に頼んで、万吉をすぐ傍にある局見世の二階に運ばせた。多めの世話料を握らせて男衆を帰すと、中に入るよう無暁にも促した。

「そう、びくびくするな。坊主や餓鬼には何もしねえよ。舎弟どもの詫びと……できれば、ちょいと頼みがあってな」

口調ばかりは気軽だが、悪相だけは変わらない。用心を解かぬまま、無暁は男の後ろに黙って従った。


「うひょお！　すげえ馳走じゃねえか！」

それまで座布団を枕に横になっていた万吉が、仕出し料理が運ばれてきたとたん、現金にも急に元気づいた。

「これ、食っていいんですかい？　いやあ、すんませんね、親分さん」

「おれは親分じゃねえ。深川櫓下を根城にする、沖辰一家の若頭で、乙蔵ってもんだ」

江戸に不慣れなふたりには、まったく馴染みのない土地であったが、一家というからには地回りやくざであるのだろう。さっそく膳に手をつけようとする万吉を、無暁は制した。

「迂闊に飲み食いするな、万吉。やくざ者に借りを作っては、後々面倒になるぞ」

「なに言ってんだ、無暁。おれたちゃ文無しなんだぞ。いま食っとかねえと、三日後に飢え死にするぞ」

万吉は構わず箸をとり、茄子の煮物を口に放り込む。うんめえ！　と声があがり、あとは次から次へと椀や皿の中身を腹に収めてゆく。煮魚や貝のしぐれ煮、豆や菜も豊富で、たしかに質素な精進料理とは、くらべものにならない豪勢な膳だった。

「お、そういや、坊さんと餓鬼じゃあ、酒を飲ませるわけにもいかねえか。すまねえが、飯があるなら櫃ごと頼まあ」

女中らしき年配の女が、少々不機嫌な顔をしながらも、お櫃と茶碗を運んできた。女中が飯櫃の蓋を開けたとたん、うわあ、とふたりから歓声があがる。

「すげえ、真っ白な米の飯だ……」

「うん、田舎では、盆と正月くらいしか出てこないからな」

昼に炊いたらしく冷めてはいたが、女中はたっぷりとよそってくれた。腹ペコの犬のようにふたりがかきこむ。

「うへえ、米ってこんなに甘いのか」

「うまい！　こんなうまい米は初めてだ」

武家の垂水家ですら、ふだんは雑穀混じりの飯で、白米は祝い事のときのみの馳走だった。なのにこの江戸では、こんな場末にいる者ですら、白い飯を腹一杯食べられる。田舎者のふたりには、まるで奇跡のように思えた。

「そのようすじゃ、江戸に来て間がねえのか？　田舎はどこだい？」

リスのように両の頬をふくらませたまま、「ほおふへ」と万吉がこたえる。上野だと伝わったようだ。

「坊主と餓鬼で吉原とは、妙なとり合わせだと思ったが、見物といったところか。江戸にはどうして？　坊さんの用向きかい？」

こたえに詰まり、しばし黙々と飯を食(は)む。飯を呑み込んでから、無暁が口を開いた。

「坊主は、三日前に廃業した……還俗(げんぞく)というやつだ」

「そうか……そいつは残念だ。ひとつ、経を頼みたかったんだが」

「経だと？」

「ああ、櫓下の岡場所で、娘がひとり死んでな……遊女だから、葬式なぞ出さねえ。近くの寺に、無縁仏としてまとめて葬られるだけだ」

厚ぼったい肩をすぼめてうつむいた。やくざ者の荒々しさが薄れ、大人しい大きな獣を思わせた。

「仏は明日、寺に運ばれる。その前に、せめて枕元で経のひとつも唱えてやりゃあ、少しは浮かばれるんじゃねえかって……」

「その娘というのは、いくつだ？」

「十七だ」

「そうか……」

両手の中の箸と碗が、急に重たくなった。真妙寺で、朝餉を馳走になったときと同じだ。しのの顔が浮かび、やるせなさに力が抜ける。万吉が、横目で顔を覗き込んだ。

「無暁、兄さんの頼み、きいてやれよ。還俗は、明日からにすりゃあいいじゃねえか」

「引き受けてくれるなら、もちろん礼ははずむ」

やくざ者と長く関わりたくはないが、経が金になるのなら一文無しの身にはありがたい。何よりも死んだ娘が、しのと同じ歳であることが、自分を引き寄せる運命のように思えて、無暁は承知した。

「有難え！　恩に着るぜ。舟を使えば、深川まではさして遠くねえ」

荒隈の乙蔵はたいそうな喜びようで、無邪気なまでに悪党面をほころばせる。

ふたりが飯櫃を空にするのを待って、乙蔵は腰を上げた。吉原大門を出て、日本堤までは行きと同じだったが、堤を越えて山谷堀に出た。すでに船着場には、子分が二艘の舟を仕立てて待っていた。さっきの三人のうちのひとり、伊太郎という蛙に似た男で、無暁の顔を見るなり、鼻の頭にしわを寄せる。

「兄貴、本当にこいつらを、連れていくんですかい？」

残るふたりも、面白くなさそうな顔をしたが、

「このふたりは、おれの客人だ。ちょっかいなぞかけやがったら、半殺しだ」

からだの大きな兄貴分にすごまれて、首をすくめる。舟に乗り込む前に、万吉が耳打ちした。

「あの兄貴、案外いい人なんじゃねえか？」

「油断するな。所詮は、はぐれ者だ」

「おれたちだって、はぐれ者だぞ」

言い負かされて、むう、と唸る。

子分が船頭に声をかけ、舟は山谷堀にゆっくりと漕ぎ出した。

「願我身浄如香炉　願我心如智慧火　念念焚焼戒定香　供養十方三世仏」

亡くなった遊女は、しのに似ているところはどこにもなく、少しだけほっとした。十七ときいていたが、病で痩せ衰えていたためか、かなり老けても見える。それでも経だけは、心を込めて唱えた。

願わくは我が身きよきこと香炉の如く　願わくは我がこころ智慧の火の如く
念念に戒定の香をたきまつりて　十方三世の仏に供養したてまつる

これはいわば、通夜勤行の序文に過ぎない。その後も経を続けたが、よく通ると言われる声をあえて抑えたのは、いまがこの店のかき入れ時にあたるからだ。色を売る店で経がきこえてきては、客も興醒めしよう。

櫓下と呼ばれる岡場所は、深川永代寺門前山本町(えいたいじもんぜんやまもとちょう)にあった。名のとおり火の見櫓の脇にあたり、表櫓(おもてやぐら)と裏櫓(うらやぐら)に分かれている。今日、死んだ遊女は、裏櫓の局見世にいた。

沖辰一家は、櫓下の岡場所を含めて、門前山本町の半分を縄張りとしているようだ。茶屋や置屋にみかじめを納めさせ、代わりに町の用心棒や、揉め事の仲裁などを務め、同時に遊女が足抜けせぬよう見張る役目も負っている。

一家の頭である沖辰はかなりの年寄りで、ここ一年ほどは、若頭の乙蔵にほとんど任せきりなのだと、舟の中で蛙顔の伊太郎が教えてくれた。手ひどくやられた無暁には終始素っ気なかったが、逆に万吉には、多少すまないと思っているようだ。万吉も、腹を蹴られた恨み言なぞ口にせず、人懐(なつ)こく話しかける。兄貴分の乙蔵とは別の舟だったから舌もほぐれていたらしく、櫓下や沖辰一家について、あれこれと語ってくれた。

今日、吉原に行ったのも、親分の沖辰が、羅生門河岸の局見世と繋がりがあるからだ。

吉原にとって、それ以外の岡場所は、大事な客をかじられる鼠のような存在だが、ふたりが飯を食わせてもらった局見世の主人は、沖辰とは古いつき合いだ。遊女の住み替えを行ったり、女衒を頼む折なぞに、互いに持ちつ持たれつする仲で、乙蔵は親分の代わりに、子分三人を引き連れて、相談事をまとめに行ったのだった。

「一心敬礼十方法界常住仏　一心敬礼十方法界常住法　一心敬礼十方法界常住僧」

ただ一心に、十方法界に常住する、仏を、法を、僧を、敬いたてまつる

幸い、仏が寝かされていた狭い納戸では声も響きようがなく、あまり有難くきこえぬのではないかと余計な心配も頭をかすめたが、数少ない参列者は、いずれも神妙に手を合わせ経にきき入っている。

この局見世の主人夫婦と、死んだ娘と仲がよかったという同輩の女、そして乙蔵だった。仏が横たわる薄い布団を囲むように座り、無暁は仏の枕元で経を読む。

病人を納戸に押し込めるなど、ひどい扱いにも思えたが、このような遊女屋ではむしろあたりまえで、局見世は何しろ狭い。

この辺りは吉原と違って、ほとんどが平屋建てだった。局とは部屋のことで、三畳ほどの小座敷が横に長く連なって、遊女はそこで客をとる。商売の場所さえ限られている有様で、病人を寝かせるための余分な座敷などひとつもないのだった。

「南無阿弥陀仏　南無阿弥陀仏　南無阿弥陀仏　南無阿弥陀仏……」

経の最中に、ふと気づいて無暁は目を開けた。

仏を挟んで正面には、乙蔵の悪党面がある。しかし隈取に縁取られた両目からは、ぽたぽたと大粒の涙がこぼれていた。

「あの娘は、乙蔵と理無い仲だったのか？」

経を終えると、無暁は納戸を出て、廊下で待っていた伊太郎にたずねた。万吉もそのとなりで、スルメをかじっている。

乙蔵は、三十半ばといったところだろう。多少の歳の差はあるが、そう思うより他に、涙のわけが思いつかない。

「いや、そんな色っぽい間柄じゃねえ。兄貴の妹に面差しが似ているとかで、何かと気にかけていたんだ」

すでに屈託は失せたのか、伊太郎は問われるままにこたえてくれた。

「荒隈の兄貴は、武蔵の水呑百姓の出でな。六人兄弟の五番目とかで、いちばん下の妹を、可愛がっていたようだ。……暮らしに詰まって、十二で売られちまったそうだがな」

「その妹は？」

「五年も経たずに、死んじまったとよ。それで色んなことに嫌気がさして、堅気をやめちまったんだろうな。まあ、おれたちも、似たり寄ったりの身の上だがな」

「おれもやっぱり、似たり寄ったりだ」

へへ、と伊太郎と目を合わせ、万吉が笑う。

「兄貴は怒ると怖えし、顔はさらに怖えし……でも、ああ見えて、案外涙もろくってな。女子供には、ことに甘い」

「おれのことで、あんなに怒ったのもそのためか」と、万吉が納得する。

「こんな場末だけどよ、兄貴が差配するようになってから、少しはましになったんだぜ。あのとおり顔が怖えから、女子供には受けが悪いんだが……あの娘だけは、めずらしく懐いていてな。こんなに早く死なれて、どうにもやりきれないんだろう」

納戸の中は、心細い行灯がひとつきりだった。そんな薄暗がりの中、涙をこぼす悪相の男の姿は、どうしてだか無暁には、ひどく眩しいものに映った。

まるで乙蔵の武骨なからだを、蛍のような淡い光がとり巻いているような。その光は思いのほかに尊く、やくざ者には不釣り合いな神々しささすら感じさせた。

「ありがとうな、坊さん。あんたが経をあげてくれたおかげで、兄貴の気も、少しは晴れたろうよ」

乙蔵に一瞬さした、あの後光のためか――。あるいは、にっと笑った蛙顔が、意外なほどに親し気だったためか――。

翌日、娘を寺に埋葬し終えると、無暁は問われるまま、乙蔵に来し方を語っていた。

「じゃあ、おめえたちは同い歳で、まだ十三だってのか?」

乙蔵は何よりもそこに驚きながら、まじまじと無暁を見詰めた。

「てっきり、十は開いているものと……坊さんは、二十歳くれえに見えたから」

「ひでえよ! それじゃあ、おれは、十歳になっちまうじゃねえか!」

ふくれっ面の万吉をなだめ、乙蔵は話を切り出した。

「一文無しの上、江戸に伝手もねえと言ったな。だったら、しばらくのあいだ、おれたちの仕事を助けてみねえか?」

「坊主から、やくざに鞍替えしろというのか?」

露骨に顔をしかめたが、乙蔵は気を害した風もなく、ふたりに熱心に説いた。

「ちょうど露地番を探していてな。遊郭の、男衆と同じ役目だ。おめえの腕っぷしなら、用心棒にはもってこいだ」

「兄貴、おれはおれは?」

「露地番には、客引きや、客に女をあてがう役目もある。おめえはそれをやれ。ふたり合わせて、一人前というわけだ」

「口達者なら、任せてくれ!」

万吉は大乗り気だが、無暁はやはり、ためらいが拭えない。

「別に沖辰一家に、腰を据えろとは言わねえよ。この先、何をするにも、先立つものがねえとはじまらねえだろ？」

「それもそうか……」

「なあなあ、無暁。せっかくの申し出だし、ちっと面白そうじゃねえか。無下にせず、受けようぜ」

万吉にもしきりにせがまれて、しばし迷ったものの、無暁は承知した。三月や半年くらいなら、さして障りはなかろうと、そう考えていたからだ。

まさか五年ものあいだ、この櫓下で暮らすことになろうとは、思いもしなかった。

「坊主崩れの無暁」のふたつ名は、櫓下や門前山本町を越えて、深川中に広まっていた。

三

「無暁、無暁……」

夢の中で、呼ぶ声がする。声はふくらんだり遠ざかったりして、はっきりしない。甘い白粉のにおいが鼻を突き、ああ、女か、と腕を伸ばして抱き寄せた。

そのとたん、張り手を食らった。痛みに呻きながらまぶたをもち上げると、馴染んだ相方の顔があった。

「ったく、寝惚けてんじゃねえぞ！　とっとと起きやがれ！」

「何だ、万吉か……女と間違えた」

「間違えんじゃねえ」と、もう一度、ごん、と頭を張られる。

布団に仰向けになったまま、ふああ、と大あくびした。この五年でさらに背丈が伸びて、とうとう六尺を越えてしまった。布団にも収まりきらず、脛から先は畳に突き出している。対して万吉は五尺にも届かず、女と変わらぬほどの背格好だ。とはいえ勘違いしたのは、布団にしみついていた匂いのためだ。

ここは自身の塒ではなく、裏櫓にある局見世のひと間だった。いわば遊女部屋である。

煎餅布団には、きつい化粧の匂いと男女の汗が、たっぷりと絡みついている。決して馴染みの女なぞではなく、露地番の働きに対して、たまに与えられるいわばご褒美だ。ただし稼ぎのいい人気の遊女などはまず回ってこず、もっぱらお茶を挽(ひ)いている売れ残りばかりなのだが、それでもいっときは、絶えず腹をすかせた犬のように夢中になった。

色街という場所は、どうしてもしのを思い出させ、それは母にも繋がる。母が色を売っていたという、昔きかされた兄たちの揶揄は、否定しながらも払いきれない煙のように無暁の肌にまとわりついていた。

「おめえらも、すでに沖辰一家の立派な働き手だ。日頃の労をねぎらって、ひとつ筆下ろしをさせてやらあ」

若頭たる荒隈の乙蔵が、粋な計らいを口にしたのは、櫓下に来て、ちょうど一年が過ぎたころだ。ふたりは十四になっていた。

それまでも万吉は、事あるごとに若頭に頼んでいたのだが、「半人前のうちは、まだ早え」と止められて、商売物の女に手を出したらただではすまないと、あの怖い顔で戒められてもいた。不承不承ながら一年のあいだ堪えて、ようやく念願が叶ったのだから、とび上がらんばかりの喜びようで、さっそく局見世の暖簾(のれん)をくぐった。

けれど無暁だけは、頑(かたく)なに拒んだ。乙蔵の気遣いも、女に怖気(おじけ)づいてるうちは、まだまだ子供だと囃し立てる兄貴たちのからかいも、ひたすら無視を決め込んでいた。

「おめえも頑固な奴だな。女ほど良いもんはねえぞ。あったかくてふかふかの肌にくるまれてると、はあぁ、生きてて良かったって、心から思えるぞ」

万吉もしきりに勧めたが、半年のあいだは我を通した。

けれど年が明け、十五になったころから、そうもいかなくなった。股のあいだの一物がどうにも落ち着かず、苛々ばかりが募る。酒が入ると、よけいにいけない。酒や煙草や博奕は、そのころすでに覚えていた。ことに酒はからだに合うらしく、いくらでも美味しく呑めた。

その日も仕事を終えた明け方に、万吉や兄貴分たちと屋台で呑んで、ちょっと小便に立ったときだった。この辺りの堀川は、料理やら洗濯やらで使った水を捨てるから、ドブ川に近いありさまだ。遠慮なく用を足し、局見世が立て込んだ一角を通って戻ろうとしたときに、ひとりの女と出くわした。

「おや、無暁の旦那、もうお帰りですか？　あたしのところで、一杯いかがです？」

見かけが大人と変わらぬために、櫓下の女たちからは、そう呼ばれている。すでに名も忘れてしまったが、鼻を直に刺すような強烈な色香だけは、からだが覚えている。酔いも手伝って、手を引かれるままに座敷に上がり、よくわからぬうちに女と重なり合っていた。

万吉の言いようは本当だった。脳髄がしびれるほどの快感に、我を忘れていた。無我の境地という言葉がある。「無我」は、「無常」と「苦」とともに、仏教の根本思想とされる。

仏門に帰依する者たちに禁じられた行為によって、皮肉なことに、初めてそれを味わった。仏の教えの無我と、単に夢中になることは、厳密に言えばまったく違う。むしろ相反するものなのだが、若輩の無暁にはそこまでわからない。

ただただ女という存在に埋没し、以来、万吉以上にのめり込んだ。からだが大きく、姿もいいと受けがよく、女たちからもたびたび誘われる。商いに障らぬ程度なら害はないと、局見世の主や乙蔵も、大目に見てくれた。

ただ、このところ、少し飽いていた。女の肌は、たしかに心地いい。触れていると、それだけで安心できる。それでも、ひとりの女に熱を上げる気にはならない。色街に長くいれば、裏の裏まで見通せる。客が血道をあげて通い詰める、遊女の手練手管を見続けてもきたし、女に溺れるには、無暁は理が勝り過ぎていた。

物事の、本質を見極めようとする生来の気性が、心を奪われんばかりの快楽にすら水をさす。浴びるほど酒を呑み、女の甘さを堪能しながらも、もう一歩、惑溺しきれない。

ずっと気づかぬふりをしていたその乖離(かいり)は、去年あたりから少しずつ大きくなって、今年、十八になると、はっきりと目立ってきた。

できるだけ、見ないようにしていたのは、向き合うと焦れてしまうからだ。どうしようもない焦りが湧いて、このままでいいのかと自問をくり返すことになる。

「なあ、万吉。おまえ、先々って、考えたことがあるか？」

つい、そんな問いを投げたのも、焼いた大福のように、ふくらみ過ぎた餅から、焦れた餡こがはみ出してしまったためだろう。

「若頭は何かと気にかけてくれるし、兄いたちも慣れれば気兼ねが要らない。多少荒っぽいが、腹には溜めないからな。寺なんぞより、よほど楽だ。存外、居心地がいいもんだから、五年も居着いちまったが……この先も、これでいいのかと……」

夜着を被ったまま、もそもそと語る。詮無いものと笑いとばされる覚悟をしていたが、意外にも万吉は、大真面目でうなずいた。

「実はな、おれも堅気になろうかと考えていた」

「本当か、万吉？」

布団の上に起き上がり、坊主頭をつるりとなでる。一時は、髪を伸ばそうと試してみたのだが、なまじ見かけが大人なだけに、伸びかけの頭がどうにも似合わない。兄貴たちにも散々笑われて、途中で諦めてしまった。以来、毎日自分で剃っている。

「おれ以上に万吉は、ここに馴染んでいるからな。抜けようなどとの腹は、微塵もないと思っていた」

「おれだって、ここには何の不満もねえよ。ただなあ、侠客と呼ばれるのは、どうも慣れなくってなあ」

「それは、おれもだ」

曲がりなりにも沖辰一家に五年も腰を据えたのだから、外から見れば紛うことなく男伊達なのだろうが、若いふたりには未だにぴんとこない。行く当てがないのは、他の兄貴分たちと同じだが、一生、やくざ者として生きていこうという覚悟は、若いだけに据わりようがなかった。

「しかし、堅気になるといっても、元手がなかろう」

「そこなんだ」

万吉ががっくりと首を折り、はああっ、と、情けなくため息をこぼす。

商売をはじめるにも先立つものが必要であろうし、この歳になって、一から職人修業をはじめるのも現実味がない。万吉が懲りているから、どこぞの店に奉公する気もなく、ひと口に堅気になるといっても容易ではない。

「やっぱり荒隈の兄貴に、頼んでみるしかねえかなあ。あの人なら、悪いようにはしねえだろうが……ただ、いまは時が悪くってなあ」

「時が悪いとは、どういうことだ？」

「ここんとこ、他所の一家との悶着が、急に増えてきたろう？　この辺りは色街が多くて稼ぎになるからな。でかい一家が、鵜の目鷹の目で狙ってんだよ。加えて、親分があのとおりのお人だろ？　向こうさんも、端から舐めてんだろうよ」

「あんな奴、親分でも何でもない。臆病で小心で度量が狭くて……」

「おいおい、無暁、そりゃあどれも同じことじゃねえか」

ひゃはは、と万吉がひと笑いする。ふたりとも、いまの親分を認めていない。口にこそしないが、沖辰一家の誰もが同じ危うさを感じていた。

「そういや、忘れてた。その親分が、おめえを呼んでんだよ」

「おれは行かん！」

頭から夜着をひっ被って、ふて寝のふりをする。

「どうせ、いつもの小言だろうが。とっとと済ませちまった方がいいぞ」

ぽん、と肩のあたりを叩いて、万吉が行こうとする。夜着から目だけを出して、その背中にたずねた。

「万吉、堅気になりたいのには、何か理由があるのか？」

え、とふり返り、少し不思議そうな表情をする。それから、にちゃっと顔を崩した。

「そのうち、話すよ」

「本当か？」

「言ったろ。おめえには隠し事はしねえし、嘘もつかねえ。そう約束したろ？」

五年も前の約束だが、万吉は覚えていてくれた。安堵すると、また眠くなった。

無暁が沖辰の親分の許に顔を出したのは、たっぷり半時（はんとき）も経ってからだった。


「遅えぞ、無暁！　何をちんたらしてやがる！」

あたりまえのように、まず怒鳴られたが、自らがみがみ小言を降らせるようでは、一家の親分としてはあまりに器が小さい。

弱い犬ほど、よく吠える――。

形ばかりの詫びを入れながら、つい心の中で呟いたが、まるできこえたように相手がさらにいきり立った。

「無暁、おめえはどうにも生意気が過ぎる。坊主崩れなぞと呼ばれて粋がっちゃいても、まだまだ餓鬼だ。てめえの身の程をわきまえねえと、いつか痛い目に遭う。そこんところをようく……」

長い上に、つまらない。餓鬼だの身の程だの、そっくりそのまま熨斗をつけて返してやりたいところだ。先代の沖辰にくらべると、あまりに小粒で、一家を率いていく力なぞないことは、誰の目から見ても明らかだ。自身でも薄々わかっているからこそ、子分の前ではいっそう高飛車にふるまう。

沖辰の親分が代替わりしたのは、二年前のことだった。

無暁と万吉が世話になりはじめたころ、先代はすでに六十を越えていた。からだを壊して寝たり起きたりの暮らしぶりであったから、日々の凌ぎは乙蔵に任せきりだったものの、さすがに己一代で一家を成した男であるだけに目配りは欠かさず、肝心要なところは自身で差配していた。そんな沖辰も歳には勝てない。いよいよ枕が上がらなくなったころ、二代目を立てた。しかしその人選には、子分の誰もが耳を疑った。

「実四朗さんを、二代目に？　まだ、たった十八じゃありやせんか！」

「若いだけに留まらねえ、あの倅じゃ、どうやって一家を率いていくってんだ？　度胸も腕っぷしも、からっきしじゃねえか」

「二代目は乙蔵の兄貴だと、誰もが承知していたはずだ！」

子分たちの反発は凄まじく、誰ひとりとして納得しない。たちまち蜂の巣をつついたような騒ぎになったが、鎮めたのは他ならぬ乙蔵だった。

「実四朗さんは、親分にとっちゃ一粒種だ。たったひとりの息子に後を継がせたいと思うのは、あたりまえの親心じゃねえか」

「たとえ血は繋がっていなくとも、おれたちゃみんな親父の倅じゃねえか。ましてや兄貴は、二十年以上も親父の片腕を務めていたんだぞ！」

誰より乙蔵を慕っている伊太郎なぞは、唾をとばしながら最後まで反論したが、親分と若頭の意向とあっては、いかんともしがたい。結局、倅が二代目を継いだ。

当の実四朗も、決して意気揚々と、二代目の席に陣取ったわけではない。商家の若旦那といった風情の、ひょろりとした細面で、姿と同様、肝の小さい男だ。いたって荒っぽい舎弟たちにも、青白い顔でびくびくするばかりで、糞の役にも立たなかった。

ある意味、そのころの方が、よほどましだった。

己の不足を自覚して大人しくしていれば、さして害はなかった。なのに一年ほど前から、二代目はにわかに増長しはじめた。きっかけは、網打場(あみうちば)を手に入れたことだ。

網打場とは、船頭たちが家の前で網を打っていたことに因(ちな)む。永代橋と永代寺を結ぶと、ほぼ真ん中にあたる色街だが、参道からは奥まっている。深川七場所にも数えられない下級の遊里で、二十軒ほどの局見世があった。

ここを仕切っていたのは熊重と呼ばれる一家であったが、たまたま同じ深川の越中島にある別の一家と諍いを起こして、沖辰に助っ人を頼んできた。縄張が近いことに加え、沖辰と熊重は構えも同等、先代と熊重の親分は仲もよかった。だからこそ加勢を頼みにきたのだろうが、小心者の二代目は、他所の喧嘩に首を突っ込むなぞとんでもないと、許しを与えなかった。

結局、数で劣る熊重は負けてしまい、一方の相手一家も大打撃を食らった。派手な出入りであったために、両家まとめてお縄になったのだ。その結果、網打場は、濡れ手に粟で沖辰にころがり込んできた。

これを自分の手柄だと、二代目は大いに悦に入った。実四朗が自らの力量を勘違いしはじめたのはそれからだ。

任侠の世界に、義理と人情は欠かせない。熊重を見捨てて、ちゃっかりおこぼれに与ったやり口は、侠客にとっては恥以外の何物でもない。子分たちは、いっそう実四朗を軽んじるようになり、それがまた憎らしくてならないのだろう。やたらと威張り散らすようになり、最近は手がつけられない。中でももっとも風当たりの強いのが、無暁であった。

歳はふたつ下なのに、からだが大きく力が強く、肝も太い。一家の内でも、何かと頼りにされるようになり、坊主崩れのふたつ名は、荒隈と並び称されるまでになった。

「乙蔵と無暁がいれば、沖辰一家は安泰だ。たとえ親分が、腰抜けだろうとな」

深川中から羨望の眼差しを注がれる一方で、裏には二代目沖辰への揶揄が混じっている。乙蔵に当たるわけにもいかず、その憤懣を無暁にぶつけてくる。いわば八つ当たりだ。

十分に察している無暁も、ろくに相手にしない。小さな犬にきゃんきゃんと吠えられても、痛くも痒くもないからだ。今日も長ったらしい叱責を浴びせられながら、あくびを堪えていた。

「仮にも用心棒を名乗るなら、てめえの仕事くらいきっちりこなさねえか！　昨晩は、裏櫓でも網打場でも騒ぎがあったってのに、駆けつけもしねえ。その鉄棒は、ただの飾りか！」

この辺りの色街の露地番は、鉄棒を手にしている。上部にいくつもの金輪がついた、錫杖に似た代物で、とん、と地をつくと、じゃらんと音が鳴る。

ただでさえ狭い路地に、素見などがたむろしては邪魔になる。鉄棒を鳴らし、「さあ口を割ろ、口を割ろ」と言いながら、道をあけさせるのだ。

ぞろりとした長羽織姿には、僧侶であったころの面影なぞ微塵もない。それでも坊主頭には、鉄棒がことさら似合うようだ。喧嘩の折には格好の武器となり、これを派手にふりまわすさまは絵になって、坊主崩れの名は否応なしに広まった。

「つたく、いったいどこをほっつき歩いてやがったんだ。どうせ女のところにしけこんでいたんだろうが」

すでに小言から、ねちねちとした嫌味に移っていたが、やはり馬の耳に風だ。

「昨晩は、表櫓で悶着を収めていたから、とても手がまわりませんでした」

「生抜かすんじゃねえ！　表裏櫓も網打場も、てめえの持ち場だろうが。すべて片付けるのがあたりまえだと思わねえか！」

「いくらおれでも、からだはひとつきり。三つの場所で時もほぼ同じときては、駆けつけようもありません」

辛うじて物言いだけは整えているものの、態度はふてぶてしい。おまえに文句を言われる筋合いなどないと、からだ中で表している。細面のこめかみに忌々しげな筋が立ち、説教は延々と続いたが、やはり糠に釘だ。いい加減のところで解放された。

「ばかばかしい……」

外に出ると、ひと言呟いた。口にしたとたん、いっそうやるせなさが募った。

「どうやら仕掛けてきてるのは、薊野一家の連中らしいな」

その晩、無暁と万吉を前にして、兄貴分の伊太郎が明かしてくれた。

裏櫓のとっつきにある局見世のひと間で、露地番たちの溜まりになっている。真夜中に近い時分だから、素見も散っていて、客は皆、横に長い蜂の巣のような局にそれぞれ収まっている。やたらと派手なあえぎ声は方々からきこえてくるものの、三人にとっては毎朝来る豆腐売りの声ほどに耳に馴染んでいた。

肩にぶつかったと無暁にいちゃもんをつけ、万吉を蹴りとばした。出会いこそ最悪だったものの、伊太郎は案外面倒見がいい。いまではふたりにとって、いちばん気のおけない兄貴分となっていた。

「薊野っていや、古石場(ふるいしば)のちんけな色街を仕切ってる連中ですかい？」

「そんとおりだ、万吉。ここ二、三年で急にのしてきた新参で、構えも決して大きくないが、とにかく欲が深い上にやり口があざとい。いまや越中島じゃあ、でかい面(つら)でのさばっているそうだ」

越中島は、永代寺の南側にある東西に細長い一帯で、名のとおり深川の埋め立て地ができる前は、海に浮かんだ小さな島だった。明暦の頃にどこやらの越中守(えっちゅうのかみ)の借地だったことから、この名がついた。海に面した深川の南の縁(へり)にあたり、いまも大名下屋敷(しもやしき)や蔵屋敷ばかりが並ぶ、ひときわ寂しい場所だ。そこに挟まるように窮屈な町屋が点在し、軒並み盛り場や色街となっている。

深川七場所とは、仲町、土橋、櫓下、裾継、新地、石場、佃の七つの色街をさす。時代によっては御上に潰されたり、またしぶとく興ったり、あるいは呼び名が変わることもあるのだが、永代寺門前の仲町と土橋は別格だった。ひときわ繁華で格も高く、値段もそれなりだ。沖辰一家が持ち場とする櫓下と裾継は、それより少し格が下がる。新地と石場と佃はいずれも越中島にあり、石場は名のとおり、もとは埋め立てや普請のための石置場で、古石場と新石場の二ヵ所ある。

薊野一家が古石場を手に入れたのは、熊重の騒ぎの折のようだ。熊重と争っていた一家の所場を、どさくさに紛れて巻き上げたという。

「沖辰も同様に網打場を得たのだから、四の五の言えん立場だが」

「いやいや無暁、そんな生易しいもんじゃねえ。弱みを握っての強請やら、相手をおびき出しての闇討ちまで、とかくやりようが汚くて目にあまる。まったく、俠客の風上にも置けねえ連中でな、幡随院の爪の垢でも飲ませてやりてえところだ」

「お、出やしたね、兄貴の幡随院贔屓が」

「あたぼうよ。同じ名にかけて、おれも立派な俠客になると誓ったんだからな」

万吉がかけた相の手に、へへっと得意そうに鼻の下をこする。

幡随院長兵衛は、百年以上も前の渡世人で、江戸の俠客の元祖とされて芝居にも仕立てられた。長兵衛の本名が、同じ伊太郎であることから、えらく執心し、まるで神のごとく敬っている。

「男ぶりはだいぶ落ちるがよ、きっと荒隈の兄いみてえなお人だったに違いねえよ」

「伊太の兄い、それ、褒めてやせんぜ」と、万吉が混ぜっかえす。

「あーあ、二代目を兄いが継いでくれりゃあな、薊野なんて新参に構われることもなかったろうに。かえすがえすも、口惜しくてならねえぜ」

ぐびっと茶碗酒をあおり、深々とため息をつく。その伊太郎に、無暁はたずねた。

「このところ、おれたちのまわりで頻々と騒ぎが起きているのは、薊野の嫌がらせだと?」

「そういうこった。連中は古石場に続いて、同じ越中島にある佃も手に入れた。だが、越中島の西にある新地と新石場は、でかい一家が収めているからな、手出しができないんだろ。かといって、仲町や土橋もおいそれと手がつけられねえ」

「なるほど、残ったのが沖辰の縄張というわけか」

万吉が、めずらしく神妙な顔でうなずいた。

「うちの親分が腰抜けだって噂は、広まっているからな、舐めてやがるんだ。荒隈の兄いがいるから、まだ嫌がらせで済んじゃいるがな……おめえたちも、用心しろよ」

兄貴分らしい戒めを与えて、伊太郎はひと足先に座敷を出ていった。ふたりきりになっても、万吉はやはり小難しい表情を解かない。

「参ったな……相手が薊野一家となると、浮ついてられねえ。通うのは、しばらく控えた方がいいか……」

「万吉、どうした？」

怪訝な顔を向けると、照れくさそうに笑い返す。

「無暁、明日の昼間、ちょいとつき合ってくれねえか？」

「構わんが、どこにだ？」

「なに、さして遠くねえ。回向院だ」

ひとまず同意して、翌日ふたりは本所へと足を向けた。


回向院前にも、大きな色街がある。さすがに新吉原には届かぬものの、品川宿とも肩を並べるほどに、茶屋の造作や料理、芸者や遊女の質が高いとされていた。

ここの何軒かの局見世とは、沖辰一家もつき合いがある。遊女の入れ替えなぞを橋渡しして世話料を稼いでいるのだが、たいがいは回向院前で引導を渡された者を、櫓下で引きとる役回りだった。

口の達者な万吉は、その手の交渉事には長けている。回向院前は万吉ひとりに任されていて、ちょくちょく通っていた。当然のように、寺に背を向けて色街の方角へ向かおうとしたが、万吉は足を止めさせた。

「そっちじゃねえよ、無暁。こっちだ、こっち」

「そちらは寺だろう。いまさら回向院にお参りでもしろというのか？」

首を傾げながら後を追うと、万吉は寺からほど近い、一軒の茶店に入った。見目の良い女を置くような水茶屋ではなく、参詣客が立ち寄る葭簀張りの掛茶屋だ。中年の女と、赤い襷を掛けた若い娘が、客の相手をしている。万吉を認めると、若い方の娘が、ぱっと笑顔になった。

「いらっしゃい、万吉さん」

「おみよちゃん、茶と団子をふたつ頼まあ」

外に面した床几に腰かけると、万吉が顔繋ぎしてくれる。初顔にもかかわらず、いささか戸惑うほどに、娘は親しげな眼差しを向ける。

「無暁さんですね。きいていたとおりの方だから、すぐにわかりました。柄が大きくて男前で」

「惚れんじゃねえぞ」

「あら、焼餅？」

「そんなんじゃねえけどよ」

ころころと笑い、お盆でぶつ真似をする。丸顔に、ちまっとした目鼻が集まって、決して器量良しとは言えぬものの、どこにも陰のない朗らかさは安堵を誘う。

「おみよは、ひとつ下の十七でな。この茶店は、おみよの叔母さん夫婦が営んでんだ」

娘がいったん店の奥に引っ込むと、万吉はそう語った。父親は毛抜きを拵える毛抜師で、母親と十歳の弟と四人で、この近くの裏長屋に住んでいるという。一年ほど前から、叔母の茶店を手伝うようになり、万吉はそのころから通っているようだ。

「はい、お茶とお団子、お待ちどおさま」

ほどなくおみよが戻ってきて、ふたりのあいだに茶と皿をならべた。皿からは三本の串が突き出しているものの、肝心の団子が見えない。これでもかというほど、擂った胡麻がかけられていて、まるで団子が灰に埋もれているようだ。

「これが団子か？　ずいぶんと珍妙な……」

「うちの名物なんですよ。ぜひ召し上がってくださいな」

おみよに勧められ、串をつまんだ。むせてしまいそうな胡麻と一緒に頬張ると、胡麻の滋味深さとともに、口いっぱいに甘味が広がった。

「お、旨い！」

「だろお？」と、万吉がにんまりする。

「なるほど、擂った胡麻に砂糖を混ぜてあるのか。見かけより奢っているな」

砂糖をふんだんに使った胡麻は、後を引く旨さだ。たちまち一皿平らげて、おかわりを注文した。おみよが嬉しそうに、二皿目を運んできた。

「よかった、気に入っていただけて。無暁さんの話は、万吉さんからたっぷりきかされていて……兄弟同然の間柄で、自慢の弟だって」

「おれの方が、弟だと？」

「見かけは、逆ですもの。おかしいわよね」

ふふっ、と、おみよが笑う。万吉は、この辺りにも馴染みが多いようだ。通りがかった張り子の玩具売りと話し込んでいる。

「それでも万吉さんは、そんな気でいるみたいで。『あいつはクソ真面目なぶん器用じゃねえから、おれが庇ってやらねえと』って」と、万吉の口真似をしてみせる。

しょってやがる、と不服そうに返しながらも、その心遣いは無暁も察していた。

「そのう……おみよさんは、万吉と……そういう仲なのか？」

「嫌だ、そんなこと、まともにきかないでくださいな」

たちまち染まった頬を、盆でかくす。盆の上から覗く目がきらきらしていて、それだけで十分にこたえになっていた。けれどもふたりが一緒になるには、大きな障りがある。

おみよが客に呼ばれ、物売りが店先から離れると、無暁は万吉に言った。

「おまえが堅気になりたいと言ったのは、あの娘のためか」

「最初はただ、話し相手にちょうどいい娘だなって、それくらいのもんだったんだが……そのうち、楽しみになっちまってな。何ていうか……顔見ると、ほっとするんだ」

万吉の気持ちが、わかるように思えた。まっとうな親にまっとうに育まれた。そのあたりまえの明るさが、万吉や無暁にはことさら有難く、まぶしいものに映るのだ。おみよの作る陽だまりは、荒んだ気持ちに心地よくしみてゆく。

よくしゃべり人懐こい万吉は、一見すると、さしてひねているようには映らない。けれどもあざといまでの世渡りの術は、裏を返せば来し方の苦労を物語る。ある意味、無暁よりも傷の深い部分があるかもしれない。長のつき合いで、時折それが見え隠れすることがあった。

万吉は、おみよの中に救いを見出したのだ。それは神仏などより、よほど確かな拠り所であろう。少しばかり照れながら、おみよとの経緯をあれこれと語る。その姿をながめているだけで、そんな万吉の心持ちが無暁にも察せられた。

「おみよのふた親は、知っているのか？」

「いいや、何も……。あいつの父親ってのが、頑固な職人気質でな。やくざ者とのつき合いなぞ決して承知しない。まずは堅気の仕事を見つけるのが先だって、この店にいる叔母さんからもきつく戒められててよ」

「荒隈の兄いには相談したのか？」

「言ったろ、いまは時節が悪い。ただでさえあっちこっちで悶着が起きて、兄貴も大忙しだからな」

「薊野の件か……」

「万が一にも、おみよや身内に累が及ぶようなことは、避けてえからな」

万吉の言い分には一理ある。大手をふって卑怯をはたらく連中だ。餌を見つけたら群がりかねない。

「それに……おれに堅気が務まるかどうか、甚だ心許ない。なにせ奉公すらろくに務まらず、逃げちまったからな」

「何だ、万吉。そんなことを悩んでいたのか」

「読み書きも銭勘定も覚束ねえし、毎日こつこつも苦手なたちだ。まともに役に立ったのは、櫓下の露地番だけだ」

日頃の調子の良さを置き忘れてきたように、しゅんとしょげる。らしくないのは、それだけおみよに本気で惚れているからだろう。ふっと笑いがこみ上げた。

「万吉なら何とかなる。いや、何とかできる」

「無暁……」

「たとえ棒手振り(ぼてふ)からはじめても、小賢しく頭を働かせて、図太く阿漕に儲けて、そうだな……いつか屋台持ちくらいにはのし上がれる」

「それ、褒めてねえだろ。だいたい、たとえが小せえんだよ」

坊主頭に、軽い拳が降ってくる。

「万吉、おまえ、怖いんだろ」

「何だと？」

「おまえが心底望むのは、おみよとのささやかな幸せだ。本気で欲しているからこそ、もし届かなかったら、しくじったら、己が潰れてしまう。おまえは、それが怖いんだ」

「いちいち説教くせえんだよ、無暁は。元坊主だけあって、本当にクソ忌々しいな」

ぷい、と横を向き、少し間があいた。あさっての方を向いたまま、ぽつりとたずねる。

「おまえは？　無暁……おまえはこの先、どうしたいんだ？」

「どうして、おれの話になる」

すかさずさえぎったが、この先と問われたとき、何故かその顔が浮かんだ。

「おまえいま、あの坊さんを思い出したろ？　おれたちが最初に世話になった、あの寺の坊さまだ」

見事に言い当てられて、ぎょっと目を剝いた。万吉が、得意そうに悦に入る。

「ふっふっふ、おれに隠し事なんて百年早えや。練れておらんのう」

万吉には、すべて明かした。しののことも、西菅寺をとび出した経緯も、武家の庶子であることも――。

真妙寺の住職、光倫に、衣や金を返したときだ。

櫓下に落ち着いて、三月ほどが過ぎたころか。兄貴たちが気紛れに与えてくれる小遣い銭をせっせと貯めて、ようやくまとまった額になった。借りた衣をきれいに洗濯して、銭差しに通した金とともに、ていねいな礼状を添えて、上州の真妙寺宛に送った。

無暁よりとしたものの、落ち着き先は入れるわけにはいかない。本山に帰る途次にあると、光倫に嘘を告げたからだ。

「一度、人を欺けば、ずっと嘘をつき続けねばならぬのだな……」

光倫とは本当なら、文のやりとりなぞしたかった。あの僧侶なら、無暁の思いや惑いを、わずかながらでも浄化してくれそうに感じていたからだ。

暗いため息をこぼす無暁に、万吉はあっけらかんと言った。

「大袈裟だな、無暁は。何かうまい言い訳をして、近所の寺にでも住まっていることにすりゃあいいだろうが。櫓下とつき合いのある寺なら、文くらい預かってくれる」

「おれは、嫌だ。嘘を重ねれば、そのぶん己が不自由になる。後ろ暗い思いが募って、相手の目すら、まともに見られなくなる。そんなの、おれは嫌だ」

「クソがつくほど真面目だな、おめえは」

好きにしろ、と匙を投げたが、その万吉に向かって、無暁は声を張り上げた。

「だからおれは、おまえにだけは嘘はつかない！」

万吉が、目をパチクリさせて、にわかにうろたえ出した。

「いや、だから、おめえはいちいち大袈裟だと……」

「おれは、おまえとの縁を切りたくない。だから、おまえには嘘はつかん！」

ひどく複雑な光と影が、万吉の顔に落ち、それまで見たこともない幼い無垢が、一瞬だけ垣間見えた。払うように、万吉がくしゃりと笑う。

「ほんと、おかしな野郎だな、無暁は……けど、わかったよ。おれもおめえのことは、たばかったりしねえ。約束するよ」

あのときの万吉の声が、胸によみがえる。もしかすると、同じことを思い出したのかもしれない。万吉は、木立のあいだから覗く狭い空を、妙に感慨深げに仰いでいた。

「無暁はよ、やっぱり仏門に戻りてえんじゃねえのか？」

「それはない。江戸に来ていっそう、仏の道に先がないと思えたからな」

江戸には、名刹大刹があふれている。見上げるほどに高い仏塔や、息を呑むほど絢爛で荘厳な堂も、そこかしこに目につく。しかし光が目立つぶん、影の色も濃くなる。国中から人が集まる江戸は、いわば国の縮図であり、寺社もまた深く食い込んでいる。身分と金には媚びへつらい、その底で這いずりまわる者には実に冷淡だ。ろくに葬儀すら営まれない、櫓下界隈の遊女たちを見れば一目瞭然だ。

坊主はやめたと公言しながらも、いまでも無暁は、局見世で死人が出れば経をあげる。まわりの者は有難がってくれるが、無暁自身の気持ちは晴れず、忸怩たる思いが募る。死後に経を読んだとて、生きているあいだの慰めには少しもならない——。その無力さに、囚われるからだ。

「それでもよ、おまえの欲しいものは、仏門にしかねえように思うがな」

おみよが急須ごと置いていった茶を注ぎ、ずっ、と音立てて喉に流し込む。

「おれの、欲しいもの？」

「無暁はずっと、何かを探しているだろ？　姿も形もはっきりしねえ、うんと高みにある目に見えねえもんだ……。正体まではわからねえけどよ、さっきおまえが言った、ささやかな幸せとは縁遠いものだ」

油断していたところに、不意打ちを食らった。そんな気がした。

「おめえはおれなんぞより、ずうっと欲が深えんだ。こんな場末に身を置きながら、しょうもないことを考え続けているからな。こたえがあるとは言えねえが……それでも、いちばん近いのは、仏門じゃねえかって思うんだ」

いまの寺のありさまに幻滅していても、未だに未練が拭えない。片恋に近い感情が残っていることを、ずっと傍にいた万吉だけは気づいていた。

「どうせ堅気商いをはじめるなら、おめえと一緒に、とも考えたんだがよ、こっちには、おめえの欲しいものはないように思えてな」

「万吉……」

「そう小難しく悩まずに、まっつぐ上州のあの寺に、行ってみりゃいいじゃねえか」

「だが、光倫殿がいまもいるとは限らぬし……」

「だったら、当てを訪ねりゃあいい。あの坊さんが見つからずとも、寺は腐るほどあるんだ。探せばきっと、師匠になってくれそうな坊主が、どこかにいるさ」

ぱん、と背中をたたかれる。拍子に、燻(くすぶ)っていたもやもやの塊が、喉からとび出した。

「万吉は、やっぱりすごいな」

「そうだろう、そうだろう。何といっても、おれはおまえの兄ちゃんだからな」

腕を組み、得意そうにふんぞり返る。無暁にとっては、何よりも頼もしい。万吉に背中を押されると、不思議と叶いそうな気がしてくる。

「いまの一件が片付いたら、ふたりで荒隈の兄いに頼んでみようぜ」

灰色にくすんでいた先行きに、ほんのりと光がさした。けれど光は、すぐに陰った。

無暁が闇討ちに遭ったのは、二日後のことだった。


櫓下を出たときから、どこか落ち着きの悪い感じはあった。

尾(つ)けられている、とはっきりと悟ったのは、竪川(たてかわ)を過ぎてからだ。無暁は本所へと、使いに出されていた。

「こいつを、急いで石原町(いしわらちょう)に届けてくれ」

無暁を呼びつけてそう命じたのは、二代目沖辰たる実四朗であった。

「おれが、石原町に？」

畳に置かれたのは小ぶりな巾着袋で、中身はどうやら金のようだ。石原町は本所にある町屋だが、一家の内で石原町と言えば、実四朗が囲っている妾をさす。実四朗は未だつれ合いを娶(めと)ってはいないが、妾は三人もおり、それぞれ本所深川界隈に家をもたせていた。

「さっき文が届いてな、明日の朝、急に入り用になったそうだ。石原町なら、おめえも二、三度顔を出しただろうが」

用心棒たる無暁が、この手の使いを頼まれることはまずない。万吉あたりが走るところだが、今日は回向院前に出かけていて、荒隈も別の用件で留守だった。

それでもわざわざ己を名指しするのが、どうしても腑に落ちない。

熊重一家を見捨てたと、二代目が悪し様に噂されていたころだ。どこのごろつきに的にされるかわからないと、実四朗がやたらとびくびくして、どこへ行くにも用心棒をぞろぞろと従えていたときがあった。無暁も最初はよく駆り出されていたのだが、あるときから、ぱったりと途絶えた。そのわけを、おかしそうに兄貴分の伊太郎が教えてくれた。

「どこやらの妾がよ、たいそう可愛い坊さんだと、無暁をえらく気に入ったんだとよ。二代目はああ見えて、女に負けぬほど悋気(りんき)が激しい。二度とおめえを女たちには近づけねえと、荒隈の兄貴にまくし立てたそうだぜ」

そいつは傑作だと、万吉は笑いころげていたが、無暁はますます親分へのげんなり感が募った。それほど用心していた妾のもとに、こんな夜遅くひとりで行かせるとは、まさに狐に油揚げでどうもしっくりこない。

怪訝な顔が不服そうに見えたのか、実四朗は露骨に眉間をしかめた。

「なにせ、中身が金だからな。しかも結構な額だ。他の者に頼めば、ちょろまかしかねねえし、下手をすれば握ったまんまとんずらするかもしれねえ。おめえなら、その手の不義理はしねえだろ。てめえのことは気に入らねえが、その点だけは買ってんだよ」

少し不貞腐れたように、そう言い訳した。

「ただとは言わねえよ。何なら帰りに、回向院前あたりで遊んでくるといい。ちょうど万吉も向かってんだろ。こいつはふたり分の駄賃だ、とっときな」

多めの金を、無暁に渡す。ますます気持ちが悪かったが、早く行け、と急かされて、仕方なく下っ端に後を任せて櫓下を立った。無暁や万吉よりも後に入った若い者が三人ばかりいて、主に万吉が面倒を見ていた。

実四朗の言い分は、一応筋が通っているし、たまには別の色街の女も悪くないかと、途中からはそんな算段もしはじめた。もらった駄賃の重みからすると、朝までたっぷりと遊べそうだ。

呑気なことを考えながら、竪川に架かる二ツ目の橋を渡った。川沿いに並ぶ短い町屋を過ぎると、景色が一変する。小普請組をはじめとする、小禄の武家の屋敷が何百軒も詰め込まれている一帯で、夜ともなればひときわ寂しい場所だ。それでもここを真っ直ぐ北へ行くと、御竹蔵(おたけぐら)と大名屋敷。抜けた先が石原町だった。

すでに夜四つ。町木戸が閉まる刻限で、武家屋敷ばかりの通りは、見事に人っこひとりいない。己の足音だけが、ひたひたときこえていたが、後ろから別の草履(ぞうり)の音が近づいてきた。

ひとりではない……たぶんふたり、いや、三人だ。

気づいたとたん、背筋がうすら寒くなった。ためしに歩調を上げてみると、背後の足音もついてくる。おそらく、間違いない。兄貴分の伊太郎の言葉が、頭をよぎった。

——弱みを握っての強請やら、相手をおびき出しての闇討ちまで、とかくやりようが汚くて目にあまる。

このところ沖辰一家に盛んに仕掛けてくる、薊野のやり口だった。

脇道に入ろうにも、四方八方が武家屋敷で、西側は御竹蔵に塞がれている。東側は道が碁盤の目のように通されて、びっしりと塀が立て込んでいる。町屋にある路地も見当たらず、無暁はひとまず大川を目指した。尾けられている以上、このまま妾宅に向かうわけにもいかない。御竹蔵を抜ければ石原町だが、大川に出ればさらに町屋が立て込んでいる。すでに速足から駆け足になり、追いつかれぬよう懸命に前へと走ったが、御竹蔵の終い、ふたつの大名屋敷に挟まれた場所で、ふいに人影が現れた。こちらはふたり、当然のように無暁の行く手を阻む。

かなり西に傾いてはいたが、二枚貝を思わせるふっくらとした半月が、大名屋敷の屋根に引っかかっていた。おかげで相手の姿は、影絵のように映る。前のふたりは、袴をつけていた。

「ちっ、錫杖をもっていやがる。手筈が悪いな」

後ろから追いついてきた三人は、見るからにならず者だ。中のひとりが舌打ちした。遠出にもかかわらず錫杖を携えてきたのは、坊主然としていた方が、木戸を通してもらうのに都合が良いとの理由だが、闇討ち云々の話がちらと頭をかすめたからだ。内心で伊太郎に感謝しながら、錫杖をじゃらんと鳴らした。

「おれひとりに五人とは、ごたいそうなもてなしぶりだな。おまえたち、薊野の衆か？」

「ここでくたばるんだ、てめえが知る謂れはねえよ！」

前後から、五人がいっせいにつっかかってくる。櫓下の路地にくらべれば道が断然広い。錫杖を真横に倒し、大きくぶんまわした。浪人と後ろのふたりはとび退って避けたが、ひとりが遅れて、顎だか鼻先だかを切られたようだ。うっ、と呻いて顔を押さえる。錫杖の先は金輪をぶら下げるために、瓢簞形に抜かれた金具がついており、その先端が尖っているのだ。

「野郎、よくも！」

憤りつっかかってきた仲間の腹に、杖尻を深く打ち込んだ。相手が腹を押さえて地面に膝をつく。残るは三人。しかし浪人ふたりが厄介だ。どうせ雇われ者だろうが、武芸があるとないとでは大きな差がある。無暁の強みは間合いの長さだけだが、浪人たちは長物を手にした敵に抗う術を知っている。やくざ連中と違って、無闇に突っ込んでくる真似はしない。

ひとりなら、どうにか抗える。しかしふたりが力を合わせれば、厄介だ。

何度か仕掛けながら、浪人たちは無暁の力量や癖を、計っていたのだろう。そのあいだ、残ったひとりは手出しをしなかった。

「旦那方、頼みますよ！」

声からすると、さっき舌打ちした奴のようだ。たぶん、この闇討ちを仕切っているのは、こいつだろう。応えるように、浪人たちの攻撃が変わった。寄せては引く波のように、交互に攻めてくる。ひとりの刀を杖で受けながら、あいた腹を庇わなくてはならない。どうにか防ぎながらも、しだいに疲れてきた。こちらからも、いまひとつのところで止めが刺せない。やはりそれなりに手練ているのだ。杖の鋭い先が、ひとりの手の甲を裂いたとき、腿に痛みが走った。別のひとりの剣に斬られたのだ。すでに袖や胸元も着物が裂かれていて、間一髪でかわしたものの、間合いはじりじりと詰められている。必死で応戦している最中、己の名を呼ぶ声がした。

「無暁！　無暁――っ！」

はっと耳だけを、来た道にふり向ける。誰よりも馴染んだ声に、相違なかった。

「万吉！　来るなっ！」

叫んだ一瞬の隙に、ふた振りの刀がほぼ同時に無暁を襲った。錫杖を横一文字に構えて、辛うじて受け止めたものの、力が拮抗し、ぴくりとも動けない。ほんのわずかでも気を抜いたら、たちまちどちらかの刃が襲ってくる。脇がら空きになった姿に、それまで観戦を決め込んでいた男が、匕首を抜いた。

殺られる――！　と、覚悟した。

この体勢では避けようがない。男が匕首ごと突っ込んできたとき、一瞬早く、男と無暁のあいだに何かが割り込んだ。

柔らかく、ひどく懐かしい匂いのするものに、匕首の刃は深くめり込んで、無暁には届かなかった。

「ちつ、よけいな邪魔が、入りやがった」

男はあからさまに吐き捨てて、抜いた刀を、ふたたび腹立たし気に突き立てた。

柔らかく温かいものが、無暁の足許に崩れ落ちる。

「万吉！　万吉――っ！」

よくわからない熱が、足許から胸へと突き上げて、口を通して迸（ほとばし）った。まるで、火山の噴火のようだ。一気に身の内を占めた熱の正体は、無暁にも馴染みがある。

怒りだ。母を貶められたとき、しのが辱めを受けたとき、頭の中が溶岩を詰めたように真っ赤になった。けれどこれは比ではない。くらべものにならぬ、かつてないほどの熱量が膨れ上がり、一気に弾けた。

「うおおおおおお――っ！」

その獣じみた咆哮を、自ら発していることすら、わからなかった。

喉を破るほどの声が、その気迫が、浪人たちを怯ませたのだろう。杖にかかっていた力に迷いが生じ、無暁はふたりの浪人のからだごと押し返した。たたらを踏んだ右のひとりの横っ面を、瓢簞形の金具で容赦なく殴りつける。さほど大きくない浪人のからだが、もののの見事にふっとんで、大名屋敷の塀に激突した。そのまま頭上にふり上げた錫杖の尻を、左の男の喉を目がけて正面から叩きつけた。狙いはわずかに逸れて、男の胸を打ったが、骨が折れる感触があった。喉なら間違いなく、相手の命を奪っていたはずだ。

これまでは、どんなに暴れようと、どこかで手加減していた。死なせてはいけないとの戒めが、頭の隅にちゃんとあった。その箍が、外れてしまった。箍の役目を果たしてくれたのが誰だったのか、無暁は思い知った。

獣じみた光を放つ両眼にとらえられ、万吉を刺した男が後退りする。頼みの侍をたちまちのうちに失って、慌てているようだ。口をパクパクさせながら、命乞いをはじめていたが、無暁の耳には入らなかった。

ふり上げた錫杖を、渾身の力で眉間に叩きつけようとしたそのとき、さっきとは別の声が名を呼んだ。

「無暁！　万吉！」

兄貴分の伊太郎だった。後ろには沖辰一家の者を、四、五人引き連れている。命拾いした男の、逃げ足は速かった。我先にと一目散に逆の方角に走り出し、浪人たちと仲間も辛うじて続く。

「無暁、無事か？」

「おれは……。でも、万吉が、おれを庇って……」

無暁の視線を追って、伊太郎が道に倒れた姿を見つけた。

「馬鹿野郎が！　だから数を集めるまで、待てって言ったのに、先走りやがって……」

伊太郎は万吉に駆け寄って、傷の具合を確かめた。

「こいつは、やべえ……」

すぐさま子分たちに、てきぱきと指図をする。そのあいだ無暁は、何もできなかった。

ただ、万吉の顔の傍らに膝をついて、名前を呼び続けた。

「万吉、万吉！　しっかりしろ！　頼むから、目を開けてくれ！」

怒りが潮のように引いてゆくと、後には恐怖だけが残った。

万吉はぐったりとしたまま、目を閉じている。息はあるものの、気を失っているようだ。

それが怖くて怖くてたまらない。

「おい、ふたりばかり、石原町へ走って戸板を借りてこい。おめえらは先に戻って、医者を呼んでこい。櫓下の藪じゃなく、門前東町(もんぜんひがし)の先生だぞ。無暁、ぼさっとしてねえで、手当を手伝わねえか！」

伊太郎にどやされて、辛うじて手を動かしたものの、からだと頭が切断されてでもいるみたいにぼんやりとして、どうにもちぐはぐだった。

兄貴分に言われて、万吉のからだを仰向かせる。傷口から、新たな血がどくりとあふれてきて、当てた手拭いを真っ赤に染めた。伊太郎が帯をふた巻きして、傷口をきつくしばる。痛みからか、万吉が呻いて、うっすらと目を開けた。

「万吉！　おれがわかるか？」

「……無暁……無事か？」

とたんに、涙が噴きこぼれた。こんなになっても、己より無暁を心配する。その気持ちが、痛いほどに胸を締め上げた。大丈夫だとこたえると、本当に嬉しそうに万吉は笑った。

「おれの代わりに万吉が……。どうして、こんな無茶をした！」

「そりゃ、おれはおめえの、兄ちゃんだからな」

「おれの方が、からだはでかい！　力も強い！　なのに、どうして、おれを庇おうとする！」

「だって、おめえ……泣いてたじゃねえか」

「え？」

「ほら、おれたちが、初めて会った、次の朝だよ」

「おい、万吉、あまりしゃべるな。傷に響く」

途中で伊太郎が止めたが、まるできこえていないように、万吉は語り続ける。

「あの朝、おれがちっと用足しに行って、戻ってみたら、おめえはべそをかいていた。あんとき、思ったんだ。こいつは、図体だけはでかいけど、甘えん坊の寂しがりで、てんで子供なんだなって……おれが守ってやらねえとって、そんとき、思ったんだ……」

泣いてなぞいないと意地を張ったが、万吉はちゃんと見抜いていた。もしかすると、当の無暁よりもその弱さが、万吉の目にはよく見えていたのかもしれない。だからずっと、こんな小さなからだで、庇い続けてくれたのだ。

熱いものが喉を塞いで、声にならない。力を失った万吉の手を、両手で握りしめ、ただ無闇にうなずいた。

「無暁、ひとつ頼みがある」

「何だ？　万吉」

「おみよに、詫びておいてくれ……ごめん、て」

それが何を意味するのか、無暁も察した。嫌だと叫びたくとも、やはり出てこない。

死ぬな、逝かないでくれ、と口にすれば、本当に万吉がいなくなりそうで怖かった。

経とは言葉であり、その声が魂を鎮めると教えられた。言霊の力を、どこかで信じてはいたが、本当は違う。しののことがあるからだ。

どんなに訴えても、言葉を尽くしても、無暁の思いは通じなかった。しのはひとりで逝ってしまった。その事実の底に、ずっと消えない後悔が、残滓のように沈んでいる。自分の放った言葉が、思いを込めた声こそが、しのを追い詰め、殺してしまったのではないか――。その無念だ。

首を横にふりながら、ぎゅっと万吉の手を握る。どっちつかずの返答にもかかわらず、万吉は満足そうにうっすらと笑い、目を閉じた。

やがて戸板に乗せられて、万吉は櫓下の塒まで運ばれた。到着した町医者は、黙って首を横にふった。

万吉は一度も目を開けることなく、明け方を待たずに息を引きとった。

荒隈の乙蔵が手配してくれて、遺骸は近くの寺の墓地にねんごろに葬られた。

通夜や葬式の席には、櫓下の衆はもちろん、回向院前や新吉原からも弔い人が駆けつけた。人懐こい万吉は、やはり誰からも好かれていたのだなと、伊太郎は寂しそうに呟いたが、泣きどおしのおみよにだけは閉口した。

「どうして……どうしてよお！　危ない役目なぞ負っていないって、そう言ってたのに……二年のうちには、きっとあたしと一緒になるって、約束してくれたのに！」

仏にすがって叫ぶ姿は、ただ純粋な思いにあふれていた。日頃は荒っぽい男たちも、誰も声をかけられず、しょんぼりと肩を落とすしかなかった。

おみよの言葉のひとつひとつが、容赦なく無暁の胸を刺し貫いた。まるで錆だらけの大きな銛で打たれたようだ。錆が骨に当たって、ゴリゴリと不気味な音を立てる。

無暁はその音を、他人事のようにきいていた。

何も感じず、何もかもがひどく遠い。兄貴分たちの慰めも気遣いも、急に耳が遠くなったみたいに、よくきこえない。唯一、おみよの声だけが、鮮烈に届く。

涙すら出ず、誰より大事な人の葬式だというのに経も読めない。この喪失にくらべれば、経など気休めにすらならないと思い知った。

万吉に出会ったのは、しのを亡くした翌日だった。

しのを喪った後に、胸にあいた深い穴を、万吉はせっせと埋めてくれた。

立派な説教を垂れるわけでもなく、外れぬ道を示してくれたわけでもない。ただ傍にいて、飯やら着物やらの世話を焼き、話し相手になってくれた。とるに足らない話に、けらけらと楽しそうに笑ってくれた。少しずつ少しずつ他愛ない日常へと誘い、そのおかげで、無暁の心は死なずにすんだのだ。

なのに万吉は、無暁のために死んでしまった――。

その現実は、冷たい石のように、無暁の心を凍らせた。

万吉の葬いが済むと、無暁は改めて、荒隈の乙蔵に乞うた。

「一家を、抜けたいだと？」

「お願いします」

「抜けて、どうする？」

「とりあえず、故郷に帰って……それから考えます」

荒隈は腕を組み、とっくりと無暁をながめ、そして告げた。

「いまは、駄目だ」

「そこを曲げて、どうか」

「駄目だと言ったら、駄目だ！」

乙蔵はやおら叱りつけ、だん、と板を鳴らしながら片膝を立てた。

「やい、無暁。このおれを、たばかるつもりか？　故郷に帰るなぞという殊勝な腹なぞ、てめえにはこれっぽかしもねえだろうが！　うちを抜けて、何をはじめるつもりだ？」

隈取を派手に描きなぐったような、恐ろしい形相で睨まれても、顔色ひとつ変えない。人らしい気持ちの一切を削ぎ落としたようなその顔を見て、荒隈はすべてを察したのだろう。

「無暁、おめえ……万吉の仇を討つつもりか？」

　こたえはなく、作り立ての面のように、顔の筋ひとつも動かなかったが、大きな瞳の中を覗き込み、乙蔵は確信したようだ。そこにあるのは、無、だけだった。名のとおり、暁ける事の無い闇だけが、虚ろをたたえて広がっている。

　渡世人として、一筋縄ではいかぬ人生を送ってきた乙蔵は、はっきりと悟ったのかもしれない。無が意味するのは、すなわち死だと。

「沖辰を出た後なら、一家が責めを負うことはねえ。何をしようと、てめえの勝手だと。そう考えているのか？」

　無言の返答に、ふたたび乙蔵がいきり立った。

「舐めんじゃねえぞ、小僧がっ！　命が惜しけりゃ、とっくにこんな稼業から足を洗っていらあ！」

　無暁の胸ぐらを摑み、唾をとばしながら怒鳴った。

「万吉の死に頭にきてるのは、てめえばかりじゃねえんだぞ。若い子分を先に逝かしちまうなんざ、悔しい上に情けない。薊野は、沖辰一家をまとめて踏みにじったんだ。てめえひとりで行かせるものか！」

　がくがくと無暁を揺さぶって、畳に放り出す。そのまま隣座敷への襖を、大きく開け放った。そこには、沖辰一家の総勢が、ずらりと居並んでいた。

「きいてのとおり、今夜は出入りだ。的は、古石場の薊野一家だ」

応！　と、一同が腹の底から響くような声を張る。しかしそれを、さえぎる者があった。

「馬鹿なことを言うな！　薊野に喧嘩をふっかけるだと？　そんな真似、おれが許さねえぞ！」

奥からとび出してきたのは、二代目の実四朗だった。通せんぼをするように立ちふさがったが、乙蔵は構わず、ずいと間合いを詰めた。

いまにも胸が触れんばかりの近さで、六尺を超す大男に見下ろされているのだ。内心は怯えていても、親分の面子を保とうと必死なのだろう。引きつった形相で、唾をとばしながら喚き続ける。

「だいたい、そんな大事なことを、おれ抜きで決めるたあどういうことだ！　薊野は、この辺でもっとも勢いづいている一家なんだぞ。事を荒立てたら、どんな厄介を招くか！」

「だから……無暁を売ったんですかい？」

「……何だと？」

「薊野との手打ちのために、手下を売ったのかときいてるんだ！」

銅鑼を割ったような濁声が、座敷中に響きわたる。怒ったときの荒隈ほど、恐いものはない。子分たちは何よりも恐れていたが、その矛先から、唯一外れていたのが実四朗だった。幼い時分から世話をして、何よりも先代の忘れ形見だ。やくざ一家を率いるには向かない性分だとわかっていたからこそ、乙蔵なりに精一杯、風除けの役目を果たしてきた。その結果が、これだ。いまの怒りは、自分自身に向けられているのかもしれない。

「二代目には内緒にしていたが、薊野には見張りをつけていた。あの晩、古石場の塒から出てきたふたりが、妙なことをささやき合っていたそうだ」

荒隈が見張りとして雇ったのは、薊野一家の近くで、毎晩、夜鳴蕎麦の屋台を出す若い兄弟だった。荒隈は子供好きだ。子供の時分から可愛がり、屋台を仕立てる際にも面倒を見てやった。兄弟は堅気ではあるが、恩義を感じていたらしい。薊野の衆に何かおかしな動きがあれば、駄賃ははずむから櫓下まで知らせてほしいと頼んであった。

「『坊主崩れの無暁も、いよいよ今夜でおしまいだ。いまごろは己のための念仏を、てめえで唱えているだろう』ってな」

何を意味するのか、蕎麦屋の兄弟はすぐに察して、弟が櫓下へと駆けつけた。荒隈は留守だったが、伊太郎たちが慌てて仲間を集めた。誰より青ざめたのは、ちょうど回向院前から戻ってきた万吉だった。

「待てと、ひとりで行くなと止めたのに……万吉の野郎は、とび出して行っちまって……」

心底悔しそうに、伊太郎が呟いて、居並んだ子分たちが軒並みしんみりする。見渡した乙蔵が、二代目に顔を戻した。

「あの闇討ちは、薊野の仕業だ。沖辰を狙う連中にとっちゃ、無暁は目の上のたんこぶだからな。とっととどかしてえと思うのは道理だ。忌々しいが筋は通る。ただ、ひとつだけわからねえことがある」

ずい、と鼻先が触れんばかりに実四朗に顔を寄せた。

「どうしてそこに、二代目が絡んできやがるんで？」

「いい加減にしろい！　おれを疑うとは、どういう了見だ！　まさかおれが薊野に加勢したとでも？　馬鹿を言うな！　無暁を失って、おれに何の得がある！」

「もしもそれが、薊野との手打ちのためだとしたら……どうです、二代目？」

「乙蔵！」

「薊野にとっては、おれと無暁が邪魔だった。だが若頭なら抑えがきく、二代目には逆らわないからな。残るは無暁だ。こいつさえ始末しておけば、いざ手打ちとなっても悶着は起こるまいと……薊野から、そんな話をもちかけられたんじゃねえですかい？」

まるで見てきたように、乙蔵が語る。武骨な見かけに反して、思慮の深い男だ。実四朗があの晩に限って、どうして無暁に使いを頼んだか。いくら頭を捻(ひね)っても、筋の通る理屈が思いつかなかったのだ。

二代目の性根を、誰よりも承知しているのもまたこの男だ。頻々と仕掛けられる嫌がらせに、臆病で堪え性のない実四朗はほとほと参っていた。そんな折に、密かに手打ちをもちかける。取引に応じてくれさえすれば、沖辰には今後手出しはしない――。取引の材は、腕っぷしで名を馳せる「坊主崩れの無暁」だ。

薊野と実四朗を繋げる、確たる証(あか)しは摑めなかった。それでも荒隈の伝手は、蕎麦屋の兄弟に限らない。あちらこちらから集めた話から、荒隈が導き出したこたえだった。

以前にも、薊野は同じ手を使ったことがある。縄張にしつこく面倒を仕掛け、相手が苛立ったころに手打ちをもちかけたのだ。しかしこのときは、派手に突っぱねられて御破算になった。実四朗なら、そんなふやけた餌に食いついたとしても不思議ではない。

名のとおりの荒隈を、顔中に浮き上がらせた形相が、ふいに崩れた。

「実四朗坊ちゃんは、いつからそんなに捻(ひね)ちまったんですかねえ」

その目は、息子をながめる親のものだった。歳のいった実父に代わり、肩車や凧揚げをしてやったのは、この若頭だった。

「たしかに、やくざ一家を率いるには向かねえ性分だ。ひ弱で泣き虫で、それでも虫も殺せぬほどに優しいお人だった。いったいどっから、間違えちまったのか」

荒隈が畳に膝をつき、かしこまった。

「あっしからの詫び状と思って、受けとっておくんなせえ」

差し出したのは、絶縁状だった。

「何だ、これは？　どういうことだ、乙蔵！」

「いまを限りに、荒隈の乙蔵以下、ここにいる者たちは、沖辰一家を抜けさせてもらいやす。長らくお世話になりやした」

返答すら待たず、乙蔵が立ち上がる。座敷を出てゆく背中の後ろに、あたりまえのようにぞろぞろと子分たちが従う。伊太郎に背を押され、無暁も一緒に座敷を出て、呟いた。

「こんな大ごとになるなんて、そんなつもりは……」

薊野と正面から事を構えれば、命のやりとりとなるのは必定だ。仮に永らえたとしても、これまでの安穏な暮らしとはおさらばだ。己ひとりの仇討ちのはずが、事は見当外れに大きくなった。にわかにうろたえる無暁に、伊太郎が説教を垂れる。

「無暁、おめえ、何もわかってねえな。おれたちはな、一家なんだぞ！　紛れもねえ親兄弟、身内なんだ！」

伊太郎の言うとおりだ。一家とは、やくざの使う常套句だと捉えていた。血の繋がった父や兄弟を疎む一方で、沖辰の皆もまた、所詮は他人だと侮っていた。唯一、心を許したのは万吉だけだ。

「奴の死を悼んでいるのは、てめえひとりだと思うなよ。おれもおめえもこいつらも、乙蔵の兄貴にとっては息子同然だ。いつまでもちびっこかった万吉は、なおさらだろう。おれだって、弟をむざむざと殺されたんだ。敵を討たずにいられるか！　悔しいのは、てめえひとりじゃねえんだよ！」

かちかちに凍えた胸にも、伊太郎の言葉はじんわりとしみた。

前を行く、大きく頼もしい背中をながめる。実四朗もまた、乙蔵にとっては倅だ。長男を切り捨ててでも、末弟のために筋を通す。そんなところだろう。

「待て、乙蔵！　頼むから待ってくれ！　おれが……おれが悪かった！　いくらでも詫びるから行かないでくれ。おれをひとりにしないでくれえ！」

廊下の奥から、沖辰一家最後の親分の声が、いつまでもくどくどと追ってくる。荒隈は、一度もふり返らなかった。

荒隈の乙蔵が、十数人の手下を従えて薊野一家に殴り込みをかけた事件は、後に古石場騒動と称されて、深川っ子の語り草になるほど派手な一件となった。

薊野側の死人は、実に九人。一家の半数を超えており、怒り狂った荒隈に滅多刺しにされたという薊野の親分も数に入っていた。

自分が何人殺したのか、無暁は覚えていない。記憶にあるのは最初のひとりだけで、あの晩、襲撃を差配して、万吉を刺した男だった。ふいの討ち入りに、度肝を抜かれたのだろう。乙蔵たちが踏み込んでからほどなく、外へとまろび出てきた。

長い錫杖は、屋内ではふりまわしようがない。外へ逃げた連中を仕留めるのが、無暁の役目だった。前に立ち塞がる姿に、男は命乞いらしき台詞を吐いたが、無暁は何の躊躇いもなく、錫杖を横にふるった。瓢箪の上にとび出した鋭利な先端は、正確に柔らかい喉を裂き、男は声もなく崩れ落ちた。

あのときと同じ男かはわからないが、浪人者ともやり合った。意外なほどに歯応えがなく、刀はあっけなく男の手からはじきとばされ、杖で足をすくわれ仰向けに倒れた眉間に、容赦なく杖尻をたたき込んだ。

相手をしたのが五人なのか十人なのか、それすらはっきりせず、そのうち何人が死んだかもわからない。

無暁はただ、驚いていた。手加減という箍を外せば、これほどまでに強くなれるのかと。命を奪う行為に恐れを抱かねば、一介の坊主さえ無敵にする。体軀の大きさと力の強さを解放すれば、こんなにも他愛なく人は壊れるのかと。

やくざ者同士の諍いというだけで、まるで芝居のひと幕だ。どこか現実感が伴わず、無暁はただ、冷静な獣のように、外へとはみ出してくる男たちを仕留めていった。

刃物同士のやりとりだけに、味方も無事では済まない。誰もが満身創痍の有様で、子分三人が命を落とした。薊野の頭を討った乙蔵自身もまた、背中に深手を負った。それでも薊野衆は散り散りとなり、どうにか動ける者は這々(ほうほう)の体(てい)で退散し、乙蔵は野太い声で勝鬨(かちどき)を上げた。

実四朗に絶縁状を叩きつけたとはいえ、ひとまず帰る先は沖辰一家しかない。死んだ三人の遺骸と、傷の重いふたりを総出で運び込む。実四朗は、すでに逃げを決めたようだ。家の中はもぬけの殻だった。

仏と怪我人を、それぞれ別の間に寝かせ、乙蔵は残った子分たちに告げた。

「てめえら、よくきけ。動ける者は、しばし江戸を離れろ。ほとぼりが冷めるまでは、深川には近づくんじゃねえぞ。こいつは当座の金だ」

と、財布ごと、子分たちに放る。

「兄貴は、どこへ行きなさるんで？」

伊太郎が、不安気にたずねた。顔から派手に血を流していたが、伊太郎の傷は浅いようだ。

「おれも後始末を終えたら、とんずらする」

にたりと笑ったが、額には脂汗が浮いている。子分たちの手前、平気なふりをしているが、背中の傷はかなり深い。おそらく乙蔵は、自分が逃げ切れないと悟っているのだ。

「兄貴が残るなら、おれも残る」

「伊太郎、勝手は許さねえ。さっさとこいつらを連れて、江戸をずらかれ。騒動の噂が届けば、いつ捕方が出張ってくるかわからねえからな」

「もう沖辰一家は抜けたんだ。兄貴に指図される謂れはねえんだ！」

本当なら、どやしつけてでも追い払いたかったのだろうが、それ以上は乙蔵のからだがもたなかった。苦しそうに肩で息をして、しゃべることさえ辛そうだ。床を敷いて、ひとまずうつ伏せに寝かせ、その後は伊太郎が差配した。

金を均等に分けて、乙蔵の言いつけどおり、しばらく江戸を離れるようにと若い者を説き伏せる。荒隈を慕う者や、仲間意識の強い者は散々ごねたが、すったもんだの末に、乙蔵に加え、伊太郎と無暁が残るということで、ようやく片がついた。どうしても残るときかない無暁の頑固に、伊太郎が折れた形だった。

別れの水盃を交わしながら、誰もが泣いていた。実の親からはぐれた者たちにとって、まさにここはかけがえのない家だった。

翌朝、伊太郎は、つき合いのある地元の鳶衆に頼んで、三つの仏を寺にはこび、ねんごろに弔ってくれと金を渡した。無暁はそのあいだ怪我人の世話をしていたが、昨夜訪れた医者の看立ては芳しくなかった。

「三人ともに、傷が深い。この前のように、すぐに死ぬことはなかろうが、治るかどうかは何とも……快方に向かうにしても、長くかかろうな」

万吉のときと同じ町医者は、難しい顔でそう告げた。傷薬や熱冷ましを、午後にとりにくるよう言いおいて、医者は帰っていった。

傷のために、三人ともに熱が出て、うんうん唸って苦しそうだ。額の手拭いを替えたり、団扇で風を送るくらいしか、できることはなかった。

「兄貴、もう少し頑張ってくれ。伊太郎の兄いが戻ったら、薬をとりにいきますから」

首裏の汗を拭いながらそう話しかけたが、うつ伏せのまま熱にうなされている乙蔵からは何も返らない。無暁はひたすら伊太郎の帰りを待ったが、それより早く、不穏な気配がこの屋を襲った。

何人もの足音がまわりを囲み、薊野の仕返しかと、無暁は慌てて錫杖を握ったが、違った。戸口から、居丈高な声がかけられる。

「沖辰の実四朗！　並びに荒隈の乙蔵！　昨晩、古石場にて薊野一家を襲った咎により、詮議を致す。おとなしく縛につけい！」

捕方の到着は、目論見よりもよほど早かったが、その瞬間、意識すらほとんどなかったはずの乙蔵が、かっと目を開けた。岩が動くように、ゆっくりと身を起こし、無暁に手伝わせて、傷を隠すために羽織を引っかけた。無暁が止めるのもきかず、隣座敷に移り、床の間を背にしてどっかりと腰を降ろす。

熱で赤らんだ顔は、隈取に似たしわをくっきりと浮かび上がらせ、からだから立ち上る気迫は、尋常ではない。一体の荒々しい座像を思わせる姿は、あまりに荘厳で、さながら不動明王だ。寺や社が、茫漠としたものしか示せぬこの世にあって、何より確かな姿に思えた。

「ひでえ面だな、無暁……まるで死人だ」

「兄貴……」

「万吉の仇を討っても、心は少しも晴れねえか……まあ、そんなことは、先刻承知の上だが」

前のめりになりそうなからだを、膝に当てた両腕で懸命に支えながら、じっと無暁を見据える。

「それでもな、無暁、おめえはまだ若い。だから、諦めるな。こっから先は、辛いことばかりだろうが、坊主の苦行と思って、乗り越えろ」

「でも、おれはもう、仏門からは足を洗って……」

「無暁はやっぱり、坊主が似合いだと……いつだったか、万吉が言っていた」

不動がにっかりと、歯を見せた。

そのとき捕方がなだれ込んできて、何を返す暇もなかった。

乙蔵は動じることなく大人しく縛につき、相前後して戻った伊太郎とともに、無暁も役人に括られて、牢に入れられた。

深川の鞘番所から、小伝馬町(こでんまちょう)の牢屋敷へ。詮議の折には奉行所へと、あちこち引っ張りまわされながらも、無暁はすべてを淡々とこなした。役人たちからの、まるで虫けらのようなあつかいも、この世の地獄に近い牢での暮らしも、未だに凍えたままの心には何も響かなかった。ただ、人らしい一切が削ぎ落とされた日々の中で、気持ちはいっそう荒み、牢を出るころには、凍ったままかさかさに干涸(ひから)びていた。

小伝馬町では、一般の者が大牢に、無宿人はとなりの二間牢に入れられる。

人別帳から除かれた者を無宿と呼ぶが、遠国に籍があっても江戸では確かめようがないから、やはり無宿人とされる。どこぞの店の雇人でない限り、出稼人を含めて無宿とされる者は多かった。

言うまでもなく沖辰の衆もこのたぐいで、無暁もまた上州無宿と呼ばれた。元僧侶という経歴を、役人に一度だけ糺されたものの、「寺の名は言えぬ。すでに破門されている」との申しようが額面通りに受けとられたからだ。無暁が厭うたのは、西菅寺に知らせが走ることではなく、下野の実家、垂水家だった。罪人になった己の身を恥じる以上に、それ見たことかと継母や兄たちに嘲笑われることだけは、到底耐えられなかった。

乙蔵と、怪我をしたふたりの子分も、最初は無宿牢に放り込まれたが、まもなく浅草新吉原裏にある溜に移された。溜とは囚人の療養所だが、行き倒れなぞも収容されるために常に満杯の有様で、役人に乞うてもなかなか容れられない。幸いにも溜行きが叶ったのは、乙蔵の人徳だった。深川界隈で乙蔵の世話になった者たちが、小伝馬町を訪れて金やら食べ物やらを度々差し入れ、それが功を奏したのだ。

けれどもそれが永の別離となり、無暁が乙蔵と会うことは二度となかった。

乙蔵は溜に移されてから、わずか半月後に亡くなった。ともに溜に送られたふたりの子分も、ひとりは助からなかった。

沖辰の実四朗は、妾宅の一軒に逃げ込んでいたところを捕らえられ、やはり吟味を受けたが、荒隈の書いた絶縁状が認められ、江戸十里四方追放の刑で済んだ。

その分、乙蔵が責めを負わされて、当然のように死罪が下った。刑の執行より前に、溜で息を引きとったのがせめてもの救いに思えたのだろう。神仏の加護かもしれないと、伊太郎は涙をこぼした。傷を負ったふたりの舎弟のうち、たったひとり助かった若い下っ端は、歳が十五ということで大目に見られ、敲きで釈放された。

生き残った薊野衆の証言もあり、無暁が人殺しを犯したのは明々白々だ。無暁もまた、極刑を覚悟していたが、意外にも死罪は言い渡されなかった。やくざ者同士の喧嘩であったことに加え、歳が若く、また自身が襲われ、兄弟同然の万吉を亡くしたことも慮られたのかもしれない。

申し渡された刑は、八丈島への遠島だった。

島流しよりも、船待ちのために四月も無宿牢に籠められた方がよほど応えたが、辛うじて正気でいられたのは、伊太郎と、そして乙蔵のおかげだった。

伊太郎は、八丈よりも近い新島流しとなり、無暁と同じ船で新島へ運ばれたが、詮議と併せて半年近くのあいだ、牢内でマメに世話を焼いてくれた。

「八丈の暮らしはきついだろうが、死ぬんじゃねえぞ！」

泣きながら、別れを惜しんでくれた。ひとりになって船に揺られながら、どうしてだかくり返し、乙蔵の言葉が思い起こされた。

——坊主の苦行と思って、乗り越えろ。

過酷な牢暮らしの中でも、しきりと同じ声が耳許で鳴った。

乗り越えろということは、その先に、何かあるのだろうか？

夜明け前より仄暗い、かすかな白い光だが、底の知れぬ闇に堕ちた無暁には、たったひとつの拠り所となった。

「おれはやはり、坊主が似合いか……？　なあ、万吉……」

呼びかけた友はとなりにおらず、波の音だけが呟きをさらった。

船は三宅島と御蔵島を経て、八丈島へ着いた。

四

打ちつける荒波をまとい、来る者を拒むように断崖は黒々とそびえ立つ。
鬼ケ島(おにがしま)とは、このような場所ではなかろうか——。
沖合から八丈島をながめて、無暁はそう思った。

ここまでの船旅は、実に長かった。大川の佃島(つくだじま)河岸を出帆して、順調に行けば、三宅島まで四日、八丈島まで五日の航程のはずが、風待ちのためにふた月以上を要した。伊豆(いず)七島での風待ちは、順風を頼むのではなしに、風がやむのを待つという意味だ。この辺りはことさら風が強く、江戸の木枯らしに負けぬほどの風が、年がら年中びょうびょうと吹きつける。

流人(るにん)船は五百石と、千石船には劣るもののそれなりに大きい。それでもいざ風の吹きすさぶ海原に漕ぎ出せば、枯葉よりも頼りない。伊豆半島を抜けるまでは、浦賀(うらが)や下田(しもだ)の港に五日も十日も逃げ込む羽目になり、そこを過ぎると、海は急に広くなる。そのぶん船の頼りなさも増して、大島(おおしま)や三宅島で、それぞれ二十日近くも風待ちをした。

ただそのあいだ、陸(おか)に上がれたことだけは有難かった。驚いたことに島内には牢もなく、流人たちは二、三人ずつ、村内の家に預けられた。飯は決して十分ではなく絶えずひもじい思いはしたものの、船中での厳重な警固からすると、狐につままれたような心地がした。

「浦賀の関を越えてから、同心どもの気配が急にやわらいだ。ここまできたら、逃げようにも逃げ場はないと、承知しているためだろうよ」

三宅島で、同じ家に預けられた年嵩の流人が、もっともらしく教えてくれた。

兄貴分の伊太郎が、新島で下ろされた後、はじめて話らしい話をした相手だが、最果ての地へ来てしまったという心細さばかりが募った。

島割りが達せられたのは、出航の前日だった。伊太郎は新島に、無暁は八丈島に流されると知らされた。

同じ船で島送りになる囚人は、総勢二十二人。その日のうちに牢舎前に引き出され、筵の上に並ばされた。まず整髪を施され、次に医師がからだの調子を診る。

船待ちをしていた四月のあいだに髪は伸びていたものの、髷を結うには届かない。無暁は髪結いに頼んで、やはり坊主頭にしてもらった。

その後に役人から、島割りと明日の出帆が申し渡された。わずかながらのお手当銭をもらい、身寄りからの届物を渡される。案じてくれる家族などひとりもいない身の上なのだが、伊太郎と無暁には、それぞれ米一俵と、金貨と銭が届けられた。

荒隈の乙蔵を慕っていた、櫓下の茶屋の主らが、合力して届けてくれた餞別だった。米なら二十俵、麦は五俵まで、銭や金は二十両分までと、囚人が島へ持っていける物には細かな定めがある。大方が食べ物であり、刃物や書物、火道具のたぐいは許されていないが、限度まで差し入れがなされるのはごくごく稀で、富裕な武家か町人、あるいは位の高い僧に限られる。

ほとんどが無宿や渡世人、あるいは貧乏人のたぐいだから、会いにくる身内すらおらず、身ひとつで島に送られる者もめずらしくない。伊太郎や無暁も同じ立場なだけに、なおのこと色街の者たちの情が身にしみた。

彼らの気持ちが何より有難く思えたのは、翌朝、船が佃島河岸を出たときだった。

後ろ手に青細引で括られた姿で、二十人の流人たちは数珠つなぎになって小伝馬町牢屋敷から佃島河岸まで歩かされた。ふたり欠けているのは、武士と僧侶の罪人がひとりずついたからだ。武士や僧侶は牢内でも別格あつかいで、揚屋(あがりや)と呼ばれる畳敷きの部屋があてがわれ、駕籠(かご)に乗せて運ばれた。

佃島河岸へ着くと、船はすでに出航を待つばかりとなっていた。

流人の護送に、島廻船が使われるようになったのは、そう古いことではない。

寛政八年、幕府は江戸鉄砲洲(てっぽうず)十軒町に、伊豆七島物産売捌所を開設した。俗に島会所と呼ばれる。名のとおり、伊豆七島の物産を一手に買いとり売り捌くための交易所であり、勘定奉行が差配した。春・夏・秋の年三回、七島巡回の交易船を就航させて、その船に囚人を乗せることにしたのも、このときからだった。

無暁が乗せられたのは秋船で、佃島河岸から出帆したが、そのときの都合によって、永代橋や万年橋、霊巌島(れいがんじま)から出ることもある。

前後を同心に警固され、一列になって、河岸と甲板を結ぶ踏み板をわたって乗り込む。それが江戸の土の、踏みおさめであった。

ふたり挟んで前を行く伊太郎は、名残惜しそうにひとたびふり返ったが、無暁にはさしたる感傷はなかった。万吉のいない江戸など、何の未練もないし拝みたくもない――。かえって目を逸らしていたが、船が岸を離れると、思いがけないことが起こった。

「お願いでございます、お願いでございます！　深川櫓下乙蔵の身内にございます。この船に、乙蔵の倅たちが乗っております。どうぞ御慈悲をもって、ひと目だけでもお会わせ願いまする」

ひどく物慣れた口調だが、耳覚えのない声だ。同様の声は、船の周囲からいくつも重なって、口々にだれそれの身内だとか何某(なにがし)の縁者だとか叫んでいる。思わず甲板から首を伸ばして見下ろすと、五百石の島廻船の腹に、いく隻もの小舟が張りついて、その船頭たちが訴えているのである。

牢から引き出され乗船するまでは、身寄り縁者や友人知人との対面は一切許されていない。この厳しい掟も、ひとたび陸を離れれば大目に見てやろうとの、「お目こぼし」と呼ばれる計らいだった。

これをもっぱらとする船頭がいて、平素から役人に袖の下を贈っておく。もちろんその金の出所は流人の縁者たちであり、法外な値をふっかけられることも少なくない。そうまでして、自分たちに会いにきてくれる者たちがいるなどとは、夢にも思っていなかった。

しかし伊太郎とともに川面に目を凝らすと、船腹に張りつくようにしてただよう小舟のひとつから、声が上がった。

「兄貴ぃ！　伊太郎の兄貴ぃ！　無暁の兄貴ぃ！」

笠をかぶった小柄なからだだが、懸命に両手をふり上げる。

「昭介(しょうすけ)！　昭介か！」

乙蔵を含めて深手を負った三人のうち、たったひとり生き残った下っ端の弟分だった。十五と歳が若かったために、敲きの刑だけで放免になった。その昭介が、涙をぼろぼろこぼしながら、船上に括られた兄貴分たちに手をふる。

「伊太郎の旦那！　無暁の旦那！　お帰りをお待ちしておりますからね！　きっと帰って

きてくださいましよ」

昭介の背後からは、櫓下の顔役を務める茶屋の主ふたりと女将ひとりが、やはり懸命に声をかけてくれる。ここまでしてくれるのは、亡くなった荒隈の乙蔵の、人徳以外の何物でもない。だからこそ、荒隈が見限った沖辰の名ではなく、乙蔵の倅と呼んでくれたのだ。ふたりには、それが何よりも嬉しかった。

けれど無暁が何より驚いたのは、楼主たちの陰に女がいたことだ。笠を被っていたために最初はわからなかった。女がまっすぐにこちらを仰ぎ、無暁ははっとなった。

「おみよ……」

万吉と恋仲だった、おみよだと気づいたときには、胸がいっぱいになった。

「おみよ、来てくれたのか……おれを、許してくれるのか……」

おみよは何も言わず、ただ胸の前に両手をきつく握りしめていただけだったが、無暁の呟きがきこえたかのように、笠を載せた頭が深くうなずいた。

船が川から海へ出る頃には、小舟も姿を消し、囚人たちは船底にある船牢に籠められたが、光の届かぬ暗闇で、温かな灯りを見詰めるように、伊太郎は呟いた。

「おれたちみてえな半端者に、こんなに良くしてくれるなんて……ありがてえな、無暁……ありがてえよ」

伊太郎は大事そうに、何度も何度もくり返す。

無暁にとって誰より有難いのは、当の伊太郎だった。

そう気づいたのは、船が新島を出てからだった。

「八丈の暮らしはきついだろうが、死ぬんじゃねえぞ！」

新島で下ろされた伊太郎は、最後にそう励ましてくれた。このときばかりは互いに男泣きに泣いて別れを惜しんだが、牢にいるあいだ中、唯一の拠り所であった兄貴を失ってみると、己の頼りなさに愕然とした。

ちょうど船の揺れが尋常ではなくなったころにも重なって、からだが絶えず右に左にゆらゆらと傾いて、まともに立っていないような心許なさがつきまとう。

万吉を死なせた後悔は、無暁の中に、暗く大きな影を生んだ。自棄(やけ)を起こして相手のやくざ一家の者たちを、何人も手にかけた。無暁自身は数を覚えていなかったが、白洲(しらす)での沙汰では、ふたりを死なせた罪だとされた。もっと多いような気もするが、吟味の折に乙蔵が、精一杯庇い立てしてくれたに違いない。

人を殺せば、当然のことながら死罪となる。ただし殺人を命じられたとなれば、罪状の様相も変わってくる。自身が子分たちに命じたと、乙蔵が役人に申し立ててくれたために、無暁や伊太郎は罪一等を減じられ島送りとなった。そのぶん乙蔵が罪をかぶり死罪を申し渡された。

けれども、乙蔵の計らいは、かえって無暁を苦しめた。

万吉を死なせ、さらに何人もの命を奪った。自らの命でしか、この罪は償えないと覚悟していたのに、こうして性懲りもなく生き長らえてしまった。

しのも万吉も、自分のせいで死んだのではないか――。自分さえいなければ、少なくとも命を落とすことはなかったのではないか――。

悔悟などという殊勝な言葉では、とても言い表せない。己の中に化け物を飼っているような。もっとも近しい者を、ふいに頭からばくりと食らう得体の知れない物の怪が、自らの内に潜んでいるような、恐れと不安がどうしても拭いきれない。そいつはなおも血肉を欲し、敵対するやくざ者たちを存分に食い散らかした。

食らえば食らうほど、身の内に広がるものは――ただ、虚無だった。化け物の正体はわからぬものの、それだけは悟っていた。

この虚しさは一生涯つきまとい、少しずつ自身を蝕んでゆくのだろう――。そんな冷めた感傷に囚われて、ずっとふさぎ込んでいたが、所詮は見せかけの甘えであり、見せる相手がいて初めて意味を成すものだと、新島を出てからようやく気がついた。

伊太郎は、弟分の無暁をずっと気遣ってくれていた。親に等しい荒隈の乙蔵や、何人もの仲間を失って、自分の方こそ喚き散らしたいはずが、力を落とす無暁の世話を懸命に焼いてくれた。

先に船牢から出された伊太郎の、くしゃくしゃの泣き顔と、無暁の手をきつく握りしめた両の掌の温もりは、新島を去ってからいく度もよみがえった。

船牢に籠められた流人たちは、縛だけは解かれるものの、警固は厳しい。

ともに乗船した護送役人は四人、いずれも御船手番所の船手同心だった。他に、船を操る船頭と水主が合わせて八人乗り込んだ。

お目見え以上の身分の者と、女流人だけは、船内に別の囲いを拵えて他の囚人とは隔てられる。無暁の送られた船に女はいなかったが、同船した武家と僧侶はそれなりの地位にいたらしく牢は別だった。

船牢には厠が設けられていて、浦賀に着くまでは一歩も牢から出られなかった。

浦賀には、厳しさにかけては陸の箱根に劣らない海の関所、浦賀番所がある。江戸湾を出入りする船には厳しく目を光らせ、島廻船が寄港すると、奉行所から船まで役人が出張ってきた。流人を甲板に並べて、罪状の書かれた送り状を手に、ひとりひとり首を検めるためである。

尊大な役人たちには辟易したものの、三宅島で囚人仲間が口にしていたとおり、浦賀を過ぎると警固は目に見えて緩くなった。時には三、四人ずつ囚人を甲板に上げて、新鮮な空気を吸わせ、狭い牢内で縮こまった手足を伸ばすことも許された。

浦賀から、大島・利島・新島・式根島・神津島、さらに三宅島・御蔵島。その先に八丈島がある。船が寄港するごとに、幾人かずつ囚人たちが下ろされて、そのぶん牢が広くなるのは有難いのだが、人が減れば心細さが増すのは誰しも同じだ。

伊太郎が新島で下ろされてからは、ほとんど誰ともしゃべることなくつくねんとしていた。三宅島でその男と口をきいたのは、物寂しさ故だろう。

「おめえさん、坊さんかい？」

「いや、子供の折に寺に入っていただけだ。もう経すら忘れた」

と、嘘をつき、最初はつっけんどんにあしらっていたが、囚人にしては荒んだ気配のない男は、そうかあ、と同情交じりのため息をついた。

「おれみたいに何か手に職がありゃ、島での暮らしも、少しは凌ぎやすいそうだがな。おれは石工でな、石工仲間に島帰りの爺さんがいて、色々と教えてくれたんだ。まさかそれが役に立つとは、我ながら情けねえよ」

「あんたは、何をやったんだ？」

いかにもまっとうそうに見える男に、ついたずねていた。

「酒だよ、酒。呑むと人が変わっちまう。もっとも当のおれは、ちいとも与り知らねえことだが、酒が入るたびに色々とやらかしちまってな」

素面ならまったくそうは見えないが、いわゆる酒乱の気があるようだ。

「嬶からも、再三気をつけろと言われていたんだが、酒だけはやめられなくってなあ。酔った挙句に派手な喧嘩をやらかして、相手にたいそうな傷を負わせちまった……嬶にも子供にも、合わせる顔がねえやな」

三十をいくつか超えたくらいの男は、しょんぼりと肩を落とした。

「さっきの島帰りの爺さんの話だとよ、大工やら左官やらの職人は、島でも重宝されるそうなんだ。石工の仕事もたんとあるから、他の流人にくらべれば、だいぶましな暮らしができる。お武家やら坊さんやらも、案外大事にあつかってもらえるが、渡世人だのやくざ者だの半ちくな連中は、そりゃあもうひでえ有様だそうだ」

無暁にとっては、怪談話よりもよほど恐ろしい。思わずごくりと唾を呑み、そろりとたずねた。

「ひどいとは、どのような？」

「言ってみりゃ、餓鬼道に堕ちるようなもんだな」

餓鬼道は、地獄道、畜生道とともに三悪道の一で、絶えず飢えと渇きに苦しめられる。

「江戸なぞにくらべると、とにかく食べ物が少なくってな。不作の年には、島の者すら飢えに苦しむ。何よりほとんどの島では、米が作れねえからな。田んぼがあるのは唯一、八丈島だけだが、決して広くはねえそうだ」

島に行っても、やはり稼がなくてはならないと知ったのは、このときだった。おそらく似たような話は小伝馬町や船内でも交わされていたのだろうが、万吉を悼むだけで精一杯だったから、ろくにきいていなかった。

ただし稼ぐのは、金ではない。食べ物だ。

流人たちにとって何よりの大事は、生き延びること。ひたすら赦免を待ちながら、少しでも命を長らえて、生きてふたたび本土の土を踏むことだ。しかしそれが、大方の流人にとっては至難の業(わざ)だと、石工は語った。

「江戸や郷里に縁者がいれば、米やら金やら色々と送ってもらえるだろうが、縁者もなく手に職もねえとなれば、ろくに稼ぐ当てがねえからな。それこそ朝から晩まで、考えるのは食い物のことばかり。その日一日をどう食い繋ぐか、それしか頭にねえそうだ。いよいよ切羽詰まってくると、門付けや物乞いに走ることになる」

門付けとは、家々をまわり歌舞などを披露して、わずかな銭を得る商売だが、島にもっとも多い門付けは、経を唱えることだという。島民はおしなべて信心深く、いわばそこにつけ入って辛うじて命を繋ぐ。

まるで自分の先を見るようで、無暁はぶるりと伸びかけた坊主頭をふった。

「ち、力仕事ならできるぞ。畑で鍬もふるえるし、漁に出るなら舟も漕げる」

「さっき言ったろ。たとえ八丈といえど、田んぼは狭えし畑も十分にはねえ。本当なら島の者たちだけで手は足りるそうだ。情けをかけて流人に仕事をくれるときもあるが、たいして稼ぎにはならねえ」

「それなら、漁は？　まわりがすべて海なのだから、魚は獲り放題だろう。海にさえ出れば、その日の糧も得られるのではないか？」

「そいつは駄目だ。流人は海に出ちゃいけねえ決まりになっている」

ひと昔前は、流人が漁船に乗って漁を手伝うこともあったそうだが、それに乗じて島抜けしようとした輩がいたとかで、いまは浜から一歩も出ることが許されない。漁師を手伝うにも、漁船の修理や網の手入れなど、浜仕事に限られるときいて心底がっかりした。

「どのみち、素人が海へ漕ぎ出したりすれば、たちまち潮に呑まれてお陀仏だぞ。この辺はことさら波が荒くてな、漁師ですらもたいした漁はできねえときく。岩場で貝や蟹を拾うか、たまに巡ってくる魚の群を待ちもうけるしかねえそうだ」

「目の前に海があるのに、魚も獲れぬとは……」

山国生まれということもあり、無暁が知っているのは深川沖に広がっていた、穏やかな江戸の海だけだ。ほとんど一年を通して漁師船が浮かんでいて、春には白魚、夏は鰺、秋から冬にかけてはブリなど、豊かな海の幸を運んでくれた。

島ときいて、真っ先にその光景が浮かんだが、大海のまっただ中に浮かぶ島々は、大きな湾も望めず、荒波に身を削られるようにしながら、心細く海から頭を出していた。

「おめえさんは、八丈島へ送られるんだろ。脅かすわけじゃねえが、八丈へ渡るだけでもたいそう難儀でな。なにせ御蔵と八丈のあいだには、黒瀬川が流れているからな」

「黒瀬川、とは？」

「川と呼ばれる潮の道だ。そりゃあたいそうな速さで、御蔵と八丈のあいだを横切るように海の中を流れているそうだ。こいつを越えるのは並大抵ではなくってな。『黒瀬乗り切るのは月に三日』と船頭や漁師にすら恐れられる難所だそうだ」

きけばきくほど心配の種が増えるばかりだ。にわかに黙り込んだ無暁の気を引き立てるように、石工はことさら明るい声で励ました。

「なに、着いちまえばこっちのもんよ。八丈島は、大島に次いででかい島だからな、他の島よりは食い物も良いそうだ。何より八丈に送られるのは、徳や身分の高いお人が多いときいた」

かつて八丈島には、謀反や一揆を企てた政治犯が流された。そのぶん知に長け学のある者が多いとされて、その一方で三宅島には市井の極悪人が、新島には過って罪を犯した者が流される——。そんな風聞は根強く残っていた。

江戸前期まで、島流しという刑はある程度の身分の者に限られ、おそらくそのころにでき上がった噂だろう。しかし事実とは大きくかけ離れている。

ことに八代将軍吉宗が、大岡忠相の力を得て「御定書百箇条」を制してからは、島流しは完全に下々のための刑になった。以降、流人のほとんどが無宿者と町人で占められるようになり、その数も一気に増えた。

現に今回も、二十二人の流人のうち、武家と僧侶はふたりだけ。残る二十人は市井の者たちだ。もっとも多い罪状は博奕であり、大名下屋敷なぞで開かれるのも昨今はめずらしくないのだが、武家屋敷や辻番所での賭博は罪が重いとされて直ちに流罪となる。他にも賭場の胴元やらイカサマやら、賭博に関わる者だけで十二人に達した。

目の前の石工のように、口論の果てや喧嘩沙汰で怪我を負わせた者が四人。相手に重傷を負わせると、やはり流罪になった。他は子殺しがひとり、過失で人を殺めた者がひとり、そして、指図を受けて人を殺した者がふたり——。最後の罪状は、無暁と伊太郎のものだ。同船した武家と僧侶の罪状まではわからぬものの、僧侶の場合、まず九割九分が女犯の罪だと船牢の内ではささやかれていた。

無暁が少なからず驚いたのは、いかにも悪党然とした者がほとんどいなかったことだ。たしかに博奕に関わった輩には柄の悪い者もいるが、ちんぴら程度が関の山で、胴元として捕まったふたりは中間(ちゅうげん)だった。地回り一家に五年いた無暁には、小者としか映らない。それより罪が重いはずの、殺害や傷害を犯した者たちに至っては、そんな大それた真似をしそうな手合いにはとても見えない。ふたりほど、やはりどこぞの一家の者たちがいて、袋叩きにした相手に大怪我を負わせたそうだが、ある意味まっとうなやくざ者は、無暁と伊太郎を合わせて四人きりだ。他はどう見ても堅気であり、また口をきいた石工をはじめ、しごくまともに見えた。

罪とは、実に思いがけないところに、口を開けているのかもしれない。

つい昨日まで、自身が罪を犯すなぞ夢にも思わず、あたりまえの暮らしをあたりまえに続けてきた。何かのはずみで、実に脆くそれが潰(つい)える。たまたま虫の居所が悪かった、些細な不幸が重なった、それまで堪えていたのにその日に限って我慢が利かなかった——。日常にはありがちな、とるに足らない出来事がはずみとなって、とりかえしのつかない仕儀に至ってしまった。

ふつうに暮らしているあいだは、大それた罪過なぞ、遠い向こう岸の話だ。自らに降りかかるなぞ、誰も思わない。落ちて初めて、その穴が足許にあったことに気づくのだ。誰にでも起こり得ることで、それが人の弱さであり、悲しさなのかもしれない。

もっとも夜盗や辻斬だの、極悪人となれば直ちに死罪が下るから、いわば罪一等を減じられるだけの理由が、島流しの者たちにはあるとも言える。

ただ、ひとりだけ、無暁が腹に据えかねた者がいる。

子殺しの罪を問われた、三十前後の男だ。風体は堅気なのだが、何を投げても相手の皮膚の上で滑るような、気持ちの通じない不気味なものを感じた。男は船牢の中で、時折忌々し気に何事か呟いていた。たまたま背中合わせに座っていた折に、その呟きが無暁の耳にも届いた。

「あんな餓鬼のひとりやふたり殺ったくれえで、何だっておれがこんな目に……てめえの餓鬼をどうしようと、親の勝手じゃねえか」

かっと頭に血が上り、ふり返りざま殴りつけそうになったのを伊太郎が止めた。

「やめておけ。あんな外道を殴ったところで、てめえの拳が汚れるだけだ」

「乙蔵の兄貴なら、目鼻と口の見分けがつかなくなるくらい、ぼこぼこにしたはずだぞ」

「違（ちげ）えねえ。おれもてめえらに難癖つけた折には、ぼこぼこにされたからな」

小声で交わしながら、伊太郎が笑う。乙蔵は、女子供には優しかった。弱い者を労（いたわ）る気持ちをもっていた。無暁と万吉を拾ってくれたのもそれ故だ。仮にも一家の若頭であったのだから、後ろ暗いことにも手を染めていた。それでも平然と我が子を虐げる男にくらべれば、よほど上等だ。

この時代、子殺しはめずらしいことではない。ことに田舎では多く、ただでさえ食うや食わずの貧しい百姓は、食い扶持が増えれば自分たちが食えなくなる。とりわけ不作や飢饉の年になると、生まれた赤子を始末する間引きは後を絶たなかったが、やむにやまれぬ胸中を察して、御上も見て見ぬふりをする。よほど目にあまる所業でない限り、子殺しで括られることはない。

浦賀奉行の検めの折に、甲板で読み上げられた男の送り状にはそこまで詳しく書かれていなかったものの、島流しに至るほどに、男の所業が度を越していたということだ。考えるだに腸（はらわた）が煮えくりかえって、男が途中の神津島で下ろされたときには、金輪際顔を見ることもなかろうと心底ほっとした。

「おれは子供が三人いてな、いちばん下は可愛い盛りだ。あんな可愛い子供らを、二度と拝めねえかもしれねえと思ったら、それだけで涙が出てくらあ」

洟をする石工の顔は、この上なく情けなかったが、無暁には安堵をはこんだ。

「嬶にも苦労をかけちまうし、咎人の父親なぞいない方がましなのかもしれねえが……それでもな、もういっぺん、ひと目だけでも嬶や子供に会いてえんだ。だからこの島で何としても長らえて、赦免を待って江戸に帰る。そう心に決めてんだ」

三宅島での風待ちを終えて、御蔵島で下ろされる折に、石工はそう語った。

「おめえさんも、江戸で待っている者がいるだろう。まだ若えんだから、望みを捨てるんじゃねえぞ」

励ましは有難かったが、やけに広くなった船牢に三人きりで残されたのは居心地が悪かった。ほとんど顔を見ていない僧侶と併せて四人が、八丈島への流人だった。


石工の言葉は脅しでも何でもなく、黒瀬川の恐ろしさは骨身にしみた。

それまでの航海も、決して安楽なものではなかった。少し風が吹けば、からだが傾くほどに揺れ、ことに浦賀を過ぎてからしばらくは、誰もが船酔いに悩まされた。牢内の便所ではとてもまに合わず、あちこちに吐いた汚物が散乱し、その臭気にやられてさらに具合が悪くなった。

伊豆沖の波の高さにもようやく慣れて、もう大丈夫だと半ば高を括っていたが、黒瀬川の凄まじさには、またぞろ吐き気がこみ上げるほどに困憊した。

水主たちが風を見て、御蔵島で十二分に風待ちをしてすらそのありさまだ。まるで大地震さながらに、天井に向かって放り出されるほどの揺れの激しさで、このまま船ごと木っ端微塵になるのではないかと、船牢の格子にしがみつきながら、その恐怖が消えなかった。

ようやく揺れが遠のいてからも、からだの揺らぎは収まらず、役人に促され這うように甲板に上がった。八丈島を目にしたのは、そのときだった。航路にあたる北側から望むと、良く似た双子の島が並んでいるようだ。

八丈島は、北西に八丈富士、南東に三原山があり、ふたつの山裾を繋ぐ形でわずかな低地が狭まっている。ぐるりと回ると、瓢箪形の島であった。

左右の山の稜線はなだらかなのに、船が近づくたびに、島の気配は荒々しくなる。

伊豆七島全体が、火山の島だ。赤く燃えた溶岩が黒く固まった岩に覆われていて、島を覆う砦のような断崖は、どこも石炭のように黒光りしている。

その光景が、無暁には鬼ヶ島を思わせたのだ。

行けども行けども崖ばかりで、港はおろか砂浜すら見当たらない。途方に暮れそうになったとき、ふたつの山の中ほどにあたる低い土地にさしかかり、猫の額ほどに狭い砂浜が見えた。

「やれやれ、ようやく着いたか。ま、無事を得たるは御の字か」

甲板の少し離れたところで声がした。ふり返ると、鬱金色(うこんいろ)の僧衣をまとった姿がある。無暁より頭ひとつぶんも背が低いが、ころりと肥えている。後になって四十を過ぎていると知ったが、顔の色つやがよく、歳よりも若く見えた。

風に運ばれて、何かのにおいが鼻をついた。届くのは潮の香だけだから、鼻で嗅いだのではなく、無暁の中の何かが感じとった臭気に違いない。厭うように顔をそむけた。

下船の仕度をするようにとの役人の声が、強い潮風とともに降ってきた。

歓迎されるとは、もとより期待はしていなかったが、四人の流人に注がれる島民たちの目は、思った以上に冷たく、受け止めきれず無暁は下を向いた。

島廻船からは水主たちにより最後の荷が下ろされて、島内に運ぶ男たちの姿が点在する。こちらをながめる女や子供らしき群れも遠くに見えたが、浜で流人たちを迎えたのは、総勢二十人ほどの男たちだった。

島の役人たちと、島内の村々を治める名主や浜役たちである。

役人はふたりいて、いわゆる幕府から遣わされる役人を「島役人」、この地に代々住まい、島の役向きを担ってきた者を「地役人」と呼んで区別していた。

島役人は、古くは八丈島奉行なども置かれたが、いまでは伊豆国代官所が七島すべてを所管する。とはいえ伊豆国代官所は管轄地が広く、渡海には危険も伴う。代官に代わって、手代を赴任させていた。伊豆に帰れば手代でも、島ではお代官とか殿様とか呼ばれて無駄に敬われる。その驕(おご)りを隠そうともせず、島役人はことさらに横柄だった。

一方の地役人は、高齢ということもありずっと穏やかではあったが、白髪交じりの両の眉は終始下がりぎみで、困ったと言いたげな表情だ。地役人は、伊豆の他の島々でも同様だが、概(おおむ)ねがこの地の神主であり世襲制だった。

両役人は配下を二、三人ずつ連れていたが、その他の男たちは各村から来た者たちだ。

八丈島には、五つの村があった。低地にあたる島の中心には、北に三根(みつね)村、南に大賀郷(おおかごう)村。どちらも東西に長く、それぞれの村の先端は、八丈富士の方まで伸びている。一方、三原山の南側には三つの村があり、東に末吉(すえよし)村、西に樫立(かしたて)村、その真ん中が中之郷(なかのごう)村だった。

五村それぞれから名主と浜役、そして流人頭と呼ばれる流人の世話役たちが出張っていた。

島役人と地役人が、浜で一応の請けとりを済ませると、そこから半里ほど内陸にある手代役所へと連れていかれた。手代役所は、大島なら陣屋と呼ばれるそうだが、ここ八丈では「御仮屋」と称される。

御仮屋は思った以上に広い敷地で、二千七百坪もあり、いくつもの建物や蔵が配されていた。島役人の住まいと地役人の御用場を兼ねた役所をはじめ、御用蔵や囲蔵、年貢蔵。他に小屋らしきものが並んでいて、島の名産、黄八丈を染めるための染屋だときかされた。

御仮屋に着くと、役所の土間で附文と照らし合わせて、流人の正式な請けとりが行われる。それぞれの罪状がふたたび読み上げられて、船の甲板で見かけた僧侶が、禅融という名で、やはり女犯の罪で流されたと知れた。他のふたりは、イカサマ博奕と、口論の末に妹婿に怪我をさせた咎だった。

しかし役所の内がもっともざわついたのは、無暁の罪状が読み上げられたときだ。

「上州無宿、無暁。江戸深川にて荒隈の乙蔵の指図を受けて、敵対する一家に討ち入り、うちふたりを殺めた。その咎により、八丈島へ遠島。しかと相違ないか？」

「はい、相違ございません」

土間に目を落とし殊勝にこたえたが、役人や島民たちの視線がからだに刺さるようだ。

　何より応えたのは、村割りが告げられたときだった。

「いいか、島には決して犯しちゃならねえ法度が四つある。よおく頭に叩き込んでおけ！」

　各村の名主たちが別室で寄り集まって、どの流人をどの村が引きとるか相談するあいだ、四人の罪人は流人頭から、島の掟をくどくどと申し渡されていた。

「一に内証便、お役人の目を盗んで、文やら品物やらをやりとりするのは固く禁じられている。二にふたたびの罪。この島で悪事を働いたら、たとえ芋ひとつの盗みでも許されねえ。一も二も、犯せば直ちに島替えになり、御赦免の夢も立ち消えになると思え」

　三に挙げられたのは島抜けで、言うまでもなくもっとも重い罪になり、問答無用で死罪が下されると、半ば脅しのように流人頭は告げた。

「四に、水汲み女の雇い入れだ。こいつも法度とされているからな、覚えておけ」

　長い説教はそこで途切れたが、僧侶の禅融が、ふいと顔を上げた。

「四を破ったときの、罰は何なのだ？」

「え……いや、特に決まってはいないが……」

　流人頭の歯切れが急に悪くなり、禅融がにんまりする。

「何だ、罰は特にないのだな」

「ここに来る坊主は、たいがい似たりよったりだが……少しは自重してくれよ。何かと悶着が起きやすいのは確かだからな」

禅融は、江戸上野界隈にある寺の別当で、僧としての地位もそれなりに高い。流人頭も多少調子を落として、したり顔の坊主に釘だけは刺す。

水汲み女とは、言ってみれば島妻である。流人には、当然のことながら妻帯は許されておらず、しかし何年、何十年と暮らすには女がいなければやっていけない。水汲み女とは、そのための方便だった。とはいえ、これもやはり、身分や金のある者に限られていて、身薄の罪人は指をくわえてながめることしかできない。

女犯の罪で流されておきながら、悔悟の念すら見せず、厚かましく女を所望しているに等しい。禅融の厚顔ぶりにむっとして、先刻、甲板で嗅いだにおいの正体が察せられた。しのを手籠めにした西菅寺の住職、利恵と同じ、恥知らずのにおいだ――。

禅融が水汲み女とねんごろになるのは、ふたたびの罪に当たるのではないか。これだから仏門には戻る気になぞなれないと、勝手に腹を立てていたが、そんな生臭坊主よりも自分は下に見られている――。思い知ったのは、別室から名主たちが出てきて、神主を務める地役人の口から村割りが達せられたときだった。

最初に禅融で、大賀郷村にある寺預けになると告げられた。他のふたりは、それぞれ三根村と樫立村へ。いちばん最後に、無暁の名が挙げられた。

「上州無宿、無暁。末吉村への預けとする」

そのとたん脇に立つ者から、あからさまな舌打ちがきこえた。

「ちっ、よりにもよって人殺しかよ。ずいぶんな貧乏くじを引かされたもんだ」

瞬間、薄い氷でもまとったように、からだがこわばった。

禅融のような破戒僧よりも、ずっとずっと低く見られ、島にとってはお荷物以外の何物でもない――。人殺しとは、それほどに重い罪なのだと、いまさらながらに頭に重くのしかかり、自然とうなだれた。

これから果てしなく続く、長く苦しい島暮らしで、最初に打たれた重い楔であった。


食べるということが、これほど切ないものだと初めて知った。

島へ来てからこの方、飯のことより他は何も考えられなくなっていた。

腹が減って、朝、目が覚める。飯にありつくためには、労働という対価を払わねばならない。すきっ腹では力が入らず、何よりこの土地では、己はてんで役立たずだ。ろくな仕事すら見つけられず、食い物をくれとひたすら訴え続ける腹を抱えて村内を歩きまわる。

それも徒労に終わり、倒れ込むようにして小屋に辿り着く。

「つたく、とんだお荷物を背負いこんじまった。図体ばかりでかいくせに、とんだでくのぼうだ」

小屋では流人頭から、あからさまな侮蔑を受けて、それでもすでに怒鳴り返す気力もない。

「のたれ死ぬのは勝手だが、こちとらが責められちゃかなわねえ。おらよ、食いな」

野良犬に放るように、雑穀の握り飯がひとつだけ与えられる。以前はまさに餓鬼のように、がつがつと貪り食っていた。頬張ればほんの三口ほどで終わってしまう飯の珠を、いまは大事に大事に腹に収める。餓鬼よりもあさましく、惨めな姿であろうが、そんな己をふり返る気力すら無暁には残っていなかった。

八丈島へ来て三月——。無暁はすでに、精も根も尽きていた。

島へ渡るときに餞別にもらった米一俵は、半分は世話料として島や村に収められ、残る半分はふた月も経ずに食いきってしまった。銭の方はと言えば、これもあたりまえのように、やはり世話料の名目で島役人の懐に吸い込まれた。

師走を迎え、年を越せるかどうかすら心もとない。唯一ありがたいのは、温暖な島の気候で、冬とはいえ江戸よりもだいぶ暖かく凌ぎやすい。雪が降ることもなく、夏もまた地面ごと蒸されるような江戸にくらべれば過ごしやすいときいていた。

末吉村には、無暁を含めて流人が八人。ひとりは大店の息子だとかで、十二分な仕送りがあるのだろう。粗末ながらも一軒家住まいで、いわゆる「家持流人」であった。その他は皆、村の外れ、森に近い場所にある流人小屋で寝泊まりしていた。

柱は皮つきの丸太で屋根は草葺き、壁もまた草である。床はなく、むき出しの土間に、布団の代わりに寝草を敷く。寝返りを打つだけで葉先がちくちくと肌を刺し、おまけに虫がすごい。蝿は思いのほか少なかったが、そのぶん夜の蚊のうるささには辟易した。びっくりするほど大きな蛾やカナブンのたぐいも多く、ヤスデやムカデと思しき虫もぞろぞろと出てくる。最初はろくに眠れなかったが、しかし寝心地の悪さなら我慢もできる。

やはり強烈な空腹は、何よりも眠りを遮断した。

決して諸手を挙げて歓迎されたわけではないが、流人頭や小屋の者たちも、新参者にできそうな仕事はないかと、それなりに骨を折ってくれた。百姓や漁師たちに、口をきいてくれたのだ。しかしどこへ行っても、あからさまに嫌な顔をされた。

「そいつは、人殺しなんだろ？　若くてからだが大きいだけに、かえって怖えじゃねえか」

「うちには娘が三人もいるんだよ。危なくって置いとけやしないよ」

村人のひと言ひと言が胸に刺さるようで、怯えと嫌悪の交ざった眼差しが、何よりも痛かった。

「そこを何とか。なにせ若いだけに、自棄でも起こして暴れられたりしちゃ厄介だ。力だけはありそうだから、案外役に立つかもしれねえ」

小屋では態度のでかい流人頭が、へこへこと百姓に頭を下げる。島と流人との力具合を、如実に物語っていた。

流人は、島民の情けにすがって生き延びている。流人の生殺与奪の権を握っているのは、島民の側である。とはいえ、たとえ相手が罪人であっても、目にあまる無慈悲を働けば不届きと咎められ、島の者たちも決して不人情ではない。むしろ江戸なぞにくらべれば、よほど素朴で親切な人柄だ。

八丈島に最初に送られた流人は、関ヶ原の合戦に敗れた、宇喜多秀家である。合戦の後、秀家はいっとき薩摩に落ちのび、島津家に匿われた。結局は家康に引き渡されたものの、島津家や縁戚の前田家の嘆願により死罪は免れ、この八丈島に配流された。流人島としての八丈の歴史は、ここにはじまる。

実はそれよりはるか昔、源為朝がやはり京から流されたとの話もある。為朝は、鎌倉幕府を開いた源頼朝の叔父にあたる。保元の乱に敗れ、伊豆大島に流されたとされるが、その後も伊豆七島をまたにかけて暴れまわり、全島を支配した。その噂が京に届き、討伐隊を送られて自害したと言われるが、記録が残っているわけではなく、すでに伝説に近いものだ。

八丈島の最初の流人は、と島の者にたずねれば、かならず宇喜多秀家の名が挙がる。それは島民の誇りであり、それだけ秀家とその一族が、島と深く結びついた証しでもある。

秀家はひとりではなく、総勢十二人もの一族郎党を引き連れて島に渡った。十六歳の長男と八歳の次男、同じ苗字の縁者がひとり、家来や中間が合わせて七人、次男の乳母とその下女という顔ぶれだった。一時は島での生活に困窮したそうだが、加賀百万石・前田家からの仕送りのおかげで、つつがなく島での暮らしを全うした。

前田家は、秀家の妻、豪姫の実家である。豪姫自身は婚家が没落してからは北政所に仕え、後に金沢に引きとられたが、配流の身となった夫や息子たちのことは終生案じていたに違いない。その証しであるように、前田家から八丈の宇喜多家への仕送りは、赦免がなされるまで連綿と続いた。徳川は末代まで宇喜多家を許すことはなく、赦免となったのは実に明治二年のことだった。

二百六十三年という長きにわたり、宇喜多一族は八丈に存在し、この地にしっかりと根を張った。秀家の子孫は、浮田あるいは喜多と称して繁栄した。大名家の血が脈々と継がれていることを、八丈の島民は誇りにしていた。

しかしそれも、江戸の中期にかかるとようすが変わった。

「御定書百箇条」により、高い身分の者に限られた配流という刑が、下々にまで下されるようになったためだ。

これには遠島について、実に細かく規定されている。どのような罪を犯せば流罪となるか、島へ送る手順から島での罪人のあつかいまで、詳述されているにもかかわらず、島民への負担に関しては一言も触れられてはいない。

ただでさえ食糧が豊かとは言えない島に、のべつまくなしに囚人を送られてはたまらない。そんな不条理に、島民たちはただじっと耐え続けるより他なかった。

中興(ちゅうこう)の祖と称えられる吉宗も、名奉行として名高い大岡忠相も、島への理不尽にはあえて目を瞑った。あるいは島民の苦痛には、思い至らなかったのか。どちらにせよ御定書百箇条以降、伊豆七島への流人の数はたいそう増えて、これほどの犠牲を強要しておきながら、年貢だけはしっかりと島々からも徴収したのだから、徳川幕府の暗愚を見る思いがする。

余力があれば、流人への施しもやぶさかではないのだろうが、いかんせん島の食糧事情は厳しい。自分たちですらぎりぎりの生活なのに、その上流人の面倒まで負わされる。島にとっては厄介者以外の何物でもなく、役立たずならなおさらだ。

三宅島での石工の言葉が、いまさらながらに身にしみた。

大工や左官、石工など、何らかの手業を覚えていれば、生活も立つ。しかし無暁には何もない。力仕事ならどうにかなると高を括っていたが、とんだ間違いだった。

「何だね、そんなでかい図体して、鍬もまともにふれねえじゃねえか。腰がてんで入っちゃいねえ」

「ああ、ああ、網をほぐすどころか、結び目をさらにでかくしちまったじゃねえか。何とも救いようのねえ不器用だ」

畑でも浜でも、無暁は呆れるほど役に立たなかった。ただ力任せに鍬をふるえばいいというものではなく、農作業ひとつにもこつが要る。なまじ上背があるだけに、農具はどれも無暁には短く、ほんの半時ほどで腰が痛くなり座り込む。それならと浜で網の手入れをさせれば、手先の器用さが皆無のようで網を団子にする始末だ。空腹でさらに苛々が募り、つい大声を張り上げては、いっそう周りから怖がられる。

終いには流人頭にも見放され、てめえひとりで何とかしろと放り出された。丸一日、村中を歩きまわっても相手にされず、見慣れぬものは口に入れるなと忠告されていたにもかかわらず、ひもじさに堪えられず、森にあった木の実を貪り食って、ひと晩中のた打ちまわるほどの腹病みに襲われたこともある。

毎日毎日、死ぬことばかり考えて、ひときわ風の強い岬に立つことが日課になった。このまま風にさらわれ、岩礁に叩きつけられて木っ端微塵になれば楽になれる——。耳許では絶えずささやくのに、あと一歩がどうにも踏み出せず、日が落ちると幽鬼のような体でまた流人小屋に戻る。たったひとつの握り飯を得んがために——。

あさましい己を、情けなくかえりみる。頭の隅に残った、わずかな羞恥と嫌悪。ただそれだけが、無暁を辛うじて人に繋ぎ留めていた。いつ獣に堕ちるか、本物の餓鬼に成り下がるか、恐れ戦(おのの)きながら日々を過ごした。

あの男が村に来たのは、そんな最中だった。同じ船で島に送られた、僧侶の禅融である。

その日もわずかな糧を得るために、仕事を求めて村をうろついていたが、妙に甲高い声が耳にとまった。

末吉村では物持ちの部類に入る家で、喜多の苗字をもつことから、宇喜多秀家の末裔に連なるのだろう。無暁たちが到着したころ、島は実りの時期を迎えていた。そして収穫を終えたある日、喜多家は流人たちをその田畑へ招いた。刈り取りは済んでいたが、畑にはまだ、作物の根っこやら実の入った籾やらが残っている。いわゆる流人への施しであり、島の物持ちのあいだでは毎年の慣例となっていた。

喜多家の主は四十前後の男だが、隠居も健在で、どちらも流人への物腰に横柄なところがない。仕事をくれまいかと無暁は二、三度訪ねてみたが、首を横にふられた。たぶん、嫁入り前の娘がふたりいるために避けられたのだ。

ただ、最後に訪ねたときは隠居が出てきて、何とも気の毒そうな目を向けた。村に来た当時の無暁を覚えているようで、あまりの痩せ衰えぶりに驚いたのか、両手いっぱいの雑穀をめぐんでくれた。

すでに鳴る気力さえ失った腹を抱えながら、厚かましいのを承知で、自ずと足がここに向いた。しかし家の前に、僧衣の姿があった。

「わざわざ訪ねてきたのは、ほかでもない。こちらには、何とも見目の良い娘御がおるそうだな。歳は十八、ほころんだ大島桜のごとく、何ともたおやかな娘だと大賀郷でも噂になっておる。ひと目だけでも拝ませてはくれんかのう。実はいま、水汲み女を探しておってな。ひとつ、わしの離れに寄越してみんか？」

三月前と同様、福々しく肥えていて、色艶の良さも相変わらずだ。島に降りたときは鬱金色であったが、今日は濃茶の僧衣。どちらにせよ上物と思しき代物で、この僧の懐具合を如実に表していた。

流人が勝手に預け先の村を抜けて、島内を行き来することはできないはずだ。役人が同行していないところを見ると、袖の下でも握らせてきたのだろう。寺男と思しき男を伴っていた。

「わしも倅も、孫娘を奉公に出すつもりはありません。それぱかりは、どうぞご勘弁を」

「わざわざこんな島の外れまで参ったのだ。そうつれないことを申すな。むろん、手当は存分にはずむぞ。話だけでもきいてくれぬか」

主たる倅は不在のようで、隠居が応対しているが、厚顔をあからさまにして禅融はしつこく食い下がる。

甲高い声は筒抜けだ。わざわざ末吉村まで足をはこんだ、その真意が見えてきて、空っぽの胃の底から、にわかに憤りがこみ上げる。思わず怒鳴りつけそうになったが、一瞬早く声がとんだ。

「いい加減にしろよ！　この生臭坊主が！」

はっとするほど艶やかな色が、家の中からとび出してきて、客と隠居のあいだを塞いだ。

若い娘だが、大島桜というよりも真っ赤な椿を思わせた。女にしては背が高く、大人と変わらぬほどの姿だが、怒りに頰を紅潮させた横顔は、あどけないほどに幼かった。

祖父が止めてもきく耳をもたず、僧侶に向かって正面から食ってかかる。

「姉ちゃんには、ちゃあんと思い交わした相手がいるんだよ。色惚け坊主の慰み者なんぞにするものか！」

深川でよく目にした辰巳芸者さながらに、気っ風のいい啖呵の切りようだ。無暁がぶつけたいことを漏らさず代弁してくれたようで、にわかに胸がすっとした。

しかし海千山千の坊主には、まったく効き目がなさそうだ。禅融は目を輝かせ、身を乗り出した。

「ほうほうほう、これはまた、きさしに勝る麗しさではないか。いや、まさに眼福よ」

「お坊さま、これはご所望の珠音ではありません。妹の汐音で、まだ十四でございまして」

「いや、妹御でも、まったく構わぬぞ。わしはむしろ、気の強い女子の方が好みでな」

「だれがあんたみたいな狒々爺に！　真っ平ご免だよ！」

「まあ、そう言わず。手当の相談だけでも、させてもらえんか。決して悪いようにはせぬ、絹でも簪でも江戸からいくらでもとり寄せる。終生、贅沢な暮らしをさせてやるぞ」

搗きたての餅のごとく、どうにも粘って離れようとしない。ついに堪忍袋の緒が切れて、無暁は一喝した。

「いい加減にせぬか！　子供や年寄り相手に、しつこいにも程がある！」

いくつもの目が、いっせいにこちらを向いたが、無暁は怯まなかった。

「その娘の申した通りだ。仮にも僧籍にありながら、色欲を隠そうともしない。女を漁るなら、せめて僧衣を捨て去ってからにしろ！」

空きっ腹とは思えぬほどに、無暁の声はよく響いた。ころりとした坊主は、ぱしぱしと目を瞬きながら、突然現れたみすぼらしい男をながめている。それから、ぽん、と手を打った。

「そうか、どこかで見た顔だと思ったら、同じ船にいた流人か。久しぶりよのう、達者に……とは世辞にも言えなそうだが」

しゃあしゃあと並べ立て、やけに馴れ馴れしく近づいてくる。

「それにしてもわずか三月で、えらい痩せたなあ。三貫は落ちているのではないか？」

「大きな世話だ。そっちは何も変わらんな。相変わらず女の尻を追っかけまわしているとは、恥知らずにもほどがある」

「恥はお互いさまだろうが。女犯に殺生、どちらも戒を破ったことには変わりない。むしろ殺生の方が、よほど罪が重いだろうが」

「そんなこと、いまさら言われんでもわかっておるわ！」

無暁の大声に、びくりとからだをすくめたのは、喜多家のふたりと寺男だけだった。当の禅融は平然としたままだ。

「お坊さま、今日のところはどうかお引き取りを。お申し出については、なにとぞご容赦を」

不穏な気配を感じとってか、隠居はそれだけ言いおいて、孫娘とともに家の中に引っ込んでしまった。

「やれやれ、おまえさんのおかげで、逃げられてしもうたではないか。仕方ない、また出直すとするか……しかし、せっかく末吉にまで足を運んだというのに、手持ち無沙汰になってしもうたな。そうだ、どうせなら、暇潰しに少しつき合わんか？」

「さっさと村を出ていけ！　その面を見ると、むしゃくしゃする」

「そう邪険にしなさんな。いちいち耳許で、がなり立てられるのもかなわんな。若いとはいえ、練れておらんのう」

言葉の端々に、西の響きがある。上野の寺にいたときいたが、出自は上方かもしれない。そのせいか、何を言っても暖簾に腕押しで、のらりくらりとかわされる。いつまでも、かかずらってはいられない。くるりと背を向け歩き出そうとしたとき、のんびりとした声が、思いのほか強く腕を引いた。

「わかっていると言いながら、ほんまは何もわかっとらんな」

足が止まり、ふり返った。「何だと？」

「いちばんわかっとらんのは、己の罪の重さよ。おまえさん、少しも悔いておらんだろう？」

「おまえに、何がわかる！」

後悔なら、山ほどある。しのも万吉も、自分の目の前で死んでいった。彼らを救えなかった無念は、何物にも代えがたい。その芯を逆撫でされたようで、怒りに任せて禅融にぶつけていた。それでも禅融は、顔色ひとつ変えない。

「やはりな……やはりおまえは、何もわかっとらん。肝心のことが欠けておる」

「まだ、言うか！」

「おまえは、人をふたりも殺したのだろう？　なのに、そのふたりのことは、悔やんではおらんではないか」

白い礫(つぶて)を、いきなり投げられたような気がした。礫は無暁の眼前で砕け、日を受けながらとび散った。そのまばゆさに目を射られたように、身動きひとつできなかった。

「あいつらは……万吉を、おれのかけがえのない友を、殺したんだぞ……」

「だからと言って、相手を殺めて良いはずがなかろうが。武家は仇討ちをよしとするが、あれもどうかと、わしは思う。少なくとも、仏の教えからはかけ離れておるからな。ましてや、おまえは坊主であろうが」

「おれは、僧ではない……子供のころに寺にいただけで……」

「破門だか還俗だかは知らぬが、姿は坊主ではないか。年寄りならまだしも、おまえのような若い者が髷も結わんでおるのは、僧たる証しであろうが。なのに、何だ、その不吉な気配は。纏うておる気が、あまりに荒んでおるわ」

流人で人殺しというだけで、村人に避けられていると思い込んでいた。しかし八丈には、同じ境遇の者もいるだろうし、決してめずらしくはない。すべては自身のせいだったのかと、いまさらながら愕然とした。

深川にいた五年のあいだ、やくざ一家に身を置いて、色街の饐えたにおいはからだにしみついている。芸者や女郎は、堅気からは色眼鏡で見られる。それと同様に無暁の崩れた気配を、ごくまっとうな村人は敏感に嗅ぎとるのだ。

「人を殺すということは、その者の先行きを刈り取るばかりではない。それまでの来し方すらも、潰すに等しい。どんな極悪人も、生まれてこの方、精一杯もがいて生きてきた。その一切の時を、おまえは無にした。とてつもなく大きな罪だ。なのにおまえは不貞腐れたまま、ちいとも悔いておらんではないか」

ふっと、船中で会った男を思い出した。

子を殺しておきながら、ふてぶてしく己の罪から目を逸らしていた。何とも不気味に思えたが、己もまた、同じことを呟いている。

あんな連中、死んであたりまえだ。殺したところで、何が悪い——。

毛穴から、いっせいに虫がわき出して、ぞろぞろと皮膚を這いまわる。体温のない虫たちはただ冷たくて、無暁を人ではないものに変えてゆく。そんな気味の悪い自身の姿に、初めて気づいた。

「おれは……どうすれば……」

泣き出しそうな掠(かす)れ声が、喉からこぼれた。ついさっきまで権高に罵倒していたくせに、急所を突かれると、たちまち勢いをなくす。

「なんや、もう終いか。でかい図体のわりには、まだまだ子供やな」

やれやれと言いたげな風情で、坊主は、ふう、とため息をつく。

「ま、ええわい。そのようすじゃ、ろくなものを食っとらんだろ。ちょうどいい時分やし、弁当をつかうとするか。おまえも相伴(しょうばん)せい」

禅融が歩き出し、とぼとぼと後ろに従った。

その姿を笑うように、高い空からヒョロロロと鳶の声がした。

差し出された握り飯に、ごくりと喉が鳴った。

「ほれ、旨そうだろ。この島じゃあ、いくら金を積んでも米は食えんがな。みんな年貢にもっていかれるそうだ。粟飯の握りだが、青菜の漬物を刻んで交ぜておるからな、悪くはないぞ」

喜多家から坂を下って、日当たりのいい斜面に出た。禅融が草の上に腰を下ろし、となりに座れと勧める。寺男は、弁当や水の入った竹筒を仕度して、少し離れた場所で自分も昼餉(ひるげ)をとり出した。

忌み嫌っていた男から、施しを受ける——。そんな恥さえも、青菜の色が鮮やかな飯を見たとたん消え失せた。いつもの握り飯より倍ほども大きい。両手で押しいただき、ゆっくりとひと口噛んだ。青菜の塩気と、独特の香りが、口いっぱいに広がった。

「旨い……」

「この菜は、明日葉(あしたば)の茎だ。明日の葉とは、ええ名であろう？　この島にはぎょうさん生(は)えておるが、ちいとくせがあってな。こうして塩漬けにしたり湯がいて和え物にもするが、天ぷらがいちばん旨いそうだ。とはいえ、油はこの島では米と同じほどの価物だからな、お役人ですら滅多に口にはできぬと……」

自分も飯を頰張りながら、調子よくしゃべっていた禅融が、ふとこちらを向いた。無暁が手にしたかじりかけの飯の上に、ぽたぽたと滴が落ちている。

「なんだ、泣くほど旨かったんか」

「……昔食べた、饅頭を思い出した。おれの命を繫いでくれた、大事な大事な饅頭だ」

「さよか」

短い相槌を打ち、口達者な坊主は、めずらしく口をつぐんだ。互いにしばし黙って、もしゃもしゃと飯を食む音だけがする。食い終わると、禅融は竹筒を傾けた。

飲むか、と渡されて、竹筒を受けとった。口につけ空を仰いだとたん、ぶはっとむせた。

「これは……般若湯ではないか」

「そうや。ああ、ああ、吐き出してしもうて勿体ない」

竹筒をとり返し、ぐびりと呷り、ぷはあっと酒くさい息を吐いた。

「やはりとんでもない生臭だ。酒ならまだしも、女を手籠めにするのは得心できん」

「手籠めだと？　とんでもない！　それでは獣と同じではないか。わしは断じて、そのような無体は働かんぞ」

疑わしげな目つきを向けると、短い手をふりながら、必死に弁明する。

「わしは決して女子に無理強いなぞせんし、ねんごろになった女子には、十二分に世話をするぞ」

妾を置いたわけではなく、気に入った素人女を何人も、寺に引き入れていたようだ。しかしさる女の元亭主が嗅ぎつけて、役人に訴え出たことで御用になったという。

「そないな顔をすな。わしは女子が好きなだけよ。この世には、男と女しかおらんのだぞ。睦み合うて、何が悪い」

「それなら僧籍を抜ければよいではないか」

「そうはいかん。仏道もまた、面白きものだからな。わしは古今東西の経典を読むのが好きでな。これでも寺にいたころは、仏学では名を馳せていたのだぞ」

「かような離れ小島に流されては、せっかくの学も生かせまい」

「まあな。しかしそのかわり、もうひとつの夢は叶うというものだ」

血色のいい丸顔が、にんまりと笑った。

「女子と夫婦になって、子を生(な)すことよ。これぱかりは、さすがに江戸では果たせなんだからな」

「それであのような年端もいかぬ娘を……ますます許せんな」

「どうせ生涯添い遂げるなら、若く見目良い娘がよかろうが。ぼろぼろと子を産んでくれるであろうしな……どのみち二度と、島からは出られぬ身よ」

そのときばかりは、艶のいい顔がかすかに陰った。恩赦は、流人たちのたったひとつの希望だ。しかし赦されぬ罪もある。僧侶の女犯も、そのひとつであった。

「まあ幸い、実家は豊かであるからな。米相場がひっくり返らん限りは、仕送りが止まることもない。おかげで、安泰に暮らせるわ」

実家は大坂の豪商で、米問屋と両替商を兼ねているという。ことさら明るい顔を向けたが、さっきの落胆が伝染したかのように、無暁は手近にあった草をむしりながら呟いた。

「たぶん、おれも同じだ……人を殺したのだから、恩赦は下るまい」

「それならなおのこと、この島に根を張ることを考えんか。三月で参っていては、先が続かんぞ。学問なり経文なり、何か暮らしに繋がるものもあろうが。いくつまで寺にいた？経は読めるのか？」

十三までだと明かし、経だけは江戸にいたころも上げていたと語る。

「この村には、寺がないからな。経が読めるなら、重宝されるかもしれんぞ」

「だが……人殺しの経なぞ、誰も喜ばん……」

ふうむと、つるりとした額の上で、両の眉が下がった。

「ひとまず、色々としみついた灰汁を抜くことだな。すべてはそれからだ」

「抜くと言っても、どうすれば……」

「己に、素直になることよ。……わしのようにな」

「それはご免こうむる」

即座に返すと、豪快な笑い声が空に向かって放たれた。

腹もくちくなって、人とまともに語り合ったのも久方ぶりだった。悪くない気分で流人小屋に帰ったが、その晩から、無暁の眠りを妨げるものがもうひとつ増えた。

ほぼ毎晩のように訪れる、悪夢である——。


無暁が立っているのは、一面の血の海だった。

最初はくるぶしが浸かるほどの深さを、じゃぶじゃぶと歩いてゆく。空は血に墨を落としたように赤黒いまだらで、辺りは暗い。そのうちしだいに赤い海は深さを増し、膝から腿、腰から胸へと這い上がってくる。それでも足を止めるわけにはいかない。後ろから、何かが追ってくるからだ。怖くてどうしてもふり向けない。見なくとも、追手の正体はわかっていた。

無暁が打ち殺した、亡者たちである。

罪状はふたりとなっているが、その数はもっと多い。捕まらぬよう必死で足を前に漕ぐが、やがて赤い海面は、喉元までせり上がる。金気（かなけ）くさい水をがばがばと飲まされて、それでも足だけは止められない。そのときになって初めて、自分が泳ぎを知らぬことに気づく。海中で浮いた足に誰かの手がかかり、血なまぐさい水に引きずり込まれる。

毎回、そこで目が覚める——。

夢が終わるわけではない。となりの者に叩き起こされるのである。

「ったく、毎晩毎晩、勘弁してくれや。うなされるどころの騒ぎじゃねえ。女みてえな悲鳴をあげやがって。うるさくって眠れやしねえ。いったい、どうしたってんだ」

なにせ狭い小屋の中だから、被害はとなりの者に留まらない。そんな宵が五日ばかり過ぎたころ、とうとう流人頭から質された。

「死人が……亡者が……追いかけてくる……」

「死人、だと？」

「……たぶん、おれが殺めた者たちだ」

流人頭の目が、はっと大きく見開かれた。潮焼けしているせいか、広がった白目だけがひどく際立って見える。少し難しい顔をして、無精髭をなでた。気の毒そうな、少し迷うような表情が現れては消えて、それから、顔を上げた。

「今日からおめえには、別の塒で寝てもらう。案内するから、ついてきな」

流人小屋の背後に広がる森の中に、流人頭は分け入った。距離にすれば、たいした道程ではないのだろうが、斜面にわずかに跡を残す、うねうねとした獣道を伝ったせいか、着いたときには息が切れていた。

「ここだ。今晩から、おめえはここで寝ろ」

示された場所は、小屋ですらなかった。それは森の斜面にぽっかりと口を開けた、洞だった。

「……熊穴か？」

「この島には熊はいねえし、野犬も見かけねえ。そうびくつくことはない、入りな」

流人頭に倣って腰をかがめ、幅のある蒲鉾のような黒い入口から、おそるおそる中を覗く。目が慣れてくると、中のようすが見てとれた。中に入ると案外広い。十畳ほどはあろうか。天井も高く、無暁が立っても頭がつかなかった。

中は当然がらんとしているが、ちょうど土間と座敷のように、床の片側だけ岩が一段高くなっている。その上に、古い寝草らしき残骸が残っていて、前に人が住んでいたことを物語っていた。

「ここには、誰か住んでいたのか？」

「ああ、おれが島に来てすぐのころだから、十五、六年も昔のことだがな」

「その男は、どうしてここに？」

「そのう……病を得て、小屋には置いておけなくなった……それだけだ」

「おれも同じ病に罹(かか)った故に、ここに捨てられるのか」

「おれだって鬼じゃねえ。おめえの病が治ったら、また小屋に帰ってくればいい。それまで何日か、辛抱してくれや」

「……前の男は、戻ったのか？」

いや、とばつが悪そうにうつむいた。それ以上、告げようとしない。

「流人のあいだでは、そう珍しい話じゃねえ。先の望みを失って、だんだんと参ってくる。おれだって同じだ。小屋の仲間たちも……だから、おめえが傍にいると辛えんだ。日々どうにかなだめすかして凌いでいるやるせなさが、募ってきちまってよ……」

流人頭の弁解は、耳を素通りしてゆく。ただ、姥捨て山さながらに、厄介者として遺棄されたという思いだけが、強く残った。堕ちるところまで堕ちた——。からだが沈み込みそうな落胆を抱えながら、流人頭の背を見送った。

木立を揺らす風の音と、時折つんざくように響く鳥の声。他には音もなく、気配もない。

自然の中に放り出されると、人間はあまりに頼りない。黙って立っていると、頭上に広がる木々の梢に、頭から呑み込まれてしまいそうだ。

こんな森に、覚えがある。しのを追いながら辿った山道――、西菅寺の背後にあった深い森だ。生えている木も茂った葉叢も違うもののはずなのに、ひと息にあの森に押し戻されたような気がした。

足許から、震えがくる。それは本能に根差した恐怖だった。

ここを、抜けなければ――。自ずと、足が前に出た。流人小屋とは逆の方角に向かったのは、そちらの方がかすかに明るかったためだ。見当どおり、まもなく唐突に森が途切れ、視界が広がった。

そこは、海に面した崖の突端だった。腰が抜けたように、その場に膝をつく。

「しの……」

西菅寺の裏山に深く穿(うが)たれていた、『不帰の崖』――。

その場所は、あまりにもよく似ていた。

崖に出たとたん、ひと息に過去に戻された。

時間が巻き戻り、五年前のあの日に、引きずり戻されたような気がした。

無暁の目の前で、しのが『不帰の崖』にとび込んだ、あのときだ。

季節は春――いや、四月だから、暦の上では夏だった。いまは冬だが、八丈島には雪など降らない。草木は春夏と変わらず繁り、森の緑から舌先を突き出すようにして崖がせり出し、その先は深く穿たれている。何から何まで不帰の崖に似ていたが、ひとつだけ違う。

崖の向こうは深い谷ではなく、冬の海だった。

「しのが、呼んだのか……？　しのがおれを、ここに誘ったのか……？」

岩にぺたりと座り込んだ。崖上は黒っぽい岩で覆われて、雑草すら生えていない。その無機質な感触を、手と膝で確かめるようにして、這いながら突端に辿り着いた。

岩の縁に両手をかけて、そろりと下を見下ろす。ごつごつとした石が敷き詰められた断崖は、海に浸かった裾に、黒い痘痕（あばた）のような岩をいくつも張りつかせ、荒れ狂う冬の海に洗われている。

「ここから飛びさえすれば……おれも、しのや万吉のもとに行けるのか……」

呟いたとき、崖下の岩場で、まるで応えるように大きな波が弾けた。灰色の海と黒い岩礁の中、砕ける波の白さだけがただ鮮やかで、腹の底が揺れるような震えがきた。

それは紛れもなく、死の恐怖だった。

死は海の底からやってきて、波となって崖上にまで這い登り、無暁を連れ去ろうとする。波に食われまいと、腹と顔を岩に張りつけて、頭の上で合掌した。自ずと口から、馴染んだ文句がこぼれ出る。

「観自在菩薩　行深般若波羅蜜多時　照見五蘊皆空　度一切苦厄　舎利子　色不異空空不異色　色即是空　空即是色……」

挨拶と同じほど身にしみついた、般若心経だった。

般若心経をくり返し唱え、さらに阿弥陀経、無量寿経、観無量寿経と、思いつく限りひたすら唱え続けた。経を呟くうち、恐れと怖さが、しだいに別のものに形を変える。

死の恐怖は、生への執着にほかならない。

人を殺めておきながら、己の命は惜しむ。いかに自分が手前勝手で残酷か、いまさらながらに思い知らされる。

鼻先を岩にこすりつけ、ぎゅっと目をつむる。それでも涙は止まらなかった。

情けなく、悲しく、そして恐ろしい。一切の感情が揉みくちゃになって、まぶたの隙間から溢れてくる。

どのくらいそうしていただろうか。曇天であるから、刻限はわからない。

ただ、気づけば涙は止まっていた。心は晴れぬままだったが、慟哭の波は収まっていた。

虚ろに似た物寂しさだけが残っていて、からだがだるく感じられた。

這いつくばっていた岩から身を起こし、のろのろとした足取りで、塒の洞窟に帰った。

夕刻になると、ふたたび流人頭がやってきて、握り飯と水を置いていった。

ぼんやりとした無暁のようすを、ひどく案じてくれたが、その台詞すら耳には残らない。飯を食い、竹筒から水を飲み、そして眠った。

目が覚めると、まだ外は仄暗い。何を考えることもなく、足は崖に向いた。

下を覗くことはせず、崖の真ん中あたりに胡坐をかいた。

仏像を真似るように、半眼にして手を合わせた。

昨日と同じに般若心経を唱えたが、泣き言じみた呟きではなく、腹の底から声を出す。

岸壁を舐める風の唸りすらものともせず、声は朗々と響いた。

背後の山肌は、荘厳な堂の天井のように経をはね返し、灰色の海の、その水底にまでしみわたるようだ。恐怖も悲嘆も寂寥(せきりよう)も、やはり無暁の中に渦巻いている。自分の中から湧いてくるものに、気を抜けばさらわれてしまいそうだ。いまの無暁にとってはただ経だけが、黒い岩と己の尻を繋ぎとめてくれる。

それから毎日、崖に通った。

崖に座し、ひたすら経を唱え、日が傾くころに塒に帰り、流人頭が届けてくれた飯を食う。そのくり返しだった。

どうして崖に通うのか、一日中経を唱えるのか、無暁にもわからない。

ただ、そうしていると精も根も尽き果てて、倒れるように眠ることができるのだった。悪夢は容易には去らず、やはり頻々と現れては、無暁の眠りを妨げた。そのたびに冬は思えぬほどの寝汗をかきながら、とび起きるのも同じだったが、そんなときは暗いうちから崖に行き、少し声を落として経を読む。この辺りには人家はないはずだが、山にこだましてはさすがにまずかろう。

不思議なことに、あれほどうるさく飯を催促していた腹の虫も、さほど騒がなくなった。たった一個の、雑穀の握り飯で事足りる。

五感が妙に研ぎ澄まされてきたのは、そのころからだ。

変わりばえのしない同じ景色のはずが、自然は刻一刻と移ろうものだ。潮の香り、波の音、雲の色。吠えるような声をともない崖上に吹きつける風すらも、肌にまとわりつく感触や潮の含み具合から、機嫌がわかるようになってきた。

自然の中にあって、人間はあまりにちっぽけだ。幸だ不幸だと騒いだところで、天も地も、空も海も何も変わらない。自然は人に対して、恐ろしく酷薄で、この上なく公平だった。幸も不幸も、人の世のみに存在し、その量を他人と引きくらべて計るのも、やはり人だけだ。

いまの無暁の境遇は、虫ほどに哀れだった。流人小屋さえ追い出され、ろくに食べるものもない。軽い風邪すらも命取りになろうし、まるで蜉蝣のごとく、明日の無事さえ定かではない儚い身だ。

それでも、前の暮らしに戻りたいとは思わない――いつのまにか、そう考えるようになっていた。腹をすかせながら野良犬のように村内をうろつきまわり、人から疎んじられ人殺しとそしられ、それでも物を乞う浅ましさ――。

ある意味、あれこそが、人の赤裸々な姿なのかもしれない。獣と同様、その日の糧を得るために、ただその日を生き延びるためだけに、いまを生きる。落ちぶれたものだと嘆いていたが、江戸には物乞いも多かった。親が貧しければ、子も同じ憂き目に遭う。生まれたときから人に乞い、あるいは奪うよりほかに、よすがのない者もいるだろう。

そうまでしても生きたいと願い、また一方で、腹を満たすだけでは満足しない。それが人間というものかと、考えたりもした。

いまの己は、これ以上ないほどに不幸な身の上に見えようが、決してそうではない。他人の目に怯えることも、相手の顔色を窺うこともない。飯の量は減ったが、情けない思いも消えた。五感と同じに、気持ちは少しずつ澄んでゆく。それまで目を逸らし続けてきた、自身の姿がはっきりと見えてきて、いまの己も悪くないと、そんな寛容も生まれた。

少なくとも村にいたころよりは、いまの方が幸福だと思える。

「そうか……幸不幸を決めるのは、己自身だけなのだな」

との、ひとつの真理にも辿り着いた。たとえ世間の一切から哀れみを向けられたとしても、当人が満足していれば、それで幸せなのだ。逆に世間から羨望を受けるお大尽でも、やはり本人が嘆いていれば不幸と言える。

金も飯も友もない身でも、思案の暇だけはたんとある。

そんな日が、二十日ほど過ぎたころだろうか。小さな異変が起きた。


いつものように読経に専念していると、ふと、背後に視線を感じた。

ふり向くと、子供がひとり立っていた。

おそらく、末吉村から来たのだろう。十には満たないくらいの、男の子だった。

村からここまでは、ずいぶんと距離がある。塒を洞窟に移してからは、流人頭よりほかは狐狸（こり）すらも見ていない。

森で迷子にでもなったのかと、問う暇すらなかった。目が合ったとたん、まるでお化けにでも出くわしたように、子供の顔が引きつった。

からだは痩せ細り、髪も髭も伸び放題の顔の上で、眼だけが光っている。そんな姿が怖かったのだろうと、無暁にも察しがつく。

踵を返し、一目散に逃げ出した子供を、ことさら呼び止める真似もしなかったが、子供が消えたその場所に、はらはらと白いものが舞う。腰を上げて確かめると、小さな白い花だった。花束をぶちまけたように、十四、五輪ほど落ちている。

男のくせに、花摘みに来たのだろうか？　そうも考えたが、この森では見かけない花だ。黄色い芯に、白く細長い花弁が五枚。ユキノシタに似た可憐な花だった。

少し妙にも思えたが、もう来ることもあるまいと、あまり気に留めなかった。

しかしその子供は、次の日も、また次の日もやってきた。

無暁がふり向くと、野兎のごとくたちまち逃げてしまう。

三日目からは気配を感じても放っておくことにして、読経だけに集中した。

それでも、何もない暮らしの中では大きな変化だ。

時の経過というものは、人がいて初めて気づくものかもしれない。ひとりきりのときは、ひどく曖昧であったのが、子供が通うようになってから、自ずと日数を数えるようになっていた。

子供が初めて姿を見せてから、七日目のことだった。何となく気配が近いような気はしていたが、やはり顧みることをせず、常のとおり夕刻に経を終えた。

腰を上げ、後ろをふり向いて、ぎょっとした。少し離れた場所に件の子供が、きちんと膝をそろえて正座しているのである。さらに驚いたことに、子供は神妙な顔をして、無暁に向かってお辞儀をした。

「タロウのために、お経をあげてくれて、ありがとうございます」

「……何の話だ？」

「ここは、タロウのお墓だから」

子供が立ち上がり、崖の突端に近い場所に、手にもっていた花を置いた。

ユキノシタに似た、あの白い花だ。たちまち風が花をさらい、空に舞う。

「タロウというのは？」

「おいらの飼っていた犬だよ……去年、死んじまったけど」

「そこに、埋めたのか？」

子供はふるふると首を横にふる。肩を落とし、いかにも悲し気にしょんぼりする。

「ここにはいないけど……タロウはここで死んだから……」

「というと？」

「お父が、タロウを、その崖から落としたんだ」

冷たい刃を押し当てられたみたいに、背筋が凍った。たとえ犬でも、あまりに非道い。にわかに怒りがこみ上げたが、しかし子供は言った。

「あのときは、おいらもわあわあ泣いてお父を責めたけど……でも、仕方なかったんだ。去年は嵐がことさら多くて、畑がみんな駄目になった。村の者すら食べる物がなくなって難儀した。犬に与える分はねえって、お父が……」

返す言葉がなかった。決して豊かな実りではなかったが、今年はまだ、ましな方だったのだ。一年早くここに来ていたら、とうに飢え死にしていたかもしれない。

「タロウとよく、棘の岬に来たんだ」

「棘の岬？」

この崖のことだと、子供はこたえた。別の名称があるそうだが、村人にはそう呼ばれているようだ。

「浜を駆けて森を抜けて、この棘の岬まで、毎日のように来ていたんだ。タロウは、ここが大好きで……」

子供のからだが小刻みに震え、背中を向けたまま涙をこぼす。手をのせて、子供の頭を撫でた。

「そうか……おまえも大事な友を、失ったのだな……おれと同じだ」

「おじさんも？」

涙がこびりついた顔が、無暁をふり向く。

「ああ、江戸でな……誰よりも大切な友を亡くした」

「タロウもね、江戸の出なんだよ。生まれたのは、船の上だけど」

三年前、到着した船の船頭が飼っていた犬が、タロウの母親だという。長い船旅の慰めにしようと同船させたのだろうが、途中で子犬を二匹産んだ。船の食料は限られており、子犬まで乗せてはいけない。島で処分してもらえまいかと頼まれたのを、父や祖父にせがんで世話をしたいと申し出た。

「てっきり、野犬の子でも拾うたのかと思うていたが」

「この島には、野犬はいないよ。うんと昔、やっぱり船でやってきた犬が、山で増えたことがあるそうだけど、いなくなったってじいちゃんが」

八丈島には、獣はほとんどいなかった。熊はおろか鹿も兎もおらず、獣と言えば、ネズミか蛇くらいのものだという。道理で狐狸すら見かけぬはずだと、改めて合点した。

「山猫はたまに見るそうだけど、やっぱり船に乗ってきた猫が、山猫になったんだって」

「鳥や虫には羽があるが、獣では海を越えようがないからな」

「あ、もう一匹いたタロウの弟はね、大賀郷にもらわれていったんだ。あいつは、達者にしているかなあ」

いつのまにか頬の涙は乾き、笑顔になっている。途中で思い出したように無暁がたずねた。

「そういえば、肝心のおまえの名をきいていなかったな。名は、何という？」

「浜太（はまた）。本当は浜太郎（はまたろう）だけど、みんな浜太って呼ぶんだ。タロウの名は、おいらからとったんだよ」

「そうか、よい名だな。それに、浜太は偉いな。父御の胸中を思いやって、辛い思いを堪えたのだな」

「うん……喜多の家の者は、何よりも村と村人のことを考えねばならないって、おじいやお父の口癖なんだ」

「喜多というと、宇喜多家の……そうか、おまえは喜多家の息子であったのか」

八丈島には、浮田や喜多の姓をもつ家がいくつもあるが、末吉村の喜多家は一軒だけだ。僧侶の禅融が訪ねていた、あの家だ。

「たしか、姉がふたりおるだろう？」

「三人だよ。いちばん上は嫁に行って、いまは珠姉と汐姉だけだ。お兄は跡取りだから、色々と忙しいんだ」

長女と次女のあいだにいる長男が、喜多家の惣領息子であり、浜太は五人兄弟の末っ子だった。歳は八歳だという。

「おじさんの名は？」

「無暁だ」

「ムギョー？　何か言いづらいね。ムギョー、ムギョー、ムギョー……唱えると、お経みたいだ」

万吉も、似たようなことを言っていた。にわかに思い出し、浜太の頭をふたたび撫でた。たった八歳の子が、飼い犬に理不尽を受けても父親を怨むことをせず、こうして堪えている。対していい大人の自分は、万吉のことで自棄を起こし、人を何人も手にかけた。いまさらながらに、己の短慮と浅はかさに身が縮む。

「おれも、浜太を見習わねばな……」

無暁の右手をのせたまま、不思議そうに子供は見上げたが、ふいに背後の森から鋭い声が叫んだ。

「浜太！　そいつから離れな！」

「あれ、姉ちゃん……どうしてここに？」

きょとんとする弟を、森からとび出してきた人影が、風のように引っつかみ後ろにかばう。

「やい、悪党！　あたしの弟に手出しをしたら、許さないよ！」

通せんぼをするように、両腕を広げて無暁の前に立ちはだかった。禅融に向かって啖呵を切っていた、威勢のいいあの娘だった。

「違うんだよ、汐姉。おじさんはただ、タロウのために……」

「この子をうまくたぶらかしても、あたしは騙されないからね！」

汐音という、たしか十四になる娘だった。

浜太はとりなそうとしたが、まるできく耳をもたない。無暁も弁解すらできず、ただ黙って娘を見詰めていた。いや、見惚れていたのだ。

上りぎみの目尻は、目の端に一本の線を入れたように切れ長で、瞳の美しさを際立たせる。健やかに伸びた手足と、しなやかな肢体は、山猫を思わせた。この前は遠目であったから顔立ちの仔細がつかめなかったが、なるほど、好色な禅融が是非にと所望するはずだ。

八丈島は、おしなべて女子が美しい。道を歩いていると、思わずふり返るほどの美形と行き合うのもめずらしくはなく、これもまた、美丈夫として名高い、宇喜多秀家の血が受け継がれているためだと、島では伝えられていた。

この娘にも、宇喜多の傍流として、武家の血が流れているのかもしれない。

高慢とも高貴ともとれる猛々しさが、娘の中にはみなぎっていて、その一切がこちらに向けられているがために、息を呑むほど美しかった。

「さ、浜太、帰るよ。金輪際、棘の岬には来させないからね。こんな危ない奴に、二度と近づいちゃいけないよ」

「でも、汐姉、このおじさんは……」

「こいつは、人殺しなんだ！　人の情けや心なぞ、欠片も残っちゃいないんだよ！」

鋭く突きつけられた娘の指が、その声が、胸を貫いた。まるで金色の槍が刺さったようだ。にわかに苦しくなって、息さえもできない。

いまや出自も育ちも、関係ない。無暁を示すたったひとつの形容は、人殺しの一言のみになった。わかってはいたが、慣れることはない。この先生涯、このひと言で括られるのだ。何も返せず、ただ茫然と姉弟を見送った。

姉に腕をとられ、引きずるように連れられながら、浜太は何度もふり返った。切なそうなその顔だけが、無暁の中にぽつんと残った。

もう、浜太が来ることはあるまい──。

自分にそう呑み込ませ、翌日からも、やはり読経三昧の暮らしが続いた。

そのうち年が明けたが、いまの生活には年の瀬も正月も関わりない。流人頭が運んでくる飯に、小さな餅が添えてあり、ようやく気づくありさまだ。

髭も髪も伸び放題だから、見てくれには薄気味悪さが増しただろうが、それでも飯を運びがてら、毎日ようすを見ているこの男は、無暁の変化に気づいたようだ。

「どうだい、調子は？　前よりも、少しは落ち着いたんじゃねえのか？」

毎晩、悲鳴をあげてとび起きていた、悪夢のことだろう。

「そうだな、前よりは減ったが……」

やはり時々は、嫌なものを見ると、無暁はこたえた。

「そのくらいなら、我慢もできるだろう。どうだい、そろそろ小屋に戻らねえか？」

流人頭の名は、蓑八（みのはち）という。博奕でお縄になった半端者だが、胴元の片腕をしていただけあって目端が利き、人をまとめるのも上手い。島に来て、そろそろ十六年が経つとかで、三年ほど前から、末吉村の頭（かしら）を務めていた。

決して情け知らずの男ではなく、無暁のことも心配はしていたようだ。他の者を使わずに、毎日己でこの場所に足を運んでくれたのが、その証しだろう。

「いや……頭の申し出は有難いが、やめておく。慣れてみると、ここの暮らしも悪くない。おれにはどうやら似合いのようだ」

無暁が断ると、少し屈託ありげな顔をした。

「そのう、何だ……人の口伝てにきいたんだが、おめえ毎日、棘の岬に通っているそうだな？　頼むから、馬鹿な考えだけは起こすなよ」

そちらの心配をしていたのかと、無暁は苦笑して、気晴らしに海を見にいくだけだとこたえた。蓑八の顔が、あからさまに安堵する。

「そうか、それならいいんだ」

「あの崖から、とび下りた者がいたのか？」

「ああ……」

「前にこの洞に移されたという流人か？　やはりおれと同じに、人を殺したのか？」

ひどくばつの悪そうな顔で、流人頭は曖昧にうなずいた。ここに連れてこられたときの蓑八のようすから、そうではないかと察していた。

この洞窟は、流人小屋で流行り病に罹った者を隔離したり、あるいは仲違いして、自ら移り住んだ者もいたそうだが、気がふれた者を置き去りにした例もあったという。

「死ぬまでこの島から出ることは叶わず、身内にも二度と会えねえとなりゃ、まあ、おかしくなっても無理はねえやな。日が経つにつれて、後悔だけが襲ってくる。どうしてあんな馬鹿をやったのか、どうしてあそこで踏み留まれなかったのかって、毎日毎日悔やむ羽目になる……短慮の果てや、犯した罪が重ければ、なおさらだ」

蓑八自身、くり返しくり返し、己の来し方を悔いてきたのだろう。疲れた顔で、洞窟の外に目をやった。

「おめえ、身内は？　江戸や田舎に、誰かいねえのか？」

「親しい者は、皆死んだ」

「そうか、それじゃあ赦免は難しいな」

「もとよりおれの罪では、帰参は叶うまい」

「いや、そうとは限らねえ。罪の多寡よりも、身内の訴えの方が、よほど功を奏するそうだぜ。とはいえ、おれも身内とは長く音沙汰なしで、どこにいるかもわからねえがな」

身内が辛抱強く、赦免の訴えを町奉行に出し続けることこそが、島から逃れる何よりの早道となり得ると、蓑八は説いた。もっともそれですら、十年や二十年かかるのはあたりまえで、その前に島で命を落とす者の方が、よほど多いという。

つい、生家の垂水家を思い浮かべた。

父は下野国宇都宮藩で郡奉行を務めていたが、垂水家は土地の名家であり、先祖には家老に就いた者もいる。父もおそらくは、もう少し上の位に昇るだろうし、藩主の戸田家は譜代大名で、幕府の要職を任されることも多い。

父に便りを送ってみようかと、ふと、そんな考えも浮かんだが、薄紙のごとくひらりと翻った。

ちょうど箱に仕舞う節句人形のように、薄紙を一枚被っている。無暁の記憶にある父は、そういう人だった。

あまり屋敷にはおらず、顔さえ滅多に合わせることがなく、義母や腹違いの兄たちのような仕打ちもせぬ代わりに、ことさら倅を構うこともなかったから、何の思い出もない。顔すらもすでにおぼろげで、そんな相手に頼ろうとするなど、滑稽極まりない。

不届きを犯した庶子のために動く人だとも思えぬし、地位があればなおさらだ。

流人頭と一緒に、ため息をひとつ吐き、当てのない思案を払った。

「とにもかくにも、前より達者なようすで何よりだ。それじゃ、また明日来るからな」と、流人頭は腰を上げた。

正月の三が日が過ぎてから、ひどく荒れた天気が二日続いた。嵐というほどではないが、雲は絶えず落ち着きが悪く、晴れたと思うと一時後に、突風や急な大雨に襲われた。

崖の上に立つことすら危ないほどだったが、無暁はやはり岬に通った。じっとしていると、また何かに囚われそうで、洞窟に籠もっている方がよほど怖かったからだ。

その翌日、久方ぶりに海は穏やかな姿を見せたが、無暁が岬に座して早々に、意外な客が訪れた。

孫の浜太を連れた、喜多家の隠居であった。


「読経の邪魔をして申し訳ないが、少しよろしいか?」

断りを入れた祖父の陰から、ぴょこりと浜太が顔を出し、にこにこする。

ふいの来訪ににわかに慌てたが、浜太の顔からすると悪い話ではなさそうだ。立ち上がり、改めて隠居に挨拶した。

「おまえさんに、ひと言礼を言いたくてな」

「礼、というと……浜太のことか?」

「それもあるが、あんたのおかげで漁師が三人救われた。おまえさんが唱える、経のおかげでな」

昨日の早朝のことだという。荒れていた海が凪いで、もう大丈夫だろうといくつかの漁師船が海に出た。しかしほどなく天候が変わり、そのうちの一艘が沖へととり残された。

船には三人の若い漁師が乗っていたが、激しい雨にさえぎられ、一時は島影すら見失った。風もしだいに強まっていて、そのまま方角を見誤れば、大海の真ん中まで流されていたかもしれない。そのとき雨をついて、三人の耳に経がきこえてきた。風向きもあったのだろうが、響きのよい声は、海面を這うようにして漁師たちの許にまで届いた。このところ、棘の岬の辺りから経がきこえるとの噂は、三人も耳にしていた。この世のものではなく、崖から落ちた者たちの死霊の仕業だとの怖い話も付いてはいたものの、そちらが岬の方角であることは間違いない。

漁師たちは、ただその声を目指して懸命に船を漕ぎ、無事に浜まで辿り着いたという。

「午過ぎ(ひるすぎ)になってから、三人が当家を訪ねてきてな、その話をしていった。何とも不思議なこともあるものよと、最初は感心しておったのだが、不思議でも何でもないと、この孫からきかされてのう」

「おいらが教えてあげたんだよ。おじさんが、毎日ここでお経を唱えてるって」

得意そうに浜太が胸を張り、携えていた風呂敷包みを解いた。中から竹皮に包まれた大きな握り飯が三つと、魚の干物が五枚、沢庵や胡瓜の古漬けに、丸い餅もふたつ添えられていた。

「村の若い者を、救ってもらった礼だ。こんなご馳走は、島に来て初めてだ。どうぞ納めてくだされ」

「役に立ったのは何よりだが、読経はおれの手前勝手で始めたことだ。これほどの礼は分が過ぎよう」

「干物は、浜の者たちからだ。我らの気持ちと思って遠慮なく……そういえば、七輪や炭はないのかの？」

いまさらながら気づいたようだが、あいにくと干物や餅を炙る道具がない。夕刻になれば、また蓑八が現れよう。干物と餅は、流人小屋への土産にすることにした。

「何の働きもせぬおれを、これまで養ってくれたのは、頭や小屋の者たちだ。礼の代わりになるならちょうどいい」

骨に皮を張りつけたような姿をじっと見て、隠居はぽつりと呟いた。

「どうやらわしらは、おまえさんを少々見くびっていたようだな」

「いいや、おれのしてきたことを思えば、怖がられるのも無理はない」

「おじさんは、悪い人じゃないよ！　だって一日も欠かさずに、ここでずうっとお経をあげていたんだ。あんなにいっぱいお経をきかされたら、タロウだってきっと極楽に行けたに違いないよ」

懸命に祖父に訴える。この前、言葉を交わした気安さだけでなく、浜太は何日もここに通い、誰よりも長く無暁を見ていた。そのようすから、悪人ではないと判じたようだ。

そうだな、と孫に微笑んで、いくつか無暁の来し方について隠居は問いを重ねた。江戸にいたころの話ではなく、どこで経を覚えたか、いつまで寺にいたか、などをたずねる。

「上州の山奥の寺に、十歳で入門して、まる三年ほどいたのだが……坊主が嫌になって、十三のときに逃げ出した」

嘘は控えて、できるだけ正直にこたえた。

「では、小坊主として三年……たった、それだけか？」

「面目ない……そのとおりだ」

無暁は肩をすぼめたが、隠居は呆れたのではなく、ただ驚いていた。

「三年の小坊主修行で、あれほど立派な経が読めるとは……いや、わしもさっき、しばしきかせてもらったが、実に立派な唱えようだった。あのような経を手向けてもらえば、御霊も浮かばれよう。あんたの経には、何よりも心が籠もっておる」

隠居の言葉は、思いがけず嬉しかった。声や響きは褒められても、そんなふうに言われたのは初めてだ。

「どうだろう、ひとつ村に下りて、経をあげてもらえぬか？　実は、助かった漁師のうちのひとりがな、宗作というのだが、できれば頼みたいと言うてきたのだ」

「おれに、経を？」

にわかには信じがたいが、宗作には理由があった。

「宗作の父親が四年前に海で命を落としてな、その命日が明日なのだ。きっと死んだ父親が、おまえさんの経を沖まで運んでくれたに違いないと、宗作はたいそう有難がってな」

この末吉村には寺がない。三回忌だの七回忌だのの折には、大賀郷村や三根村の寺に頼むそうだが、今年はいわゆる年忌法要には当たらない。それでも命を永らえたことに感謝して、亡き父の供養を何らかの形で行いたい。ついては無暁に、経をあげてもらえまいかと、宗作は隠居に相談をもちかけたのである。

「この子の話だけでは、少し心許ないからな。わしが人となりを確かめてみようと、ここまで出向いたというわけよ。むろん、礼はさせてもらうぞ」

「礼なら、今日の頂き物だけで十分だが……しかし、本当によいのか？　そのう……おれのような者が経をあげても、ちっとも有難くはなかろう」

「心配は要らぬよ。宗作やほかのふたりも、その身内や浜の者たちも、おまえさんには直に礼を述べたいそうだ。良ければ、ぜひ出向いてくれぬかの」

「そういうことであれば、喜んで」

「では明日の朝、わしの家を訪ねてくれ。いくら何でもその形(なり)では、墓の下の御霊がびっくりしてとび起きてしまうからな」

髪や髭をあたり、着物も喜多家で用意しておくと、隠居は請け合った。

「おじさん、明日ね、きっとだよ」

浜太も念を入れたが、祖父がこれをきき咎める。

「これ、浜太、おじさんはやめなさい。この人は、珠音と同じ歳なのだぞ。たしか、この正月で十九になったのだろう？」

村の顔役をしているだけに、そのくらいは知っているようだ。無暁がうなずくと、浜太は大げさにのけぞってみせる。

「えーっ、珠姉と同じなのか！　こおんなに髭もじゃだから、てっきりおじさんかと」

「まあ、この格好では仕方がないが」

「じゃあ、これからは、兄ちゃんて呼ぶか……でもなあ、やっぱりおじさんにしか見えねえしなあ」

「どちらでもよいわ。好きに呼べ」

苦笑して、ふたりを見送った。その日やってきた流人頭は話をきくと、たいそうびっくりしながらも、その顚末を喜んでくれた。

「いいのかい、こんなにもらっちまって。かえって申し訳ねえなあ」

握り飯も、いつもの倍以上の大きさだ。粗食に慣れた腹にはひとつで十分で、干物や餅ともにふたつはもたせ、流人頭は嬉しそうに帰っていった。

翌朝は、日の出前に目が覚めた。

朝の勤行代わりに、岬に行って経を唱え、それから村へと向かった。

人家にさしかかると、やはり気後れする気持ちが頭をもたげた。

隠居や浜太は認めてくれても、あの汐音という喜多家の三女は、受け入れてはくれなかろう。散々疎まれてきただけに、村人の目も怖かった。できるだけ己の足許だけを見詰めて歩き、途中で二、三、野良や浜に向かう者とすれ違ったが、顔を上げずに頭だけ下げて、足早に通り過ぎた。

やがて喜多家が見えてきて、そこでも一度足が止まったが、浜太は家の前でいまかいまかと待ち構えていたようだ。大喜びで、家の中に招じ入れてくれた。

「このたびは、ご厄介をおかけします」

「いや、こちらこそ。よくお出でくだされた」

隠居はにこやかに迎え入れ、隠居の老妻や、現当主である息子夫婦に引き合わせた。隠居は女中に世話をさせるつもりでいたようだが、それを断って、剃刀だけを拝借した。ずっと自分でしていたから造作はない。裏庭を借りて行水し、髪と髭を剃った。

「あいにくと僧衣はないが、これなら多少はそれらしく見えようて」

衣装箱には、墨染の着物に加え、新しい下帯も整えてあった。礼を述べ、襖を閉めて着替えをする。着物は絹の上物で、腕を通すと肌に吸いつくようだった。ふたたび襖を開ける。喜多家の者たちが、はっと息を呑み、まじまじと無暁を見詰めた。

「やはり、似合わぬか……」

「とんでもない！　あまりの立派さに、驚いてしもうたわ。いや、よう似合うておる」

「すげえや……おじさんじゃなく、兄ちゃんになったあ！」

隠居や浜太ばかりでなく、一家の者たちや女中までもが口々に褒めそやす。

ふと、それとは別の視線を感じて、顔を上げた。

座敷の向こうの縁に立っていたのは、あの汐音という娘だった。

一番星のように、光の強い眼差しが、じっと無暁に注がれる。

正直な目だ。見てくれが変わろうと、騙されるものかと抗っている。娘の心持ちが、手にとるようにわかった。

「どうして、こんな奴を家に上げるの？」

「やめぬか、汐音。いまは喜多家の客人なのだぞ」

祖父に咎められたことで、いっそう娘の顔つきが険しくなる。まだ十五の娘にとっては、黒い鳥が白いと告げられたようなものだ。無暁のあつかいが急に引き上げられたことに、納得がいかないのだろう。

汐音は、いつもいつも怒っている。最初は、姉のために。つい先だっては弟のために。いまはおそらく、家族皆のために。身内から災いを遠ざけようと、その楯になろうと、こんな細いからだで懸命に立ち塞がるのだ。

「あたしは、認めない。いくら経が読めたって、この人は所詮……」

「汐音！」

穏やかな祖父の、本気の叱声だった。悔しそうに唇を嚙みしめて、ぷいと顔を背けた。

「申し訳ない、嫌な思いをさせてしもうたな。あれはどうも頑なところが抜けず……歳の割には子供でな」

喜多家の隠居はすまなそうに詫びたが、廊下を走り去る軽い足音が、やはり抗うように響いてくる。

「いや、構わぬよ、ご隠居殿。それよりも、このような立派な衣を仕度いただいて、まことにかたじけない」

無暁は改めて、心から礼を述べた。強張っていた部屋の空気がほぐれて、隠居が笑顔になる。

「なんのなんの。わしらはもっぱら作るだけで袖を通せぬからな、おまえさんに着てもらえれば本望じゃよ」

黄八丈は伊豆七島の大事な物産なのだが、だからこそ、米を作りながら口にできない農民と同じに、島に暮らす者たちは絹物とは縁がない。島では長者の部類に入る喜多家の者ですら、絹を着するのは婚礼くらいのものだという。ここで織られる絹織物は、伊豆の代官所とひいては幕府が、しっかりと抱え込んでいるのだった。

やがて、今日の法要の喪主にあたる、宗作一家がやってきた。

末吉村の西の村外れに、墓地がある。法要は、その墓地で行われた。

念のため、宗派を確かめてみたが、末吉村には寺がないこともあり、宗作一家には特にこだわりはなさそうだ。喜多家にたずねると、八丈島には寺がふたつきりで、いずれも浄土宗だった。無暁がいた西菅寺もまた浄土宗に連なるのだが、宗派としては異なる流れをくむ。ただし念仏については、浄土宗とさほどの差異はない。

いわゆる、南無阿弥陀仏である。南無妙法蓮華経（みょうほうれんげきょう）は日蓮宗、南無大師遍照金剛（だいしへんじょうこんごう）なら真言宗、天台宗では南無根本伝教大師となり、臨済宗や曹洞宗は南無釈迦牟尼仏となる。同じ南無阿弥陀仏であれば、障りはなかろうと判じた。

法要そのものは、滞りなく済んだ。墓の前で無暁が経を唱え、宗作一家や親類たちが手を合わせる。喜多家の隠居と、息子の逸右衛門も参列した。喜多家の当主は代々、逸右衛門を名乗るという。

さらには噂をききつけて見物人が集まったらしく、遠くからようすを見守りながら、やはり無暁の経にきき入っていた。

法要が済むと、宗作の縁者は供え物を下げたり、改めて墓のまわりを掃き清めたりしていたが、当の宗作は、木製の粗末な墓を撫でながら、亡き父親に語りかけた。

「ありがとうな、お父、おれを守ってくれて。お父があの坊さんの経を運んでくれたから、こうして無事に嬶や子供たちのもとに帰ることができた……ありがとうな。これからも、極楽から見ていてくれな、お父……」

宗作からは、法要がはじまる前に、直に礼を述べられたが、亡き父にいく度も告げるその言葉は、墨染の衣を通して肌にしみ入るようだった。宗作たちに経が届いたのは、ただの偶然でしかない。それでも当人がそう信じているのなら、それは紛れもなく、亡くなった父親の加護であり、息子への情愛であった。

仏や極楽は、本当にあるのか――?

六年前、若い住職の光倫に、たずねたことがある。西菅寺を遁走して、万吉に会って、世話になった最初の寺でのことだ。

無暁が確かめたかったのは、仏や極楽の存在そのものではなく、もっと本質的なものだった。仏教をはじめとする宗教は、本当に必要なのか。人のため世の中のために、何か役に立つことがあるのか。その疑問に対する探究だった。

今生ではたしかめようもないが、来世に極楽があると信じるからこそ、救われる者もいる――光倫はたしか、そんなふうにこたえた。

つまりは、こういうことなのだろうか――。

墓に寄り添う宗作をながめながら、そんなことを考えた。

「あのよ、兄さん、ちょっといいかね?」

墓地から戻りしな、遠慮がちな声がかかった。百姓らしき夫婦者で、少々気まずい面持ちでたずねた。

「そのお、あんたに経を頼んだら、お布施はいかほどかかるのかね?」

「父ちゃんたら、何だねその頼みようは。もうちっとていねいに、それに、あんたじゃなくお坊さまだろうに」

女房ににらまれて、亭主が首をすくめる。つい笑顔になって、夫婦にこたえた。

「好きに呼んでくれて構わぬよ。それと、布施は特にいらん、心づけでよい」

「その心づけってのが、よくわからねえ。婆さまの七回忌を頼んだら、いくらになるかね？」

「おれに、七回忌法要を？　それなら、島内にあるちゃんとした寺に頼んだ方が……」

「大賀郷の寺に頼むほどの蓄えなぞ、端からねえし。葬式だけは、お喜多さまにお願いしたのだが」

お喜多さまとは、喜多家のことだ。もともと八丈島は、神道が盛んな土地で、島内の各村の顔役は、神主を兼ねる者が多い。末吉村の喜多家もやはり同様で、数年前までは隠居が、いまは息子の当主が神主として、村の冠婚葬祭をとり仕切っていた。

婚姻や祝賀に限らず、葬儀も神式で行われる。線香を手向ける代わりに玉串を捧げ、通夜もとり行われる。仏式との大きな違いは、神社の内では葬儀をしないということだ。死は穢れであり、穢れを社殿に招くわけにはいかない。神式の葬儀は、個人の家で行われるのが常だった。末吉村には神社も鳥居もないが、村内の者が亡くなると、喜多家の当主がその家を訪ねて葬儀を行う。

八丈島には、寺はふたつしかなく、どちらも大里と呼ばれる大賀郷にある。ひとつは島に漂着した明船の僧が開祖した寺で、室町の時代にまでさかのぼる。もうひとつは宇喜多秀家の菩提寺で、おそらく宇喜多家が建立に携わったのであろう。

寿(ことほぎ)は神道、弔いは仏教との慣(なら)わしは、島にも根を張りつつあったが、大里から距離がある上に、まともに布施すら用立てできない者の方が、末吉村にはよほど多かった。それだけ仏教は、金がかかるということだ。

木菅村の西菅寺で、嫌というほど思い知らされた。それが脳裏をよぎり、反骨めいた憤りがわいた。

「まあ、布施と言われても、もとより銭なぞねえんだが……代わりに稗三升では、やはり足りぬかね？」

「三升じゃ、父ちゃん、あんまり少な過ぎやしないかい？　米ならまだしも稗だと、せめて五升はさし上げないと」

「いや、布施は要らぬ」

反骨が、声になった。無暁はきっぱりと、そう告げた。

「要らぬって……ただってことかね？」

「いくらあたしらでも、そこまで厚かましい真似は……」

ねえ、と夫婦がとまどい顔を見合わせる。この前、喜多家の隠居に語った話を、正直に告げることにした。

「いわば習わぬ経を読む、門前の小僧と変わりない。だから、布施も心づけも要らぬ……もちろん、そんな半端者の経で良ければの話だが……」

「へええ、たった三年で、あんなに立派なお経をねえ」と、女房が感心し、

「さっききかせてもらったが、まっとうな坊さんにも負けねえ見事な経だったよ」と、亭主もしきりにうなずく。少し真面目な顔になり、亭主は言った。

「こいつはお喜多さまからきいた話だが、何でもな、神道の葬式は、死んだ者の御霊を留めて、家の守護についてもらう儀式なんだとよ」

「ほう、そうなのか。それは初耳だ」

「婆さまに見守ってもらうのは悪かねえけどよ、婆さまは嫁に来て以来ずうっと働き詰めで、それでもずうっと貧乏していたからよ。死んでまで家に留め置くのは、かわいそうな気がしてな……六年も経ったことだし、この辺で極楽に送ってやりてえなって思ったんだ」

「父ちゃんはもう先からそんな話をしていたけれど、なにせ送るにも先立つものがないからねえ。気にかけながらつい年月が経っちまってねえ」

女房もそう続けて、小さなため息をこぼす。そんなときに宗作の父親の法要をするとの

噂をききつけた。どんなものかと興味半分ためし半分のつもりで出掛けてきたが、無暁の経であれば亡き祖母の成仏も叶うだろうと、ふたりは見込んでくれたのだ。

「引き受けてくれるなら、ぜひとも頼みたいが、いくら何でもただではなあ」

「申し訳ない上に、有難みがちっと減って、婆ちゃんが途中で迷っちまいそうな気もするねえ」

夫婦の言い草に、ふたたび笑いがこみ上げて、それならと無暁はもちかけた。

「では、こうしよう。布施として、稗の握り飯をひとつもらえぬか？」

「それだけで、いいのかい？」

「ああ、十分だ」

少し迷っていたが、自分はいわば半人前の坊主であり、値としてはその程度だと説くと、有難そうに承知した。祖母の命日や夫婦の家を確かめて、必ず行くと約束した。

「よかったねえ、あんた」

「ああ、肩の荷が下りた気がするよ。そういや、うちの二軒先でも、似たようなことを言っていたのだが、いまの話を伝えてもいいかね？」

「構わぬよ、どの家であろうと、経の値は握り飯ひとつだ。ただ……そう何軒も続くなら、神主である喜多家の承服が要るかもしれんが」

遅まきながら気がついて、ひとまず夫婦と別れて、改めて喜多家に出向いた。

「ほうほう、昔亡くなった者たちを、経文であの世に送ってやるというわけか」

「つい承知してしまったが、よくよく考えてみると神仏がごっちゃになっている。やはりまずいだろうか？」

ふぁふぁ、と歯のない口で笑い、隠居は鷹揚にこたえた。

「別に構わんだろ。生まれてからは宮参りに七五三、祝言に祭りと神を頼り、死んで仏の世話になる。ごっちゃはもとからだ」

喜多家では、年忌法要にあたる儀式も特にはとり行わず、故に無暁がどこで経を読もうと障りはないと、隠居は快く許しをくれた。

「知ってのとおり、八丈は神道が深く根付いているものの、仏の教えもそれなりに伝わっておる。なにせ流人の中には、僧籍の者も少なくないからな」

いわば彼らからききかじった極楽信仰が、少しずつ島にも浸透していたようだ。流人とはいえ中には立派な僧もいたのだろうが、大方が女色に溺れた破戒僧だ。近年はことに、僧とは名ばかりのだらしない暮らしぶりの者が多く、村人の尊敬を集めるには至らなかったという。

「おまえさんが来てくれて、渡りに船というところだろうが……しかし布施が握り飯ひとつでは、おそらく一、二軒では済まなくなるぞ。どんな貧乏人でも頼むことができるからな」

「それなら、おれとしては本望だ。貧富にかかわらず、むしろいまの世で苦労する貧者にこそ、救いの道が要る。本来の仏の教えは、そうあるべきだ」

うんうんと、隠居が満足げにうなずく。

「そういえば、着物をお返しせねば。かように上等なものをお借りして、まことにかたじけなかった」

「それは今日の礼として、差し上げるつもりであったのだが」

「とんでもない！　こんな立派な絹物は、とてもいただけませぬ」

「しかし……この先、経を読みに出向くには、あの着古しでは格好がつかぬだろう。女中に手入れを頼んだが、裂けやほころびがひどうて雑巾にしかならぬと言うとったぞ」

面目ない、と無暁が赤面する。森の中を行き来するたびに枝や藪に引っかけて、裾も袖もボロボロだった。

結局すったもんだの挙句、綿の着物を一枚、もらい受けることにした。渋い鉄色で逸右衛門の古着だが、生地も仕立てもどっしりしている。無暁には届かないものの、逸右衛門は並よりも背丈があって肩幅が広い。身丈や袖丈も十分で、これなら森を歩いても簡単にすり切れることはあるまい。

三女を除いた喜多家の者たちが、家の外まで挨拶に出てくれて、浜太は森の入口まで送ってくれた。

「おいら、考えたんだけど」

「何をだ？」

「呼び名だよ。おじいがね、おじさんや兄ちゃんじゃなく、お坊さまと呼べというんだ」

「さまは余計だが」

「だからさ、これからは洞の坊さんと呼ぶことにしたんだ。いい名だろ？」

悪くない、と浜太にこたえ、ひと月もせぬうちに、その名は村中に広まった。

そのころになると、無暁は三日に一度は村に来て、経を読んだ。隠居が見当したとおり、経料は雑穀の握り飯ひとつきりときいて、気軽に頼む者がだんだんに増えていったのだ。どこの家でも、握り飯に味噌やら漬物やらを添えてくれて、時には汁や煮物などもふるまってくれる。おかげで食うには困らなくなった。

やがて季節は、春から夏へと変わった。

村へ行く前には、禊のつもりで行水をする。

日を置かずに通っているのに、その沢へ下りるたびに妙な感慨がわく。言うまでもなく、しのを思い出すからだ。

西菅寺の脇にあった寺沢にくらべると、ずっと小さく、水溜まりといった方が近い。黒い溶岩の岩盤にできた穴に、湧き水が溜まったものだが、ここでは水は何よりも貴重なものだ。

八丈島で川があるのは三根村だけで、大川と鴨川と呼ばれるふたつの川がある。名に違い鴨川の方が水量が豊富で、赤粘土で溝を作り大賀郷村まで引水した。水場に人が集まるのは道理で、三根と大賀郷の二村が栄えているのは川の恩恵を被っているからだ。

残る三村は、湧き水だけに頼っている。末吉村は、他所にくらべて湧き水は豊富でたくさんの水汲場があるのだが、なにせ平地が少ない。半分以上の水汲場は、山奥や険しい崖にあり、水汲みにはひときわ苦労する土地だった。

無暁が行水に使う沢も、石澄と呼ばれる水汲場の下手にあたる。村人が集まる水汲場で行水するわけにもいかず、どこか手頃な水場はないかと、無暁は浜太にきいてみた。

「それなら、石ノ下がいいよ。石澄の下手にあたるから、行水に使っても文句は言われねえし、途中に崖があるから、辿り着くにはちょっと難儀だけれど」

行き来の不便と水量が少ないために、ふだんは使われていないが、水不足の折には飲用にもされるきれいな溜まりだ。禊のための行水にはもってこいだと教えてくれた。

水汲みは女の仕事だが、牛を水汲場に連れていき水を飲ませるのは男子の役目だった。牛を連れて石澄に行った折に見つけた場所らしく、浜太は自ら案内してくれた。

ふだんは人が来ないとはいえ、大事な水源には変わりない。ざぶざぶと溜まりに入ることはせず、持参した桶ですくった。着物と下帯を解いて、ついでに洗濯もする。よく晴れているからすぐに乾くだろうし、人目がないから素っ裸でいても気にならない。いっときは皮膚から骨が突き出すほどに痩せてしまったが、この幾月かでほどよく筋肉がのった。

手拭いで肌をこすり、最後に頭から水を浴びる。と、背中で小さな悲鳴がした。

ふり返ると、少し小高いところから、知った顔がこちらを見ていて、無暁と目が合うと、慌てて木の陰に隠れた。喜多家の汐音だった。

「ああ、すまん……水を汲みに来たのか？」

少々慌てながら、傍の岩棚に広げておいた着物を掴んだが、相手はさらに困っているようだ。幹の陰からは、何も返らない。

「水を汲むのなら、使ってくれて構わんぞ。行水はしたが、水は汚しておらんからな」

なおも声をかけると、そろりと顔が覗いた。濡れた下帯はつけぬまま、生乾きの着物を羽織った。無暁が着物をまとっているのを確かめて、汐音は沢まで下りてきた。

無暁から目を背けて、頭に載せていたささげ桶を下ろした。水汲み用の桶をささげ桶と呼び、醬油樽よりひとまわり大きい。これに水を八分目ほど入れると一斗ほどの量になり、頭に載せて村まで運ぶ。十四、五歳以降の若い娘に課せられ、島妻を水汲み女と呼ぶのもそれ故だ。娘のいない家では嫁の仕事であり、この島ではまともに水汲みができなければ嫁には行けないと言われる。

「毎朝、ご苦労だな……しかし今朝は、水汲みには少し刻限が遅いようにも思うが」

喜多家にすっかり馴染んだいまでも、この娘だけは頑なに無暁を無視し続けている。ふたりきりでは何とも気まずく、こたえは期待せず話しかけたが、意外にも汐音はぶっきらぼうながら返事をした。

「朝の分は、もう終えた。珠姉が、昨日の晩から熱を出して……石澄よりもここの方が、水が冷たいから……」

「なに、珠音殿が？　それは大ごとだ。桶はここにあるし、よければおれも手伝うぞ」

「よけいなお世話だよ。機嫌とりのつもりなら……」

「そうではない！　珠音殿が病ときいては、安穏としてはいられない。冷や水はいくらあっても邪魔にはならぬし、本当なら見舞いの品でも持参したいところだが、おれには何もないしな」

汐音が、初めてふり返った。瞳には、いつも以上の嫌悪を浮かべ、形のよい唇には皮肉な笑みを刻んでいる。

「もしかして……あんたも珠姉に岡惚れしてるのかい？　だったら、おあいにくさま。珠姉は、この秋に嫁入りするからね」

思わず無暁が、きょとんとする。急に笑いがこみ上げた。

「いや、まったく……そんなつもりはないのだが」

無暁のようすから、見当違いだと気づいたようだ。たちまち真っ赤になって、もごもごと言いつくろう。

「この島に来るのは、女好きの助平坊主ばかりだし……男なら誰だって、珠姉みたいにしとやかな娘が好きだろうし……」

勝気の裏側で、姉娘に対して引け目を感じていたのか。そう察して、笑いを止めた。

邪険にされても、この娘を嫌いにはなれなかった。その理由が、いまわかった。汐音が、昔の自分に似ているからだ。

「おまえはいつも、何かに怒っているのだな」

「どうせあたしは、怒りんぼうのはねっ返りだよ」

「おれも同じだった……気に入らぬことばかりで、いつもいつも怒っていた」

矛先は、垂水家の者であったり、西菅寺の僧侶たちであったり、常に周囲に向いていたが、本当に腹が立ったのは、何もできない自分自身に対してだ。おそらく汐音もまた、似たような葛藤を抱えているのだろう。

「それでもな、怒るのも悪いばかりではないと、おれは思うぞ。いまのあたりまえがおかしいと感じ、理不尽だと声に出す。口を閉ざし、長いものに巻かれるのが賢い生き方だが、抗う者がいてこそ、世のあたりまえは実は無理無体だと気づく」

無暁は少なくとも、食うための苦労はしてこなかった。島に来て初めて、その切なさを思い知った。裕福な部類に入る喜多家の娘とはいえ、島に生まれ育った汐音は、それを間近で見てきたはずだ。

飢饉と疫病——。島の歴史には、このふたつの災難がくり返し刻まれてきた。島民さえ凌いでいくのがやっとなのに、本土からは毎年多くの流人が運ばれる。

不条理以外の何物でもなく、それを具現させた姿が無暁だった——。

汐音から向けられる敵意を、無暁はそのように解釈していた。

「どうせあたしは賢くないよ」

ぷい、と横を向かれたが、娘の気配はだいぶやわらいだ。それを許しととって、無暁は己の桶をよく洗い、水を満たした。汐音は、実に器用にささげ桶を頭に載せて、さっさと先を行く。桶を手に、無暁も急いで後に続く。

「鬱陶しいから、もっと離れておくれよ」

やはり汐音はつんけんしていたが、何度目かの文句の折にこちらをふり返り、目を丸くした。

「その後ろでひらひらしているのは、ひょっとして……」

「すまん、おれの下帯だ。さっき洗濯したからな、こうしていれば村に着くまでに乾くだろうと」

右は桶を手にしているが、肩に担ぐように左手に握っているのは褌(ふんどし)だった。強い風に煽られて具合よくなびいてくれるのだが、ハタハタと背中で翻るさまは、ことのほか珍妙なながめのようだ。

汐音がぷっと吹き出して、ケラケラと笑い出した。

「勘弁しておくれよ……おかしくて、桶が落ちちまうだろ」

娘の笑い声は心地よく、自分でもびっくりするほどに無暁は嬉しかった。

その年、島はふたつの災難に見舞われた。

「まさか珠音殿が、こんなに急に身罷（みまか）られるとは……」

悄然と肩を落とす喜多家の隠居を前にして、それ以上は悔やみの言葉すら出なかった。無暁と同齢であったから、喜多家の次女はまだ十九だった。この秋に祝言を控え、いちばん幸せな時期でもあった。

「すべては、あの迷い船の撒（ま）いた災いよ……島の慣いとはいえ、若い者が命をとられるのはやりきれんな」

ひと月ほど前、末吉村の浜に漂着した船があった。八丈島ではめずらしいことではなく、数年に一度の割合で商船や漁師船が流されてきて、清国や朝鮮など異国の船もある。今回漂着した商い船は、大坂から紀伊（きい）半島をまわり、鳥羽（とば）に寄港して江戸に向かう途中で嵐に遭い、東南の方角に流されてしまったようだ。

島民は、漂着船の対処を心得ている。ひとまず水夫たちは浜に近い小屋に寝泊まりさせて、大賀郷村にある御仮屋まで報告に走り、島役人が出張ってきて船も検められたが、特に怪しいところはなく、水や薪炭の支給も許可した。

商船にしては小ぶりだが、損傷はさほど大きくなかった。十三人の水夫たちは、三日間村に滞在し、天候を見て出航した。

しかしその商い船は、とんでもない置き土産をしていった。赤瘡と呼ばれる麻疹である。

島の流行り病は、漂着船か流人船によって外からもち込まれる。免疫のない島民は、流行り病にはことのほか弱かった。まるで枯草の原に火種を落としたように、瞬く間に村や集落を舐めつくす。

疱瘡、疫痢、そして麻疹も、流行るたびに必ず死人が出た。

「それでもまだ、ましだと思わねばならん……もがさが流行ったときは、そりゃあひどかった……三根と大賀郷で合わせて千人が亡くなった。わずか九年前のことだ。それより前、十六、七年前にもやはりもがさにやられてな。あのときは樫立で三百人以上……残った樫立の村人は、二十人にも満たなかった」

もがさとは疱瘡、つまりは天然痘である。二十年にも満たないあいだに、二度も天然痘の脅威にさらされ、実に九割以上の住人を失った村さえあった。それが隠居からすれば、ついこのあいだの話だということが、無暁の背筋を凍らせた。

「それにくらべれば、六人で済んだは不幸中の幸い。今度は赤瘡にしては軽い方で、末吉村だけに留まったしな」

自らに、くり返し言いきかせているのだろうが、嫁ぐ寸前の可愛い孫を亡くしたのだ。

誰よりも辛い思いをしているに違いない。

赤瘡にしては軽いと隠居は言ったが、それでも村内では百人近くが罹患した。喜多家では、浜太と若い使用人がふたりやられたが、数日寝込んだだけで大事には至らなかった。無暁も浜太を見舞ったが、すでに熱も粗方下がり、寝床にいるのが窮屈だと文句をこぼしていたほどだ。だからこそよけいに、姉娘の死が痛ましくてならなかった。

隠居ににじり寄り、膝にあった手をとって握りしめたのは、衝動に近いものだった。

「珠音殿が、少しでも安らかに眠ることができるよう、心を込めて唱えさせていただく」

葬儀や埋葬は過日すでに済んでいたが、隠居に乞われて墓に経をあげにきたのだ。無暁の手の中にある筋張った手は、暑い盛りとは思えぬほどに冷えきっていた。

赤瘡がもたらした影は長く尾を引いたが、夏の終わりには、ようやく村にも明るさが戻った。

秋の風が感じられるようになった頃、無暁は村の墓地の中で、その姿を見かけた。

今日は読経のためではなく、間近に迫ったさる家の法要の相談に、村まで出向いてきたのだが、ここには無暁が関わった、たくさんの御霊が眠っている。村に来た際には何となく足が向き、挨拶がてら経を手向けるのが常となっていた。

墓地の周囲は開けてはおらず、伐採された林の中に墓が点在している。見通しが悪いために、傍に行くまで気づかなかったが、喜多家の墓の前にしゃがみ込む姿が見えた。細い背中は大きく震えている。泣いているのだと、すぐにわかった。

「姉ちゃん……どうして逝っちまったの？　優しくて、みんなに好かれていた姉ちゃんが先に死んじまって、あたしみたいなわがままな意固地者が残るなんて……誰だって納得できるはずがないじゃないか……」

黒っぽい墓石の前にうずくまっているのは、汐音だった。

あの汐音が、泣いている——。にわかには信じ難かった。

無暁がここで経を読んだときも、居並んだ喜多家の者たちは、誰もがすすり泣きをもらしていた。浜太なぞ顔をくしゃくしゃにしながら泣いていたが、ただひとり、汐音だけは涙をこぼさなかった。突然の姉の死を、やはり悲しみではなく怒りと捉えているかのように、真一文字に唇を引き結び、ひと言も口をきかなかった。だからこそ驚いたのだ。

「珠姉の代わりに、あたしが死ねばよかったんだ……その方が、みんな幸せになれたのに……あたしがいたって何もできない……誰も喜んでなぞくれない……」

ひと言ひと言が、どうしようもなく応えた。無暁が口にできなかった弱音を、洗いざらい晒されているかのようだ。

万吉が死んだとき、同じことがよぎった。自分のようなひねくれ者が長らえるよりも、万吉がいてくれた方が誰のためにも幸いとなったはずだ。おみよと一緒になって、まっとうな生涯を送って、関わり合うさまざまな人々と笑い合い慰め合って。

——人らしいからこそ、人のためになる。そんな一生が、万吉にはあったはずだ。

無暁もまた、悲しみを怒りに変えた。罪悪を伴う悲しみはあまりに重過ぎて、とても背負いきれなかったからだ。憐れみではなく、それ以上きくのが辛かった。娘の悲嘆を止めたくて、自ずと声になった。

「汐音……」

びくん、とからだが揺れて、おそるおそる顔をこちらに向ける。

名を呼んだものの、無暁もそれ以上続かない。沈黙を埋めるように、一歩一歩間を詰めた。それでも汐音は動かない。ただじっと、無暁の目を凝視し続けている。単なる憐憫ではない何かを、同類だけが感じとるものを、その目の中に見たのかもしれない。

無暁がそっと、娘のとなりに膝をつく。

強気な眼差しに、ふたたび大粒の涙が浮かび、細いからだがしがみついた。咄嗟のことで支えきれなかった。尻を突いたまま、無闇に抱きしめるしかできなかった。

そのからだは、しなやかさに似合わず、ひどく熱かった。

「た……珠姉の嫁入り先に、あたしが行く話が出て……あたしも、嫌だったけど……あたしじゃ駄目だって……弁造さんから、は、はっきり、言われて……」

泣きじゃくりながら、そんな話がこぼれ出る。ようやく泣きやんだころに、そっと娘のからだを剝がし、袖で涙を拭ってやる。無防備なその顔は、浜太ほどに幼かった。汐音がひとまず落ち着いて、順序立てて経緯を語るまで、無暁は辛抱強くつき合った。

「つまりは、姉の代わりにおまえをもらいたいと、先方が言ってきたのだな？」

「うん……でも、当の婿さんは珠姉がずっと好きだったから、そんな気はさらさらないんだ。あたしもわかってたし、弁造さんのことは、あたしも兄さんとしか思えないし……でも珠姉の嫁ぎ先は、喜多家よりも格が上だから、おいそれと断れないし」

「そうなのか？　てっきりこの村では、喜多家がいちばんの長者かと……」

「末吉村には、喜多家よりも古い家が三軒あるんだ。里が違うから、ふだんはあまり行き来しないけれど……その三家は別の里で顔役をしてるんだ」

喜多家の祖は宇喜多秀家だが、その三家の祖は、さらに二百年以上さかのぼる。室町幕府の時代にあたるが、いずれも島の外から来た役人の家系であるようだ。

八丈島の貢絹の歴史は古く、鎌倉時代にはすでに献上という形で本土に絹が送られている。献上はまもなく貢絹となり、つまりは租税として絹を納めてきた。その関わりから、島には役人が遣わされ、税を徴収する代官の役目を果たし、また寺社の勧進も行ったことから、神主の役目も果たすようになったという。

財の多寡は同等でも、歴史が長いぶん家の格式はあちらが上になる。先方からの申し入れなら、いくら当人同士の意にそまなくても断ることは難しかろう。

それでも十五の娘には得心できない。当の相手から拒まれてはなおさら、姉の身代わりとなるのは荷が重く、何よりも汐音の尊大な自我が承知してくれない。誰にも告げられない迷いや焦燥を、姉の墓にぶつけにきたに違いない。

まだ年端もいかぬのに、かわいそうにと、素直に憐れむ気持ちがわいた。

「ご隠居殿やご当主殿に、もういっぺん頼んでみてはどうだ？　母君は、何と申しておる？」

「何を言っても、誰もとり合ってはくれない……いつものあたしのわがままだって、叱られるばかりで……」

「おまえも難儀だな」

「身から出た錆だって、あんたは言わないんだね」

「おれも、強情にかけてはいい勝負だからな」

自嘲気味に告げると、汐音も表情を弛ませて、ちょっと笑った。

「誰か、好いた男はいないのか？　その男から先に、縁談をもち込んでもらうという手もあるぞ」

「この村の内で、三家に敵う家なぞどこにもないよ」

それもそうか、とふうむとため息をこぼす。

あっ、と汐音が声をあげ、ぱん、と手をたたいた。

「あんたのところに、嫁げばいいんだ！　坊さんが相手なら、おじいやお父も考えなおしてくれるかもしれない」

「おまえ……短慮にも程があるだろう。おれは流人だぞ。それこそ三家に太刀打ちできるはずがなかろうが」

「うちのご先祖さまだって、流人だもの。あんたもたしか、もとはお武家の出なんだろ？　おじいから、そうきいたよ。武家で坊さまなら、出自としては負けちゃいないだろ？」

「肝心のところが抜けているぞ。だいたい坊主に嫁入りなぞ、あり得ん話で……」

「この島にいる坊さんは、水汲み女と称して、軒並み嫁を迎えているじゃないか」

「何よりも、おまえはおれを、蛇蝎のごとく嫌っていたではないか。それをいきなり翻すのは、いかがなものか。おまえの身内も納得しまい」

「ふたりで手をとり合って訴えれば、信じてくれるかもしれないし……」

「そんな茶番につき合うなぞ、ご免だぞ！」

無暁の慌てぶりが滑稽に見えたのか、汐音が笑う。

怒った顔の方が美しかったが、やはり笑顔の方がずっといいなと、らしくないことを考えた。

「少しは後のことも考えろ。たとえ先方の申し出を退けられたとしても、おれに嫁がねばならなくなるのだぞ」

「それも、悪くないかなって……あんたには、言いたいことが言えるしさ」

思わずまじまじと見詰めると、くるりと背中を向ける。不覚にも、その姿が可愛らしくも見えてくる。しのへの思いとは違って、絶えず風に揺れる稲穂のように、妙に胸がさわさわする。

しかしそんな感傷は、長くは続かなかった。

八丈の島が、赤瘡を上回る大きな災厄に見舞われたのは、それからわずか二日後のことだった。

なんの前触れもなく、ふいに日が陰った。

訝(いぶか)し気に空を仰ぐ。その日、無暁は村にいた。読経を終えた帰り道、浜太の顔でも見ていこうかと、道を喜多家の方角に折れたときだった。

七月の末、暦の上では秋にあたるが、太陽はことさら照りが激しい。突然、日を遮ったのは、見たこともない真っ黒な雲だった。

それは、初めて目にする奇妙な光景だった。

空の一部が真っ黒に塗り潰されて、ほぼ中天にあった太陽を呑み込んでいる。まるで真上から空がかじられでもしたように南側が真っ黒で、なのにその周囲は青いままだ。突然空にあいた巨大な黒い穴を、無暁は茫然と見上げた。

草むしりを手伝っていたらしい浜太が、畑から無暁の許に走ってきた。やはり空を見上げて、不安そうに顔を曇らせる。

「坊(ぼん)さん、あれ、何だろう？」

「浜太にも、わからぬか……おれも、あんな禍々(まがまが)しい雲は初めてだ。雷雲にしてもあまりに黒い」

「あの雲、変だよ。妙にぎらぎらして、まるで生きてるみたいだ……」

たしかにその雲は、生きていた。たくさんの黒曜石の欠片が集まって、光を弾いているようにも映るが、決して美しいものではなく、ひどく不気味で忌わしい。

ぴちっと、何かが無暁の額に当たった。雨粒ではない。額ではじけ地面に落ちたのは、よく見かける一匹の虫だった。無暁が呟くより前に、少し離れた喜多家の母屋の方角から、女の声が鋭く、虫の名を叫んだ。

「イナゴだ！」

汐音だった。無暁の方には見向きもせず、汐音はかじられた空を凝視している。

「大変だ、おじい、お母(かあ)！　イナゴの群だ！」

汐音が中に向かって叫び、慌てたようすで喜多家の隠居と母親がとび出してくる。畑からは、すでに気づいていたようすの父親、当主の逸右衛門が、使用人たちに指図をとばしていた。

「おまえたちはありったけの藁を集めて、畑の真ん中に積み上げて火をつけろ！　他の者たちは、とにかくできる限りの作物を刈り取って、家の中に隠せ。青くても小さくても構わない。浜太！　何をぼんやりしている、皆を手伝え！」

父親に叱咤され、浜太が走り出す。無暁も慌てて続いたが、その後のことは、あまりよく覚えていない。

まさに雨のように、イナゴが空から降ってきて、いくら払いのけてもきりがない。虫の足や翅が肌に触れることに怖気がわいたが、すぐにそれどころではなくなった。虫の壁に塞がれて、ろくに前も見えず、口の中にまでとび込んでくるために声さえあげられない。浜太や汐音の声だけを頼りに、這々の体で喜多家にとび込み、口中に挟まっていた虫を、ぺっと土間に吐き出した。

よく見ると、田畑で見かける緑色のイナゴとは違う。色は茶褐色で、足が短く、翅が長い。渡りイナゴの特徴だと、後できいた。

「浜太、家中の戸を下ろして、雨戸を立てるんだ。連中が家の中にまで入ってきちまう。坊さんも手伝って！」

ぼんやりと土間を見下ろしていたが、汐音の声で我に返る。格子の外についた戸を、浜太と一緒に下ろしていき、女たちは急いで雨戸を立てる。家の中が夜のように真っ暗になったころ、イナゴまみれになった逸右衛門と男衆がとび込んできた。着物を脱ぎ捨て、落ちたイナゴを足でふみ潰す。

「お父、畑は？」

たずねた娘の顔を見ず、逸右衛門は黙って首を横にふった。代わりに背中にいた若い使用人が、かすれた声で言った。

「連中の足があまりに速くて、火をつける暇すら……せめて煙でいぶせば、少しは……」

「どのみち、無駄なことだ」

真っ暗な座敷の奥から、隠居の声がした。

「炎の中にすら、あいつらは平気でとび込んでくる。来てしまった以上は、何の手立てもない」

おそらく何度も見てきたのだろう、隠居の声には諦観がただよっていて、息子である当主の湿ったため息が後に続く。浜太の不安そうな声が、祖父にかけられた。

「おじい、どうしてこんなに急に、虫がわいたの？　あいつら、どこから来たの？」

「そうか、浜太は初めてか……海の向こうからとしか、わしにも言えんよ」

「あたしは、よく覚えてる……三つ、四つのころだったけど、やっぱりいまみたいに、あいつらはいきなりやってきて、根こそぎ食い尽くしていったんだ」

汐音が悔しそうに、奥歯を噛みしめる。女たちの泣き声が重なり、外からは大量の虫が立てる不気味な音だけが、響いてくる。

「畜生……畜生……何だってくり返し、こんな目に……」

若い使用人は、土間でうぞうぞと動きまわるイナゴを、何度も何度も足で踏みつけた。

羽音がやむと、今度は草や作物をくだく顎の音だけがひたすら続いた。音は夜通し途切れることがなく、一夜明けた次の日も変わらなかった。何万、何十万と重なるそれは、シャクシャクシャクシャクとひたすら続き、無暁がきいたどんな音よりも貪欲で、容赦がない。家に閉じ込められて、その音だけが耳を覆う。じっときいていると、キーンと高い耳鳴りがするようで気がおかしくなりそうだ。

祖父の背中にしがみついた浜太が、心配するように天井を見上げた。

「おじい、この家ごと、おいらたちも食われちまうのかな？」

「それはなかろう。いまごろは緑が多いからな、そちらを食うのに忙しい。代わりに、山も畑も丸坊主になってしまうがな」

この家の屋根や壁にも、びっしりと虫が張りついているのだろう。翅や胴がキシキシこすり合わさる不穏な音がひっきりなしにきこえ、板の隙間からもとび込んでくる。辛抱強くそれを潰し、ただひたすら虫が去るのを待つ。いまできるのは、それだけだった。

「では、今年の実りは……」

「粟のひと粒さえ、見込めないよ」

無暁の問いには、ぶっきらぼうに汐音がこたえた。

菜も稲も雑草もおかまいなく、地面から出ている緑は一片たりとも残さず食い尽くす。

田畑ばかりではない、山野も同様で、幹や枝を残して舐めるように食い荒らされるという。緑が豊かなわりには、この島の山林には樹齢を経た大木が少ない。それもまた、虫害に因るものだと隠居がつけ加えた。

「それなら、島の者たちは、どうやって冬を越すのだ？」

妙な間があいて、隠居の乾いた声がした。

「実りを当てにできぬなら、他のものを食うしかなかろうな」

「……他のものとは？」

隠居はこたえず、襖を開け放したとなり座敷にいる息子に声をかけた。

「次の船が来たら、おまえは江戸に行け。それが逸右衛門としての役目だ」

「ああ、わかっている。連中が去んだら、他の村や郷の者たちと相談するよ」

虫は本当にこの地から消えるのか、それはいつなのか？　他に食糧など、どこにあるというのか？

ききたいことはたくさんあったが、これ以上迂闊な口をきくと、皆の焦燥を煽ってしまいそうだ。問いを重ねる代わりに、無暁は言った。

「ご隠居殿、経を唱えてもよろしいか？」

「ああ、ぜひとも頼む。おまえさんの声で、この世の終わりの音を払うてくだされ」

耳に張りついた音を遮るように、腹から声を出した。自分の声が響くとともに、耳鳴りが遠のいた。朗々と般若心経を唱え、やがて他の者たちも声を合わせる。経を知らない浜太までもが小さな手を合わせ、一心に祈っている。一時おきほどに、終日経を唱え続けた。経が心地よい疲れを誘ったのか、前の晩は虫の音が耳についてほとんど一睡もできなかったが、その晩は短いあいだながら熟睡した。

翌朝、目覚めると、外は不気味なほどに静まり返っていた。

あの貪欲な音は消えていたが、耳が痛いほどの静寂に、かえって不安が募った。虫が入らぬように節穴には木の栓でふたをしたが、そのひとつをとって浜太が外を覗く。

「どうだ、浜太、イナゴはいなくなったのか？」と、無暁がたずねる。

「駄目だ、まだいるよ。地面が見えないくらい、イナゴだらけだ」

「……そうか、いったいいつまで居座るつもりか」

「でも、妙だ。あいつら、地面に張りついたまま、ぴくりとも動かない」

「もしや、死んだのではないか？」

「いや……動いた！」

浜太が大きな声を出し、直に見ずとも、ふたたび外から気配と音が伝わってきた。

また、盛大な食事がはじまるのかとげんなりしたが、どうもようすがおかしい。音が明らかに違うのだ。草を食む音ではなく、盛んにきこえるのは互いの翅や胴をこすりつける、キシキシという軋みに似た音だ。

「何だ、これ！　イナゴがみんな、同じ方角に向かって歩いてる」

「イナゴは、跳ねるものではないのか？」

興を引かれ、無暁も節穴を覗かせてもらった。たしかに虫の群は、整然と歩いていた。まるで茶色の水をたたえた大きな川が、流れ出したかのようだ。跳ねるものなど、一匹もいない。地を覆った虫たちは、まるで昇りはじめた太陽に引かれでもするように、東北の方角に向かって整然と歩き出した。この家もまた通り道になっているのか、屋根や壁を這う音が絶え間なく続く。

板壁はどうにかもったものの、草ぶきの屋根は粗方食われてしまったのか、真上を横切る音がひどく近い。大の男である無暁ですら、いまにもイナゴが降ってきそうで、からだをこわばらせたまま身動きひとつできない。半時か一時か計りようもなかったが、キシキシという音が、うわんうわんと唸るような羽音に変わった。

「ようやく、去んでくれたか……」

隠居が、長いため息をつく。うわんうわんがだいぶ遠くなると、当主の逸右衛門が、固く閉ざした戸口を開けさせた。

浜太と一緒に外に出ると、来たときとは逆の東北の空に、黒い雲が遠ざかっていくのが見えた。

「食い物が尽きると、ふたたび海にとび去るのが連中の常でな」

背中から隠居の声がしたものの、ろくに耳には入らなかった。

ここは、どこだろう――？　本当に八丈なのか――？

目の前に広がる景色は、一変していた。

草一本、葉っぱ一枚残っていない。真冬ですら、こんな寒々しい景色にはならない。緑の皮膚を剥がされた大地は、乾いた土とゴツゴツとした岩肌を晒し、葉を食い尽くされた木々だけが、山肌に所在なげに立ち尽くす。

あれほど緑豊かだった土地は、枯れた荒れ地と成り果てていた。

まるで一瞬のあいだに、見知らぬ異国にとばされでもしたようだ。目の前にこうして突きつけられても、受け入れがたい変わりようだった。

それでも島の者たちには、ひとつだけ望みが残されていた。逸右衛門が発破をかけ、若衆たちとともに畑に出て鍬を入れる。畑を隅々まで掘り返し、土を確かめているようだ。

「この辺りは無事のようだ。そっちはどうだ？」

当主の真剣な眼差しには、祈るような思いが込められている。

「ありません！　ひと粒たりとも、見当たりません！」

「こっちも同じです。旦那さま！」

畑のあちらこちらからかかる声は、喜びに満ちている。

「ここがやられていないのなら、おそらくは他の畑も大丈夫だろう。おまえたちは念のため、村に散って確かめてきてくれ」

はい、と応じた若衆たちは、鍬を担いでそれぞれ違う方向に走り出す。わけのわからぬ無暁に、隠居が説いてくれた。

「連中は、土中に卵を産みつけることがあってな。次の春の苗まで食われてしまう。そうなると来年の実りも失せてしまうからな」

ずっと昔の話だが、島の古い記録の中に、そんな記述が残っているという。イナゴの群は必ず、西南から来て東北に飛び去る。八丈はたまたま途中で見つけた翅を休める場所に過ぎず、群の目指す産卵場所はもっと北にあるのだろう。その年はことに寒かったというから、北に向かうのを諦めたのかもしれない。

毎年のように見舞われる嵐にくらべれば、頻度はずっと少ないものの、ひとたび被れば甚大な被害となる。

蝗害は、どんな嵐よりも残酷な自然の仕打ちだった。

「土が無事なのは、せめてもの幸い。それだけでも、有難いと思わねばな……」

落胆を自身でなだめるように、隠居は呟いた。

こんな目に遭ってさえ、幸いだ、有難いと口にする。いや、こんなときだからこそか。

大禍の中に、わずかな希望を見出す。それこそが、人の勝ち得た本当の智慧かもしれない。人のしぶとさに、忍耐だけがもつ粘り強さに、無暁は圧倒される思いがした。

ふと、隠居の向こう側にいる、汐音に気がついた。

いつもいつも怒ってばかりいた娘の横顔は、不思議なくらい静かだった。

――実りを当てにできぬなら、他のものを食うしかなかろうな。

隠居の言葉の意味を知ったのは、イナゴの襲来から半月ばかりが過ぎたころだった。

そのころには島内の被害のようすが、喜多家の者たちを通して無暁の耳にも入っていた。

イナゴにやられたのは、島の南側だけだった。樫立村の海岸から上陸した群は、中之郷を通り、末吉村からふたたび海上へと抜けた。虫が進む方角は、西南から東北と常に狂いがなかったが、下り立つ場所によって被害を受ける土地も変わる。今年は南側が被ったが、逆に八丈富士を擁する北であったり、大賀郷と三根のある島の真ん中を通ることもある。しかし今回は、大賀郷と三根の二村は被害を免れた。南の三村にとっても、これは幸甚と呼ぶべきことだった。

大賀郷の島役所には、囲穀（かこいこく）があるからだ。万一に備え、穀物や蒔付（まきつけ）用の種籾を囲っておくもので、とはいえ、ほぼ毎年のように何らかの被害を受ける土地だけに、蔵の中身は決して十分ではない。それでも三村には、戸数に応じて囲穀が支給され、また大賀郷や三根からも食糧が届いた。時には村同士で諍いも起こるのだが、大事の折には互いに助け合う。それが島の掟だった。

打ち続く飢饉のために、島の掟は他にも存在する。流人の妻帯や、酒造の禁止である。妻帯すれば子が増えることになり、また穀物が貴重なだけに酒は贅沢品とされた。ただしどちらも名目のみのありさまで、ほとんど守られていなかった。

代わりに多かったのは、間引きや堕胎である。本土であれば間引かれるのはまず女児であろうが、この島では織女として女の子が望まれる。耕地が狭いだけに男の子が生まれても、分け与える土地がない。もちろん内々に運ばれるものの、次男以降が間引かれることは少なくない。

そうきいたときは、思わず浜太の姿が浮かび、無暁は心底ぞっとした。あんなに元気で可愛い子供が、人知れず闇に葬られるのはたまらない。浜太が物持ちの喜多家に生まれてくれたことを、深く感謝した。

島にはもうひとつ、飢饉のたびに行われる習慣がある。――牛喰いである。

隠居の言葉は、この牛喰いを指していた。

八丈には馬はいないが牛は多い。ほとんどの家で飼われており、五村ともに世帯戸数よりも牛の数のほうが多かった。

この牛を潰して食することを、牛喰いと言った。

とはいえ獣肉を食べることが疎んじられたのは、この島も同じだ。御上から禁じられていうよりも、殺生そのものが忌み嫌われた。それでも他に食糧がなければ仕方がない。ある意味、飢饉の折のもっとも有用な策であり、餓死者を出さないための知恵でもあった。

せめてもの憚りに、牛喰いは山で行われるのが伝統（しきたり）だった。

家で食せば、家が穢れる。牛を引いて山の中に入り、食した後もしばらくは穢れを払うために山から下りてこなかった。イナゴの被害に遭った三村では、十軒ばかりを残して、すべての百姓とその家族が牛とともに山に入った。

しかし神職である喜多家の者たちは、牛喰いはできない。僧侶もまた同様だと、無暁も断った。

「遊び仲間が皆行ってしまって、寂しくなったな」

家の前で、手持ち無沙汰にしていた浜太を見つけて、無暁は声をかけた。

「うちは神さまに仕えているから、仕方ないよ。でも、土産をもってきてくれるって、皆が約束してくれた」

「土産、とは？」

「食べられる根っこだよ。シダの根なんかを採ってきて、留守居のおいらたちに食わせてくれるんだ。あとは牛の皮。お父らが、船で江戸まで運んで銭に替えるんだ。牛の皮は、お侍の具足に使われるそうだよ」

喜多家ですらも、来年の秋までに足るだけの食糧はない。あとは御上に窮状を訴えて、下賜金を得るよりほかになく、当主の逸右衛門は、島の顔役たちとともに次の船で江戸に向かう算段を整えていた。下賜といっても施しではなく、島が幕府に借金をする。後々、島では米に相当する黄八丈などで返す約定だが、飢饉が頻々と起きるために、借金の額は増える一方で、貸す側の幕府にも当然渋られる。毎回、逸右衛門たちは、とにかく平身低頭して窮乏を直訴し、何とか御上から金銀を賜って、それを穀物に換えて島に帰るのだった。

「土産が届いたら、坊さんにも分けてあげるね」

いかにも楽しみなようすで、浜太がにこにこする。

この半月で、浜太は目に見えて痩せた。食べ盛りというのに飯を減らされて、自身もひもじくてならないはずなのに、大事な食べものを分け与えようとする。そのやさしい心根には頭が下がる思いで、痛いほどに胸が熱くなった。

「おれのことはいい。曲がりなりにも修行を積んでおるからな、食わずとも腹はすかぬ」

実際、去年の冬に飢えを経験したことが、いまの無暁には何よりの支えとなっていた。堪えようのないひもじさも、あるところを超えると、さほどの辛さはなくなるとからだが覚えている。

しかし他の流人たちは、そうもいかない。ひと握りの物持ちを除けば、大方の流人は牛なぞもてないだけに、空っぽの村に残されて、よけいに不安でならないのだろう。誰もが気が立っていて、たったひと椀の飯をめぐって殴り合いも茶飯事だった。とてもひとりでは抑えきれないと、流人頭に泣きつかれ、無暁も最近は流人小屋で寝泊まりし、もっぱら喧嘩の仲裁にあたっていた。

流人たちが唯一頼りにできるのは、見届物(みとどけもの)だった。

国許の親兄弟が送ってくれる品々であり、皆ただひたすらに次の船の到着を待っていた。

その船に自分宛の荷があれば何よりの幸運だが、なくとも戻り船に文を託すことができる。船の到着を待ちかねて、いまからせっせと文を書いており、そのときだけは故郷を思い出すのか、流人たちもしおらしかった。中には字の書けない者もいて、無暁は代筆などもしてやったが、その折に流人頭の蓑八が、気づいたように言った。

「坊さんは、誰か文を出す相手はいねえのか？」

「おれは……前に話したとおり、無宿のやくざ者だったからな。頼れる者など誰もおらん」

「この際だ、どんなに縁が薄かろうと、思い切って文を出してみちゃどうだ？　もしも一升でも二升でも米が届けば儲けものだ。おれたち流人のためばかりじゃなく、島の者たちも当てにしている」

「……そうなのか？」

「なにせこのとおり、冬を前に丸裸にされちまったんだ。次の実りまで一年以上ある。牛喰いと御上からの施しだけじゃ、とても凌げねえ。あとは見届物だけが頼りだ」

日頃は島民の情けにすがって、流人たちは食い繋いでいる。こんなときこそ恩を売っておけば損はなく、後々には島で生き長らえる糧となって返ってこよう。いわば島民の牛喰い同様、見届物は流人たちの知恵である。だからこそ、もち慣れない筆を片手に、誰もが真剣な面持ちで文を認めている。

「そうか……島の者たちのためでもあるのか……」

深川の色街にも、無心をする当てはなくもないが、無暁の頭に浮かんだのは別の顔だった。

下野国宇都宮にいる、実父である。十歳で西菅寺に預けられてから、九年以上会っていない。すでに顔すらおぼろげで、いくら目を凝らしても造作はぼんやりしたままだ。そのくせ、常にぴんと張った背筋やら、生真面目そうな顎の線やら、輪郭だけが妙にくっきりしている。

父のいる垂水家にだけは、決して知らせまいと心に決めていた。これ以上義母に蔑まれるのも義兄たちに侮られるのもご免だと思えたが、いまになって無暁は気づいた。いちばん怖かったのは父の目だ。

父に見限られ、捨てられることこそを、何よりも恐れていた。だから捨てられるより前に、自ら捨てたのだ。

義母や義兄たちへの敵愾心も、実父を避けていたのも、すべては己の弱さだ。見栄と自尊心で念入りに覆っていたが、その殻を外すと、中には惨めなほどに縮こまり、ただ怯えて震えている幼いままの無暁がいた。

見栄と自尊心の殻をすべて外し、天秤に載せてみたが、驚くほどに軽い。天秤のもうひとつの皿に載っているのは、浜太の笑顔と、汐音の静かな横顔だった。

「縁談は、立ち消えになったんだ」

何日か前、汐音がぽつりと言った。

「嫁いだところで、しばらくは子を作れない。ひとまず両家のあいだで白紙に戻したって」

妙に清々しい表情で告げられたが、祝していいものか慰めるべきなのか無暁にはわからず、そうか、とだけ返した。

イナゴが去った朝と同じに、やはりその横顔は少し大人びて見えた。心の中でながめていると、ふと声がもれた。

「おれも……文を書いてみようか」

「おお、その気になったか！　どんなに遠く離れていても、縁というものは存外切れねえからな。駄目でもともと、やるだけやってみるのは悪かねえ」

蓑八にも大いに鼓舞されて、その日無暁は長い文を書いた。粗末な紙を奉書(ほうしょ)代わりにして包み、宛人と自身の名を入れる。

垂水吉晴(よしはる)殿――。垂水行之助。

ひと月後、その手紙は逸右衛門に託されて、伊豆の海を渡った。

「船だ！　船が来たぞーっ！」

村にいた流人のひとりが、小屋まで駆けて知らせてくれた。

船が着くのは、ここからは遠い三根村の浜だが、到着の知らせは末吉村にも届いた。

「遂に……遂に来たか！　これでようやく、塩草雑炊（しおぐさ）とおさらばできる」

流人のひとりがそう呟いて、涙ぐむ。誰も彼もがげっそりと痩せ細り、胸はあばらが浮いている。それでも末吉村では、流人を含めてひとりの餓死者も出なかった。奇跡に近いとその場の誰もが喜び合った。

よく凌いだものだと、無暁もまた感慨深くこの幾月かをふり返った。

すべては八丈島の、豊かな自然のおかげだった。イナゴが去ってほどなくして、二日ほど雨が降り続いた。雨が上がると、驚くべき速さで、野山の緑は回復していった。雑草はたちまち繁り、秋にもかかわらず裸になった木々から芽が吹いた。温暖な気候ならではの、まるで手妻（てづま）のような見事さだった。

ただし田畑だけは、長く無残な姿を晒していた。島抜けの恐れがあり、流人たちは海に入ることを禁じられている。しかし喜多家の恩情で、村人が牛喰いに出ているあいだは、見て見ぬふりを通してくれた。素潜りしては、小さな鮑（あわび）のようなトコブシや、サザエに似た貝も採ったが、何よりも糧となったのは塩草である。

　茎の細い海藻で、見た目は長い松葉を思わせる。この辺りの浅瀬にはいくらでも生えていて、これを煮て食する。雑炊とは名ばかりで、ひと粒の穀類も入っていない。腹はふくれるのだが、すぐに腹がすく。それでも飽きるほどに食い続け、やがて村人たちが山から戻ってきても、塩草雑炊だけは毎日続いた。

　村人とともに、島の反対側にある八丈富士の原生林に分け入ったりもした。それぞれ袋一杯分の木の実を抱えて戻り、すり潰して粉にして団子にした。腹もちは良いものの、驚くほど臭い。ためにえがらき餅と呼ばれていて、また、やはり八丈富士から採ってきた薊（あざみ）で薊雑炊も作ったが、食べて半日は口に残るほどに恐ろしく苦い代物だった。

　冬のあいだは波が荒く、流人船も通らない。村人も流人も、ただただ春を待っていた。長い長い冬を越え、無暁は島で二度目の正月を迎えた。もちろん糯米などなく、相変わらず塩草雑炊をすすっていたが、文句を言う者など誰もいない。すでに喧嘩をする力すらわかないほどに、みな痩せ衰えて弱っていた。

　そして今日、二月半ばに、待ちに待った江戸からの船が到着したのだ。

「誰ぞの荷が、届いているやもしれん。早う三根の浜に行って確かめてみんと」

「おれにはとても、そんな力は残ってねえ。荷運びでもして手間賃を稼ぎてえところだが、三根の浜に着く前に、ぱったり倒れちまいそうだ」

「荷を拝む寸前にお陀仏しては、死んでも死にきれねえものな」

違いない、と力のない声ながら、ひと笑いする。

秋船で江戸に渡った逸右衛門もまた、この春船で戻ってきたはずだ。

そういえば、父への手紙を託していたと、無暁はようやく思い出した。

不思議なことに、垂水家への屈託は、文を書いてからというもの薄まる一方で、文がこの島を離れてからは、ほとんど忘れかけていた。食い物を見つけるので精一杯ということもあったが、垂水家の思い出に必ずつきまとっていた黒くもやもやしたものが、いつのまにか剝がれていた。返事や見届物については、本気で当てにしていたわけではなかったが、ひとまず認めてよかったと、流人頭の蓑八に密かに感謝した。

荷はその日の夕刻には、三根や大賀郷の者たちの手で末吉村まで運ばれた。ひと目それを拝もうと、流人小屋の者たちもぞろぞろと連なって、喜多家へと向かった。

だだっ広い喜多家の前庭には、俵や袋が山と積まれている。金銀はなくとも、まさに宝の山だ。ほぼ食べ物で占められた景色は、どんな宝物よりも有難く、眩しかった。

すでに多くの村人が集まっており、すぐにでも俵にとびつきたいのだろうが、尻をもじもじさせながら辛うじて堪えている。

荷の前に、帰還したばかりの逸右衛門が姿を見せた。

「皆の者、よく辛抱してくれた。今日までの辛い月日を、よう助け合って凌いでくれた。おかげでこの村は、ひとりの死人も出さなかった。先ほどそれをきいて、わしがどれほど誇らしかったか。喜多家の当主として、改めて皆に礼を申す」

逸右衛門の言葉に、誰もが感極まって涙ぐみ、すすり泣いた。村人も流人もおかまいなしに、泣き笑いになりながら肩をたたき合い、互いの健闘をたたえ合う。長く辛い戦に、末吉村は勝ったのだ。また同じ兵糧攻めは、来年も続くかもしれない。それでもいまだけは、勝ち戦を存分に喜び、分かち合いたい。

手短に挨拶を済ませると、逸右衛門は集まった者たちに荷を分けた。

およそ七分は、御上からの拝借金や牛皮を売った金で購ってきた穀物と種籾、塩や豆だった。残り三分は、見届物だと知らされて、流人たちが小躍りする。

「こいつはすげえ。見当よりも、よほど多いじゃねえか。今日からは大名暮らしができるってもんだ」

流人頭の蓑八は、よだれの垂れそうな顔で俵の山を仰ぐ。

ひとりひとり名が呼ばれ、文と見届物が渡される。受けとったのは、流人の半分ほどだが、名を呼ばれぬ者もおこぼれくらいは与れるだろう。

最後のひとりの名が呼ばれたが、名乗り出る者は誰もいない。流人たちが首を傾げながら、互いに顔を見合わせた。

「いま、何て言った？　えらく小難しい名のようだが……」

「まるでお武家みてえだが、そんな立派な名なぞ、きいたこともねえぞ」

とうに捨て去った名は、無暁にも馴染みがない。しかし逸右衛門は、真っ直ぐにこちらを見詰めている。

「垂水行之助、これはすべて、そなたへの見届物だ」

やはり何も応じられない無暁に代わり、蓑八が大声をあげる。

「何だって！　これがすべて、だと？　米俵が十俵もあるんだぞ！　他にもまだまだ……おそらくは豆や麦だろう。おいおい、反物まであるじゃねえか」

逸右衛門の眼差しに招かれるように、ふらふらと前に出る。たくさんのびっくり眼(まなこ)が、からだに刺さるようだ。浜太など、ぽかんと口をあけてながめている。

「垂水行之助、これは父君の、垂水吉晴さまから預かった品々だ」

「父、だと……まさか……」

「本当だ。わしは江戸で、垂水さまと会うてきた」

ひとまず荷を、それぞれの塒へともち帰り、無暁は米俵一俵と小袋の一部だけを、流人たちとともに小屋まではこび、残りは喜多家で預かってもらうことにした。

それから改めて、喜多家を訪ねた。すでに日は落ちていたが、居間からは浜太の楽しそうな笑い声や、久方ぶりにきく汐音の明るい声が響いてくる。それをあえて遮るように、逸右衛門は襖を閉めて、無暁と向かい合った。

「実はな、いまそなたの父上は、江戸におられる」

「江戸に？　まことですか？」

「そなたからは国許だときいていたからな、江戸の宇都宮上屋敷(かみやしき)を訪ねて、文を預けるつもりでいたが、思いがけず上屋敷にて目通りが叶った。垂水吉晴さまは、江戸屋敷でご用人(ようにん)をなされていてな」

無暁が垂水家にいたころは、国許で郡奉行を務めていたが、それから出世して江戸詰めと相成ったようだ。用人といえば家老の次に位(くらい)し、お家の財用にも関わる重い役目で、また藩主に伝手や便宜をはかってほしい者たちからの付届けなども、何かと多い役職だ。

郡奉行にくらべると、懐具合も豊かになったのか。米十俵という思いがけない見届物から、胸の内でそんな当て推量もした。

「十三の折に、そなたが行方知れずとなってから、ずっと案じておられたそうだ」

「私のことは、父はどのようにきいていたのだろうか？」

「修行を厭うて、女子とともに出奔したと……西菅寺といったか、お寺からはそのようにきかされていたそうだ」

しのは不帰の崖に身投げして、無暁はひとりで逃げたのだが、真相を知る者は誰もいない。西菅寺では、適当な話をでっち上げ、寺が責めを負わぬよう計らったのだろう。

「父は、さぞかし立腹していたでしょう。垂水の家名に泥を塗ったと」

「最初はな、不肖の倅だと、やはり腹をお立てになられたそうだ。しかし心の内では、ご案じめされておったのだろう。二年、三年を経ても何の音沙汰もなく、そのころから違う思いを抱かれたそうだ」

「違う思い、とは？」

「寺の申しようを鵜呑みにしていたが、出奔したのには何か理由（わけ）があったのではないかと。たしかに生意気で、きかん気の強いところはあったが、心根は真っ直ぐで、曲がったことが嫌いだった。そんな気性に障る出来事があったのではないかと、思い直すに至ったようだ」

それでも探す当てなぞどこにもなく、江戸詰めを賜ったのは三年前だというから、一年ほどは、互いに知らぬまま同じ江戸にいたことになる。逸右衛門が藩邸を訪ね、用向きを告げると、驚いたことに父自らが、屋敷の玄関に出てきたという。

「位のあるお武家さまが、それこそ血相を変えられてな。行之助からの文というのはまことかと、幾度もわしに確かめられた」

「やくざ者になり下がり、挙句に島流しにされたと知って、さぞかし驚いたことであろう」

「それはな、たしかに……しばし二の句が継げぬありさまではあったが……」

くくっと、逸右衛門が喉の奥で笑う。

「しかしな、わしが仔細を申し上げたところ、友の仇を討ったのかとひどく感じ入っておられた。島での読経三昧の暮らしぶりも、お伝えしてな」

無暁の近況を、逸右衛門は包み隠さず、かつ傍で見守る者として愛情深く語ってくれたに違いない。

「父は、何と？」

「倅がたいそう世話になり、かたじけないと、まことに心のこもった礼をいただいた」

「……倅、と？　私を未だに息子だと、あの父が？」

嘘ではないと、逸右衛門は深くうなずいた。

「これからは、折々に見届物を送ってくださるそうだ。それればかりではない、ご赦免が叶うよう、精一杯努めてみると申されていた」

「ご赦免……おれを、島から出すと？　あの父が、本当に？」

ふたたびうなずいて、逸右衛門は微笑んだ。

赦免という、まったく思いもしなかった道が、かすかに拓けた瞬間だった。


かすかな希望は、焦燥を生んだ。それまでは遠い海の彼方にあって、影すら見えなかった本土の姿が、急にくっきりと輪郭をなして無暁の目に映るようになった。

けれども、それは幻だった。次の夏船で届いた父の手紙で、無暁は思い知らされた。

父の垂水吉晴は、幕閣にいる知己を頼って、さる町奉行所の役人に赦免への手続きをたずねてみたという。結果は、皮肉なものだった。

『垂水行之助という息子の赦免を願うなら、少なくとも三十年はかかろう』

役人は、そう言ったという。その事実は、流人頭の蓑八でさえも知っていた。無宿人の無暁が、武家の子息だった。蓑八は大いに驚き、感心したものの、少しばかり気の毒そうな顔をした。

「こと赦免についちゃ、お武家は分が悪い。下々なら、早けりゃ五年ほどで赦免が下りることもあるが、武家にはそれがねえんだ。いくら位が高かろうと……いや、むしろ位が上がるほどに赦免は遠のく。罪の仔細は問わず、御上やお家にとっちゃ裏切者だからな。見せしめと、あとは厄介払いだろうな。お偉い輩は、小さな傷すら厭うからな」

蓑八は、ひどく申し訳なさそうな顔で語った。末吉村にはもうひとり、武家の罪人がいる。さるお家の下級役人だったそうだが、些細な不届きで遠島となった。その男の耳をはばかって、これまでは口にしなかったようだ。

「では、三十年というのは……」

「大袈裟でも何でもねえ。それより早く赦免になった侍の話は、きいたことがねえ」

実際、蓑八は島に来て十七年目になるが、その間八丈島では、ただの一度も武家の赦免は行われていないという。三十年という年月すら目安に過ぎず、幕府は武家を赦すつもりなどないのかもしれない——そうも思えてくる。

その証しが、宇喜多秀家だ。秀家やその家臣の直系の子孫は、いまも十数人ほど島に暮らしているのだが、二百年が過ぎたいまも、島外に出ることを許されていない。遠い昔に枝分かれした喜多家のような傍流は別にして、彼らはやはり罪人のままなのだ。

もともと流罪の刑期は、身分を問わず一切定められていない。いわば終身刑であり、赦免はあくまで恩赦という「御上による格別の温情」に過ぎない。祝儀・不祝儀、代替わりや日光社参など、ある意味非常に個人的な徳川家の事情によって、流人の人生は左右される。五年で帰還を果たした者は、たまたま徳川の慶弔に具合よく当たったという幸運以外の何物でもない。

三十年も経れば、若者ですら老いの入口に立つ。ひときわ厳しい島の暮らしは、よけいに老いを早めさせ、もとより三十年も生き抜く者の方がめずらしい。くり返される飢饉と悪疫は、人の命を確実に削ぎとっていく。流人はその崖っぷちに、絶えず立たされ続けているのだった。

話をきくうちに、知らず知らずに頭が下がっていたのだろう。気づいたようすの蓑八が、慌てて話を転じた。

「そうは言っても、これほど立派な後ろ盾があるなら、左団扇でお大名暮らしができるってもんだ。先々を案じるにはおよばねえよ」

心の底からうらやましそうに、うんうんとしきりにうなずく。

「いっそ、島妻を娶っちゃどうだ？　ここならたとえ坊さんでも、金さえあれば妻子をもてる。寿命を延ばすには、何よりの手立てだともいうしな」

海に浮かぶ木っ端ほどに頼りない身の上だ。傍らに妻や子がいてくれれば、少なくとも地に足が着く。行く当てのないどん底の旅路に、温かい飯と安眠できる住まい、何より家族の笑顔は、どんなにか有難いことだろう。無暁にすら容易に想像がつく。

夢想の中に、ふと汐音の横顔が浮かんだが、すぐに邪魔が入った。

大賀郷の僧侶、禅融である。

恥も外聞もない色惚け坊主だが、話してみると悪い男ではなかった。むしろ、無暁に己の罪を気づかせてくれた、いまとなっては恩人とも言える人物だ。

それでも、禅融と同じ真似はできない、してはいけないとの戒めが強く働く。清濁併せ呑む度量の大きさは、自分を許し他者を許してこそ初めて得られるものだ。けれど自身は、それをしてはいけない。人を殺したという罪を許してしまえば、毎晩うなされ続けた悪夢を、ふたたび呼び起こすことになる――。

いまの無暁にとっては、僧侶でいることこそが、唯一無二の拠り所でもある。

本来であれば、僧という身分は、武家の役職と同様に、本山から与えられる一種の階級であった。修行を修めるだけでなく、それなりの金を納めなければ、僧という身分は購えない。三年のあいだ小坊主を務めていただけで、僧を名乗るのは騙りに近い。

本当の僧侶ではないからこそ、僧たることにこだわりがあった。

いくら島の慣いとはいえ戒律を破れば、ようやく立ち上がりかけた自身を、自ら潰すことになる。そう思えてならなかった。

奇しくもそれから数日後、無暁は汐音から、その話をきいた。

「浜太がね、あんたの嫁になれって、このところしつこく勧めるんだ」

村で行き合った折に、笑い話のように語った。

「最初は坊さまだからって、お父もおじいも真面目にきいちゃいなかったのに、くり返されるうち、だんだんとその気になってきてね」

浜太のような子供ですら、流人の現実は呑み込んでいる。庇護者がいなければ物乞い同然の弱い身の上だが、一方で金や身分があれば、島の良家から伴侶を迎えることもできる。もちろん水汲み女という名目で、公には夫婦と名乗れぬ立場ではあるものの、島での暮らしには何の差し支えもない。

懐いて慕っていた無暁が、金持ちになった。浜太は素直に喜んでいて、義理の兄になってくれればどんなにいいかと、子供らしく単純に期待をふくらませているのだろう。

浜太の顔が見えるようで、ふっと笑みがわいた。

「でもね、お母だけは違うんだ。決して首を縦にふらなくて、いつもは控えめなくせに、お父とおじいを相手に、承服できないの一点張りなんだ」

「母上殿が……」

「別にね、嫌っているわけじゃないんだよ。あんたのことは、いつも褒めているし」

言い訳気味に、汐音がつけ足した。それからすっと視線を逸らす。見せた横顔は、あのときと同じに、静かな気配がただよっていた。

「島妻には、決してなっちゃいけないって。どんなに安楽に暮らせても、先には辛い別れが待っている。そんな思いは、娘にさせたくないって……」

またと惚れまい他国の人に　末は鳥の啼き別れ――

そんな歌とともに、島には数多くの島妻の悲劇が語り伝えられている。赦免が決まった夫を思い余って刺殺して、無理心中を図った女。島を出た夫をただただ恋い慕い、挙句に気を病んで死んだ女。八丈に限らず、どこの島にもそんな言い伝えがいくらでも残っている。流人が島妻やその子供を、ともに連れ帰ることは固く禁じられていた。流人にしても、妻子への愛着から、せっかくのご赦免を反故にして島に残る者さえいるという。

「坊さんは、たぶん島に残ることをしないって……どんなに妻や子に情がわいても、狭いこの島に留まることはしない。いつか島を出て、もっと大きなものを探しにいく人だって。母さんはね、そう言うんだ……あたしもね、そう思った」

「おれは三男だから、家を継いで侍になるわけでもないし、ひと財産築くような甲斐性もないぞ」

真面目にこたえると、そういう話ではないと汐音が笑う。

「そうじゃなくってさ、坊さんはずっと、何かを探している。それが何かはわからないけれど、並の人が求めるものじゃなく、お坊さまだけが追い続けるような……あたしでは一緒に追いかけてあげられない何かだよ」

「……ずっと前、誰より近しかった友に、同じようなことを言われた」

万吉の言葉を思い出していた。回向院前の茶店で、所帯をもつつもりだと打ち明けられたときだ。それとは違うものを欲している、無暁はもっと欲深いと万吉は言った。

「その仲良しさんも、きっとわかっていたんだね」

「そうかもしれんな……」

このときのことは、後になって何度もくり返し心によぎった。そのたびに軽い後悔と小さな痛みを伴う。

自分は汐音に惚れていたのだな、とずいぶんと後になってから無暁は認めた。

無暁の後悔は、単なる色恋だけにとどまらない。果てしなく長い無聊(ぶりょう)を、永遠とも見紛う寂寥を感じるたびに、汐音がとなりにいてくれればと、勝手な思いに囚われた。

汐音はイナゴ飢饉が落ち着いた三年後、三根の物持ちの家に嫁いだ。

しかしそれから五年過ぎても十年を経ても、無暁の赦免は叶わなかった。

＊

「坊さん、坊さん、高い高いして！」

言われるままに両手を広げる子供をもち上げながら、よっこらしょ、と声が出た。

「やれやれ、だいぶ重くなったな。そろそろ高い高いも仕納めだな」

「そんなの嫌だよ。坊さんの高い高いが、いちばん眺めがいいのに」

「おまえももう七つだろうに。それにしても、浜太の小さいころとうりふたつだな」

子供の目方に耐えかねて、いったん下ろしてから肩車に切り替える。昔なら軽々とできたことが、昨今は何かと億劫になってきた。歳をとったのだな、と自嘲がこぼれ、子供を前にするとなおさらだ。

「おじいやおばあにも言われるんだ。そんなに似てるかなあ」

「ああ、おまえの親父殿が洟たれ小僧だったころと、そっくりだ」

「おいら、洟なんてたらしてないやい」

頭の後ろからふってくる抗議に、ははは、と笑い返す。無暁の肩にまたがっているのは、浜太の息子の長太郎だった。三つ下に妹もいる。若くして亡くなった伯母から一字をもらい、珠代と名付けられた。

初めて出会ったとき八歳だった浜太は、すでに立派な若者になり、嫁を迎えてふたりの子の父となった。

海は今日も変わらぬのに、人は確実に歳をとる。

「島に来て、二十二年か……おれも歳をとるはずだ」

無暁は四十歳になっていた。

思い返すと、途方もなく長かったような気もするし、あっという間にも思える。

父から初めて文が届いたのは、ちょうど二十年前だった。あのころはよもや、これほど長く島に留まることになろうとは思ってもみなかった。武家への恩赦が難しいとはきかされても、当時の己の歳と同じ年月など計りようがない。心のどこかで、あと三年、あと五年と指折り数えていたが、十五年目からそれもやめた。

父の垂水吉晴が、亡くなったのだ。その知らせが届き、一年ほどは見届物も途切れた。

ちょうど同じころ、島でも近しい者がふたり亡くなった。

喜多家の隠居と、流人頭の蓑八である。

隠居は寿命を全うし往生した。せめてもの救いだが、無暁にとっては村に招き入れてくれた恩人であり、その後も何くれとなく気遣ってくれた。喪失の悲しみは深く、隠居の喪が明けぬうちに悪い風邪が流行り出した。

飢饉と悪疫は、この島に伝わる機織りのごとく、手を休めることなくくり返される。すでに五十にさしかかっていた蓑八のからだは、島で猛威をふるった病に堪えられなかった。島には医者などおらず、薬を与えても効き目はほとんどなかった。無暁はただ、流人小屋の枕元で、病人を見守る以外何もできなかった。

「頑張れ、頭。熱さえ引けば大丈夫だ。苦しいだろうが何とか凌いでくれ」

懸命に励ましたが、熱にうかされるばかりで、無暁の呼びかけもろくに届いてなさそうだ。なのにこのときだけは、声が返った。

妙に月の明るい晩だった。壁の破れ目から、白い光が幾筋もさして、暗い小屋内で縞をなしていた。いっとき熱が下がったのか、弱々しく掠れてはいたが声には芯があった。

「今度ばかりは、駄目みてえだ……おれも、歳には勝てねえや」

すでに頭は真っ白で、前歯は上下合わせても三、四本しか残っていない。二十は老けて見える外見は、そのまま島の過酷さを物語っていた。

「思えば、いままでよくもった。ふた親には邪険にされどおしで、恨み言しか残っちゃいねえが、丈夫に産んでくれたことだけは有難かった。こんな最果ての場所ですら、人は長らえてえと思うもんなんだな」

抑揚のない調子ながら、その夜の蓑八はよくしゃべった。邪魔をせぬよう、わずかな相槌に留め、無暁はじっと耳を傾けた。

「辛いことばっかりで、良いことなぞぽっちりしかなかった。それでも不思議なもんだな、こうして思い返すと、そのぽっちりばかりが浮かんでくる」

「頭にとっての、いい思い出とは何だ？」

「そうさな、初めて甘藷（かんしょ）を食ったときかな。頬が溶けて落ちるかと思うほど甘くって、生きててよかったとしみじみ思えた」

八丈島にサツマイモがもたらされたのは、いまから十四、五年前のことだ。

大賀郷の名主が新島から赤サツマをもち返って栽培し、それから十年後、同じ名主の息子が、今度はホンス芋という違う種類の芋種を島に入れた。飢饉に強いサツマイモは、すでに全島に広まっており、島の食糧事情を劇的に変えた。

「あとは、島抜けを諦めたときかな……若いころに一度だけ、流人仲間から誘われてな」

「……頭が、島抜けを？」

「ここに来て、島抜けをちらとも思わねえ者なぞ、ひとりもいねえよ」

蓑八が薄く笑う。成功は千に一と言われるが、その一の幸運を目指して、島抜けに挑む者はくり返し現れた。八丈は本土からもっとも遠いだけに、他島にくらべれば数は少ない。二百年のあいだで二十件にも満たないのだが、いざ島抜けが起きれば島民もただでは済まない。

放火や殺人までは、流人当人の死罪だけで済んだが、島抜けとなれば島役人をはじめ、名主や顔役に至るまで処罰される。ひとりの島抜けで、その数が五十数人におよんだ記録すらあるほどだ。当然、島の者たちも警戒を怠らず、絶えず目を光らせてはいたが、それでも島を逃げようとする流人は後を絶たない。五百石船ですら安堵はできない海に、小さな漁師船で漕ぎ出そうとする。

彼らは、自棄を起こしているのだ。島でのきつい暮らしに耐えかねて、死んだ方がましだとの考えに至る。そこに一厘の生が残っていれば、躊躇なく脱出を試みる。

蓑八もまた、五人の仲間とともに島抜けの策に加担した。

「策を立てたのは女でな。あのころひとりだけ、末吉に女流人がいたんだ」

「女の身で島抜けとは大胆な……」

「もとは女郎でな、島でも色を売って暮らしを立てていた」

謀（はかりごと）に加わった五人は、蓑八を含め、いずれも女の客だった。中のひとりに相模（さがみ）の漁師がいたことで、本気になったのだろう。船を操り潮目を判じ風を読む。島抜けにはどうしても、漁師や船頭のたぐいは欠かせない。漁師を軸に男たちを煽り立て、遂に決行日を迎えた。しかし蓑八は行かなかった。

「その幾日か前から、村の娘とちっとばかし言葉を交わすようになってな、勝手に舞い上がっていた……どうにも後ろ髪を引かれてな、島抜けの晩は小屋を抜け出して山に隠れていた。怖気づいたと言われれば、それまでだが」

土壇場で出た臆病が、蓑八の命を救った。一味は船を奪うより前に見つかって、五人ともに死罪となった。既のところで止めたために、島民も責めを負わずに済んだという。

「その娘とは、どうなったのだ？」

「どうにもならねえよ。ほどなく他の男に嫁いだ……それでも未だに、有難えと思っているがな」

女という現世への未練が、他愛のない欲が、蓑八の自棄を和らげてこの世に留め置いたのか。そう思うと、深い感慨がわいた。

「あまり口をきくと疲れるだろう。そろそろ眠った方がいい」

「眠りたく、ねえんだ……目をつむると、怖いもんが見えてくる」

「怖いもの、とは？」

躊躇うように、しばしの間があいて、蓑八はこたえた。

「流人墓だ……」

死んでからですら、金がものをいう。見届物の豊富な流人は墓所を買うよう遺言し、石塔の墓碑を立てる者もいる。ただしどれほど身分が高かろうと、墓に戒名や俗名を記すことは許されていない。かの宇喜多秀家の墓でさえ、三尺ほどの細長い石に、南無阿弥陀仏と彫られているだけだった。

過酷な自然をなだめる術を、他にはもたないからか、八丈の島民たちはおしなべて信心深い。墓地はいつでも掃除が行き届き、ことに大賀郷や三根の墓地では、目を見張るほどに立派な墓石も見かける。

それにくらべると、流人墓地のありさまは悲惨きわまりない。一面、草に覆われたじめじめと湿った土地に、人の頭ほどの石が無造作にころがっている。日も差さず暗い場所だけに、草のあいだから頭を半分出した石の群が、しゃれこうべに見えてくる。流人の怨念が吹き溜まっているような、何とも陰惨な気配に満ちていた。

「嫌だ……あんな場所に埋められるのは、おれは嫌だ……!」

蓑八が、かっと目を見開いた。その目には死神の姿が映っているのか、絶望に等しい恐怖だけが宿っていた。がたがたとからだが震え出す。

「死にたくねえ……死にたくねえよお！　あんなところに行きたくねえよお！」

頭という役目柄もあろうし、無暁が十五も年下だったせいもあるだろう。生々しい弱音など吐いたことのない男だ。己の運命を受け入れて、淡々とこなしているようにも見えた。

死の恐怖は、体裁も人の尊厳も、無残に剝ぎとる。死は絶対であり、命あるものがもつ根源の恐怖であるからだ。打ちのめされながらも、無暁は力をこめて蓑八の手を握った。

「頭、案ずるな。おれが毎日会いに行く。毎日墓所に通い経をあげ、頭が三途の川を渡るまで、ずっと傍にいる。四十九日が過ぎれば、次の生を得るというからな。それまでは欠かさず通い、頭の来世を見届けさせてもらう」

死ぬな、必ず助かるとの励ましは、いまの蓑八には救いにならない。本能でそう感じた。

「来世に行ったところで、おれはどうせ、地獄に落とされる身だ」

「そんなことはない！　頭はこの島で、おれたち流人のために尽くしてくれた。親身になって心を砕いてくれたではないか。御仏（みほとけ）が見ておらぬはずがない、おれも経を通してよくよく御仏にお伝えする」

一切を赤裸に剝かれたような、哀れな男の手を握りしめ、懸命に訴えた。少なくとも気持ちだけは伝わったのか、蓑八のからだの震えが止まった。見開いた目には、違うものが映じたようだ。

「死ぬ前に、もういっぺんだけ、会津富士を拝みたかったなあ」

「会津富士というと、磐梯山のことか。そういえば、頭の生国は会津であったな」

だいぶ昔にきいた、蓑八の身の上話を思い出した。蓑八は若いころ田舎で食い詰めて、ひとり江戸に出てきた。いまさら故郷に戻りたい気持ちなぞ一片も残っていないとうそぶいていたが、死に際が迫ると、どうにも懐かしく思えてくるのだろう。故郷を恋うのもまた、やはり生命に根づいたものであるからだ。

「冬に雪をいただくと、本当に駿河の富士にそっくりでな……もし、坊さんが島を出たら、おれの代わりに拝んできてくれねえか」

「ああ、約束する。いつか会津富士を拝みに行こう……そのときは、頭も一緒だ」

詮ない夢でも慰めにはなったのか、病人は安心したようにゆるりと笑い、目を閉じた。

それから二日後に、蓑八は亡くなった。息を引きとる寸前に、魂は何十里もの海を越えたのかもしれない。

「ああ……会津富士だ……」

蓑八は最後にそう呟いて、息絶えた。

蓑八との約束は、あれから六年が過ぎても、未だに果たせない。

無暁が島に流されて、二十二年が過ぎた。いまではすっかり諦めていて、島に馴染んだ身としては、いまさら離れるのはかえって寂しい。そう思えるのも、島の者たちが無暁を大事にしてくれるからだ。

無暁の坊主頭にしがみつき、海をながめていた長太が、ふいに声をあげた。父親と同様、長太郎は長太と呼ばれている。

「あっ、お父だ！　おーい、父ちゃあん」

気づいたようすの父親が、片手を上げた。

喜多家の次男である浜太は、養子に行くことはせず、村の若者数人とともに山に鍬を入れ、新たに土地を開墾した。仲間とその土地を分け合い、分家してやはり喜多の姓を名乗っている。逞しく日焼けして、幼い頃の面影は消えていたが、その浜太が、まるで子供のように駆けてくる。

「お父ったら、何をそんなに慌てているんだろう」

肩車を外して地面に下りた長太が、不思議そうに首をかしげる。

「よかった、坊さん、こんなところにいたのか、探したぞ」

ふたりのもとに辿り着き、しばし息を整える。そして懐から、一通の文をとり出した。

「いましがた本家に寄って、兄貴からこいつを預かってきた。大賀郷の役所からだ」

奉書を開きながら、もしやとの期待はかすかにわいたが、まさかという思いに打ち消された。しかし浜太の表情は、滅多にない興奮にあふれている。

「右之者……当七月御赦免被為仰付……」

「そうだよ、坊さん、ご赦免状が下ったんだよ！」

「おれに……赦免が？」

無暁の手にあるのは正式な赦免状ではなく、大賀郷の御仮屋に詰める島役人よりの達しであった。預かり人たる喜多家当主と流人頭を伴って、すぐに当人を御仮屋にさし向けるよう書かれている。その文字がどこか浮ついて、ふわふわとして見える。胸にわいてくるものは、喜びではなく戸惑いだった。

「本当に、赦免されたのか？　だが、まだ三十年経っていない……」

「きっと、坊さんの親父さまのお心遣いが、功を奏したんだよ！　あえて武家の身分を外したからこそ、赦免が叶ったんだ。そうに決まってる！」

喜び勇んで語っていた浜太が、急に肩を落とす。

「せめてひと目だけでも、坊さんの無事な姿を、親父さまにも拝んでほしかったな……それだけが、切なくてならねえが」

浜太の顔に、子供のころの面影がよぎった。崖から落とされた犬を悼んでいた、やさしい子供のままだった。

「父が亡くなってからは、半ば諦めていたが……」

父の垂水吉晴は、六年前に病により身罷った。葬儀の半年後にその知らせがもたらされ、同じ年のうちに、喜多家の隠居と蓑八を失った。無暁にとってはまさに厄年で、年が明けてもしばらくは鬱々と暮らしたものだ。

近しい者の死が応えたのはむろんだが、次の年の春船で届いた文が無暁を打ちのめした。

武家の刑期は、三十年より短いことはない——。父の垂水吉晴もまた、その事実にぶち当たった。悩んだ末に吉晴は、息子を正式に垂水家から出して、さる百姓の養子とした。江戸で無宿人として裁かれたことを逆手にとって、刑が下るより前に養子縁組を済ませていたと、町奉行所にはその建前を貫いた。

養子先は宇都宮領内の名主で、垂水家とは古くからのつきあいがある。先に郡奉行を務めていただけに、木下久万右衛門（きのしたくまえもん）という名主と吉晴もまた、互いに昵懇（じっこん）の間柄だった。垂水家当主に頭を下げられて、名主も流人を養子とすることを承知したのである。

以来、見届物も、垂水吉晴から行之助宛ではなく、木下久万右衛門から息子の無暁宛とされた。しかし久万右衛門は、父の訃報とともに、先々を憂う便りを送ってきた。

赦免の手続きは、「赦帳掛（しゃちょうがかり）」が担う。赦免の候補人を奉行に申し上げ、奉行が吟味した上で老中に伺いを立てる。老中が認めれば下知状（げちじょう）がくだされて、この下知状がいわゆる赦免状である。そしてまた奉行と赦帳掛の手を経て、島役人に通達される。

江戸の罪人の場合は、南北町奉行所に赦帳掛があり、その役人の匙加減によって赦免が決まる。身内が長きにわたってたゆまず訴え続けることこそが、本土に帰る唯一無二の方法だとは、流人頭の蓑八からもきいている。奉行所に対しては絶えず赦しを乞い続けたが、大名家の用人という立場にあった吉晴は、さらに掛りの役人や町奉行へもかなりの金品を贈っていたようだ。父が死んでから、久万右衛門が文の中で明かしてくれた。

父が亡くなったいま、そのような働きかけをする者が誰もいなくなってしまったと、名主は残念そうに書いてきた。無暁が義母や義兄と折り合いが悪かったことは、父も承知していたのである。それまで身内にすら明かさずに、三男の赦免のために陰ながら動いてくれていたのである。しかし吉晴が死んだいまとなっては、他にこの事実を知る者もなく、宇都宮領に住まう久万右衛門では、江戸の町奉行所への嘆願にも限りがある。

赦免願いの状だけは、久万右衛門から送り続けるが、これまでにくらべると足並みは鈍るかもしれないと名主は書いてきた。

すでに島に着いて、十七年が過ぎていた。自らもほとんど諦めたつもりでいたが、さすがにこれは応えた。諦観は自分自身をなだめる建前に過ぎず、その陰にしつこいほどにべったりと帰郷を恋う気持ちが残っていたのかと、改めて気づかされ、慄然とした。だからこそ気落ちも大きかった。もとはと言えば身から出た錆。この島に留まることこそが、己にできる唯一の贖罪なのだ——その戒めを飲み下すまでに、さらに一年ほどを要したが、喉を通して胃の腑に収めてしまえば、かえって楽になった。

いまではすっかり落ち着いて、読経勤めに留まらず、新たな頭とともに流人の世話に明け暮れし、村に下りれば畑で鍬をふるう。

僧として相談相手になってやり、人々の悲嘆や不安を受け止めながら、どうすれば島民たちの暮らしが少しでも楽になるのか、次の飢饉を乗り切るためにどのような手立てを講じればよいのか、そんなことばかり考えていた。

長太のような子供たちの成長を見守る楽しみもあり、長いようで短い二十二年だった。

そんな折に届いた赦免状は、まるで誤って海を越えてしまった間違い文ほどに、実感が伴わない。

「急に帰れと言われても……どこに帰参すればいいものやら……」

せめて父が生きていてくれたら、ひとまずの行く当てにもなったろうが、江戸の船着場から先の道は真っ白なままだった。

「考えることなぞ何もねえさ。坊さんが行きたい道を、いままで行きたくても行けなかった道を好きなだけ歩けばいい」

「行きたくても、行けなかった道……」

「よかったな、坊さん……本当によかった……おれも嬉しくってならねえや……へへ、嬉し涙が、止まらねえや……」

くしゃくしゃに歪んだ顔は、言葉とは裏腹に寂しげで、悲しみに満ちている。浜太はただ、無暁との別れを惜しんでいる。大事な身内が、永遠の旅路に出るかのように、辛い別れが迫っていることを嘆いてくれている。

大人ふたりの顔を、交互にながめていた長太が、ふいに泣き出した。仔細まではわからぬものの、無暁がこの地を去ることだけは呑み込めたようだ。

「いやだよう、坊さん、どこにも行かないでよう！　ずうっと一緒に島にいてくれよお！　どうしておいらたちを置いて、行っちまうんだよう！」

父親の気持ちを代弁するかのように、無暁の帯を掴んで泣きながら訴える。

「長太、そんな我儘（わがまま）を言うもんじゃねえ。これは目出度（めでた）いことなんだから、うんと祝ってやらねばならねえ」

「いやだよう、おいら寂しいよう！」

「長太、おれもだ……おれも、おまえたちやこの島と離れるのは寂しい」

無暁が抱き上げると、長太は首ったたまにきつくしがみつき、おいおいと声をあげる。

「いまになって、ようやくわかったよ……どうしてお母が、汐姉と坊さんを一緒にさせなかったのか……やっとわかった」

傍らでやはり涙をこぼしながら、絞り出すように浜太が呻いた。

腕に抱いた子供の重みが、やわらかく温かなぬくもりこそが、手放し難いほどに馴染んだ島の暮らしそのものに思えた。

船が来たのは四月後だった。五月の末に来航した夏船である。

そのあいだ、数えきれないほどの宴に招かれた。物持ちの家はもちろんのこと、身薄の漁師や百姓までが、ささやかな夕餉に加えてくれたり、集落ごとで酒や食べ物をもち寄って、無暁の帰郷を祝ってくれた。流人小屋では、月が替わるごとに催され、さすがにやり過ぎだと主賓の無暁が止めたほどだ。

「あまり宴に費やすと、そのぶん日々の糧が貧しくなるぞ。ほどほどにしておけよ」

「坊さんにとっては祝いだが、おれたちにとっちゃ自棄酒だ。なにせこれまで、仏の加護ならぬ坊主の見届物で、ずいぶんといい思いをさせてもらったからな」

「てめえの見届物を、坊さんは気前よく、おれたち流人や村の者に分けてくれた。この二十年、末吉の流人がひとりも飢え死にしなかったのはあんたのおかげだ」

「それはお互いさまだ。皆にはずいぶんと世話になった。多少の恩返しはあたりまえだ」

「それでもよ、なかなかできることじゃねえ。届いた物はみんな撒いちまって、てめえは家すら構えず、この流人小屋で暮らし続けて」

「ただの罪滅ぼしだ……おれにはそれしかできぬからな」

島を離れる日が迫っていただけに、つい本音が出た。

いっそ僧侶をやめて還俗し、家を建て嫁をとり子を生して、この島で安らかに土となる。そんな人生を思い浮かべたことは重ねてあった。しかしそのたびに、何かが無暁を引き戻した。

求道——。真理への道。言葉にすれば、そうなろうか。

人を殺めた罪の意識もあるが、それだけではない。

求道とは仏道をさすが、転じて真理を求める意味もある。無暁が欲するのは後者であり、真理に行きつくために仏道を辿らんとする——そう表すのがもっとも近い。

求道には、修行がつきものだ。滝に打たれ野山を駆け断食する。己に過酷を課す修行も考えたが、この島では無暁はあえて別の道をえらんだ。女子や酒はもちろん、食もできるだけ慎んで余剰は他者に施した。

施しとは、ただ与えればいいというものではない。施しと傲りは、紙一重であるからだ。与える者が上にいて、与えられる者を見下すようでは、本来の精神から遠く離れてしまう。

施しは、共存である——。共に生き、共に在るために互いに助け合う、それが施しの真理だと、長の年月を経て無暁はその考えに至った。

見届物のあつかいもまた、無暁にとっては修行のひとつであり、修験者の真似をせずあえて人々の中に交じっていったのも、やはり同じ理由からだ。修行とは己を鍛えることだが、いまの自分には他者を知り人を理解することこそが修行になると、若い無暁は考えた。他人への慮りに欠けていたからこそ、取り返しのつかない重い罪を犯したのだ。

島を出て、再び身をもち崩すようでは、二十二年の修行が無駄になる。自ずと行先が決まり、知恵を授けてくれたのは、大賀郷にいる禅融だった。

「おまえ、ほんまに行くつもりか？　あそこの修行はきついでえ。最後まで遂げられる者なぞ、百のうちひとりにも満たぬそうや」

「それでも、試してみたいのです。これまでは僧というより人と成るための修行でした。

今度こそ仏門修行に打ち込んで、その先に何があるのか己の目で見極めたいのです」

小さな丸い目が、面白そうに無暁に据えられる。

島についたころはよく肥えて、僧には不似合いな色艶が目立っていたが、六十を越えたいまでは、さすがにだいぶ萎びている。老いだけではなしに、島の食事の貧しさもあるのだろうが、中身はさほど変わらない。若い島妻とのあいだに子もできて、島での暮らしを謳歌している。どんな境遇であろうと、楽しみや生甲斐を見つけるのもひとつの才能であり達観だろうと、たびたび大賀郷に出向くうちにそう思えるようになった。

禅融は、臨済正宗の僧であった。臨済宗とは起源を異にし、明の黄檗山にいた隠元和尚が、江戸前期に来日して広めた宗派である。和尚の名は、隠元豆の由来にもなっている。臨済宗や曹洞宗と同様、禅宗ではあるのだが、臨済宗にくらべると明朝の色が濃い。そしてこの宗派に連なる明の偉人には、何かと型破りな伝説をもつ者が多かった。

女色に走り流罪となってもなお、さほどの後悔が見受けられないのも、破天荒な僧列伝を熟知していたためかもしれない。過去にちらりとした自慢話に嘘はなく、禅融は臨済正宗に留まらず、あらゆる宗派の成り立ちや経典に精通していた。畑仕事のない冬場などに、無暁は大賀郷を訪ねてこの僧に学んだ。

「しかしおまえも、ずいぶんと角がとれたのう。もとは蛇蝎のごとく嫌うていたわしに頭を下げて教えを乞うとは。ま、二十年も経てばそれも道理か。おかげでわしが貯めた知恵は、一切合切吐き出してしもうたが」

「御坊には、長らくお世話になりました。改めてお礼を申し上げます」

「口ぶりもまるで別人だわい。恥知らずだの破戒僧だの、散々なじられたころが懐かしいわ」

皮肉を放ったものの、いつになく表情を引きしめた。

「まあ、おまえは真面目だからな。食い物の乏しいこの島で、魚すら断って僧たらんとした。おまえなら、あの御山の修行もこなせるかもしれん……ただな、」

と、禅融は言葉を切った。無暁は膝を正し、次の言葉を待つ。

「求道は、厳しく難しい道のりやぞ。歩くのが難儀なだけやない、果てに待つものが必ずしも探し求めていたものとは限らない。むしろ裏切られることの方が多いかもしれん。それだけは胸に留めておき」

「はい……深く胸に刻みます。お教え、痛み入りまする」

無暁は心をこめて、頭を下げた。

打ちつける荒波をまとい、来る者を拒むように断崖は黒々とそびえ立つ——。

鬼ヶ島に似た景観は、少しも変わらない。ふたたびこの景色を拝んだことに、万感の思いがわいた。船が八丈島から遠ざかる。

一方で、これほどまでに離れがたい場所になるとは、思いもしなかった。

すでに岸は見えなくなっていたが、目蓋にも耳にも姿や声が張りついて離れない。

末吉村が空になるほどに、びっくりするほど大勢の者たちが見送りにきてくれた。長太は無暁の腰にしがみついたまま離れようとせず、父親に無理やり引き剝がされて大泣きしていた。中には禅融や、他村に嫁いだ汐音の姿もあり、誰もが別れを惜しんでくれた。子供に限らず、大人たちも存分に涙をこぼし、無暁も気を抜くと目尻からあふれてしまいそうで、終始顔の筋に力をこめてどうにか凌いだ。

しかしその我慢も、船が動きはじめたとたん崩壊した。

狭い浜を埋めた者たちが、ちぎれんばかりに手をふる。どの顔も泣いていて、どの顔も知っている。無暁に親切にしてくれて、無暁の親切に応えてくれた者たちだ。

「坊さん、あたしらのこと、忘れんでくれね！」

「おれたちも、坊さんのことは決して忘れんぞ！　だから坊さんも、忘れんでくれなあ！この島のこと、忘れんでくれなあ！」

汐音と浜太の姉弟の声が、鐘の余韻のように耳にこだまする。
黒い断崖は、ぼやけて形を成さない。
甲板に崩れ、声を放って泣いた。

五

二十二年ぶりの江戸は、まるで異国のようだった。

永代橋が見えてくると、船に同乗した者たちから歓声が上がったが、見慣れたその橋ですら、これほど大きかったろうか、こんなに立派だったろうかと、目をこすりたくなる衝動に駆られる。右手に見えるのは、馴染んだ深川の町だ。それすらひどくまぶしくて、やはり違う国に連れてこられたような心許なさが募った。ぎっちりと隙間なく詰まった家並み、桁外れな人の多さ、足並の速さ、声と音の喧噪、風の匂いまでもが違う。

役人が待っていて、手続きやら検めやらでさらに半日留め置かれた。おそらく船の到着を知らせてほしいと、近くの者にあらかじめ頼んであるのだろう。大方の者は、放免とともに身内や縁者の出迎えを受け、抱き合って赦免の喜びを分かち合っている。しかし無暁を含めた数人は、見知らぬ土地に放り出されたという方が近い。途方に暮れたように、その場に突っ立っていた。

どうしようか――。ここからならすぐそこだから、櫓下に行ってみようか――。

島に送られたあの日、色街の顔役たちが見送ってくれた。乙蔵配下でもっとも若かった十五の昭介と、そして――死んだ万吉と恋仲だったおみよがいた。

「おまえがいないのに、どの面下げて櫓下に戻れるものか……なあ、万吉」

しばらくのあいだは、便りやら見届物やらが届いていたが、いつしかそれも途絶えた。思えば櫓下の顔役たちは、無暁よりずっと年上だった。すでに鬼籍に入ったか、あるいは引退したか、どのみち残ってはいまい。昭介やおみよの居所も、いまとなっては探しようもない。二十二年の年月の長さが、改めて胸に重くのしかかった。

ひとまず腹ごしらえでもするかと、土手に上がったときだった。

「ご無礼仕る。無暁殿であられるか？」

呼び止めたのは、ひとりの武士だった。無暁と同年配、四十前後と思われる。

いかにも、とこたえると、相手は名と身分を明かした。侍の主人の名をきいて、まさか、と思った。無暁にしてみれば、あり得ない相手だ。

「ひとまず、下谷(したや)にある華立寺(けりゅうじ)にお連れします。当家の菩提寺で、ご住職も経緯を承知しておられる。ひとまず二、三日はごゆるりと、旅の疲れを癒してくだされ。遠からず、我が主がお訪ねいたしまする」

「あの方が、本当に私に会うと……？」

「はい、そのように。ご赦免船が着いたとの報を受け、それがしを遣わされました」

腹心の者か、無暁の事情も察しているようだが、家臣に説かれても、どうにも信じがたい。とはいえ、華立寺ではていねいにもてなされ、あつかいは悪くなかった。無暁は三日のあいだ、寺の僧侶たちとともに勤行に励み、住職に勧められ、街歩きもした。櫓下にも行ってみたが、数度の火事を得た街並みはまるで変わっていて、知った顔にも出会わない。どうやら十年以上前に、役人による大がかりな手入れがあったようだ。楼主は軒並み括られて、遊女は新吉原などに住み替えとなった。いっときは灯りも消えたが、色街は鼠と同じだ。追い払われてもまた別の鼠がわいてきて、似たような街を作る。

周辺を仕切っているのは、ちらともきいたことのない、新参の渡世人一家だ。

荒隈の乙蔵の名すら忘れ去られていて、ただ月日の残酷さを思い知っただけだった。

そして四日目、その男が華立寺を訪れた。

十歳で寺に入って以来、一度も顔を合わせていない。

三十年ぶりに会う、垂水家の長兄だった。

「ずいぶんと、老けたな。島での暮らしは、それほどにきつかったか」

「兄上はお変わりなきごようすで、何よりです」

第一声は、互いに嫌味と皮肉の応酬となった。しかしそのおかげで、緊張がほぐれた。いまさら何を話せばいいのか、兄にどんな思惑があるのかと考え続けていた。いつのまにか、島では徳の高い僧侶のようにあつかわれていたが、いざ我が身に至ると、ちっぽけなことに拘泥する。ずっと逃げ続けてきた過去と、捨て去ってきた惨めな自分と、正面から向き合わねばならない。

長兄は、その象徴だった。対峙するのが、ただ怖かったのだ。

仏道を通して、薄っぺらいからだに少しずつ肉付けを施してきた。筋を鍛え脂を削ぎ、血を通わせた。しかし後付けであるだけに、案外脆い。こつんと小さな槌が当たっただけで、ぼろぼろと崩れてくる。長兄は無暁にとって、ひときわ重い槌だった。

何よりの戸惑いは、兄の考えが読めないことだ。

六年前に父の吉晴が死に、赦免の望みはいったん絶えた。無暁の養父を引き受けてくれた名主の木下久万右衛門は、そう書いてきた。町奉行所への赦免願いを引き継いだのは、意外にも長兄だった。その仔細を、無暁は華立寺の住職から知らされた。

仇のように忌み嫌っていた異腹の弟だ。島に留めおく方が、よほど面倒がない。兄の腹の内が察せられず、疑念にすら駆られていた。

それでも赦免に至ったのは、この腹違いの兄の尽力にほかならない。

「このたびは並々ならぬご厄介をおかけしました。兄上のおかげをもって、無事に戻ることができました。まことにかたじけなく存じます」

居住まいを正し、心から礼を述べた。

「父上の、遺言であるからな……正直なところ、わしは迷った。おまえがどうこうではなく、垂水家の障りになるのではと、まず家を案じたためだ」

父の吉晴亡き後、長兄が家督を継いで、垂水充晴と名乗っていた。次兄は養子に行き、いまは常陸国にいるという。

「義母上は、息災にお暮らしですか？」

「ああ、年を経て、ますます口が達者になったわ。上屋敷の御長屋に共に暮らしておるが、おかげで嫁との諍いがかしましゅうて敵わぬわ」

宇都宮藩戸田家の上屋敷は、同じ下谷にある。華立寺が垂水家の菩提寺となったのも、それ故だろう。父は戸田家の用人まで上ったが、当主に就いて六年の兄も、いまは取次役をしているというから、やはり出世が期待できよう。らしくない軽口も、先の明るさに裏打ちされているようにも思えたが、逆に言えば、無暁の存在は汚点にしかならない。

「父上の四十九日の折に、この寺の住職から遺言の状を受けとってな。おまえが八丈にいることを、初めて知った。これまでどおりの島への施しと赦免の嘆願を、くり返し乞うておられた」

「さようでしたか……」

父の情愛が胸に迫り、目にひたひたとあふれてくる。ひたすら背を向け、顔すらまともに合わせようとせず、とうとう一度も成長した姿を見せることなく逝かせてしまった。不孝しか犯してこなかった子を、死ぬまで案じてくれたのかと、いまにも嗚咽となって迸りそうな慟哭を懸命に押しとどめた。

「寝耳に水であったしな、むろん母上は、未だに何もご存じない。手を打ちかねて、一年ほどは放っておいたが、どうもすっきりせなんだ。そのうち父上が夢枕に立つようになってな……」

「夢の父上は、何と？」

「何も言わん。何も告げずに、ただ悲しそうにわしを見詰めておるのだ。同じころ、こちらの住職に改めて説かれ、木下久万右衛門からも書状を受けとってな。しょうことなしに腰を上げた」

兄はただ、正直な人間なのかもしれない。昔の意地悪も、無暁への嫌悪を隠さなかったためであり、夢の中の父の姿は、充晴自身の罪悪感の現れだろう。武士にはめずらしく、また人間くさくも思えて、妙なおかしみがこみ上げてきた。

「何を笑っておる」

「笑ってなぞおりません」

「おまえは昔から、可愛くないな。まあ、いまさら文句をつける気もないが。それより、これからどうする？　先の面倒までは見きれぬぞ」

「ここまでのお力添えだけで、十分にございます。私は、出羽に立ちます。出羽三山の羽黒山にて修行をいたすつもりです」

「羽黒とは……山伏にでもなるつもりか？」

「平たく申さば、そのとおりです。修めるには十年はかかりましょうが、修験の道を極めて、その先に何があるのか、どのような景色が見えるのか確かめとうございます」

「さようか……」

　毒気を抜かれたように、大きなため息をつく。

「おまえは骨の髄まで、神仏に帰依したのだな」

「僧の身分を得ることができたのも、やはり父上と兄上の心遣いのおかげです」

　修行最中で寺を抜けた無暁は、僧侶とは名乗れぬ立場にあった。禅融に説かれ、八丈島にある浄土宗の寺で、正式に僧侶となったのは、島を出る直前だった。

　それまでは西菅寺での経緯がわだかまり、籍や位を金で買うことに抵抗が拭えなかった。

深川や八丈島では、特に必要に迫られなかったとの理由もある。しかし赦免と知ると禅融は、僧の身分を得るべきだと強く勧めた。

「悪いことは言わん、本土で坊主を続けるつもりなら、度縁は欠かせん。それは羽黒とて同じや。まっとうな僧として扱うてもらわねば、修行すらろくにできんぞ」

度縁とは、いわば僧侶の身分証である。仏教の権威や形骸に屈するものかと、意地を張り続けてきたが、いまの世は一寺も余すところなく、幕府の鎖に縛られている。政治に強く結びつき、片棒を担ぐことで安寧を得ている。

「修験で名を馳せた羽黒山とて同じや。それどころか、案外生臭い宗派争いもあってな。夢ばかり追うとると、足許をすくわれるぞ。現はせちがらいものだからな。清濁併せ呑む器量がなければ、修行も意味を成さぬわ」

含蓄のある説諭を受けて、改めて浄土宗の僧として得度した。そのような経緯も、兄に語った。

「父上の墓には参ったのか？」

「こちらに来て毎日、墓前に経をあげておりまする」

「そうか……父上には何よりの手向けだ。草葉の陰でお喜びであろう」

気性や生き様は、水と油ほどに違っても同じ父をもつ。

兄弟は無言のまま、亡き父を偲んだ。

出羽までは、路銀がかかる。手切れ金という、まことに兄らしい名目で充晴は餞別をほのめかしたが、修行はすでにはじまっている。道中の門付けで賄うつもりだと、有難く辞退した。

日光街道を北へ向かい、街道沿いになる宇都宮に寄って、木下家に挨拶した。養父の久万右衛門は七十に近い好々爺で、生きているあいだに倅に会えたと、たいそう喜んでくれた。木下の家に数日厄介になり、そのあいだ養父は吉晴との思い出をあれこれ語ってくれた。

宇都宮（ここ）には、母と祖父の墓もある。ふたりが死んだ当時は、板切れ一枚の粗末な墓だったが、後に父が、やはり久万右衛門に頼んでさる寺に墓を立て、ねんごろに弔った。

ふたりの名が石に刻まれた小ぶりな墓の前で、心を込めて供養した。

木下家を辞しふたたび旅路につき、日光街道の終点に当たる東照宮にお参りした。ここから少し戻った今市（いまいち）は、会津街道の起点にあたり、米沢（よねざわ）まで続いている。

途中、会津若松（あいづわかまつ）を通り、会津富士と呼ばれる磐梯山を拝みながら、島で世話になった流人頭の蓑八を思った。最後に幻の会津富士を見て、蓑八は逝った。方角を違えると荒々しい景色になるそうだが、会津街道から見晴らす磐梯山はなだらかな稜線を描き、赤埴山と櫛ヶ峰を従えて、ゆったりと鎮座していた。

米沢の先から、羽州街道に入る。やがて山形に至り、そこから西に折れ、六十里越街道に入る。最上川を越えて、日本海に面した鶴岡に至る街道で、名の由来はふたつある。街道は概ね四町一里で測られるが、この道の一部は六町で一里とされる。あるいは大岫峠、後には大越峠と称される九十九折が、六十里も続いたためとも言われる。

難所にもかかわらず通る者が案外多いのは、出羽三山への参詣道であるからだ。湯殿山、月山、羽黒山の三山に詣でれば、すべての煩悩や辛苦から放たれると信じられ、ことに湯殿権現は、古より人々に崇められてきた。

参道にかかるより前に、寒河江川で身を浄めるのが、参詣者たちの慣わしだった。四月とは思えぬほどに、水は冷たい。それでも誰も厭う者はいない。川を渡った先は、湯殿山の神域とされていたからだ。いまは渡し船が通っていて、禊を終えた参詣客を向こう岸へと運ぶ。

この川には江戸の初めより幾度となく橋が架けられたが、そのたびに流され、いまは少し下流に新しい橋を造設している最中であった。流される因が橋脚にあるとして、脚をもたぬ刎橋を架け、後に臥龍橋と称される。

船が八丈島を立ったのは、前年の五月だった。行きと同じに、江戸に着くまでにふた月を要し、江戸からは門付けをしながらの旅であったから、山形に至るまでふた月もかかった。僧の門付けは、家々の軒先で経を唱えて銭や雑穀を恵んでもらう。中にはインチキ坊主も多いときくが、思っていたよりは楽な旅だった。

東北はことさら飢饉の頻発する土地だが、この十数年は大きな不作に見舞われていない。文化文政に江戸文化が花開いたのも、国中が豊作の恩恵に与っていたことが土壌にある。もちろん江戸とは違い、諸国の百姓は哀れなほどにつましい。それでも八丈にくらべれば、人々の暮らしはよほど落ち着いていた。門付けしても邪険に払われることは滅多になく、大方の家では快く銭や食べ物を分けてくれた。行く先々の寺で軒を借り、雨露を凌いだが、昔出会った光倫住職のように親切に迎えてくれる寺もあった。

何より有難かったのは、仏教談議を交わしながら、三山について学べたことだ。ただし湯殿権現のご神体についてだけは、ただのひとりも告げてはくれなかった。

「古来、『語るなかれ、きくなかれ』というてな。何人たりとも明かしてはならぬしきりとなっておる。かの松尾芭蕉ですら、『奥の細道』にも記さず、句を詠むに留めておるわ」

山形で世話になった顕覚（けんかく）和尚とは馬が合い、半年ものあいだ世話になった。というのも、晩秋から春までは山道が雪に閉ざされているからだ。暦が夏に変わって、ようやく六十里越街道の行き来が叶う。

「そこまで雪深いとは迂闊にも存ぜず、ご住職には造作をかけまする」

「なんのなんの、わしも良い話し相手ができて、冬場の無聊の慰めになる」

顕覚は迷惑そうな素振りも見せず、快く長逗留を許した。

慈秀寺（じしゅうじ）という小さな寺の住職だが、羽黒派の末寺にあたる。還暦を越えた闊達な和尚は、三山についてもさまざまなことを教えてくれた。

三山のうち、衆生の信仰をもっとも集めたのは湯殿山だが、修験道の中心となったのは羽黒山である。故に傘下の寺は羽黒派と称されて、いまから八十年ほど前、延享（えんきょう）年間の調べによると、末寺は三千七百以上に上る。陸奥と出羽、次いで関八州に多かった。

一方でもっとも高い山は月山で、年中雪に覆われている。ために月山権現には、夏場しか詣でることができなかった。毎年四月三日に御戸（みと）開きが行われ、八月八日に御戸閉めに至る。

神仏の習合以降は、三山を合わせて、出羽三所大権現と呼ばれた。

湯殿山は月山の七分ほどの高さで、羽黒山にいたっては丘に等しい小さな山だ。しかし修験道においては、羽黒山伏の名が広く知られていた。

「仏教が伝わるより前、古の昔から、三山は山そのものがご神体として崇められておってな。月山の頂きを、『おむろ』と呼ぶのはその名残だろう。おむろとは、神のお籠りになられる場所であるからな」

山そのものが神であるだけに、山中は枝や草の一本に至るまで神々のものだ。みだりに触れてはいけないとされ、禁忌の域でもあった。

古代の出羽はいわゆる蝦夷の国で、大和朝廷により初めて郡が置かれたのは、天武十一年だった。しかし三山が開かれたのは、これより百年ほどさかのぼる。

「開山されたのは、蜂子皇子でな。まず推古元年に羽黒山と月山を、やや年月を経て、推古十三年に湯殿山を開かれた」

出羽三山の開祖とされる蜂子皇子は、三十二代崇峻天皇の皇子であったが、当時は蘇我氏が政治の実権を握っており、崇峻天皇は蘇我氏に暗殺される。身の危うさを感じた皇子は仏門に入り、諸国をめぐる旅に出た。皇子を匿い旅を勧めたのは、聖徳太子だとされている。大和国を発ち、翌年、出羽国由良の港に着いた。

このとき三本足の大烏が飛んできて、導くような仕草をする。ついていくと、木々が鬱蒼と茂った場所に辿り着いた。羽黒の阿久谷と呼ばれる場所で、いまも山伏の修行の場になっている。絶壁から落ちる滝に向かい端座すると、忽然と羽黒の大神が現れて、皇子に神託を下された——。

三本足の烏の件以降は、過分に創作めいてはいるものの、羽黒山の名の由来は、この烏である。

無暁は後に、仏画に描かれた蜂子皇子を拝んだが、その姿は驚くほどに異様だった。まなじりと口は裂けるほどに長く、鼻はたれ下がり、顔の長さは一尺もあったと伝えられる。ひどく醜い姿ではあったが、無暁にはかえって尊く映った。生い立ちの不幸もあろうが、人々の苦悩を自らの内に吸い上げて、果てにこのような姿に至ったのではあるまいか——。

皇子は人々の苦難を救ったことから、能除上人と称された。

出羽の神々は、もともとは日本古来のものであった。羽黒神は玉依姫命と伝えられ、羽黒に巫女が置かれたのも、そのためだろう。江戸期に至っても、月山と湯殿山は女人禁制であったが、羽黒では女性の入山が許された。

しかし時代が下るにつれて、他社と同様、しだいに神仏習合の道を辿る。

奈良・平安の仏教は、「僧尼令」の定めに従って、山岳霊地に登り修行するのを旨とした。これが古来の山岳信仰と結びつき、修験道が興った。この大きな一助を成したのが、空海と最澄である。

空海は高野山に真言宗をもたらし、最澄は比叡山に天台宗を開いた。

両宗派の教理では、神仏は同体とされる。神仏習合はことに平安の藤原時代に進み、それぞれ土着の神をもつ民衆を治めるには、仏教にとり込む方が都合がよかったためだろう。神は仏の化現であると、巧みに混合させた。

出羽三山にも影響はおよび、羽黒山には観音を本尊とする寺が建立され、月山は阿弥陀、湯殿山は大日如来と、それぞれ定められた。

すでに平安の初期には、頭巾をつけ法螺貝を手にした羽黒の山伏が、遠い京の都でも散見されているが、高野山や比叡山と結びついたことにより、羽黒派修験道としてさらに発達した。

「ただし、要らぬ争いも招いてしまってな。徳川幕府の命により、国中の修験が天台か真言、どちらかに属さねばならなくなったのは知っておろう？」

「はい、たしか慶長のころに山伏が霞場を争って、それを鎮めるためにその掟を定めたと」

霞場とは、出羽三山の参詣者をまとめた講であり、伊勢の伊勢講、稲荷の稲荷講と同じたぐいのものだ。霞場の争いは、いわば信者の争奪戦であり、教えてくれたのは八丈島の禅融である。

「言うてみれば、羽黒と湯殿の争いでな。何かと羽黒に押さえつけられるのを嫌うて、湯殿の四ヵ寺が抗うたんや。結局、羽黒は天台宗、湯殿は真言宗と幕府がとり決めたものの、背後で大名なぞが茶々を入れるものだから、よけいにややこしゅうなってな、未だに収まってはおらぬわ」

禅融の教えで何より有難かったのは、知識の広さ豊富さだけではなしに、物事の見方が平坦だったことだ。ひとつの宗派に肩入れすることなく、平等に、そして冷徹に各派の歴史や教義をひもといてくれた。僧侶というより学者に近く、おかげで偏りのない仏教学を得ることができた。

顕覚和尚もまた、羽黒派の末寺にあっても思考は柔軟であり、他にも三山に帰依する寺には立ち寄ったが、羽黒が横暴だとか湯殿が勝手だとか、狭い考えに固執する者も少なからずいた。顕覚にはそういうせせこましさがなく、一方で末寺だけあって、三山の歴史には禅融以上に詳しい。

「もともと湯殿山は、三山には含まないとする古い由来があってな。かつては月山と羽黒山、それに葉山(はやま)をもって出羽三山と呼んだ。湯殿山は三山の奥の院として、ことに崇拝されたと、かの『羽黒山縁起』にも書いてある」

「なるほど、それで湯殿山は、羽黒山の支配を嫌うたのですね」

「元来、修験の教えは一宗一派に偏ることなく、諸宗にわたって通ずるはずであるからな」

「いかにも」

「いまに続く羽黒と湯殿の争いは、もとはといえば天宥殿が、天台への改宗を押し切ったためだ。悪し様に言う者もおるが……羽黒の中興の祖である天宥殿を、わしは敬うておる。あのお方がいなければ、いまの栄えようはなかったろう」

「天宥法印のお名は、存じておりまする……出羽三山のために尽くし、ですが晩年は伊豆に流されて、かの地で没したと……他人事とは思えませなんだ」

顕覚には、島帰りの身の上を明かしていた。天宥は、新島に流された。兄貴分であった伊太郎と同じ島である。伊太郎とは、細々と文のやりとりをしていたが、ある時期から便りが届かなくなった。末吉村の逸右衛門に頼み、消息をたずねたところ、島に着いて八年目に病で亡くなったと知らされた。面倒見のよかった兄貴分の死はひどく応え、新島の方角に向かって七日のあいだ経を上げた。

「天宥法印について、おきかせ願えますか」

思い出に沈みそうな己を引き立てて、顕覚和尚に乞うた。

「うむ、生まれは慶長十一年正月。わずか七歳で寺に入られ、二十五歳で別当になられた」

慶長十一年というと、江戸幕府が開かれて三年後になる。天宥が別当に上ったころは、羽黒山は衰退のどん底にあった。

室町のころまでは、為政者たちの羽黒山への庇護は厚かった。

平将門は五重塔を建立し、平泉金色堂で名高い陸奥藤原三代も縁が深い。

しかしもっとも有名なのは、源義経であろう。兄頼朝の猜疑を逃れ、陸奥の藤原秀衡を頼り、奥羽に落ちのびた。途中、羽黒山伏に扮して安宅の関を抜けた件はあまりにも有名で、『勧進帳』の名で芝居にも仕立てられた。

鎌倉のころから、国中の修験場では天台・真言の両派が台頭し、争いの火種が生まれたが、羽黒だけはどちらにも属せず、羽黒派と称して江戸初期までこれを守り抜いた。羽黒山の力は強大であり、当時の大名にあたる守護ですら不入とされた。

しかし戦国の争乱で、本殿や数多の堂を失い、寺領すら奪われた。戦乱が収まって、寺領の一部は回復したものの、昔の栄華にはほど遠い。江戸幕府からの格別な庇護が得られなかったためだ。

「天宥殿は、昔の栄華をとり戻さんとしたのだ」

「はあ……ようやく天宥さまの名が伺えて、安堵いたしました」

たっぷりと羽黒山の歴史を拝聴し、長い前置きが終わったことに、無暁が息をつく。

「二十五歳で寺務をすべて担う別当に上られるとは、若いころから秀でていたのですね」

出羽三山を往時の姿にするために、天宥は一計を案じた。

江戸幕府は、鎌倉期から続いていた修験場をめぐる天台と真言の争いに、終止符を打った。国中の修験場を天台か真言のいずれかに定め、このとき三山は真言宗に与した。

一方で徳川家は、天台宗に帰依している。天宥はこれに倣って、真言宗から天台宗に改めたのである。さらに東照宮を羽黒山に勧進し、徳川を味方につけて勢いをとり戻そうとした。

「けれども、無理な宗改めは禍根を残してな。天宥殿は三山の七つの登拝口をまとめて、支配下に治めようとしたが、七つのうち四口は天台への改宗に応じなかった。真言の作法を守り抜き、真っ向から天宥殿に抗ったのだ」

真言方の執拗な反発が、やがては天宥を流罪に至らせる。訴えの理由は別にあったが、天台への改宗という、あからさまな徳川への追従が、出羽を二分する激しい宗派争いを招き、流罪の遠因となったことは否めない。

天宥は新島に流され、七年後に八十二歳でかの地に没した。

「天下にとどろく霊山でさえ、人の世のしがらみとは無縁でいられぬとは……」

「がっかりさせてしもうたか？　だがな、三山を拝めば気落ちも拭われよう。かの山々が清浄で霊気に満ち満ちているのは、いまも昔も変わりない。ことに羽黒の切石坂や杉並木は見事だぞ。石を敷き、杉や松の苗木を植えたのは天宥殿だ。あの景色を作られたお方であるからな、わしは天宥殿を悪くは思えぬよ」

舟で寒河江川を渡りながら、顕覚和尚の穏やかな笑顔が浮かんだ。

未だ山頂に雪を残した出羽の三山は、無暁の前に開(はだか)っていた。

まるで時が、三十年も巻き戻ったかのようだ。

羽黒山に着いてから、無暁の暮らしは小僧の時代に逆戻りした。

「無暁、水汲みの後は薪割だ。済んだら庫裏で飯炊きだぞ」

「遅い！　何をもたもたしているのだ。日が暮れてしまうわ」

「そうではない！　何べん同じことを言わせる、いい加減手際を覚えんか」

無暁が身を寄せたのは、羽黒山の中腹に立つ、懸来寺(けらいじ)という寺だった。

羽黒山とその麓の門前集落には、ざっと四百もの寺院がひしめいている。

清僧衆徒の寺が三十二院、俗体衆徒が三百六十余坊。

俗体とは妻帯世襲の僧であり、清僧の実に十倍近い者たちが、親から子、子から孫へと連綿と役目を継いで羽黒山を守ってきた。僧侶の女犯が厳しく戒められるこの時代にあって、これほどまでに妻帯衆徒が繁栄していることには、無暁も少なからず驚いた。

それらを束ねるのが、羽黒山の本坊たる宝前院である。

江戸中期に宗旨替えを経て、東叡山寛永寺の末寺にあたる。東叡山は日光山輪王寺とともに、東国の天台宗を統べていた。

また、羽黒派修験道の本山たる役目もある。けれど修験のお山でさえも、寺の格、僧の格に阻まれて、上下は厳しく隔てられていた。

寺というのはもともと、内側を覗けば武家と同様の縦社会であり、他人より早く上ろうとすれば、徳以上に金が要る。ただし外に向かっては、門戸を広く開けておく。追われる身である罪人でさえも、逃げ込んできた者を無下に追い払うことはしない。戦に敗れた武将や政争に負けた官吏などが、寺を頼って落ち延びた逸話は数多い。

しかしそれも江戸期に入ってからは、だいぶ窮屈になった。駆け込み寺はどこそこに限るとか、幕府がいちいち口を挟み、勝手に匿えば咎を得る。羽黒山も例外ではなく、身許のたしかな者しか弟子にはなれない。咎人はもちろん、人別帳から除かれた無宿者すら入り込む余地はなく、無暁は刑罰を終えた身ではあるものの、人を殺めている。宇都宮の名主、木下久万右衛門が息という肩書と、顕覚和尚の紹介状がなければ、門前払いを食らっていたかもしれない。

山形で世話になった顕覚和尚は、清僧衆徒三十二寺のうちのひとつ、懸来寺に行くようにと勧めてくれた。懸来寺の住職と和尚が、昵懇の間柄にあったからだ。

懸来寺は、規模で言えばちょうど、木菅村の西菅寺と同じくらいか。修行僧の数も十人ほどと変わりはない。ただし小坊主のたぐいはおらず、二十歳を越えた大人ばかりだった。当然、新参の無暁にも雑用の多くが担わされ、自分より若い者たちに追い回される日々が続いた。これも修行と心得て黙々とこなしたが、ひとつだけ痛切に思い知ったことがある。

四十を越えた歳である。我ながらことのほか覚えと手際が悪い。一度教わっただけでは足りず、頭ではわかっているのに、からだが素早く応じてくれない。知らぬ間にからだも頭もこんなに衰えていたのかと、歯噛みしたい思いにしばしば駆られた。年齢による粗忽さは、根気で補うより他になかった。

それでも、寺内での情けない思いは、一歩山に入ると霧散した。

木菅村も山に囲まれてはいたが、木々の植生の違いか、あるいは千年以上にわたって神と敬われてきた故か、山が纏う気配はまるで違った。

清浄な大気はただ森閑として、四季の際立ちは、自然の厳しさと懐深さを人に諭す。

山中にはいくつもの行場があり、峰から峰へと行場を渡り歩くのが、山伏の本分である。とはいえ最初のうちは、山に入るたびに息切れがして、喉は干上がり胸が張り裂けそうなほどに苦しい行程だった。八丈島も平地は少なく、海岸からすぐに山に至るような土地だ。斜面には慣れているつもりでいたが、峰が幾重にも続くだけに行けども行けども終わりがなかった。

このような山道を、修行を積んだ行者は、まさに駆けるような速さで進む。とうていついていけず、足を止めるたびに先達から怒鳴り声がとんだ。

「なんだなんだ、お主の足は亀よりのろいな。ぐずぐずしていると、置いてゆくぞ！」

強面の鬚面が、容赦なく叱咤する。懸来寺では住職の次に位する、宇魁という僧だった。五十をいくつか越えているというのに、無暁から見れば、羽でも生えているのではないかと目をこすりたくなるほどに、天狗さながらの身のこなしで飛ぶように尾根を渡る。

天狗になぞらえたのは、その装束のためかもしれない。

鈴懸と呼ばれる着衣は上下に分かれ、上衣は市松模様、色目は位によって変わってくるが、並の修験者は白と藍の市松である。下は白か藍の袴で、裾が絞れるようになっている。頭には頭巾。黒い布でつくられた、小さな烏帽子のような代物だが、頭を守るには少々小さく、ましてや飾りなどではない。山中の淵や川で喉を潤すときには、これで水をくむ。内側には藍汁をよくしみ込ませた、ごく薄い杉や檜の木羽が縫い込まれ、頭巾で水を漉すことで、水あたりを防ぐのである。

また、手甲、脚絆、足袋などもやはり藍染めを用い、虫刺されや蛇毒から身を守る。袈裟は細い帯状の結袈裟で、天台宗の本山派では、梵天と呼ぶ丸い房を六つつけるのが慣わしだった。真言宗の当山派は、房の代わりに輪宝金具をつけるが、高山などで落雷の危険がある場合は、やはり房をつける。六つの房は六つの修行を表していた。

数珠は最多角。算盤玉に似た角のある玉で、修験者はどこの山もこの数珠を腕に巻く。

そして錫杖。これればかりは深川でふり回していただけに、無暁にも馴染みがある。

何十遍と膝をつき、馴染んだ錫杖を両手で握りしめ、辛うじてからだを支える。法螺貝を手にした先達から、ふたたび叱声がとんだ。

「無暁！　またおまえか！　なまくらもたいがいにしろ！」

「申し訳……ございません……」

吐き出したつもりが、声にならない。喉を通る息が冷たすぎて、肺を凍らせ声すら塞いだ。

無暁が何より応えたのは、出羽の雪と寒さである。山国育ちではあっても、生国よりずっと冬が厳しい。なまじ温暖な八丈に長く暮らしていただけに、ことさらにきつかった。

ここに来て、半年以上が過ぎたというのに、未だに冬の長さにからだが慣れてくれない。土地の者ですら冬山には入らず、俗体衆徒もまたしかりだ。このように冬山に赴くのは、ほとんど清僧衆徒に限られた。先達とは山の案内人であり、法螺貝を携えて懸来寺の者たちを率いるのは、いつも宇魁だった。

新参を庇う真似もせず、不甲斐ない無暁には情け容赦がない。それでも身近に宇魁という行の手本がいてくれたことは、有難いと思っていた。

修行とは、常に己との戦いだ。すぐにくじける弱さは、誰の心にも潜んでいて、些細な不満や苦悩で他愛なく顔を出す。平穏無事であれば善人でいることも容易いが、苦役が続けばしだいに荒み、底なしに堕ちてゆく。

無暁の半生は、その典型を辿ったようなものだ。

八丈で出会った者たちのおかげで、どうにか立ち直りはしたものの、いつまた足をすくわれるかわからない。自身の弱さは、誰よりも骨身に応えている。そのための修行であり、だからこそ厭うつもりはない。

同じ羽黒山の山伏でも、目的も生きようもそれこそ千差万別で、妻帯衆徒の存在が、それを雄弁に物語る。彼らは代々この地に定住し、それぞれ役目を果たし、山を守りながら修行も行う。

四季の峰修行がこの地にだけ残されているのも、案外それ故かもしれない。

春夏秋冬のたびに入峰する修行は、かつては熊野などにもあったそうだが、早い時代に廃れていた。それぞれ入峰時期も日数も定められていて、妻子との暮らしを営みながら修行を続けるには最良の策ともいえる。

このうち春の峰は、執行・別当・三先達といった一山の上座にいる、ごく限られた者だけで行うしきたりだった。百姓にとって何よりの関心事である、その年の稲や穀物の育ちと収穫を祈る、大事な儀式でもあったためだ。

三山がにぎわうのは、やはり夏から秋口にかけてである。

まず四月三日、羽黒山の総元締めである執行が月山の御戸開きを行う。これは実際に執行が月山に登るわけではなく、羽黒山の麓の寺でとり行われた。そして八日には一山の総衆徒が出仕して、九十六の花器に花を盛って供える。ために夏峰行は、花供の峰とも呼ばれた。

この日から、山伏の夏峰修行も行われる。ほぼ九十日間におよび、この間に閏月があると日数が延びた。

やはり行場巡りの山駆けで、うねうねとした山道を、締めて百十二里半。東海道の江戸から京までの里程が百二十四里ほどであるから、ほぼそれに近い距離に達する。高低に富んだ難路を、日によっては十里以上も進まねばならない。登りはもちろんきついが、下りが続けば膝が笑う。慣れぬ者には至難の行で、無暁も最初は数日の山歩きだけで、食事すら喉を通らぬほどに疲弊した。

夏峰の行と同じころに、参詣客も三山へと押し寄せる。霞場と呼ばれるいわば檀那衆はことに熱心で、山で修行する行者に対し、道者（どうしゃ）と呼ばれていた。

道者は先達に率いられて、羽黒山から月山に入り、葉山に赴き、引き返して湯殿山を拝する。概ね三泊四日の行程で、行者修行には遠くおよばぬものの、山に慣れぬ者には決して楽な道ではない。

羽黒山で一の宿、月山山中で二の宿、湯殿山の入口にあたる四ヵ寺で三の宿をとると、結縁入峰（けちえんにゅうぶ）と認められ、十念を授けられる。十念とは、念仏・念法・念戒など、仏教経典にある十の念であり、決まった道筋を行き三つの宿に参籠（さんろう）すれば、衆生にあっても救われると説かれていた。

三山に詣でる者は、たとえ行者でなくとも、行人装束を身につけなければならない。

腰丈ほどの白い着物に、白い筒袴。頭には宝冠を巻く。これは長い白布をねじって頭に巻きつけるもので、両の耳の上に布の端を角状に出して下げている。

筍(たけのこ)や山菜をとる百姓すらも、山に入るときは行人装束で赴いた。

この時期になると、宿坊はにわかに忙しくなり、羽黒山はことに秋田道者でにぎわう。秋田からは女道者が多く、女人禁制の月山や湯殿山には入れない。羽黒山だけをお参りして帰るのである。

遠方から訪れた参詣人のうち、もっとも有名なのは芭蕉であろう。三山を順に拝礼した後、寺に乞われ、それぞれの山に因んだ三つの句を短冊に記した。

涼しさや　ほの三か月の羽黒山
雲の峰　幾つ崩て月の山
語られぬ　湯殿にぬらす袂かな

このとき、弟子の曾良(そら)もまた、面白い一句を残している。

湯殿山　銭ふむ道の泪(なみだ)かな

湯殿山は神域であるために、落ちたものを拾い上げることが禁じられていた。ために参道には、参詣人の投げる賽銭が敷き詰めるように落ちている。銭を踏みながらお参りするのは、かたじけなく思えて涙がこぼれる、といった意味である。

うがった見方をすれば、何やら皮肉めいてもきこえる。拾ってはならぬといっても、そのままにしておくわけにもいくまい。賽銭の山の行き着く先は、結局は寺院の懐である。同様に、山を案内する先達たちは、目立たぬ形で巧みに参詣人から金を引き出す術を心得ていた。

たとえばどこの山でもお札を受け祈禱してもらうと、その二割は、後日先達に渡される。また茶店などで休憩をとる折には、道者は礼儀と労賃代わりに先達の分も注文してくれる。もちろん金はすべて道者が払い、やはりその二割が、茶店から先達に渡る仕掛けになっていた。

案内料や宿泊料、ご祈禱料なども決して安くはないのだが、御山で銭をけちれば霊験が損なわれるとして、誰も惜しむ者はいない。参道の撒き銭も、同じであろう。

芭蕉と曾良が旅した元禄のころは、宿代が一分。月山の一夜の小屋賃は二十文、案内料を含めたその他諸々で二百文と記されているが、それから百数十年が過ぎたいまとなっては、いずれもとんでもなく跳ね上がっている。

案内賃は六百五十文、その他山上での入用にも定価が定められ、ひとり一貫文、つまりは千文かかる。宿代なども往時の倍はかかろうし、一両くらいは楽にとんでいきそうだ。しかしその分、もてなしようも凝っていて、夕食には一汁五菜という馳走が供されて、夜食には餡餅が出る。

伊勢や富士をはじめ、いまや寺社参りは観光と化し、支払う銭に見合うだけの供応が求められる。出羽三山も例外ではなかった。その証拠に、御師も存在する。御師とは、参詣者の世話をし、また全国に出張って信者を獲得する者たちだ。

出羽の場合、夏から秋口がかきいれ時であるために、冬場には衆徒たちが「檀廻り」と称し国々に散って、御師として道者の家々をまわった。道者は東北と関東にとび抜けて多いが、全国六十余州のうち、道者がいなかったのは飛騨一国のみであったという。

参詣人の数は、毎年四、五万人に上るが、丑年になると三倍にもふくれ上がる。

丑年は、湯殿山の縁年にあたり、弘法大師が湯殿山を開いた年が丑年とされている。開山された延暦四年、弘法大師はわずか十歳。この開山説はかなり眉唾なのだが、有難い年にぜひとも結縁したいと、道者たちがどっと繰り出した。丑の年には繁忙を極めるために、例年は五月末までに帰参せよとされる檀廻りも、五月十日までに戻るよう厳命される。帰山できぬときは、破門に処せられる。

かの蜂須賀小六は、もともと羽黒で妻帯する俗体衆徒であったが、関東に檀廻りしている途次に病にかかり帰参が間に合わなかった。破門を受けて西国に流れ、後に豊臣秀吉の懐刀になったとの説が、この土地ではまことしやかにささやかれていた。

伊勢講や富士講にくらべれば相場は安いものの、仮にひとり一両とすると年に四、五万両の金が落ち、丑年には十四、五万両になろうか。

そんな算術を試みると、決して良い気持ちはしないものの、若いころのように闇雲に忌避する無分別も失せていた。その実入りのおかげで、自身もまた、こうして修行に明け暮れることができるのだ。

僧は武家と同様に、自らの手で稼ぐことをしない。百姓や町人が汗水垂らして稼ぐ銭を、悪く言えば横合いからかすめとり、あるいはおこぼれに与って凌いでいる。布施やら托鉢やら賽銭やら、言い方を変えてみても、所詮は自力では食い扶持を稼がぬ者たちだ。

実利としては取り柄がない以上、せめて何らかの形で衆生の役に立たねばならない。人の心を救い、迷いを解き、いずれは極楽浄土に行けると希望を説くのも、僧に課せられた使命であろう。かつて寺を抜け出したころ、真妙寺の光倫に問うた。そのこたえが、わずかながら見えつつあった。

けれども、いまの無暁はあまりに無力だった。並の行者がこなす山駆けさえ覚束ない。

錫杖を握った両手に力を籠めて、雪にめり込みそうな膝を辛うじて支えた。

暦が秋を告げるころ、七月になると、秋の行がはじまる。

三十五日とされたのは江戸のはじめからで、それまでは七十五日続いたときく。

夏峰を山駆け、すなわち動とするなら、秋峰は静の行である。

いわゆる籠りの行で、龍堂や山中の洞窟を母胎に見立てての胎内修行である。

人間が生まれるには、まず父の精が母の胎内に入る。これを入胎といい、母のお腹の中で、成肉、成血肉、成凝骨、成支節と経て、五体を得るとされる。

山神は古くより女神であり、山そのものが母体としてあつかわれる。秋峰は母の胎内に等しい羽黒山の山中に籠もって、月山や湯殿山にも登ることをしない。

秋峰行では、まず三鈷沢を目指す。月山の泥流が東北の方角に流れて沢となった場所が三鈷沢で、洞窟があり、阿弥陀如来と大日如来が一体となった大悲遍照如来がおられると伝えられていた。だから三鈷沢へ行くときには、頭は阿弥陀、手は大日如来の印相を形作った仏像を、赤い木綿の布に包んで携えていく。赤い布は、母胎を表していた。

拝所である洞窟は、崖の中腹にある。そこまで崖上から下りていかねばならぬ難所であつた。山伏は必ず、螺緒と呼ぶ縄を腰に結わえている。縄は山駆けには欠かせない道具で、これを木の根元に縛りつけて縄を頼りに崖を下り、洞窟に着いたら中に仏像を安置して拝む。

すべての者が行うには、危険が伴い時間もかかる。いつのまにか代表して先達が行うのがしきたりとなり、修験者たちは下からきこえてくる先達の声に合わせて崖の上で拝む。やがて先達は、仏像を懐中にして上がってくる。そして綱切り刀で螺緒を切り、刀を谷底に投げ捨てる。過去と現在を切り捨てて、新たな生命を得るための行いであり、それが自分と先祖に対しての、最高の回向であり供養だとされていた。

次に大懺悔の行。自分の犯した罪業を、最低でもひとつは口にし懺悔しないと、行場には入れてもらえない。

正直、これぱかりは躊躇した。自らの過去や犯した罪は、懸来寺の住職には告げている。七十に近い高齢の住職は、ふうむと唸り、白い鬚がまばらに伸びた顎を撫でた。

「本来なら、己の過去世をすべてあからさまにして、この地で修行を重ねて生き直すのがおまえにとっては何よりであろうが……衆徒にもさまざまいてな、小うるさい文句を言う輩もおろう。おまえも居心地が悪かろうし、難癖をつけて山を下ろそうとする者もいよう」

羽黒山は、身許の不確かな者は入山させない。これは俗体衆徒の多さも、少なからず関わっているのかもしれない。女子供も共に暮らす場所に、得体の知れない無頼の男なぞ近寄せたくはなかろう。流罪という刑を終えたのだから、無暁はすでに罪人ではない。それでも人を殺め、二十年も流された島帰りだと知れば、不安や疑念は消しようがない。

「おまえにとってはかえって酷になろうが……わしとおまえの胸に留めおくとするか。できるか？」

「はい。これも修行と心得まする」

明かした方がよほど楽になる。しかし己が楽をして周囲を戸惑わせては元も子もない。その理屈を無理やり飲み下したものの、未だに喉の奥に苦い丸薬のように貼りついて剝がれてはくれない。八丈で過ごした年月が、すべてなかったことになるからだ。

――あたしらのこと、忘れんでくれね！

――この島のこと、忘れんでくれなあ！

汐音と浜太の声が耳許で潮騒のように鳴るたびに、喉に引っついた丸薬はじわりと溶けて、苦味が舌に戻ってくる。苦味の正体には気づいていた。嘘という名の苦い味だ。

「おまえさんには、湯殿のお山の方が、よかったのかもしれんな……」

座敷を辞す折に、無暁の背中に向かって、住職がぽつりと呟いた。意味は計りかね、またたずねることもしなかったが、心には懸かっていた。

「十三の歳に寺を抜け出し、以来、放蕩三昧を通し、実の父の死に目にも会えませんでした。親に対して、この上ない不孝を犯しました」

大懺悔の受け役を務めるふたりの先達に向かって、無暁はそのように述べた。

他の衆徒たちは離れたところに立っていて、ふたりの先達も顔色ひとつ変えない。

無暁の嘘は、無暁だけが知っていた。

さらに秋峰には、南蛮燻しという苦行がある。

米糠を煎り、ドクダミの葉の生干しと、唐辛子を丸ごと半煎りにしたものを混ぜ合わせ、火鉢にくべて燻す。扇で煽ぐと、煙は畳を這うように広がり、座した衆徒たちは逃げようがない。燻す間が長いために非常に苦しく、気絶する者さえ出た。無暁も幾度か気が遠くなりかけたが、苦い煙でさえも己が身の内から口中にわいて出る苦味には敵わない。自身で腿をつねるのと同じで、どうにか意識を保っていられた。

また龍堂の礼拝行も苛烈だった。龍堂といっても笹でできた小屋である。中で勤行するのだが、「南無帰命頂礼羽黒山大権現」と三べんずつ唱えながら、跪いて頭を畳につけてから立ち上がるという五体投地の礼拝をただひたすら、何と千回もくり返す。立ち座りを黙々と続けるうちに、袴の膝がすり切れて、血を流す者も少なくない。先達が千を数えたころには、腰から下が完全にしびれ、感覚すら失っていた。

夏の山駆けにくらべると、ひとつひとつの行に手が込んでいて容赦がない。

三十五日の秋峰行が終わり、誰もが疲れきり、それでも清々しい表情で下山するころになっても、やはり無暁の胸は、頭上に広がる秋晴れとは程遠くどんよりと澱んでいた。長く留め過ぎたのか、舌の上の味は、すでに酸いのか甘いのかすらわからなくなっていた。


秋峰行は別名、出世の峰ともいう。

いわば査定の場ともなっていて、位が上がった者は、鈴懸の衣と螺緒、そして結袈裟につける梵天の色が変わるのだ。位は五つあり、峰入り修行の回数によって決まる。

特に妻帯衆徒においては、位の上り方にはわかりやすいとり決めがあった。九回入峰で一僧祇、十二回で二僧祇、どちらも色は緑を用い、二僧祇から三年入峰で三僧祇、色は橙となる。

言ってみれば年功序列に近く、少しでも早く上るためには、できるだけ早く入峰せねばならない。妻帯であるから当然、跡継ぎとなる子ができる。彼らは十五歳で元服をして入峰を認められる定めだが、熾烈な争いは生まれる前からはじまっていた。まだ母親の腹にいて男女もわからぬうちに、出生届を出すのである。届けが受理されれば、それだけ早く入峰が叶う。親たちが熱望するのは、最高の山伏の位たる松聖（まつひじり）である。松聖はふたりしかえらばれず、一年ずつ交替で役目にあたる。三百六十余人のうちたったふたりであるから、望む者が多ければ下がつかえてくるのも無理からぬことだ。

昨今では、老齢を迎えるまで松聖にはなれないときいて、たいそうなことだと、何やら力が抜けた。

それでも羽黒山が栄えているのは、間違いなく彼らのおかげだった。

清僧は自ら食糧や金を生まない。代わりに俗体衆徒がそれらを担っていた。

羽黒の山中にあるのは清僧の住む寺だけで、俗体衆徒は麓の手向（とうげ）村に集落を作っていた。手向の衆徒たちは、必ず宿坊を営んでいる。毎年訪れる万を超える参詣客をもてなし、金を得ているのは彼らの働きあってのものだ。染屋や鍛冶屋、また百姓など、副業を営む家も多かった。

清僧衆徒は祈禱やらはしても、実質は何も生産しない。位の上がりようも異なっていて、懸来寺に来た当初、興味本位で宇魁にたずねたことがある。

「おまえは散在修験であったな。散在の場合は、清僧衆徒が催す春夏秋冬、四たびの行をこなし、一年で一僧祇となる。これを十三年くり返さば先達に、三十三年で大先達だ。ほれ、このとおり、紫の螺緒や梵天に格上げされるぞ。大先達となれば緋色になる」

すでに先達を務めている宇魁は、紫色の房のついた結袈裟を見せびらかしたが、口ぶりからすると、位にはさして関心がなさそうだった。

「三十三年とは、気が遠くなりまするな……」

「まあ、おまえの歳なら、どうにか届くやもしれんぞ。山伏は日々からだを鍛え、粗食に耐えておるからの。概ね長生きなのだ……しかし、もっとてっとり早く上る道もあるぞ。なんと、これを収めれば、一年で大先達になれるという秘技中の秘技よ」

「それはどのような修行にござりまするか？」

「これよ」

宇魁はにやりと笑い、親指と人差し指で丸を作った。

「収めるのは修行ではない、金よ」

「なるほど……たしかに並の者には、ようよう収められませせぬな」

「だろう？」

鬚面が天を向き、豪快な笑い声をあげた。このときから、宇魁という男に好感をもった。

「ところで無暁、どうして清僧として入山しなかったのだ？　宗門は違えど、僧暮らしは長いのだろう？　おまえの読経をきけば、そのくらいはわかる。天台に帰依し清僧となれば、散在身分や行人よりは、よほど早く上ることもできようが」

散在修験とは、羽黒以外に住まう僧や、あるいは在家の場合もあるのだが、天台宗の僧侶ではない者が修験道を学ぶための手立てである。

「それは……住職に勧められたこともありますが、私自身も定めかねるところがありまして……決して天台を厭うているわけではありませんが、何というか、宗派にこだわらぬ修験の道を手探りしておるところで……」

「ふん、十年早いわ。おまえは見かけによらず、頭でっかちなところがあるようだな」

返す言葉もなく、無暁は大きなからだを精一杯すぼめた。宇魁は肩幅が広くがっしりしているが、背はさほど高くない。

「しかし、まあ、そうか、住職が勧めたか……」

と、鬚を撫でた。この男の方こそ外見よりもよほど細やかで、思慮深いところがある。

己の考えは口にせず、鬚のあいだからにっと歯を見せた。

「まずは一年、越えられるかどうかもわからぬしな。新客への鍛えようは厳しいぞ。覚悟しておけよ」

宇魁の言いようは、決して大袈裟ではなかった。無暁は夏峰行からはじめたが、顎が上がるほどに辛く、秋冬はさらに過酷だった。

山伏たちの足の速さは尋常ではなく、まるで平地のように野山を駆ける。はじめはとうていついてゆけず、たびたびひとりきりでとり残された。道に迷うような場所に来ると、同じ寺の若い僧がいかにも面倒くさそうに待っていて、早くしろと急かされた。

どうにか足並がそろうようになっても、ひとつだけ慣れぬものがあった。

山で行き合う俗体衆徒たちが、獣を捌く姿である。

羽黒に限らず山伏は、獣や魚を食物にする。山で何十日も暮らすには、山の恵みを余すところなくいただかなければ生き延びられないからだ。

ただし自ら殺生することは決してなく、手をつける前にはその霊を弔う。つまりは山野で斃死(へいし)した、獣の肉を食するということだ。

清僧がこの例から外れていることを、無暁は内心で深く感謝した。

獣を捌く光景にはしばしば遭遇するが、一年近く過ぎたいまでも抵抗が拭えない。皮を剝ぎ腹を裂き、臓物をとり出し肉を削ぐ。残酷な景色にも尻込みしたが、辺りにただよう血の匂いには辟易した。

肉はもちろんのこと、毛皮や角も無駄にはしない。山伏の装束には、引敷(ひっしき)というものがある。腰に結わえて尻に垂らすもので、狐や鹿の毛皮でできている。ときには頭がそのままついているものさえあり、前を歩く者の尻でぶらぶらする狐の顔を長らく拝むのは、やはり気持ちのいいものではない。しかし清僧衆徒が使う引敷も、やはり彼らが調達している。文句など言えば罰が当たる。

秋になると、栗や胡桃、茸などが豊富に採れたが、山伏が何より珍重したのは竹の実だった。竹の実が食べられると無暁は初めて知ったが、米の代用になるという。アケビや山葡萄もご馳走で、山に生える植物は草の葉までも食糧にしたが、ニンニクやノビル、マタタビなど、臭いがきつく精がつくものだけは食べなかった。この辺には行者ニンニクというものが生えていて、行者が食べたからその名がついたとの説もあるが、やはり厭うて口にはしなかった。

山に入る折には、食器も携帯する。栃の木の刳りものに柿渋を塗った平椀と汁椀、飯椀の三種で御器椀と呼ばれた。それぞれ蓋がついているために、六器ともいう。これを布巾で包み、箸を差し込む。

秋峰の終わりごろから、ようやく山の食事にも慣れてきたが、冬峰の辛さは格別だった。雪に足をとられ、いくら漕いでもさっぱり前に進まない。出羽の深雪は想像をはるかに超えており、平地ですら屋根に達するほどのどか雪が降る。山地となればなおさらで、もがけばもがくほどずぶずぶとからだが埋まっていくようだ。溺れるように手足をばたつかせていたが、宇魁が率いる一団はすでに見えなくなっていた。足許ばかり見ているうちに、雪で目をやられたのか、懸命に見通しても前がちかちかするばかりだ。

よろよろと三歩ほど行き、踏み出した左足の下から、ふいに雪道が消えた。からだが左に傾いて、アッと思う間もなく、猛烈な勢いで雪の斜面をすべり落ちていた。雪の上に延びた木の枝に摑まるという才覚さえ働かず、叫んだような気もするが、定かではない。眼前に迫る太い幹に向かって突進し、ぶつかる寸前に両腕で頭を守るのがやっとだった。

わずかのあいだ、気を失っていたのかもしれない。

目を開けたときには、頭の右半分が雪に埋もれていた。

首をもたげ、からだを起こそうとすると、右肩と右腕に痛みが走った。堪えながら、顔だけをもち上げて上を仰いだが、崖上はどこにも見えない。雪と木々だけが、どこまでも続いていた。上ばかりではない。下をながめても左右に首をふっても、同じ景色ばかりが広がっていて果てがない。

まるで悪い夢でも見ているようだ。夢であってほしいと、切に願った。

「誰か……誰かいないか……」

叫んだつもりが情けない声しか出ず、途切れると、森の閑(しず)けさが耳を覆う。

音が、しない——。いや、音がない——。

鳥のさえずり、虫の声、葉叢のざわめき、風の唸り。ついこのあいだまで、あれほどにぎやかだった森の音が、一切失せていた。

まるですべての生が、営みが、途絶えたかのようだ。

生き物が死に絶えた世界に、無暁ひとりがとり残されている。

空からはらりと、白い綿毛が落ちてきた。一度やんだ雪が、また降り出したようだ。

「何とか、谷上に登らねば……」

柔らかい綿の上でどうにか半身を起こしたものの、雪に埋まった両の足に力が入らない。

「まさか、骨を……？」

折れたのか捻ったのか、痛みはないのに、どうしてだか膝に力が込められない。ぼたん雪はしだいに勢いを増し、気づけば手指も足先も凍えている。

「い、やだ……こんな場所で朽ち果てるのは、嫌だ」

死を間近に感じたことは、初めてではない。深川で襲われたときも、島で洞窟にとり残されたときも、死は無暁のとなりにあったはずだ。しかし若さという傲慢故に、恐れは感じなかった。無謀を武器に、浅はかを盾にして、死とはもっとも遠い場所に胡坐をかいていたからこそ、相手の本質が見えなかった。それでも人生の半分を過ぎると、その姿が捉えられる。それは虚無であり、引き裂かれるような痛みであった。

死とはこんなにも、怖くて悲しいものなのか——。死に行く者たちは皆、ここまでの絶望を胸に抱きながら世を去っていくのだろうか？

ひたひたと近づいてくる死は、自分自身が招いたものだ。己の力も顧みず、無闇に理想ばかりを追ってここまで来た。そのなれの果てが、このありさまだ。誰も責めることなぞできない。

では、おれが殺したあの男たちは——？

無暁の手に、無残に奪われた。何の前触れもなく道を堰き止められ、容赦なくもぎとられた者たちは、いったいどんな思いで死んでいったのか……。

おれは何という、残酷な真似をしてしまったのか——！

慟哭は涙となって、白い地面に小さな窪みを作る。

——どうしました。何が、悲しいのです？

女の声がそう問うた。母だろうか、それとも、しのだろうか……。

——おまえは本当に、泣き虫だなあ。おっさんになっても、そのざまか？

ああ、あれはわかる。万吉の声だ。懐かしい、とても懐かしい声だ。

——長いこと、放っておいてすまなかった。もう泣くにはおよばぬ。これからは我らが一緒におるからな。

あれは、父だろうか。父の声など忘れていたはずなのに、ぼんやりとそう思った。

そうだな、八丈を離れたいまとなっては、現世にはもう自分を気にかけてくれる者など誰もいない。誰も悲しむ者なぞいない。彼岸に渡った方が、よほど見知りが多いというもの。もとより、人を殺めた男が、まともに畳の上で死ねるはずもない……。

安寧が、静かに押し寄せてきて無暁を包む。ゆっくりと身を浸し、たゆとうとしたとき、ちり、と頬に痛みが走った。引っかき傷ほどの痛みであったのが、しだいに強さを増して頬がちぎれんばかりだ。同時に、耳許で破鐘(われがね)が鳴り響く。まるで火事場の半鐘を、被せられてでもいるようだ。

「しっかりせい、無暁！　目を開けろ、開けんか！」

懸命に、まぶたをもち上げる。大写しになったのは、怖そうな鬚面だった。

「……宇魁、さま……？」

「よかった、気がついたか。どうだ、動けるか？」

「足が、利かなくて……どうにも、動かせませぬ」

どれ、と無暁の両の足を大根のように雪から引き抜いて、宇魁が検める。

「痛みは？　ないか……折れてはおらんし、ひびや捻りもなさそうだな。おそらく落ちた拍子に膝がびっくりしたのだろう。ほれ、しゃんとせい！」

ぱん、と両の腿を、厚ぼったい掌で叩かれる。まるで術でも使ったように、両足に血が通った。谷の上から、安否を気遣う声がして、宇魁が大声でこたえた。

「大丈夫だ、自力で上がれそうだ、螺緒を投げてくれ！」

螺緒を繋げたらしい綱が上から投げられて、腰に巻くよう促された。宇魁の腰にも、同じものが結ばれていた。谷上の仲間の助けを借りて、斜面の下まで助けにきてくれたのだ。

「私は、ここで果てるべきだったのかもしれません……」

「何を間抜けなことを。おまえもいまは、我らの同門なのだからな。そう容易くくたばってもらっては、羽黒修験の名が泣くわ」

「私は、人を殺めました……」

綱を巻くのを手伝っていた動きが、一瞬止まった。

「刑は終えましたが……償いようのない深い罪です。私がここで儚くなれば、殺された者の御霊も、少しは浮かばれるやもしれません」

「それこそ、詮無いことを申すな。いまさらおまえが命を絶っても、誰も喜ばぬ。罪を抱え悔いを引きずりながら、みっともなく生きるのが、唯一の供養だろうて」

無暁の腰の綱を、力を込めて締めなおす。

「おれもまあ、似たようなものだ。人こそ殺めてはおらぬが、やんちゃでは片付けられぬほどの悪行をやらかした」

「宇魁さまが？」

「そうでなければ、かような酔狂を修める道理がなかろう」

いかにも豪胆に見える宇魁も、かつては屈託にまみれていたのだろうか？

修行とはいえ鞭打つように邁進するのは、ある意味異常とも言える。まさに山に憑かれた者たちで、わざわざ好き好んでこの地にやってくる者は、己の内の何がしかを克服するために、山に挑んでいるのかもしれない。

人を容易に打ちのめすほどに、自然はあまりにも大きく偉大である。

それをひと針ひと針、刺青のごとくからだに刻んでゆくのが、修験者たちだった。

だからこそ、相応の修行を果たし、人並み外れた力を得た修験者が、人には妖（あやかし）のように映ったのだろう。

「おーい、頼む、引き上げてくれ！」

谷上に向かって声を張り上げ、無暁の背をぽんと叩く。

ひときわ頼もしい姿が、無暁の目には、山神に仕える天狗のように雄々しく見えた。

六

「精が出るな、釜吉。苗の育ちはどうだ？」

「へえ、おかげさんで。今年はまんず、お天道さ機嫌ようがんしての」

百姓の使う独特な庄内言葉は、最初は何を言っているのかさっぱり通じなかったが、いまではすっかり慣れた。

羽黒山から麓に下りると、庄内の豊かな田んぼが広がっている。折しも田植えを終えたばかりで、水を湛えた田は日を浴びてきらきらと輝いていた。

無暁の姿を認めると、女房のおさつも遠くから腰を折る。

「女房の加減はどうだ？　田植えの頃はだいぶ具合が悪そうだったが」

まだ腹はさほど目立たないが、女房は四人目の子を宿していた。

「悪阻さ当たでば難儀したども、あどようがんす。あんときは田植さ助けてくなはってもつけでがんした」

「何の。田植えは女子衆に、まったく敵わなかったからな。だが、力仕事なら役に立つ。水でも肥でも何でも運ぶぞ」

「せば、振り釣瓶さお願えしますだ」

よし、と空の水桶がふたつついた天秤棒を担ぎ上げた。田植えが終わってからは、田の水が涸れぬよう、絶えず注水をくり返す。今年は春から初夏にかけて、晴天に恵まれていただけに、注水の頻度もそれだけ多かった。

修行の合間を縫って、たびたび村に下りるようになったのは、三年目の秋からだ。それまでは山に入るたびに、からだから肉の欠片が削ぎとられるようで、修行だけで精一杯の有様だった。

無暁が羽黒に来て、七年が過ぎていた。

「こえだばまんず、四年前みてえ豊作さ見込めそうだで」

「ほう、そんなに出来がよさそうなのか。四年前は、大豊作だったからな。村の道々に、米粒が散っておったほどだ」

出羽国は決して、百姓が暮らしよい土地ではない。陸奥と同様に、東から吹く山背にやられるためだ。ほとんど一年おきくらいに不作を呈し、たびたび一揆が起きた。

それでも東側を出羽山地に守られた庄内は、まだましだと言えた。同じ出羽でも、北の秋田、東の米沢や村山は、さらに厳しいときいている。ましてや八丈島にくらべれば、緑の田んぼが広がる庄内は別天地だ。

農作業の手伝いも苦にはならず、かえって良い気晴らしになった。一方で、彼らの笑顔を見るにつけ、八丈の者たちのきつい暮らしぶりが、いまさらながらに胸に迫った。

この庄内の豊かな土地が、同様の災難に見舞われようとは、この年まで無暁は夢にも思っていなかった。

その年は入梅を迎えても晴れ間が多く、日照りの心配をするほどだったが、五月から天気が一変した。梅雨らしいじめじめとした日々が続き、さらに秋雨のように冷たい。肌寒い梅雨が明けぬまま六月を迎え、夏の土用を過ぎても日は顔を出さなかった。

ここに来てようやく百姓たちも騒ぎはじめたが、それでもこの頃はまだ、どこかで楽観していた。

この年の山背は、出羽山地の堅固な楯すら突き通すほどに勢いを増して、陸奥と出羽、さらに関東までを襲い、この東風が届かぬはずの西国までが、広く不作に見舞われた。

この年、天保四年は、「巳年の飢渇」と呼ばれた。

二十万とも三十万とも言われる餓死者を出した天明の大飢饉から、ちょうど五十年ほどが経つ。作柄としてはそれ以上の不作となる、天保の飢饉がはじまろうとしていた。

出羽では冷雨に加え、方々で洪水に見舞われ、例年の二分という大凶作だった。それでも庄内は、やはりいく分はましであり、陸奥や秋田などに米を回していたほどだ。

しかしその年の十月の末、庄内は大地震に見舞われた――庄内沖地震である。出羽から越後、佐渡にかけて、強い揺れと津波で、数十人の死者を出し、数百の家が潰れ、怪我をした者は数千に上るだろう。ただでさえ凶作に喘いでいた庄内は、かつてないほどの痛手を受けた。

むろん出羽三山の僧たちは大挙して山を下り、施米や救援、怪我人の手当などに当たった。日頃は羽黒と湯殿で敵対していても、こういうときは力を合わせる。

「無暁、ここはいい。手当は私が代わるから、この者を寺まで運んでやってくれ」

「心得ました。では、こちらはお願いします、円海殿」

湯殿山の、円海という僧とは、ことに親しくなった。円寿寺という小さな寺の住職で、無暁より五つ六つ年嵩になる。山修行が多いだけに、修験者は総じて山野に生える草木の薬効に詳しいが、円海はことに長けていた。

村の中に筵と棒だけで小屋掛けし、とり急ぎ傷の具合を見て手当をする。無暁はもっぱら、怪我人の運び役に徹していたが、そのうち親しく口を利くようになった。

麓や山中の寺々もかなりの被害を受けたものの、造りが頑丈なだけに百姓家にくらべれば崩れは少ない。しばしの仮宿として開放し、ことに麓にある俗体衆徒の集落たる手向では、行き来の便も手伝って、多くの者たちがその宿坊に運び込まれた。

宿坊まで、手当を終えた男を背負っていき、その帰り道だった。手向の外れにある林の近くで、見知った男の姿が目に留まった。

「あれは……釜吉ではないか？」

こちらには気づいていないようだが、百姓の釜吉に相違なかった。

手向の宿坊に、縁者の見舞いに来たのだろうか？　そう考えたのは、釜吉の家とはまるで逆の方角だったからだ。

声をかけようとして躊躇った。どうもようすがおかしい。無暁に横顔を向ける形で、足早に畦道を行く。手には大きな風呂敷包みを提げていた。丸まった背中には、明らかに後ろ暗さが張りついて、まるでこれから盗みでも働きそうな気配だ。人目を忍んでいるのか、林の前で立ち止まり、きょろきょろと周囲を見回す。

と、いきなり甲高い泣き声が響きわたった。釜吉がわかりやすくおろおろする。提げていた風呂敷包みを両腕で胸に抱えなおし、林の中にとび込んだ。

「釜吉、まさか……」

考えるより先に、走り出していた。冬枯れの田んぼを横切って、一目散に林を目指した。

釜吉の家を見舞ったのは、つい三日前だ。家は半壊していたが、幸い家族はかすり傷程度で、釜吉の両親も三人の子供も息災だった。いまは納屋で寝泊まりしていたが、臨月を迎えた女房の腹は、いまにも弾けんばかりに大きくなっていた。

「このような大事の折だ。さぞかし難儀だろうが、丈夫な子を産んでくれ」

そう励ましたが、女房からはいつもの快活な笑顔は返らなかった。亭主もやはり、顔色が冴えない。家が半分潰れたのだから、無理もない……。あのときはそう解釈したが、夫婦の心配は、別のところにあったのかもしれない。

さっき釜吉が消えた、同じ場所から林に分け入った。

「釜吉、どこにいる！　早まった真似をしてはいかんぞ！」

応えはなかったが、けたたましい泣き声は続いている。そちらを目指して下草を漕いでゆくと、林の奥まった場所に釜吉を見つけた。

「無暁さま……」

「釜吉、その子をどうするつもりだ」

「お願えだ、見逃してくだせえ。おらたちだで、こげだ無慈悲さしたくね。だども一家八人、冬ば越せっかどうかすらわがんね。この子さおったら、皆が困るだ」

釜吉の言い訳を一蹴するように、しわくちゃの赤い塊は、ひたすら泣いて抵抗する。

いまの世では、農村ではことに、生れたての赤子の息を塞ぐのは、あたりまえのように行われた。堕胎の方法も存在するが、母体への負担が大きい。田舎ではもっぱら、生れた赤子を葬って死産とするやり方がまかり通っていた。とはいえ、この庄内では、他所にくらべればまだしも少ない。それだけ、罪の意識も大きいのだろう。わざわざ家とは反対の方角になる、こんな場所まで捨てにきたのもその現れだった。

「畜生……畜生……嬶さ腹出て、すぐ息を塞いだば……なしてこげなとこで吹き返しただ……」

赤子を責めながら、大粒の涙をこぼす。誰しも生れたての我が子を、手にかけたくなどない。頼りない鼻と口を覆った手の感触は、生涯つきまとうに違いない。世知辛さに、胸が痛んだ。

「後生だで、坊さま……見逃してくろ」

「駄目だ、釜吉。見てしまった以上は、承服できぬ」

無暁の声がきこえたように、抗議の声を上げ続けていた赤ん坊が、いっとき静かになった。泣き疲れたか、あるいは乳を与えられていないだけに、気力が失せたのかもしれない。

「釜吉、その子を抱かせてくれぬか」

百姓の手から、赤ん坊を受けとった。ほんの小さなからだなのに、意外なほどに重く、そして熱かった。

この世でもっとも尊い、命を抱いている——。

自分の子を生すことのない清僧に向かって、赤子は無言で主張していた。仏門に帰依しながら、仏の存在そのものは、どこかで懐疑していた。しかしここで釜吉と出くわしたのは、仏の導きだと強くそう感じた。仏がこの子を、無暁に遣わしてくれたのだ。無暁は決心した。

「引き取り手は、私が探す」

「無暁さま……」

「おまえたちのことは伏せて、赤子はここで拾ったことにする。それでどうだ、釜吉」

「もっけでがんす、もっけでがんす……」

庄内では、ありがとうの意味だ。釜吉は何べんも何べんもくり返し、暮れ方の道を帰っていった。

少し遅れて林を出ると、催促するかのように赤子がまた泣き出した。

「そうかそうか、腹がすいたか。……そう言えば、このまま寺に戻っても乳がないな」

懸来寺への帰途にある手向に寄って、ひとまず馴染みの衆徒の家に預けた。その家にも乳飲み子がいて、しばしの間なら構わないと世話を引き受けてくれた。

「そうか、捨子に拾われたか。おまえらしいな」

懸来寺の先達たる宇魁は、事情を話すと、そんな揶揄を口にした。

ただ、その目は笑っていない。出羽に留まらず、陸奥から北関東まで広く見聞した宇魁には、飢饉の何たるかがわかっていたからだ。

「死人が増えるのは、凶作の年よりむしろ、その翌年だ。囲米(かこいまい)が底を突き、いよいよ食い物に窮し、からだが弱っているだけに流行り病が広がる。働き手がいなくなり、まともな取り入れは望めまい」

宇魁の話は、八丈島を思い出させた。喜多家の娘は流行り病で亡くなり、イナゴの襲来は、収穫を根こそぎ食い尽くしていった。

「年が明ければ、捨子も増えるかもしれんな」

その予言は当たり、家の修復を済ませ、避難所となっていた宿坊が空になったころから、方々の寺の境内で、捨子を見つけることが多くなった。

羽黒山では、男の子に限り、その多くが手向で育てられた。俗体衆徒は世襲が原則なだけに、男の子のいない家では養子を迎える。そのような家に里子としてもらわれていった。女の子ではそうもいかず、羽黒を信仰する檀那衆などの伝手を頼り、養い親を探す。

釜吉の子は男子であったが、縁あって鶴岡城下に近い百姓の家に里子に出された。

宇魁と長いつき合いにある檀家で、道者として羽黒山にもたびたび登っている。内証は豊かだが跡取りには恵まれず、宇魁が自ら足を運び、話をつけてきた。

釜吉から子を託されて、ふた月後のことだった。

初めて抱いたときは、まだ生れたてで顔が赤く、猿に近い面相だったが、ふた月のあいだにふっくらして人間らしくなった。

手向にはたびたび顔を出していただけに、無暁が抱いても機嫌よく懐に収まっている。

「こうなってみると別れがたいが……坊主、達者で暮らせよ」

正月を迎えて、辺りは一面の雪景色だった。赤ん坊を大事そうに抱えた夫婦の姿が、くっきりと映る。その姿が豆粒になるまで、無暁はその場に立ち尽くしていた。

天保五年は、宇魁が予言したとおりの顚末を辿った。

この年も天候は回復せず、出羽では夏から冬にかけて疫病が猛威をふるった。

庄内のとなりの秋田藩では、飢えと病で五万二千人もの死者を出した。こうまで被害が広がったのは、天災のせいばかりでなく人災だと言う者もいた。

「秋田の役人どもがしっかりしておれば、こうまでひどくはならなんだろうに……どうやら連中は、囲米を他国へ売って、金を得ようとしていたそうだ。去年、凶作と気づいた折には米蔵はスカスカでな、ろくな施米ができなかったときいた」

「何と愚かな……弘前では逆に、早うからあらゆる手を打ったというのに。留山を開き、上方から廻米し、囲米も備えていたそうです。おかげで作柄は天明以上の凶作だったにもかかわらず、死人の数は少なかったと」

そんな話をしてくれたのは、宇魁と、湯殿山円寿寺の円海だった。

懸来寺の老住職と、円寿寺の元住職が、もともと昵懇の間柄だったようだ。表向きは、天台と真言の二派に分かれ争っていても、同じ出羽の修験者だ。個々の僧侶同士にはつき合いもあって、歳が近いこともあり、宇魁と現住職の円海も仲がよかった。

「弘前は、天明の大凶作で、たいそうな人死にを出したからな。五十年が経ったいまでも、胸に刻みつけているのだろうて」

「同じ出羽でも、米沢がやはり、天明の教えを肝に銘じていたようですな。『かてもの』という書物を民百姓にまで配り、米麦の代わりに食える草木や料理法が、詳しく述べられているそうです」

天明の飢饉で、人々は学んだ。ことに未曽有の死者を出した陸奥の国々では、すでに去年の秋口から、さまざまな施策をとった。留山とは、領主が伐採を禁じた山で、平時は農民の出入りが許されていない。弘前の藩主はこれを開放し、材木を売った金で米を買うよう促したのだ。加えて上方で米を調達し、北前船で運ばせた。備蓄米として、各藩が囲米を置くようになったのも、天明以降のことだった。

しかし中には秋田のように、運用をしくじった例もある。百姓の憤懣はやるかたなく、秋田や村山では一揆が頻発した。出羽に留まらず、一揆は国中で起きていた。

翌年の天保六年は、全国的には平年並みの作柄であったが、陸奥や出羽では多雨早霜で、飢饉からの回復にはほど遠く、次いで天保七年は、ふたたび国中が大凶作に陥った。不作は天保四年と五年を凌ぐほどで、国中に檀那衆をもっているだけに、羽黒山にいても飢饉の凄まじさは逐一耳に入った。

そんな最中、まるで悲惨な現実を憂うかのように、懸来寺の住職が亡くなった。

七十をとうに過ぎた高齢であったから、天寿を全うしたと言えようが、最後に呟いた今際の言葉が無暁の耳に残っていた。

「今生が、かくも厳しくては、来世を説くのも何やら虚しいな……」

齢を経た僧侶でさえ、迷いや甲斐のなさを抱えていたのかと、無暁は深く感じ入った。

懸来寺は、後を宇魁が継いだが、新住職に向かって無暁は乞うた。

「おまえ自らが、霞場廻りをしたいだと？」

「はい、できれば東国に遣わしていただきたい。秋田や村山、陸奥の国々を見聞しとうございます」

「いま、このときにか」

宇魁は渋い顔をした。飢饉に覆われた東国を旅するなど、常軌を逸している。羽黒の僧とはいえ、初顔の行者が顔を出したところで檀那衆に良い顔はされぬだろうし、困窮の最中では托鉢もできまい。下手をすれば命にかかわる。

「いま、このときだからこそ、我が目で確かめたいのです。庄内の土地は、いまや見る影もない。子捨ても子殺しもすでに珍しくなく、老いた親を見放す者もいる。それでもここは、どん底ではないと、まだ救いがあると語る者がいるのです。他国の悲惨はいかばかりか、この目にしかと焼きつけておきたいのです」

無暁が羽黒に来て、ちょうど十年が過ぎた。宇魁もまた、十年分歳をとっている。白がだいぶ目立つようになった濃い鬚をいじりながら、じっと無暁をながめた。

「おまえのような者には、薬が効き過ぎるようにも思うがな」

「私のような、というと?」

「いい歳をして、子供のようなところがある。正面から真っ直ぐにものを見ようとするのは、子供だけだ。少しは長いものに巻かれる術も、身につけけんか」

「遠い昔、似たようなことを言われました……誰よりも仲のよかった、いちばんの友に。私はずっと、何かを探していると。姿も形もはっきりしない、高みにあるものを求めていると」

「さもありなんだ。たいそうな予言者だな、おまえの友は」

苦笑を浮かべつつも、新住職は結局、無暁の我儘を許してくれた。

宇魁はきっと、無暁よりも正確に理解していたのだ。飢饉の悲惨さを、人が人でいられなくなる、生き地獄に等しい有様を。

そして、それを眼に焼きつけた無暁が、どこへ向かって走り出そうとするのかを。

無暁が旅立ったのは、この年の初冬だった。

この時代、米は貨幣だった。だからこそ、刈り取られると即座に領主の手により、江戸や大坂をはじめとする城下へと流れてしまう。人の多い場所での米不足は、直ちに大きな暴動へと繋がる。もっとも多く米が集まる江戸でさえ、打ちこわしがくり返され、東国各地でも、同様の一揆は数多く起きた。

ただ、反乱を起こす元気のあるうちは、まだいい。飢饉も四年目となれば、そんな体力すら奪われてゆく。凶作で真っ先に飢えるのは、米を作る農民だった。

種籾や雑穀はもちろん、山野に生える草も食べ尽くされる。松の皮、草の根、虫や蛙。

この辺りまではまだ、辛うじて人の分別を保っていると言えよう。冬になれば、それすら潰える。生き延びるためには、餓鬼道に堕ちるしかなかった。

馬の鋭い嘶きに、ふり返ったことがある。厩らしき小屋の中では、目を疑うほどに酷い始末が行われていた。首に縄を巻かれた生き馬が、梁から吊るされて裂き殺され、あるいは馬の耳から沸騰した湯を注ぎ入れて殺すさまも見た。野鳥や犬猫も、容赦なく食い物にされていた。

無暁とて、十年の山修行で、獣の死骸にも慣れた。八丈でもやはり、島民は牛を潰して食べていた。清僧の身とはいえ、すでに肉食を見慣れていたはずなのに、その光景は背筋を凍らせた。

馬を屠る者たちも犬に食らいつく者たちも、一様に目がぎらぎらして、すでに人の形相ではなかったからだ。

飢えに疲れ、体力を奪われると、正常な判断すらできなくなる。

祖母が幼い孫を足蹴にし、わずかな食べ物を奪う姿も見た。先に死んだ兄弟の、死肉を漁る者もいた。それすら、序の口に過ぎなかった。

飢餓が極まると、人は人を殺め、その肉すら食らう。子供を手にかけた親が胸にかぶりつき、あるいは隣人の頭蓋に匙を差し入れて、脳味噌を引き出す者もあった。立ち寄った檀那衆の家々でも、同じような話を何度もきいた。

村には死臭がこびりつき、骸や骨が累々と落ちている場所もあった。ことに山や海へ抜ける道に多い。食べ物を求めて村を出たものの、途中で力尽きてしまったようだ。最初のうちは、殺生はいかんと留め立てしたりもした。しかしやがて、己の理不尽に気づいた。仏道を説き殺生を止めるのは、当人に死ねというのと同じことだ。神ではないただ人に、許されるはずもない。

慣れもあったのだろうが、しだいに口を出すことはしなくなった。餌を獲る野生の獣を見るように、餓鬼道に堕ちた人々を、無暁はただながめていた。

羽黒から酒田に抜け、海沿いの羽州浜街道を北上し、久保田から能代を経て、弘前に至った。そこからは津軽街道を南下して、盛岡から西に逸れ、出羽の内陸を通って山形に出た。そこから先は、六十里越街道を抜けて羽黒山へ戻った。

前年の十月に立って、足掛け八ヶ月。翌年は丑年でなかったために、五月までに帰れとの厳命もなかった。無暁が羽黒に帰参したのは、六月の半ばだった。

「だから言ったであろう。おまえの方が、死人のようなありさまだぞ」

無暁と対面するなり、宇魁は顔をしかめた。旅のあいだに、目方はこれ以上削れないほどに落ちた。あばらがくっきりと浮き出るほどに痩せ衰え、頰はこけ、そのぶん眼だけがぎょろりと目立つようだ。まるで死んだ魚の目のようだと、宇魁からは文句をこぼされた。飢饉の爪痕は残っていたものの、その年は久方ぶりに天候に恵まれて、庄内の百姓たちは息を吹き返しつつあった。

しかし無暁は、旅の疲れがひと息に出たのか、それから二十日以上も床に就いた。

どうにか回復し、夏の終わりには再び山修行をはじめたが、ひとつだけ後遺症が残った。

米や麦を、口にできなくなったのだ。炊き立ての穀類の、むわりとした湯気を嗅ぐだけで、吐き気に襲われる。鼻をつまんで口に入れても、どうしても喉を通らない。

「やれやれ、これではまるで身籠もった女子のようではないか」

宇魁は呆れつつも、目方がさっぱり戻らないさまを案じていたのだろう。

ある日、無暁を呼んで、湯殿山の円寿寺へ行けと命じた。

住職の円海への使いかとたずねたが、行けばわかるとしかこたえてくれない。

ひとまず従って、湯殿山へと向かった。道すがら、ずっと考えていた。

無暁が米を厭うようになったのは、食べるという行為そのものに、罪の意識がつきまとうからだ。人肉を貪る光景が浮かぶたびに、何もできなかった不甲斐なさをくり返し嚙みしめる。

どうして自分は、こうまで無力なのか――。

曲がりなりにも、四十年も僧体を通してきたのは、いったい何のためなのか。ただのひとりも救えぬ身が、情けなくてならない。

いっそこのまま儚くなってしまえば、こんな物思いも消える。すでに何十万人も死んだのだ。己ひとりがこの世から消えたところで、嘆く者はいない——。

無力感に襲われて、口や胃が食物を拒むのだった。

やがて湯殿山の山腹にある円寿寺に着いたが、円海はすぐに無暁を連れて寺を出た。

「円海殿、いったいどこに？」

「注連寺に参ります。会わせたいお方がおりましてね」

誰とは告げず、円海は先に立って歩き出した。


月山への登拝口は七つあり、それぞれ七つの寺が守っていた。

そのうちの三ヵ寺は、羽黒山の中興の祖、天宥の意志に従って天台宗に帰依したが、残る四ヵ寺は最後まで抵抗し、真言宗をえらんだ。

このうち、七五三掛口の注連寺と、大網口の大日坊は、どちらも大網と呼ばれる土地にあり、三山の西の登拝口にあたる。

円海が住職を務める円寿寺は、注連寺の末寺であった。

それは承知していたが、注連寺はいわば羽黒派を目の敵（かたき）にしていてもおかしくない。果たして入れてもらえるのだろうかと、内心では危ぶんでいたが、門前で追い返されることもなく境内を抜けた。無暁をひとまずその場に残し、円海はひとりで本堂へと赴く。

「お許しをいただきましたので、その方にお引き合わせいたします」

にこりと笑い、本堂からは少し外れた場所にある、六角堂へと案内した。

中には誰もおらず、人の背丈ほどの厨子（ずし）がひとつ置かれている。中に仏像が祀られているのだろうが、両開きの扉は閉ざされていた。

「こちらに、どなたかがいらっしゃるのですか？」

「いいえ、すでにおわしておられます」

円海が、厨子の前で短い経をあげ、扉を開けた。中を覗いた無暁は、思わず声を発していた。

厨子の主は、仏像ではなかった。緋の衣に山吹の袈裟、頭には長い頭巾に似た帽子（もうす）を被っている。厨子の中に座した、その姿を認めたとき、震えがきた。

「これは……もしや……」

「こちらは、鉄門海上人（てつもんかいしょうにん）さまです」

円海は、はっきりとそう告げた。

すべてが衣と帽子に覆われ、うつむいた顔と両の手だけが覗いている。左に黒数珠を巻いた両の手は干涸びていて、顔はさらに奇怪だった。

突き出した頬骨、欠けた鼻、歯は剝き出しになっている。目玉はなく、ぽっかりと黒い穴だけがあいている。厨子の中に胡坐をかいているのは、わずかな皮膚を張りつけた、骸骨だった。

「即身仏、ですか……」

辛うじて、声を絞り出した。薄暗い堂の中で対峙する木乃伊は、寒気を覚えるほどに不気味なものに思えた。

湯殿山に、即身仏が存在することは、無暁も人伝にきいていた。

人間が、生身のままで悟りを開き、仏になることを即身成仏という。ただし何をもって悟りとするのか、その線引きは甚だ曖昧なものだった。それを観念ではなく現実に現したのが、即身仏である。

千日行を行い、肉体を極限まで削ぎ落とし、入滅した後に木乃伊の姿で安置される。目の前にいる木乃伊も、そうした僧のひとりなのだろうが、円海は意外なことを口にした。

「私は、生前の鉄門海上人を、存じ上げておりましてね。上人が即身仏となられたのは、ほんの八年前なのですよ」

「……まことですか？」

八年前と言えば、無暁が羽黒山に来て、四年目にあたる。湯殿山の噂は、羽黒の内では表立っては語られない。庄内の村人たちは知っていようが、あの頃はまださほど親しい者もいなかったから、羽黒に遠慮して口をつぐんでいたのかもしれない。迂闊にも、無暁はまったく知らなかった。

百年も経たような姿だが、十年も経っていないときいて、急に近しい気持ちがわいた。

「鉄門海お上人は、どのようなお方だったのですか？」

「面白きお方であられましたよ。破天荒な逸話をいくつもお持ちで。ですが私が出会ったころは、すっかり角がとれて、僧侶はもちろんのこと民百姓にも慕われておりました」

鉄門海は、七十一歳で入滅した。円海が円寿寺に入ったのは、二十年も前だったが、そのころにはすでに、上人は人々からたいそう崇拝されており、その噂は出羽はもちろん、陸奥や関東にまでおよんでいた。

「俗名は、砂田鉄(すなだてつ)。この辺りの川で働いていた、川人足でしたが……若いころに人を殺めましてね、注連寺に逃げ込んで当時の住職に助けられたそうです」

「人を、殺めたのですか……この方も……」

つい、口を滑らせたが、円海は気づかぬようだ。当人の木乃伊を仰ぎながら、鉄門海上人について話してくれた。

砂田鉄は元来、気性の激しい人だった。川普請の最中、傲慢な役人に腹を立て、手にしていた鳶口で突き殺したという。もうひとつ別の逸話もあって、通っていた遊郭の女のことで、武士と諍いになり殴り殺したとの伝もある。

「どちらが、正しいのですか？」

「私がお会いしたころは、すでに皆から敬われるお上人でしたから、さすがに面と向かってたずねるわけにもいきませんし」

真実は確かめていないが、おそらくは前者ではないかと、円海は推測を述べた。

「遊郭の話は、後の始末から拵えられた作り話だと思います」

「始末、というと？」

「昔、馴染みだった遊郭の女が、夫婦になりたいと乞うて、注連寺を訪ねてきたそうです。しかし上人は、女に包みを渡して帰してしまった。その包みには、上人自らが切りとった一物が入っていたと」

「……まさか」

「理由（わけ）はともかく、自ら断根なされたのは、まことのようです。他にも、お上人が江戸へ出た折に、眼の患いが流行っていたそうで、自身の左眼をくりぬき、隅田川に投げ入れ、龍神に祈願なされたとの話もあります」

これも真相は定かではないが、左眼が潰れていたのは本当だと円海が告げる。故に恵眼院の院号を授けられ、眼病に霊験が高いとの信仰も集めた。

きいているうちに、思わずため息がこぼれる。

「たしかに、破天荒な生き様でございますな」

「ですが、仏門に入られてからは、ひたすら徳を積まれたお方です。庄内中に碑が建てられて、徳行が記されておりますよ」

上人の成したもっとも大きな行跡は、加茂坂に隧道を開鑿したことだった。加茂から大山へ抜ける坂道は、ことさら険しく人々が難儀した。鉄門海の呼びかけに近在から人が集まり、一鍬一鍬が供養になるとして、隧道工事に喜んで従事した。二年の間に、その数は、延べ五千人とも一万人とも言われる。

どちらにせよ、人々から大いに崇敬されていたことに変わりはない。

そういう上人の許には、人も金も集まる。鉄門海は、途絶えていた酒田の海向寺を再興し、さらに盛岡の連正寺など、六つの寺を建立した。上人の足跡が、関東から陸奥まで広い範囲にわたっているのも、それだけ多くの土地を行き来したからだ。

「民草に多くの功徳を施された、立派なお方だったのですね……まるで、雲の上の貴人です。私にはとうてい、真似できない」

「そうでしょうか？　どこか無暁殿に似ているようにも思えます……ことに、若いころは」

　僧がちらりとふり返り、どきりとした。過去の罪は、昨年亡くなった懸来寺の住職と、宇魁にしか明かしていない。もしや、宇魁からきいたのだろうか？

　その疑念を払うように、円海は微笑んだ。目には案じるような情け深さと、何故だか憧憬に近いものが浮いていた。

「本当は私も、お上人と同じ道を歩みたい。そう願うてきましたが、からだの丈夫には恵まれなかったために、厳しい山修行には耐えられなかった。せめて学問だけはと精進し、それを先代が認めて、住職に据えてくだされた」

「円海殿の本草や医術の知恵は、自慢に値するほどに立派なものです。民を癒し、救うておられます」

「そうあってほしいと、私も願っておりますが……無暁殿にもきっと、あなたにしかできない功徳があるはずです」

「……私に？」

「迷うたら、いつでもここに来て、お上人さまに問われるといい。こちらの住職には、話を通しておきますから」

はい、と素直に応じ、自ずと手を合わせていた。円海が経を唱え、無暁もそれに倣った。六角堂の壁や天井にはね返り、経が四方から降ってくる。

木乃伊はうつむいたまま、黙って耳を傾けていた。

それから毎月のように、注連寺に通い、六角堂に参った。無暁ばかりでなく、六角堂は日や刻限を定めて下々にも開かれている。円海はあえて、人気のない折に案内してくれたのだろう。百姓や町人らとともに、いちばん後ろから拝むことの方が多かったが、鉄門海はいつも、無暁の胸の内の訴えを、黙したまま受けとめてくれた。

即身仏を相手に、半年のあいだ思案に暮れた。そうして、翌年の夏の初め、無暁は宇魁に願い出た。

「千日行を、勤めたいだと？　どれほどの荒行か、おまえはわかっておるのか？」

「はい、承知しております」

「千日を遂げられた者なぞ、数えるほどだ。大方は耐えきれず、修行半ばで下山に至る。このおれですら、自信がないわ」

「堪えられるかどうかは、仏にしかわからぬこと。それでも、挑んでみたいのです。お願いします、宇魁さま」

「やはりおまえには、薬が効き過ぎたようだな……鉄門海上人に呼ばれたか」

下げた頭の先から、住職の大きなため息が返った。

「おれは、即身仏は好かぬ……」

無暁をしばし見詰めて、宇魁はぽつりと言った。

「即身仏は、たしかに尊い。千日行を成し遂げ、その後も終生にわたって木食を続けねば、あの姿にはなれぬからな。仏にならんとひたすらに勤めた、あの者たちの思いは本物であろう」

尊敬と感服の念は抱いているが、宇魁の不信は、別のところにあるようだ。

「千日行や木食修行は、羽黒でも湯殿でも行っておる。しかし即身仏があるのは、湯殿だけだ。羽黒には即身仏はない。何故かわかるか？」

「いいえ……」

「さらに言えば、湯殿山四ヵ寺のうち、即身仏が据えられるのは、大網の二寺と、その末寺だけだ。これはどうしてだと思う？」

出羽三山の登拝口は、もともとは主峰たる月山へ登るための入口だった。羽黒もかつてはその七口のひとつに過ぎず、羽黒口と呼ばれていた。三山の元締めたる立場に就いてからは、他の登拝口と並ぶのを嫌い、修験道の中心たる荒沢寺の名にちなんで荒沢口と称した。

この七口がふたつに分かれて、羽黒を含む三ヵ寺が天台宗に、湯殿山に近い四ヵ寺が真言宗に帰依した経緯は、無暁もきいている。ただ、その真言四ヵ寺については、あまり詳しくない。

四ヵ寺の正別当は、本道寺である。本道寺口は六十里越街道に面していて、七口の中で月山と湯殿山にもっとも近い。ここから二本の参道が伸びていて、両山へと続いていた。大井沢口の大日寺は、六十里越街道と南から垂直に交わる、道智道沿いにある。この道を作った道智は、大日寺の中興の祖でもあった。

そして大網には、注連寺と大日坊がある。注連寺は七五三掛口、大日坊は大網口を差配する。ちなみに大日坊は、大井沢口の大日寺とはまったくの別寺で、特に関わりもない。大日坊の前身は、注連寺の「さかむかい家」であった。注連寺に宿泊した道者が、参詣を終えて下山した折に、酒や料理をもって迎えにいくのを酒迎いという。後に寺となり、注連寺と同等の力を蓄えた。

そのような経緯があるだけに、両寺は同じ大網の内で半里も離れておらず、本道寺と同じ六十里越街道沿いにあるが、鶴岡により近かった。

そのためであろうか自ら表口と称していたが、三山巡りの行程からすれば、こちらはむしろ裏口にあたる。どの口から登り、どのような順で拝するかは、道者の自由というよりむしろ、各寺に配された先達の腕にかかっている。本道寺や大日寺は、それぞれ先達を七十人も抱えていたが、大網の二寺は、十五人ほどに留まる。力の差は、歴然であった。

本道寺口や大井沢口では、大網二寺を表口とは呼ばず、また羽黒では、荒沢口こそが表玄関だと主張した。いわばどの登拝口も、自分たちこそ表だと名乗っていた。

羽黒では、湯殿山四ヵ寺を話すとき、本道寺と大日寺を本道側、注連寺と大日坊を大網と呼び慣わす。

つらつらとそのようなことを思い浮かべ、ふと気づいた。

「もしや、朱印地(しゅいんち)の有無、でしょうか？　大網の二寺は、たしか朱印地をもたないときました」

「まあ、当たらずとも遠からず、といったところか。平たく言えば、寺格であろうな」

寺の格式は、縁起や歴史にも因るが、当世では朱印地の石高に左右される。

江戸幕府は、寺社の領地と認めた土地に、朱印状を下付した。

本道寺は六石五斗、大井沢の大日寺は四石五斗と、わずかながらも朱印地をもつ。武家の知行地と同じ仕組みで、石高からすれば貧しい侍と同様ながら、あるとないとでは、まさに武家と町人ほどの隔たりがある。朱印地をもたない大網の二寺は、境内の租税が免じられるに留まっていた。

「さらに言えば、ひと昔前までは、大網には清僧すらいなかった。本道側はそれぞれ、清僧の住まう脇寺を六寺もつというのにな。両者の寺格は、かなりの開きがある」

「それを埋めるために、即身仏を……？」

「わしが知る限りでは、最初に即身仏となったのは、本明海上人だ。本明海が注連寺の行人となったのは、羽黒と湯殿の争いが苛烈を極めたころに重なる」

争いの口火を切ったのは、羽黒の中興の祖、天宥である。天宥が幕府に二度目の訴えを出したのは、ちょうどその時期だった。幕府は両者の言い分を立てて、いわば湯殿四ヵ寺が真言宗に留まることを許したが、両者の争いは天宥の死後も続き、実に百五十年にもわたる。油断すれば、いつ足をすくわれるかわからない。ただでさえ不安定な立場にある大網の二寺は、独力でこの難関を切り抜けねばならなかった。

「真言宗と弘法大師の教えを、目に見える形で残そうとした。肉身のままで仏になる即身成仏の姿をもって、真言の寺だと世に示そうとした。それが即身仏なのだ」

「ですが、弘法大師の説く即身成仏は、あくまで生きながらの成仏です。修行を積めば、生身のままでも悟りを得ることができるとの教えで」

「たしかに、死骸を祀れとは一言も言っておらぬな」と、宇魁がにやりとする。

弘法大師は高野山の奥で即身仏となっている——。その伝説はたしかにあり、古い時代には、大師に倣わんと土中入定を遂げた高野聖も多かった。ただ決して、木乃伊にして祀ってあるわけではない。

「本道側の二寺に即身仏がおらぬのは、その用がないからだ。朱印状さえあれば、大手をふって真言の寺を名乗れるからな」

「羽黒は天台宗ですから、即身仏がいないのはもとよりですか」

「いや、実はな、羽黒の行人にも二、三望んだ者がおるときく。ただ、叶えられはしなかった。当人がどんなに望んでも、入定後にあの姿に拵える者がおらねば、如何ともしがたいからな」

僧の思いだけではどうにもならず、また来歴には案外生臭い理由がこびりついている。

だが、どうしてだろう？　ひどくすんなりと腑に落ちた。

得ようともがいていたこたえを、初めて見つけたような気がした。

仏があろうとなかろうと、それを信ずるのは人なのだ。人が関わる限り、凡俗とも金とも欲とも、縁の切れようがない。欲を捨てよと仏の教えは説くが、欲はすなわち生きるためには欠かせぬものだ。食うこと眠ること、性もまた子孫繁栄には必然である。

生きることがすなわち欲であり、人である限り、欲からは逃れようがない。

宗教は常に、人心掌握のために為政者たちの道具に使われてきたが、裏を返せば、それだけ人の心の、拠り所になってきたということだ。

働いても働いても楽にならない者には、来世にはきっと見返りがあると極楽への道を示し、私腹を肥やし、あるいは位人臣を極めた者には、慈悲の心を忘れてはいけないと戒める。身分や立場、貧富に拘わらず、誰にも迷いはあり、その根底には欲がある。

できるかぎり欲を削ぎとった姿が清僧であり、体現することで人々の安堵を誘う。

それをさらに極め、行きついた先が、即身仏ではないのか――。

無暁はそう結論づけて、宇魁に語った。それでもやはり、住職は苦い顔のままだった。

「どう言い繕っても、墓を暴き骸を晒すのは、死者を穢す行いに思えてな。わしには納得しがたい」

宇魁の考えはもっともでもあり、何よりも羽黒において、即身仏は暗黙の法度である。

「行人として、千日行に入るだけなら許されよう。どのみち、千日行を成し遂げる者は、ごくわずかだ。山中で死に絶える者の方が、よほど多い。その者らの碑が、仙人沢のそこかしこにあるからな」

碑といっても、石に名を刻んだ粗末なもので、多くは空海にあやかって海という字が僧名に使われている。仙人沢は、湯殿の行場であり、かつては羽黒の行人は立ち入ることが許されなかったが、いまは仙人沢での山籠（さんろう）も認められる。本来は参籠と書くが、この地では山に籠もるために山籠の字をあてた。

千日行は、この仙人沢を行場とする。

「ひとつたずねるが、千日行とは、何のために行うものか？」

自らを鍛えるため、仏に近づき仏道を極めるためと、ありきたりな文句も浮かんだが、無暁はあえて違うこたえを述べた。

「知恵と引き換えに我らが失った、かけがえのないものをとり戻す――。千日行は、そのためのものではありますまいか」

人は知恵をつければ、必ず楽をしようとする。農具の改良も、街道の整備も、物品の流れも、すべては楽や便を求めた果てに発展を見た。一方で、それと引き換えに、大切なものからはしだいに遠ざかる。

土の温もり、水の冷たさ、日の有難さ、森の息吹、風のざわめき――便を得るたびに何らかの形で、自然とはかけ離れてしまう。

「知恵をつけた者が、山河や草木といま一度交わるためのもの。それが修行だと、私は心得ます」

そうか、と呟いて、宇魁はしばし黙した。

「いまのおまえは散在身分だ。行人となるには、改めて天台に帰依しなければならぬ」

懸来寺の世話になってはいても、無暁は散在、いわゆる山外の末派修験者であり、天台衆徒ではなかった。

「しかし、それはおまえの本意ではない……違うか？　いまのおまえは、真言に傾いているのではないか？」

「正直を申さば、宗派についてはいまもなお、どちらにも殊更の心寄せはありませぬ。ただ、強く惹かれたのは、やはり即身仏です」

「あのように醜い姿を、衆人に晒したいか」

「そうではなく……いえ、恐ろしき姿なればこそ、私は近しさを感じました」

骨に屍肉を張りつかせた骸には、仏の神々しさなど微塵もない。むしろ生身から逃れきれない人の悲しさを感じさせる。なのに、じっと対峙していると、不思議と無暁の心は鎮まってくる。

六角堂の内で、鉢形の鈴を打つ。響きは天井を抜けることなく堂内に満ち、余韻の中で知らずに語りかけている。

ただ、あがき、もがき続けた。無暁の人生にあるのは、それだけだった。その果てに、手には何もない。財も技も子も、なすことはなかった。自嘲やら後悔やらを、即身仏に向かって打ち明けていた。

それで、よいではないか――。

即身仏からは、そんな声がきこえてくるのだ。

それがおまえのあたりまえの姿なら、よいではないか――。

何もないと嘆くことこそが、傲慢の証しであり、その根底には欲が沈んでいる。いまあるものを有難いと享受する心がなければ、どんな幸甚すら輝きようがない。

思い出の中に息づく者たちは、誰もが無暁に心を尽くしてくれた。いまもやはり、宇魁をはじめ、さまざまな者に助けられている。それこそが、ただひとつの尊い財だった。

もしも後光を背負った仏が現れたとしても、何も語れはしなかったろう。仏像も、また然りだ。立派な相手に、惨めな自身を晒そうとは思わない。醜悪とさえ言えるあの姿なればこそ、即身仏は尊いのだ。

無暁の感じた近しさとは、そういうたぐいのものだった。

住職にはそこまで打ち明けなかったが、気持ちは汲んでくれたのだろう。それ以上何も問わず無暁に告げた。

「僧、無暁。今日を限りにて、当山散在身分を解く」

「長きにわたり、お世話になりました。ありがとうございます、住職さま」

心をこめて、宇魁に頭を下げた。

「礼なら、先の住職に言え。おそらくこうなると見越して、散在に留め置いたのであろう」

数日の後、無暁は羽黒山を下りて、湯殿山に向かった。


「ようお越しくだされた。あらましは、宇魁殿から伺うております」

湯殿の円寿寺では、住職の円海自ら、快く迎えてくれた。

「ご厄介をおかけして、かたじけのうございます。せめてこの先は、真言の徒として精一杯精進いたしまする」

「衆徒が増える上に、千日行を願い出てくださった。我らには格別の幸いです。現に宇魁殿は、大いに文句を垂れていかれました。十二年も育てた愛弟子を、横から掠めとられたと」

「宇魁さまが、そのような……私にはひと言も」

「羽黒の大きな虎の子を奪われたと、それはもう不満たらたらで。儲けは半分よこせと、厚かましくごねておりましたよ」

宇魁とのやりとりを、さもおかしそうに円海が語る。気兼ねのない者同士の冗談かと思えたが、そうではないという。

「もしも千日行を見事成し遂げれば、ひと財産築けると申しますからね。衆徒にも民にもこの上なく尊ばれ、布施や賽銭が雨霰のごとく降ってくるとか」

豪放な宇魁らしく冗談に紛らしているが、羽黒としては、大きな損と言える。表立って争っている湯殿に横取りされたとなれば、なおさら角が立つ。

現に両山のあいだで宗旨替えした僧の話など、きいた例がない。

自身でもたかが散在身分と侮っていたが、上からは厳しく咎められてもおかしくない。なのに無暁の前では、そのような裏事情は一切見せず、快く送り出してくれた。改めて、宇魁の懐の深さに感謝した。

「さようなまでの大事とは、迂闊にも存じませんでした……私が入山してこの方、羽黒で成し遂げた方はおりませんでしたから」

「湯殿でも、鉄門海さま以来、誰も遂げてはおりませぬ。行を試みて仙人沢に入る者は、湯殿衆には存外多いのですが、いずれも落伍しました」

円海は視線を下げて、眉間に憂いを滲ませた。

「行の最中で倒れる者よりも、あえなく行場を去る者の方が、よほど多いのです。三年ものあいだ、絶え間なく自らを律し苦行を課す。毎日が己との戦いです」

どんな覚悟も、日々のくり返しの中で色褪せる。克己とは、言うほどに容易くはない。

「できるか否かではなく、いまの私には、行より他に道がないのです。何卒、千日の山籠を、お許しくださいませ」

飢饉の忌まわしい光景は、消しようがない。拭いとれぬとあらば、嚙みくだいて咀嚼するしかなかった。何らかの形で、身の内に収まり処を見つけ、自らの一部とするしかないのだった。

「無暁殿の覚悟は、しかと承りました。まずは、真言への帰依と、その一世行人たる許しを得ねばなりません」

巡礼や遍路など、霊場をまわる参詣人もまた、「行人」と呼ばれる。まさに一世を修行に懸けた者を、常民と区別して「一世行人」といった。

円寿寺は行人寺であり、末寺にあたる。真言衆徒となるには、本寺の注連寺にて、改めて得度を受ける。諸々の手続きと、真言の経や作法を学ぶために、ひと月ほどかかった。

とはいえ、行人は正僧と違って、短い経典や経文をいくつか覚えるだけでいい。他の宗派でも使われる、ごくありふれたものばかりで、無暁はそのほとんどを覚えていた。

学のない者が、即席で信仰の道を志す。行人は、そのための一路である。正僧よりも身分が低いとされるのはそのためだ。ただしその差を埋めるように、行への打ち込みようは僧をはるかに凌ぐ。故に身分に拘わらず、人々の崇拝を集めるのである。

行人寺の住職も大方は行人だったが、円海はめずらしく正僧であり、同時に日々の行も怠らなかった。

「これから山は冬に向かいます。あとひと月ほどで雪も降り出す。行をはじめるには、決して良い頃合ではありません」

次の春まで待ってはどうかと円海は勧めたが、雪山なら慣れている。

無暁が千日行をはじめたのは、その年の秋だった。

七

「今日も行くのかね。雪になりそうだから、よした方がいいぞ」

早暁に行屋(ぎようや)を出ようとすると、誰かが寝惚け声で呼び止めた。行人が暮らす小屋を行屋といって、いまは五、六人が寝泊まりしていたが、大方が酒臭い鼾をかいて眠っていた。

秋には倍もいたのだが、無暁が山籠をはじめてひと月が経ったころ、初雪が降った。そのころからだんだんと減って、いまは半分ほどしか残っていない。

行場での修行は、千日が必須ではない。ひと月でも一年でも構わず、千日行は無暁ひとりきりであったから、山を下りる者がいるのは仕方のないことだが、理由はそれだけではなかった。

毎日が己との戦いだと、円海は言った。ここにきて無暁は、ようやくその意味を理解しはじめていた。

山籠には十六の掟が定められていて、五辛酒肉を口にしてはならない、賭博を禁ずる、など細かに書かれている。裏を返せば、そのような行人が後を絶たないためであろう。

秋までは皆、案外真面目に修行に励んでいた。山に来る、道者たちがいたからだ。仙人沢を渡る道者の案内も、行人の役目であった。

訪れる道者は、誰もが「おん行さま」と行人を敬ってくれる。布施に留まらず、衣類や食べ物を施されることも少なくない。過分な施しを受けてはならないと、やはり掟には明記されているのだが、貧しい行人には有難いお恵みだ。断る者はおらず、喜んで受けるばかりか、厚かましく上乗せを求める不届き者すらいた。

しかし雪が降ると、道者の来訪はぱたりと途絶えた。人の目がなくなると、自堕落になるのに暇はかからない。誰かが暖をとるとの名目で酒をもち込み、それからはほぼ毎日のように酒盛りが続いた。日がな一日、小屋の中で酒を呑み博奕に興じている。

円海の忠告はこれだったかと、いまさらながらに思い至った。

――行の最中で倒れる者よりも、あえなく行場を去る者の方が、よほど多いのです。

一日怠ければ、また一日と自分を甘やかし、三日続けば修行に戻る気なぞ毛ほども起きはしない。

「ひとりでは、崖はもちろん沢渡りでさえも危ないぞ」

「よせよせ、何を言ってもききはせぬよ。羽黒もんは頑固だからの」

親切心からであろう忠言を、他の誰かが皮肉でさえぎる。千日行を試みる者は、修行仲間からも尊敬を集める。一方で、無暁が羽黒から来たという噂は行場でも広まっていて、何となく遠巻きにされてもいる。別に嫌がらせを受けるわけでもなく、少なくとも修行の妨げにはならぬから、あまり気にしていなかった。もとからひとり外れていたために、ことさら酒や博奕に誘われることもなく、無暁だけは修行に専念していた。

「髪は濡らすでないぞ。風邪をひくからな」

「ご忠言、痛み入る。気をつけます」

行場には剃刀をもち込んではならないとの掟があって、頭を剃ることができなかった。伸びかけの髪は、まだ結わえるほどの長さに達せず、もっさりと頭を覆っている。未だに慣れず鬱陶しくてならないが、忠告に従って白頭巾を被りしっかりと結わえた。

気を抜けば、すぐさま死に直結するほどに、冬山は過酷だった。仙人沢では新参なだけに、折々に与えられる助言には気遣いが含まれていた。

小屋を出ると、寒気が容赦なく衣を抜けて肌を刺した。

寒さは日を追って厳しくなり、雪は人の背丈以上に深さを増す。火の気のある行屋から外に出ることさえも億劫になるが、水垢離(みずごり)と湯殿山御宝前(ごほうぜん)への参拝は欠かせない。しかしそれさえも、初雪から三月が経ったいまでは、無暁だけが続けていた。

仙人沢で身を浄め、それから宝前へ赴く。わずか半里ほどの道程で、夏場なら一時ほどで往復できるのだが、冬となれば三倍もかかる。宝前までは、ゆるく傾斜した沢を渡り、滝の落ちる断崖を寺の屋根ほども登らねばならない。雪をかき分けて進まねばならず、雪崩の危険も常に伴った。

人の決めた行につき合ってくれるほど、自然は優しくはない。さすがに前が見えぬほどの大吹雪では、沢への往復すら難行となる。雪もさることながら、怖いのは風だった。崖から飛ばされれば、ひとたまりもない。行とはすなわち、天候との戦いとも言える。

羽黒に十二年もいたのだから、わかっているつもりでいた。しかし羽黒では、常に行者仲間がいた。慣れてからは、ひとりで山に赴くこともあったが、冬には入るなと止められた。人がいれば、それだけで気が紛れる。自然の脅威と、ひとりきりで向き合わずに済むのだ。一年目に谷底に落ちたときのことを、たびたび思い出した。宇魁に助けられるまでのあの時間は、途方もなく長かった。

この山では似たような目に何度も遭った。そのたびに、自然がぽっかりと口を開けて無暁を呑み込もうとする。人ひとりがいかにちっぽけか、頼りなさに茫然となる。

しかし同時に、山は恵みも与えてくれる。

自然の厳しさを知るにつけ、その有難さも身にしむようになった。

唸るような風と地吹雪を食い止めてくれるのは、山の木々であり、いまは厄介でしかない大雪も、春になれば雪解け水となり田畑を潤す。自然の摂理に深く思い至り、自分もまた循環の中のひとつだと気づかされる。

自然に逆らって無理を通しても、身を危うくするだけであり、千日行で何より大事なのは続けることだ。吹雪が終日やまぬ折だけは、宝前への参拝を諦めて、翌日、二度往復することで折り合いをつけた。代わりに水垢離だけは、欠かさず行った。

沢に下りると、岸辺には薄く氷が張っていた。石で氷を砕き、衣を脱ごうとすると、下手で、ぱしゃっと魚がはねる音がした。魚はこの時期、温かい水底に沈んでいるはずだ。めずらしいな、とつい下手をながめた。水を切る音は続き、音はしだいに近づいてくる。見えたのは、人影だった。貧しい身なりの若い男が、半分凍った沢を漕いでくる。

「おん行さま……助けて……助けてくだせえ」

無暁を認めると必死で駆け寄り、倒れるように身を投げ出した。雪深い山道よりも、歩きやすいと思えたのだろうが、濡れた足は紫色になり凍傷を起こしかけている。唇はさらに色が悪く、がたがたと震えていた。

「どうした、盗賊にでも追われているのか？」

たずねると、打たれたように固まった。小さな声で絞り出す。

「違え、そうじゃねえだ……おらが、おらの方が盗みを……」

「盗みを、働いたのか？」

　こくりと、うなずいた。歯の根の合わぬ有様で、懸命に顛末を語る。

「だども見つかって、鎌をふり上げられて追いかけられた……逃げようとして夢中で石を投げたら、当たっちまって……」

「まさか、殺めたのか？」

「殺してはいねえ！　すぐに向こうも起き上がっただで……だども、血が出てただで、おら、怖くなって、夢中で……」

「おまえ、この辺りの者ではないな？」

　庄内者とは、訛りが違っていた。たずねると、越後から来たという。村を抜けてからあちらこちらを渡り歩き、日雇いでは凌ぎきれず、場所を変えては盗みをくり返していたようだ。山に逃げ込んだのは、追手を恐れただけでなく、別の理由があると語る。

「人を傷つけちまって、いまの暮らしにほとほと嫌気がさしただ。いっそ死んじまおうって山に入ったども、死ぬのもだんだんと怖くなって……手前勝手に命を縮めれば、極楽にも行かれねえし……おら、どうしていいかわからなくて」

　山の中を右往左往するうちに日が暮れて、それ以上動けなくなった。死ぬ気で山に入ったはずが、必死で雪に穴を掘っていた。雪穴に丸くなり、このまま凍え死ぬのだろうかと怯えながら朝を迎えた。

「生きることも死ぬこともできなくて、おらはこの先、どうしたらいいだべ……教えてくれろ、おん行さま……」

迷い、惑い、恐れおののく姿は、過去の自分を見ているようだった。

「ひとまず、からだを温めろ。話はそれからだ」

無暁は肩を貸し、男を行屋まで連れ帰った。

行屋は、土間に筵を敷いただけの粗末な小屋だが、地面を掘って囲炉裏だけは切ってある。そこは小屋の中の神域だった。羽黒でも湯殿でも、火は殊更に大事なもので、ともに湯殿を法流の根源と仰いでいた名残であった。ことに行人は、湯殿山からいただいた上火で煮炊きをせねばならない。

囲炉裏の前で白湯を飲ませ、ようやく人心地ついたようだ。

行人のひとりが、火にかけていた粥をすくい、湯気の立つ椀を男にさし出した。

「ほれ、食べなされ。からだが温まるからな」

「それなら、酒が何よりではないか？」

「違いない。いま、温めてやるからな」

突然の来訪者に、誰も嫌な顔をする者はいなかった。退屈していたこともあろうが、男の素性を語っても、やはり疎んじるようすはない。

「そうかそうか、盗みをな。おれも若いころはやんちゃでな、人をボコボコ殴っておった。湯殿の行者には、脛に傷もつ者が存外多くてな」

羽黒と違って、湯殿では無宿人や罪人も受け入れている。それだけ無頼の者が多く、盗人ときいても動じるようすもない。むしろ過去を恥じて、やり直そうとする者たちのために、門戸を広く開けている。

むろん、誰も彼もがそういう手合いというわけではない。行人にもっとも多いのは、貧しい家の次男や三男だった。わずかな財や土地をもらえるのは長男だけで、養子の先が見つからなければ、厄介者として家の片隅でひっそりと生を終えるしかない。長男と次男以下では、主人と使用人ほどの開きがあった。

虫けらのような暮らしを逃れたい一心で、行人を志す者も少なくない。えらい行者として名を成せば、一攫千金も夢ではない。実際、千日行を成し得た暁には、満願を祝って人が詰めかけ、寺では三日間も祝宴が催される。納められる布施の額もたいしたもので、一夜にしてお大尽になるかのような豪儀な有様だときく。

生まれが武家であった無暁には、その期待や心根を、さもしいと切り捨てることはできなかった。

「ありがとう、ごぜえますだ。粟粥がこんなに旨えなんて、おら、初めて知っただ」

男は粥と酒で息を吹き返し、凍傷が心配された足も、藁でこすってやると血の気が戻ってきた。ひどいしもやけにはなるだろうが、大事はないようだ。何べんも何べんも、皆に頭を下げた。

その日は小屋で休ませて、翌朝のことだった。

いつもどおり小屋を出ようとすると、男は同行を願い出た。

「無理をせぬ方がいいぞ。慣れぬ者がとりついても、足をすべらせる」

男は無暁が水垢離するさまをながめ、宝前までもついてこようとする。仕方なく、先に無暁が登り、上から螺緒を垂らして引き上げてやった。

ともに参拝を終えて、また同じ手順で小屋に戻る。囲炉裏の向こう側では、行人たちが酒をくみ交わしながら雑談に興じていた。

酒はむろん、行屋に寄り集まって騒ぐのも、やはり法度とされていたが、誰も気にしてなさそうだ。

その日の夕刻、男が不思議そうにたずねた。

「それ、何だべ？」

「これか？　蕎麦粉で拵えた団子だ」

「なして無暁さまだけ、食べもんが違うだ？」

こたえるより早く、囲炉裏の向こうから声が返った。

「こいつは即身仏を目指しておるからの。五穀断ちをしておるのよ」

「五穀断ち……？」

「木食ともいう。からだから肉や脂を削ぐために、五つの穀物を食べぬ修行よ。五穀はしかと決められているわけではないが、まず米や麦は外せんな。無暁はあと、何を断っておるのか？」

「粟と稗、それに大豆です」

「米麦に粟や稗さえ断って、それで生きていけるだか？」

男の言いように、笑いが起きる。

「いわば死ぬための修行であるからな、生きていけるかとは愚問だが」

「ですが、千日行を成すためには、半ばで斃れるわけにもいきませんし」

無暁も冗談めかして返したが、穀断ち行の辛さは骨身にしみていた。

東国巡りを終えた頃は、穀物の湯気すら疎んじていたが、皮肉にも千日行をはじめると、穀類が無性に恋しくてならなかった。

おそらくは、過酷な行に体力を奪われるためだろう。粟粥ですらも、旨そうに見えて仕方がない。穀物の甘い湯気が鼻をくすぐり、生唾がわいてどうしようもない。我ながら、まだまだだと自嘲がわいた。

この先には、十穀断ちが待っている。五穀断ちに慣れてきたところに、さらに五穀を加え十穀を禁じるのである。やはり穀の種類は決まってはおらず、畑でとれる穀物であれば何でもよいとされていた。

「十穀断ちとなれば、黍や小豆、ささげなぞも入るか。何を食うて凌ぐつもりだ？」

「胡桃や団栗、榧の実、榛、百合の根、山の芋……それに、松の甘皮ですか」

いちばん年嵩の行人に問われ、無暁がこたえる。

「きいているだけで、気が遠くなるわ。胡桃ならまだしも、他は食べるにはうんと手がかかる。実をとり出して潰して粉にして、さらに搗いたりこねたりして餅や団子にするのだろ？　食うだけで、一日が過ぎてしまうぞ。添え人もおらず、ひとりきりで山籠している身でできるのか？」

「どのみち抱えてきた蕎麦粉も、そろそろ尽きかけておりますし。早晩、かからねばなりません」

「あんたもしたたかに、頑固だな。しかし蕎麦くらいは、残しておいた方がいいぞ。本明海上人は、松の甘皮餅ばかりを食ろうていたそうだが、あれは伝に過ぎない。六年も木食を通すには、松の甘皮だけでは凌ぎようがあるまい。即身仏になると、とかく話が大げさになるからの、鵜呑みにせぬ方がよいぞ」

湯殿でもっとも古いとされる即身仏、本明海上人が入定してから、すでに百五十年以上が経つ。即身仏は一種の奇跡であり、奇譚には何かと尾ひれがつくものだ。

もっともな忠告であり、無暁も有難く受けとった。ただ穀を断てばよいというものではない。山歩きを旨とする修行をこなすには、それなりの体力も必要となる。山の恵みを工夫していかに凌ぐか、知恵を凝らさねばならない。

「あのう……おらに手伝わせて、もらえねえだか？」

いきなりの申し出に、思わず男をふり向いた。

「食うのに手間がかかるというなら、おらがやるだ。水汲みでも薪割でも厭わねえだで、ここに置いてもらえねえか？　おら、他に行くところがないだで……」

「しかし、ここは行場であるからな。参詣の者より他は、行人しか受け入れぬのだ」

がっかりした男が、しょんぼりと肩を落とす。可哀想だが、こればかりは仕方がない。

慰めるように男の肩をたたいた。

「山を下りて、円寿寺という寺に行きなさい。私が世話になっている行人寺だ。住職の円海さまならきっと、おまえの身のふり方も相談に乗ってくださる」

寺の場所や道筋を教え、懐から巾着をとり出した。そのまま男の手に載せる。

「これをもっていけ。また他国へ行くなら、多少の路銀にはなろう」

秋に道者が通ってきたころには、かなりの布施を受けた。米麦や衣なども寄進されたが、そちらは行人仲間に分け与えた。銭だけは、ある考えから有難く受けとって、大方は円寿寺に預けておいた。巾着の中身は、その残りである。

男は何べんも何べんも腰を折り、山を下りていった。

翌日からは、また寒修行に精を出し、半月ほどで蕎麦粉が尽きた。あとはわずかな黍粉と、秋に拾ってリスのように貯めておいた木の実だけである。そのまま食べられるのは胡桃くらいで、団栗などは灰汁(あく)を抜かねばならない。

羽黒山での山修行のおかげで、手順は呑み込んでいる。そろそろとりかかっておくかと、ひとつひとつ木槌で殻を割り、身を細かくした。笊(ざる)に入れて沢に運ぶ。浅瀬に丸く石を置き、その上に笊を載せた。井戸であれば、何度も水を替えねばならないが、沢ならその必要もない。半日も経(へ)ずに灰汁が抜けるはずだった。

ひと仕事終えて、水垢離にかかろうとしたときだった。沢の下手で魚がはねた。この前と同じだな、とつい下流に目をやる。と、無暁の名を呼ぶ声がした。きき間違いではない。手をふりながら、こちらにやってくる者がいる。きき覚えのある声は、先日助けたあの男だった。

「無暁さま、この前は、ありがとうごぜえました」

「なんと、おまえか……よもや戻ってくるとは思わなんだ。しかも、その姿は……」

「へえ、円海さまにお願いして、おらも行人にしてもらいましただ」

古びた中古の代物ではあるが、鈴懸や頭巾、結袈裟など山伏装束で身を固めている。

「仙人沢には、おん行さましか入れねえだで、おらも行人にしてもらっただ」

「そのような安易で、仏に帰依する奴があるか！　呆れて物も言えんわ」

「すんません……だども、おら、どうしてもここに戻りたかっただ」

首をすくめ、上目遣いで無暁を窺いながら、訥々と語る。

「いつもいつもとんがった眼を向けられて、どこに行っても邪険にされた。親兄弟の許でも、家を出てからも変わらねかった。だどもここでは、盗人ときいても嫌な顔をされねかった。そんな場所、おらには初めてだった」

ああ、そうか――。この男も、おれと同じか――。

唐突に、子供のころを思い出した。無暁もまた、三角の目が嫌いだった。

「何よりも無暁さまは、おらの命の恩人だで……いまごろ蕎麦粉ものうなって腹をすかせておるのではないかと、どうにも気が揉めてならんかった」

「私を、心配してくれたのか……」

「あたりめえだ。おらは山育ちだで、きっとお役に立ってみせる。お願えですから、お傍仕えをさせてくだせえ」

この男は、昔の自分だ。そしていまの自分は、しのや万吉のように映っているのだろう。無下に手を放すことなぞ、できるはずもなかった。

「行人を志すというなら、経のひとつも覚えたのであろうな？」

「経は無暁さまに習えと、住職さまに言われただ」

「円海さまも、お人が悪い」

これも縁だと、微笑まれた気がした。千日行に励む弟子への、餞別のつもりであろう。

「修行にしては、ずいぶんと荷が多いな。その背中に負った、大荷物は何だ？」

「蕎麦粉ですだ。無暁さまへの土産だで」

「もしや、この前与えた銭で購ったのか？」

「んだ。半分は行人になるために寺に納めたども、残りはすべて蕎麦粉にしただ。こんだけありゃ、冬も越せるだで」

「そうか、私のために……」

施したはずが、思いがけない形で返ってきた。施されたのは自分の方だったかと、熱いものがこみ上げた。

「名は、いただいたのか？」

「へえ、空如(くうによ)ですだ」

冷たい山風にさらされながら、無暁の心は温もっていた。


骨が、きしむ。

節々が硬くこわばって、薄い皮を通して、骨の悲鳴が直にきこえそうだ。

肉を削ぎ、脂を落とすということはこういうことか、と無暁は二年目の冬になって思い知った。御宝前へ向かう道程と、前を塞ぐ崖が、去年よりも遠く高くなったかに感じられる。

五十四という年齢ばかりではない。

からだが、確実に衰えている——。その自覚は、考えていた以上に鋭い戦慄を伴っていた。死の入口へと、否応なく近づいている証しであるからだ。自ら望んだはずが、死は決して仏の顔をして招いてくれるわけではない。魑魅魍魎の姿で、生臭い口をぱっくりと開けて、無暁を食らわんとする。思わず、ぎゅっと目を瞑った。

「大丈夫ですかあ、無暁さま。尻を押しましょうかあ？」

足の下から、呑気な声がきこえてくる。下を覗くと、にへらっと笑う素朴な顔がある。

「要らぬ世話だ。年寄りあつかいするでないわ」

怒鳴り返すと、まとわりついていた邪気のようなものが剝がれて、少しだけ手足が軽くなった。ようやく上に着き、肩で息をつく。無暁が難儀した崖を、弟子は猿のようにするすると難なく登ってくる。

「無暁さま、また何か、変なものを見ておっただか？」

「別に……何も見ておらんわ」

「このところ、増えたんべな。きっと霊験のたぐいだと、行屋の者らは言ってたども」

千日行者に、神仏の霊験譚はつきものだ。霊夢によって、不動・大黒の二尊を見たなどとの話は少なくない。後世の者が、大げさにふくらませたのだろうと侮っていたが、法螺話ばかりではないと思い知った。

からだを限界まで追い詰めた結果、ありもしない幻が立ち現れるのだ。

　無暁の場合は、見るのは神仏ではなく、しのや万吉であり、父や荒隈の乙蔵だった。先立った懐かしい者たちが、無暁をさし招く。しかしその後ろには、死が真っ黒な口を開けて待ち構えている。そんな幻が、夢ばかりでなく、昼間にもたびたび現れた。

荒行とは、死をより身近に感じる、そのためのものかもしれない。

からだが近づくたびに、心は全力で厭い、逃げ出そうとする。

両者がせめぎ合い、引っ張り合う。その真ん中でちぎれそうになりながら、もがいている。ありもしないものが見えるのは、そのためだ。どちらにも行けない不甲斐なさを、一時だけでも忘れるために、現実にはないものを眼は映し出す。

「無暁さま、おら、九条を覚えただよ」

我に返ると、空如のにこに顔とぶつかった。御宝前への参拝を終え、また崖を下り、沢に着いていた。そのあいだずっと、考えに囚われていたようだ。傍からはぼんやりしていると見えるようで、これもこのところ多くなった。

「そうか、九条錫杖を諳んじたか。では、きかせてみせよ」

はい、と弟子が、覚えたばかりの経を唱え出す。

「手執錫杖　当願衆生　設大施会　示如実道……」

錫杖は、魔を祓い煩悩を除くとされる。杖の徳をたたえた声明もまた錫杖といい、杖をふりながら経文を唱える。さして長いものではなく、沢を渡りきるより前に、空如は経を終えた。

「いかがで、ございますか？」

多少、田舎言葉が改まった弟子が、得意そうにたずねる。

「二つ、間違うていたぞ。き成仏ではなく、己成仏だ。それに、九度あるはずの一切衆生が、八度しか出てこなかったぞ」

「惜しい！　もう少しだったに」

「己で言う奴があるか」

「だいたい、同じ文句を九度も重ねるなんぞ、しつこいと思わねえだか？」

「経文に文句をつける者なぞ、それこそおらんわ」

弟子を諌めながらも、心がしだいに軽くなる。現実の軽やかさが、死への慄きをとり払う。この弟子こそが、神仏が遣わしてくれた幸いではないかと、本気で思うことがある。

雨雪を厭わず絶えず無暁につき従い、山育ちというだけあって、師の食糧となる木の実や山菜、茸などをどっさりとってきて、冬場のために干したり塩漬けにもする。味など二の次であったが、料理の腕も悪くなく、食事が格段に旨くなった。

何より、目にするものや感じる事々を、ひとつひとつ口にする。

今年は雪解けが遅くて難儀だの、雨上がりで岩がすべるといった不平もあれば、あの囀（さえず）りはホオジロだと呟き、可憐な紫色のカタクリの花に、春の訪れを喜び、根を粉にすれば滋養があるとも説く。

見過ごしてしまいがちな何気ないものに、空如は息吹を与える。流れ過ぎる現世や自然に楔を打つことで、無暁をこちら側に引きとめてくれる。一年前にたまたま拾い上げたはずが、いまは無暁の方が救われていた。

木食と行の辛さは、覚悟していたつもりだった。それでも現実の辛苦は、想像をはるかに凌駕した。なまじ羽黒では、精進料理といえど湯殿よりずっと贅沢な膳を食していただけに、いくら腹を満たしてもひもじさから逃れられない。

衰えはまず、関節に来る。膝や腰、肩が痛むようになり、寒中の行がさらにこれを助長する。からだが思うようにならないと、心までもが弱る。行を放り出し、このまま里まで駆け戻りたいとの衝動に駆られる。本当に毎日だ。

空如がいなければ、飢えに負け己に負けて、この冬はとても越えられなかったろう。口にはもちろん、顔にも出さぬだけに、師がそれほど情けない思いをしているとは気づいてはいまい。その呑気さがまた、有難くもあった。

「ええっと、般若心経と不動経、観音経に自我偈（げ）と。あとは九条錫杖さえ覚えれば、お経はすべて終わりですね」

「たった五経で満足するでないわ」

「だども、この五つで、行人としては十分だと」

「行人に留まらず、僧になればよいではないか。そのくらいの蓄えは、私にも何とかなりそうだぞ」

「ありがてえ話だども、おら、これ以上のお経は、とても覚えられそうにねえだ。それにおら、おん行さまらが好きだで。皆、おらによくしてくれるだ」

飾り気のない空如の人となりは、しごくとっつきやすく、行場に集う行人たちからも可愛がられていた。無暁と行人たちとの間柄がぎくしゃくしなくなったのも、この弟子のおかげであろう。

「だがな、行人を続けてゆくのは、決して生易しい道ではないぞ」

「その辺も、他のおん行さまからきいとるだ。ことに寒行は辛うてならねと」

寒の三十日間は、里にいる行者にも寒行が課される。

朝晩は、一把の線香が燃えつきるまで、川や池の水に身を浸す。線香が終わるまでが、ちょうど一時。荒行以外の何物でもなく、見かねた信者が線香を半分に折ることさえあるという。それが終われば単衣物一枚で托鉢し、千日とはいかずとも山籠行も行う。

金と学のない者が他人の尊敬を集めるには、無謀とも言うべき行に打ち込むしかないのだった。しかし身を苛めるような行為は、確実にからだを蝕む。老齢になると足腰の痛みに悩まされ、手足が不自由になる者も多かった。木食行と相まって、無暁にも同じ兆候が表れていた。

行人の哀れな行く末は、しばしば耳にする。

行ができなければ、行人としての価値を失う。寺にとって無用の存在となり、行人寺からも追い出される。実家に帰ろうにも、すでに両親はなく兄も老いている。甥の世代となっており、厄介者あつかいをされるのが落ちである。

過酷な修行に明け暮れした末路が、そのありさまではあまりに情けない。

この弟子に、そんな憂き目を見せたくはなくて、何とか僧にしてやりたいと無暁は考えていたのだが、若い空如はもっと短絡な未来を描いていた。

「ともかく托鉢を大事にしろと言われただ。毎年通えば、檀家衆とも仲良くなって布施も増えるだで。その金で田畑を買って、家の者らに任せておけば、少なくとも生きとるあいだは大事にしてもらえると」

「まあ、たしかに。それはそれで悪くはないが」

空如は行屋の者たちと酒をくみ交わしながら、行人談議に花を咲かせ、そういう知恵を授かっているようだ。

若い頃は放蕩を通していただけに、弟子をことさら戒めるつもりもない。木食は強いてはいないし、酒も大目に見ている。ただし博奕だけはやめておけと言ってあった。

「無暁さま、きいてもいいだか？」

「何だ？」

「無暁さまは、どうして即身仏になりてえだ？」

こたえに詰まった。病や貧困にあえぐ者たちに代わり、その苦しみを引き受ける——。相手が空如でなければ、そうこたえていたろう。事実、即身仏だけでなく、山籠や行の根底にはその理念がある。

しかし弟子の問いは、建前ではなく、無暁自身の考えやあり方を求めている。ただ、言葉には容易にできず、築いたはずの確固たる信念も、いまは揺らぎはじめていた。

行の成果が表れるたびに、皮肉なことに、生への執着が増してゆく。

これほどまでに、我が身を惜しむのは初めてかもしれない。

いつ死んでもいいと、どこかで思っていた。人を殺めたためではなく、しのを救えなかったあのときから、捨て鉢な性分がしみついていた。

と、同じかもしれない。

老いた者は、健やかでありたいと願い、病を得た者は、誰よりも生きたいと乞う。それ

迷いが生じた理由は、死の恐怖ばかりではない。

——おれは、即身仏は好かぬ。

羽黒で宇魁に投げられた言葉が、いまさらのように重くのしかかってきた。

無暁が即身仏を望んだのは、鉄門海上人の姿に打たれたためだ。己が死骸をさらすというその覚悟に、ただ圧倒されたからだ。

しかし、本当にそうであったのか？　当人がまことに、骸仏となることを望んでいたのだろうか？　もちろん、生きながら塚に入った者は、心掛けに嘘はなかろう。その一方で、当人がどんなに望んでも、木乃伊に拵える者がいなければ如何ともしがたい。羽黒山で土中入定した者が、即身仏になれなかったのはそれ故だ。

逆に湯殿山では、土中に入らず、死後入定の形をとった者もいる。

鉄門海もまた、そのひとりだ。

鉄門海はいわば病死であり、死後に即身仏に作られたのは、当人が生前に成した功績が偉大であったためであろう。ただ、木食行を成していたのは事実なだけに、鉄門海にその意思がなかったわけでは決してない。

それでも、死後入定した者は他にも二、三伝えられ、また即身仏が現れるのは、決まって世情の不安が高まる時期でもある。飢饉や水害、大火、あるいは藩政の転換や物価の高騰。何らかの暗い時代背景があり、救世の徒として即身仏が現れる——。

そこには誰かの意図と目論見が、見え隠れするように思えてならない。宇魁はそのにおいを、疎んじていたのだろう。

人の事情を踏まえてもなお、自ら望んだ道だ。悔いではなく、えらんだ道の険しさと底の深さに、半ばに来て疲れているのかもしれない。

「どうしてと言われると、私にもわからぬ。いまはまだ、な」

正直にこたえた。迷いはあっても、道を違えるつもりはない。心積もりを宣するように、無暁は告げた。

「そろそろ、十穀断ちにかかろうと思う」

「ええっ、さらに五穀を削るだか？　米・麦・粟・稗・大豆に、これ以上何を？」

「そうさな……黍に小豆、ささげに……どうも豆ばかりだな。やはり蕎麦も落とすか」

「蕎麦はいけね！　蕎麦くれえは残しておかんと、無暁さまが参っちまうだ」

読経よりよほど真剣な顔つきで、懸命に知恵を絞る。

「あとは枝豆と胡麻で、いかがです？」

「枝豆は、採る時節が違うだけで、大豆と同じであろう。胡麻はもとより、禁じられておるからな。食うてはおらぬ」

胡麻は護摩にも通じ、精進料理に胡麻豆腐があるように、仏教では盛んに用いられるのだが、どうしてだか湯殿山では、並の行人にすら許されてはいない。

空如は結局、この命題を行屋までもち返り、他の者らに相談して、隠元豆と唐黍（もろこし）を数に入れた。

「唐黍は、黍ではないのか？」

「唐黍は黍ではなく、唐黍です！」

師の問いに、弟子はそう言い張って譲らなかった。

その年の暮れ、行は五百日に達した。そして年が明け、山が遅い春を迎えるころから、訪れる道者の数は目に見えて増えていった。

「去年にくらべると、ずいぶんと多いような気がするだ」

「そりゃあそうだ。皆、おまえの師をひと目拝まんと、詣でてきたのだろうて」

「無暁さまを？」

「千日行の噂が、広まってきたのだろう。ましてや五百を超える者は稀だからな。この先は、ますます増える。弟子のおまえも忙しくなるぞ」

弟子と行屋仲間が交わす話は、きくともなしに耳に入ってきたが、さして気にしていなかった。ちょうど十穀断ちの成果がからだに表れてきた頃に重なり、豆類をほぼ一切断ったがために、からだに力が入らなくなった。

空腹ほど、切ないものはない。改めて、思い知った。どうにか堪えることができたのは、あの飢饉を目にしていたからだ。どんなに辛い死に目であったろうか――思いを遣るだけで涙が滲む。似た苦しみを味わおうとも、彼らと無暁には絶対の開きがある。否応なくもぎ取られた生には、ただ無念がつきまとう。

無暁には、経を捧げることしかできない。どうか極楽に行けますように、生まれ変わって今度こそ幸せな生を得られますようにと祈った。

仏はいるのか、浄土はあるのか、と絶えず考え続けてきた。

そのこたえに、自ずと行きついていた。

存在の有無ではなく、彼らにその加護がありますようにと、願わずにはいられない。たとえ気休めであろうと、すがるもののない人生は、あまりに苛酷だ。

信仰とは、辛い現実の裏返しであった。

しかしそれが、自分に向けられるときが来ようとは、夢にも思っていなかった。

夏にかけて、仙人沢を訪ねる道者は、前の年の倍ほどにも増えた。そして誰もが、無暁に向かって手を合わせる。

「おん行さまが、わしらの苦を代わってくださる。ありがてえ、ありがてえだ」

湯殿山は女人禁制であるから、男の道者に限られるが、老若を問わず無暁の前にひざまずく。最初は大いに閉口した。他人に敬われることは何もしておらず、ましてや崇められるほどの徳など積んではいない。

久方ぶりに仙人沢を訪れた、円寿寺の住職に向かって、無暁は弱音をこぼした。

「これから仏になるのですから、慣れるより他にはありませんね」

「私が仏とは、笑止としか思えませぬが」

円海は深い微笑を刻み、注連寺にいる即身仏の話をした。

「かつて鉄門海さまが、こんな話をしてくださいました。即身仏を目指す者には、概ねふたつの理由があると」

「そのふたつとは、弥勒仏への信仰と、弘法大師への帰依でございましょうか？」

仏教を開いた釈迦の入滅後、五十六億七千万年の後にこの世に下りて、衆生をことごとく救う——それが弥勒信仰である。はるか未来に出現する弥勒を待ち続けるために、空海の高野入定にあやかって、即身仏にならんとする。

「どちらも信仰のためですから、合わせてひとつ目の理由です」

「では、ふたつ目とは？」

「行人という立場にありながら、世間から尊ばれ、寺内においても寺僧より大事にされる。そういうあつかいを受けて一生を過ごしたいと」

「名利（みょうり）、ということですか？」

つい非難がましい目をしたが、円海は言葉を継いで押しとどめた。

「あなたは、武家の出でしたね。私もまた、そこそこ裕福な百姓の家に生まれた。我らが名利を疎むのは、あえてそれを捨てたからです。生まれつきもたざる者は、えらぶことすらできませんから」

僧侶になるには金がかかる。寺を逃げ出したころは、自分が恵まれていたとは思いもしなかった。正僧たる円海の背後にも、相応の富があったはずだ。しかし大方の行人は、とかく貧しい。貧しさ故に行人の道しかなく、並の行人では寺男と変わらない。

世間で邪魔者あつかいをされてきた故に、人に敬われたい、大事にされたいとの願いも強くなる。その思いを名利の一言で片づけるのは、あまりにも短絡だ。責めることなど誰にもできず、また利欲があるからといって、信仰が薄いとは言えない。

「どちらかひとつに偏っているのはむしろ稀で、大方は双方を含んでいるのでしょう。ただ、あなたの場合は少し違う。どちらの理由にも嵌まらないように思える」

「理由は、それほどに大事なことでしょうか？」

「むろんです。いわば自死と同じなのですから」

穏やかな居住まいながら、そこだけ切り込むような鋭さがあった。

「たぶん……名利、なのでしょう。生きているあいだ、何も残せず何も成さなかった。なれば死後に即身仏として名を残したい。おそらくは、そのようなことかと」

素直な気持ちを述べながら、恥ずかしさがこみ上げる。我の卑小さに、改めて嫌気がさす。うなだれる無暁を円海はしばしながめ、そして言った。

「三つ目の理由が、見つかればよいですね」

「……三つ目？」

「はい。実は鉄門海さまは、先のふたつとはまた別の理由をおもちでした」

「それは、どのような？」

「他人が押しつけても、甲斐はありません。ご自身でお探しなされ」

煙に巻くように言い残し、円海は行場を去っていった。

それからも、仙人沢を訪れる道者の数は、増える一方だった。丑年かと思えるほどに、続々と人が詰めかける。夏にはひときわの繁忙を極め、空如はもちろん、どの行人も大忙しだった。

「造作をかけて、申し訳ありませぬ。かようなまでに騒がれるとは、思いもよりませなんだ」

無暁は恐縮したが、誰も厭う者はいなかった。

「気にすることはない。御山がにぎわうのは良いことよ」

「なにせ、わしらの実入りも増えるしな」

「そうそう。よけいなことを気に病まず、修行に精を出せばよろしい。道者はその姿を、拝みに来ておるのだからな」

行人たちはこの一年半、無暁を見てきた。ずっと行場にいた者はいないが、代わるがわる誰かしら、仙人沢には詰めている。無暁が黙々と行をこなす姿は、人の口から途切れることなく伝えきいている。羽黒者であり、真言に帰依して日が浅いと侮っていたが、真摯に行に打ち込むさまは、彼らの見方を変えたのだ。世人だけでなく、一世行人たちの尊敬をも勝ち得ていた。

湯殿で受け入れられたのは有難かったが、道者たちのふるまいには困惑した。

近頃は沢で水行をしていると、その下手に陣取って、流れてくる水を飲んだりもち帰ったりする。まさに爪の垢ですらも、煎じて飲まんとする勢いだ。

無暁がため息をつくと、行人たちは呵呵と笑った。

「まだまだ、これからだぞ。見事、千日を成し遂げた暁には、道者の数は十倍にも増えよう」

決して、大げさな話ではなかった。その年は雪が降るまで人出は絶えず、わざわざ先達を頼んで、冬山に訪れる者さえいた。布施の高も目を見張るほどで、金はもとより立派な袈裟や衣、仏具のたぐいも目立ったが、何より多かったのは蕎麦粉である。おん行さまの好物だとの噂が立ったためのようで、空如は大喜びで蕎麦団子や蕎麦切りを拵えた。

翌年の春は、雪解け早々に、さらに多くの者たちが仙人沢を訪れた。前年は庄内をはじめ近場の道者がほとんどであったが、その年は秋田や村上など遠方からの道者が増えた。

「頼りない身の上のわしらのために、仏さまがおん行さまを遣わしてくだされた」

「わしらの苦を御身に引き受けてくだされて、何とお礼を申したらよいか」

「ありがたや、ありがたや……なむなむなむ……」

誰もが同じ言葉をくり返し、有難そうに無暁を拝む。

この頃になって、ようやく悟った。円海に謎をかけられた、三つ目の理由である。

「そうか……人の、衆生の思いが、即身仏を成すのか……」

　同時に、何故、飢饉や災害、世情の揺れ動くときに即身仏が現れるのか、そのこたえも得たように思った。

　衆生が、人々が、待ち望んでいるためだ。

　厳しい行に打ち込む姿を、世人は自分たちに重ねる。辛い苦しみを知る者同士だからこそ、わかり合える、理解してもらえる。その思いは何よりの慰めとなり、大きな救いとなり得る。

　生に喘ぐ渇きを満たしてくれる。その水となり得るのが、即身仏であった。

　民の困苦欠乏は、本来なら為政者が庇護するべきものだが、下々にまでは行き届かない。その穴を埋めるのが、宗教なのだ。

　即身仏は、宗教を極めたひとつの完成であり、志す行人への帰依と感謝の念は、想像を絶する。無暁はそれを、目の当たりにしていた。

　千日行が満願に達したその日、人々の熱狂は頂点を極めた。

　五月半ば、仙人沢を出て山を下りた無暁を、数千にもおよぶ民衆が迎え出た。

八

「正気ですか、ご住職！　どうしてまた、そのような突飛な思いつきを？」

「行の最中から考えておったのだが、さほどに酔狂であろうか？　布施は増える一方だが、私には使い道が見当たらぬしな」

「寺を建てるとか、道普請をするとか、いくらでもありますよ。現にこれまで即身仏になられたお方は、大きなことを成し遂げられて、名を残されているではありませぬか」

「どうも大仰なことは、性に合わぬからな」

無暁が海風寺（かいふうじ）の住職になって、三月が経つ。

円海を通して、注連寺から海風寺の住職を勧められたのは、無暁が下山してまもなくのことだった。千日行を成せば、自ずと上人へと格上げされ、名も改める。

湯殿山は弘法大師・空海にちなんで、海の一字をいただく。そして行人の場合は、三字が多い。無暁には、無暁海（むぎょうかい）の名が与えられた。

ただし円海や空如らは、変わらず無暁の名で呼んでいた。

「名のとおり、海に近い高台にありましてね。気持ちの良い場所ですよ。いまは寂れておりますが、無暁殿のおかげで、たいそうな布施が集まりましたからね、修理の金子にも事欠きません。雪が降る前に、手直しも済むでしょう」

海風寺は、円寿寺と同様、注連寺の末寺であるが、この二十年ほどは住まう者がおらず荒れ果てていた。無暁にも異論はなかったが、布施を充てるまでもなく噂をきいた信者たちが手弁当で集まって、床板の穴を塞ぎ、壁を塗り、畳や障子を張り替えてくれた。

住職として海風寺に移ったのは、九月の半ばだった。

住人は無暁の他には、弟子の空如だけであり、寺男もいなかったが何ら不自由はない。毎日のように信者が訪れては、薪割だの水汲みだのを手伝ってくれるからだ。畑の菜や、木の実や茸などももち寄ってくれるために、食糧にも困らない。

千日行が終わっても、やることはさほど変わらなかった。水行をはじめとする日課をこなし、読経に明け暮れ、木食行も死ぬまで続く。

ただ、生というものは、希望や楽しみなくしては成立しない。無暁はそれを、他者に見出した。これまで散々、我を通してきた。詫びも籠めて、残り少ない生を、他人のために役立てようと決めていた。

かつて千日行を成した先達たちは、集まった大枚の布施で、寺を建立し、山を切り拓き、道を造った。しかし無暁は、まったく別の使い道を思いついた。

「過分な金子を貯め込んでいては、盗人の心配をせねばならないからな。さっさと寺から出してしまうに限る」

「だからと言って、金貸しの真似事とは……踏み倒されるのが落ちですぞ」

無暁は布施で得た金を、貧しい者たちに貸すことにしたのである。

「この金は、湯殿山の大日如来からの預かりものであるからな。証文もとるし、得分ももらうぞ」

もっともらしく断りを入れたが、もとより金儲けをするつもりはない。

利息は年に一割。ちょうど先ごろ、御上が定めた利息が一割二分であり、町の金貸しはさらに高利だ。利息の安さに加え、相手が言うままの額を貸し、返済の期日も決めず、催促も一切しなかった。

きっと返さぬ者がいるに違いないと、空如は大いに危ぶんでいたが、そのような不届き者はひとりもいなかった。金を工面できぬ者も中にはいるが、代わりに菜を運んできたり、寺の力仕事をこなしたりと、精一杯の誠意を見せる。

「人には喜ばれ、こちらは枕を高う（たこ）して眠れる。我ながら良い思いつきであろう」

「まあ、たしかに、土地の者たちからは、たいそう有難がられておりますが……とはいえ、こうひっきりなしでは、金勘定も楽ではありません。それこそ商人でも雇うてはいかがです？」

算盤が得手ではない空如は、四苦八苦している。弟子志願の者が現れたのは、そんな折だった。

年が明け、二月も半ばを過ぎると、庄内にも遅い春が来る。雪が半分ほどに嵩をなくしたころ、空如が客の来訪を告げた。

「ご住職、子を寺に入れたいと、百姓が参っておりますが」

またか、とつい天井を仰いで、ため息をついた。

海風寺に落ち着いてからというもの、自ら入寺を乞う者や、身内を寺に預けたいという者が引きも切らない。千日行を遂げた行人にあやかりたいとの気持ちはわかるが、行は過酷であり、病を得る者も多く、命を縮める。生半可な覚悟では続かぬと、くり返し説くのだが、理想にあふれる者たちは、馬よりもきく耳をもたない。

ひとまずは引き受けて、当面のあいだは、本寺たる注連寺に預けることにした。

「子というと、まだ小さいのか？」

「まだ、十かそこらくらいに見えました」と、空如がこたえる。

当人が望むならまだしも、子を託したいとの親の申し出は、別の意味で気が重い。

「親に無理強いされてなければよいが……」

嫡男をさし出すわけもないから、厄介払いの体もある。十七、八になっていればまだしも、十にもならぬ歳では先々も見通せまい。

気塞ぎなまま座敷に赴いたが、父親は無暁と会うなり懐かしそうな声をあげた。

「お久しゅうございます。私を覚えておられますか？」

たしかに、どこかで見た顔だ。しかし、すぐには思い出せなかった。

「九年前、お上人さまから男子を託されました」

あ、と小さく叫んでいた。まだ、羽黒にいたころだ。先の飢饉がはじまった年で、大きな地震もあった。馴染みの百姓であった釜吉が、生まれた赤子を捨てようとして、その子供をもらい受け里子に出した。

「もしや、その子が……？」

「はい、さようにございます。今年、十歳になりました」

父親のとなりに、子供が膝をそろえていた。百姓とはいえ、広い田畑をもつ裕福な家だ。身なりもきちんとしていて、行儀もいい。

「しかし、養子とはいえ大事な跡継ぎであろう？　その子を行人にするというのか？」

「私どもも、実の子と思うて大事にして参りました。いったんは止めたのですが、この子の決心が固く、母親たる私の女房も遂には折れまして」

「では、その子が修行を望んだと申されるか？」

父親はうなずき、ようすからすると嘘ではないようだ。改めて、子供に質した。

「おまえは本当に、仏門に帰依したいのか？」

「はい。仏がそう仰いました」

「仏がおまえに申されたとは、どのように？」

「私の夢枕に、いく晩もお立ちになって、ただ、見届けよと」

「見届けるとは、何を？」

「最初は、わかりませんでした。夢の中で仏は、だんだんと干涸びていくのです。水を失って枯れていく草木のように。頬がこけ手足は棒のようになり、骨ばかりが際立って」

「そのようなものを見て、恐ろしくはなかったか？」

「いいえ、少しも。肉身を失うごとに、後光が強うなり、眩しいほどに照るのです」

はきはきとこたえるが、ひどく真剣な顔つきだった。

真っ直ぐに向けられた瞳は、清冽なまでに澄んでいる。深い山懐から湧く、泉のようだ。木菅村にあった、あの沢。水汲みに通い、しのと会った、沢を思わせた。

「倅から夢告げの話をきいたとき、無暁さまを思い出しました。千日行を修めたことも、もちろん存じております。そのお方が、おまえの命を救ってくださったのだと、里子に来た経緯を初めて詳しく明かしました」

養子であることは、かねてから知っていたようだ。しかし顚末をきいて、自身の身の上に仏が関わっていたのだと、子供は解釈した。

「父の話をきいて、わかりました。見届けよとの仏の言葉は、無暁さまにお仕えせよとのお告げであったと」

澄んだ瞳が、正面から無暁を射抜いていた。

「このとおり、我が子ながらとても賢い子供です。息子が望むのなら、百姓とは違う道を、仏門に帰依する道を歩ませてやりたいと、こうして参ったしだいです」

「では、行人のみならず、僧侶を目指すと？」

はい、と子供がこたえ、後ろ盾を約束するように父親もうなずいた。

仏は空如に続いて、この子を遣わしたのか——。

空如といると、万吉を思い出す。心安い親しみは、かの友を彷彿とさせる安堵と慰めをもたらした。そして仏は、今度はしのを遣わした。そんな気がして、ならなかった。

しのは無暁にとって、純粋無垢の象徴だった。しのの前では、嘘はつけない。ごまかしもきかない。

仏はふたりを無暁に返すことで、絶対の道を示した。

即身仏という、たった一本の道である。

わずかな揺れや惑いすら許されぬ、細く白い道であった。

無暁は子供を預かることを承知して、戒名を与えた。

「これより、月光（げっこう）と名乗るがよい」

それまでの緊張がほどけ、初めて子供らしい笑顔になった。


「まあた新しい経を覚えたのか。いったい、いくつ目だ？」

「数えてはおりませんが、二十は超えたかと。ですが、まだまだです。お経は千にも届くほどあるといいますから」

「まさか、すべて諳（そら）んじるつもりではなかろうな？」

「できる限り、勤めます」

呆れぎみの空如に向かい、月光は真面目に返す。その対比が面白く、無暁は背中できき
ながら、こっそりと笑みを浮かべた。

子供がひとりいるだけで、ひっそりとした寺の空気が動き出す。もともと空如が明朗であるだけに、辛気臭さとは無縁であったが、ふたりの掛け合いはいっそうの呑気を誘い、心を和ませる。

死と向き合い続ける恐怖を、若いふたりが払ってくれる。

無暁はこの年、五十七になった。即身仏になった僧には、九十六歳という高齢の者もいるが、五十代で入定した者もいる。木食行を続けているだけに、体力の衰えは、ことに冬を迎えるたびに痛感する。

その反対に、自身が即身仏に作られることには、未だに実感が伴わない。

無暁は円海から、鉄門海上人の入定後の仔細をきいていた。

鉄門海は、文政十二年、いまから十三年前に他界した。享年七十一。即身仏にならんと木食行を課してはいたものの、その死は突然であり、入定窟も木棺もまったく用意していなかった。また命日が十二月八日と真冬であったために、雪が深く塚を築くこともできなかった。

入定窟や木棺の内で息絶えれば、三年と三月後に遺骸を掘り出し堂に吊るす。いくつもの火鉢を置いたり、百本もの蠟燭で炙ったりして乾燥させるそうだが、急に身罷ったが故にそのような悠長な暇はなかった。鉄門海の弟子たちは、遺骸を浜に運び、周囲を幔幕で囲って上人を安置した。そして三日三晩、遺骸に塩水を注ぎ続けた。塩水で洗うと、遺骸の水分が早く抜けるのである。

鉄門海は生前、蝦夷地に渡った。蝦夷地は松前国と称されて、羽黒山の霞場にあたるのだが、上人はこの地に真言の教えを布教し、また松前でも遠地よりの来訪者を温かく迎え入れた。

旅には弟子の行人ふたりと下男ひとりが従っていたが、このとき樺太アイヌの話をきいた。樺太アイヌには木乃伊を作る風習があり、遺骸を真水でくり返し洗うという。同行した弟子が思い出し、塩水で試してみたようだ。それから四、五十日のあいだ、注連寺の堂に干し、即身仏に拵えたという。

「寒風の吹きすさぶ浜辺でありましたから、ずいぶんと大変な思いをしたようです。私はその冬、越後の霞場へ赴いていたために、関わることはできませなんだ……鉄門海さまの死に目にあえなかったのは残念ですが、そのような形で骸と長らく向き合わずに済んだのは、正直なところ、ほっとしています」

骸はすでに物であり、人ではない。木乃伊に作る過程で、否応なくそれをまのあたりにさせられる。人の死にあるはずの厳粛さが損なわれる。上人を慕っていた弟子ならなおのこと、辛い作業に他ならない。

そんなことを、空如や月光にさせねばならないのか――。思うだけで、気が滅入った。

それでも無暁は、入定塚を仕度させた。月光が寺に来て、三年目の秋だった。

昨年からは、空如の反対を押し切って、蕎麦も断った。衰えは急速に進み、歩くことさえ難儀なありさまだ。この冬は越せそうにないと、虫が知らせたのかもしれない。

軽い風邪が長引いて床に就き、食がまったく進まなくなった。

「ご住職、お願いですから、米粥を食してください。このままでは、本当にからだが参ってしまいます」

「城下から、お医師をお連れした方がよいかもしれません」

木食行は、薬も禁じている。粥も医者も断って、無暁は弟子たちに告げた。

「私は明日、塚に入る。急ですまぬが、そのように計ろうてくれ」

あまりに不意で、こたえようがないのだろう。ふたりが同時に息を呑んだ。

「明日、ですと？　そんな……」

「本寺や末寺、檀家の皆さまにもお知らせせねば。せめて正月まで、待っていただけませぬか」

空如がにわかにおろおろし、もうすぐ十三になる月光も、必死で止める。

本来であれば、世話になった寺々や檀家の者たちに礼を尽くすべきであろうが、海沿いにある海風寺と違い、山に近い注連寺や円寿寺は、二階家に届くほどの雪に降り込められている。このように痩せさらばえた姿をさらすのも見苦しく、仰々しい別れの挨拶も苦手なたちだ。何よりも空如と月光だけに、静かに見送ってほしかった。

最後の頼みだと伝えると、弟子たちはともに涙をこぼした。

空如は顔をくしゃくしゃにして、歳のわりに落ち着いた風情の月光も、子供に返ったかのように畳に突っ伏して声をあげた。

ふたりの涙を凍らせたように、その晩は雪になった。

雪はさほどの降りにはならず、朝になる前にやんだ。

無暁は空が白みはじめたころ、弟子たちに支えられながら、寺の山門の前に立った。

ここからは、海がよく見える。ながめるたびに八丈島を思い出したが、ここの海はより青さが際立っていた。日は海に沈むことはあっても、海から昇ることはない。そんな不思議も、庄内に来て初めて知った。

やがて山側から日が昇り、濃い青の上に光の膜を張った。

「この世は、美しいな……」

呟くと、両脇からすすり泣きがこたえた。ふたりとも、一睡もしていないのだろう。どちらも目を真っ赤に腫らし、それでもまだ尽きないようだ。

「もう泣くな。私の大願が、成就するのだぞ」

「ですが……別れはやはり、悲しゅうございます」

「まだ、たくさん、教えて、いただきとう、ございましたのに……」

空如が盛大に手鼻をかみ、月光が泣きながら言葉を継ぐ。

己が死んだ後の、弟子の身のふり方は、すでに円海と相談してあった。空如は円寿寺に託し、月光は僧として高野山に入る。海風寺は、新たな住職を迎える手筈になっていた。

空如は無暁の後を継いで、金の貸付を続けてくれようし、月光はきっと立派な僧侶になるだろう。弟子たちの先々については、さほど心配はしていなかったが、ひとつだけ遺言した。

「私が滅した後のことは、一切関わらずともよい。即身仏になるか否かは、本寺と檀家衆が決めてくれる。おまえたちが、わざわざ構うことはないからな」

「ですが、私は仏さまから、見届けよと告げられました」

「おまえはこうして、私に最後までつき合うて、見届けてくれたではないか。もう十分だ。この先は高野山で、己の修行に励みなさい」

小さな坊主頭に、そっと手を載せた。

「空如も、托鉢に励むのだぞ。先々のために、田畑をもつのだろう？」

情けない顔がさらにひしゃげ、ぐずっと鼻を鳴らした。

「ふたりに、これを授けよう。塚に入ってからも、しばし世話になるからな」

青銅でできた仏具を、弟子の手にそれぞれ載せた。同じものを、無暁も白装束の懐に仕舞ってある。

「お鈴、ですか？」

両手で大事そうにいただいた月光が、師を仰ぐ。

そうだ、とうなずいたが、正しくは鈴という。密教法具のひとつで、托鉢の際などに鳴らしながら歩く。原型は金剛杵という武器であり、その一端に鈴をつけたものだ。無暁は師とふたりの弟子にちなんで、持ち手の飾りが三叉に分かれた、三鈷形の鈴をえらんだ。

「この鈴が、私とおまえたちを繋ぐものだ」

意味を察したのか、ふたりはまた、悲しそうな顔をした。

入定塚は、寺の裏手にある林に築いた。塚までの道は、空如が小まめに雪をかいてくれたおかげで、さほどの労は要せずに辿り着いた。

石造りの塚は、正方に切った井戸のような形を成している。井戸ほどの深さはなく、七尺ほど——無暁の背丈より頭ひとつ分長いくらいか——地面が掘られ、四方と床に石を敷き詰めてある。その中に、正方の木棺が収められていた。石壁の途中には、鉄棒を通してあるために、木棺は石の地面から二尺ほど浮いている。木棺が、湧き水につかって腐らぬようにとの配慮だった。

無暁の命で、空如が石蓋をどかし、木棺の蓋をとる。

支えるというより、まるで師の腰にしがみついたような格好で、月光がこわごわ見下ろした。

「このような場所に、入られるのですか？　狭い上に、蓋をしたら真っ暗になってしまいます」

「棺なのだから、あたりまえだ」

気休めを口にしながらも、無暁もまた、どこか途方に暮れていた。本当にこのような箱の中で、命を終えるのだろうか？　ひどく奇妙に思えて、現実味が伴わなかった。

空如が厚ぼったい座布団を、棺の底に敷いた。それから往時の三分の一ほどに目方の減った無暁を抱きかかえ、木棺の中に慎重に下ろす。無暁は胡坐をかいて、腰を落とした。

蓋を閉めるよう促したが、ふんぎりがつかないようだ。上を仰ぐと、ふたりの顔が日と月のように覗いていた。

「さらばだ。達者に暮らせ」

無暁が別れの言葉を吐くと、空如が泣きながら棺の蓋を閉めた。棺には空気孔が空いており、細竹の管を通してある。木棺の上には、三枚の切り石が載せられて、さらに土がかけられるが、その管だけは石蓋の隙間から地上に出て空気を送る。

空如の呼ぶ声と、月光がわんわん泣く声が、細竹を伝って下りてくる。

「無暁さまあ！　無暁さまあ！」

返事の代わりに、無暁は白衣の懐から鈴を出した。

ちりん、ちりん、とふたつ鳴らす。

頭上の声がやみ、同じ音が、ふたつ返った。

この鈴だけが、無暁が生きているという証しだった。

闇は、無であった。

どんなに目を凝らしても、闇より他に何も見えず、上下の感覚さえわからなくなる。

光ばかりでなく、時の流れすら呑み込み、ただ非情だった。

あれから幾日経ったのか——いまは昼なのか夜なのか——もしかしたら、半時すら経っていないのではないか——。

あと、どれほど耐えれば、この恐ろしき闇から解放されるのか——。

長い年月をかけて修行を重ね、覚悟を決めたはずが、すでに霧散している。情けないと自嘲する余裕すらない。ただ怖さに慄きながら、読経だけをくり返した。

声など、とうに失っていて、経は頭の中をから回りする。

己は本当に、生きているのだろうか——？

ふと気づいて、ぞっとなった。もしもすでに、彼岸に渡っているとしたら——。この先、未来永劫、この闇の中に籠められるのか——。

「い……やだ……」

喉が震え、久方ぶりにしゃがれた声が出た。

「ここから……出してくれ……こんなところで……死ぬのは嫌だ！」

精一杯叫んだつもりが、枯葉の擦(こす)れるような音しかしない。真っ黒な壁を、ガリガリと無闇に掻いた。指先に、痛みが走る。まだ生きているのだと、そのとき初めて感じた。

即身仏の中には、指先が崩れているものがある。死ぬ直前に土中であがき、棺の壁をかきむしったためだという。

悟りを得て仏にならんとする者が、土壇場にきて生きたいともがく。

本末転倒であり、後世にわたって恥をさらすに等しい。

このようなみっともない真似だけはすまい――。肝に銘じたはずが、このざまだ。

無暁の指を見て、人は嗤うだろうか――。最後の最後に突き上げた、強烈な生への願いを、余人は情けないと嘲るだろうか――。

ちりん、とこたえが返った。

絶望に塞がれ、ささくれだった思いをなだめるように、ちりん、ちりん、と音が続く。

あれは、月光の鈴の音だ。いつのまにか、違いがわかるようになっていた。

空如の鈴は音色が明るく、月光の鈴は可愛らしい音を出す。

日に何度も交替で、ときにはふたり一緒にやってくるときもある。無暁が中から鈴を鳴らせば、安堵したように地上の鈴は鳴りを止める。

応えようとしたとき、三鈷鈴が音もなく膝に落ちた。

ちりん、ちりん、と鈴の音は響き続けている。

心地よくききながら、無暁は静かにまぶたを閉じた。

解説

末國善己（文芸評論家）

二〇二一年一月二〇日に決定した第一六四回直木賞は、候補者六人全員が初ノミネートで、現役アイドルでもある加藤シゲアキに注目が集まったが、結果は西條奈加の『心淋し川』の受賞となった。二〇〇五年に『金春屋ゴメス』で第一七回日本ファンタジーノベル大賞を受賞してデビューし、二〇一二年に『涅槃の雪』で第一八回中山義秀文学賞を、二〇一五年には『まるまるの毬』で第三六回吉川英治文学新人賞を受賞した著者のキャリアからいえば、遅すぎる直木賞の受賞だったといえる。

著者の時代小説は、因業な金貸しの老女に弟子入りした若者の奮闘を描く『烏金』、猫探偵が人間を操って謎を解く『猫の傀儡』、隠居した糸問屋の六代目が騒動に巻き込まれる『隠居すごろく』などのユーモア路線と、天保の改革で混乱する庶民の生活を、北町奉行・遠山景元の配下の視点で捉えた『涅槃の雪』、実在の古河藩の家老で蘭学者の鷹見忠常（後の泉石）と古河藩士・小松尚七の関係を軸にした歴史小説色の強い『六花落々』などのシリアス路線に大別されるが、どちらかといえばユーモアものの方が多いくらいである。ただ直木賞を受賞した『心淋し川』は、千駄木の淀んだ川沿いにある寂れた一画・心町で暮らす人たちを連作形式で描くシリアスな物語（ユーモラスな一面もある「閨仏」も収録されているが）となっていた。

直木賞の受賞直後の文庫化となった本書『無暁の鈴』は、受賞作と同じシリアスな作品なので、古くからのファンだけでなく、『心淋し川』で著者の作品に興味を持ち次に何を読みたいかを考えている新たな読者も、満足できるはずだ。

宇都宮藩主の戸田家に仕える垂水吉晴の庶子として生まれた行之助は、六歳で母を亡くし、義母と異腹の兄弟がいる垂水家に引き取られた。体が丈夫で頭も良かった行之助は、学問所でも道場でも師範に褒められたが、そのため義母と兄弟に疎まれ苛めを受けることになる。十歳の時、実母を侮辱した兄弟に壮絶な暴力を振るった行之助は、住職が垂水家と縁がある西菅寺にあずけられ、久斎という僧名を与えられた。

古くから交通の要衝にあった宇都宮は、江戸時代初期に徳川家康を祀る日光東照宮が造営されてからは、将軍の日光参拝の宿泊所になり重要性が高まった。そのため家康の重臣だった奥平信昌の嫡子・家昌が初代宇都宮藩主になっているが、重要拠点であるが故に責任も大きく、江戸中期までに、本多正純、奥平家、奥平松平家、本多忠平、阿部正邦と目まぐるしく藩主が替わっている。阿部正邦の後に戸田忠真が藩主となり、忠余、忠盈と続くが、忠盈が肥前島原藩へ移封となり、深溝松平家が藩主になった。深溝松平家は、忠恕の時代に一揆と天災が続き島原藩に移封され、戸田忠盈の養子の忠寛が新たな藩主となり、その後継者で明治まで続いた。作中に出てくる戸田家は、忠寛から始まった戸田家と思われる。

機転がきく久斎は、早く経を覚え、作務の手際もよかったため兄弟子に嫉妬され、西菅寺でも嫌がらせを受けた。そんな久斎の唯一の楽しみが、作務の途中で近くの村の娘・しのと言葉を交わすことだった。ある日、久斎は、しのが前橋の色街に売られること、その原因が、しのの父の葬儀を出すための布施を住職の利恵が強く要求したことにあると知ってしまう。実は、利恵が出世のために強引に金集めをしていると気付いていなかったのは久斎だけで、自分が垂水家の金と権力に守られていた現実にも衝撃を受ける。怒りのあまり利恵に暴行し、しのも失った久斎は、西菅寺を出奔する。

作中でも指摘されているが、江戸幕府は、仏教の寺院に特権を与える代わりに、民衆を統治する役割を担わせた。その根幹だったのが、各宗派を本寺と末寺という上下関係に置き本寺に末寺を支配する権限を与えて統制する本末制度と、キリシタン禁令を徹底するため寺院が檀家の葬祭供養を独占し、監視も行う檀家制度である。現代の仏教は、寺に行くのは葬儀や法事、墓参りをする時くらいなので〝葬式仏教〟と批判されることもあるが、これは江戸時代の制度に端を発しているのである。

幕府の政策で寺院の運営が簡単になり、宗派間の対立や本寺と末寺の争いを防ぐため宗教論争も制限されたため、修行より経営に励む僧も増えていたようだ。その意味で、本寺に復帰するため金を貯める利恵は、江戸時代の僧の典型といえる。

寺や僧が堕落すると、その反動として厳しい戒律に回帰しようとする動きが出てくる。江戸初期の天台宗では、妙立や霊空らが開祖の最澄が唱えた大乗戒よりも厳格な四分律を学ぶことを主張し、江戸後期の真言宗の僧・慈雲は戒律を重んじる正法律（真言律）を提唱している。また中国地方を中心に、浄土真宗の在家信徒ながら念仏一筋の篤い信仰の中で生きた妙好人が登場している。

西菅寺を捨てた久斎は、盗み騙りをしている同じ十三歳の少年・万吉と出会い、「夜明けをひたすら待ち望む」という意味の無暁を名乗る。万吉と旅を続ける無暁は、欲と色にまみれた仏教界に背を向けながらも、真の信仰とは何かを問い、宗教には苦しむ人々を救う力があるのではないかと考え、僧である自分と決別できずにいた。迷い苦しみながら心の中と向き合い、多くの人たちを救済する方法を模索する無暁は、江戸時代に宗教改革に乗り出したり、真摯に信仰を貫いたりした宗教家がいた史実から生み出されたのである。

万吉と江戸に出た無暁は、ふとした偶然から深川の岡場所を仕切る沖辰一家と知り合い、若頭・荒隈の乙蔵の世話になる。大人と変わらない体格で、腕っ節も強ければ頭も切れる無暁は、すぐに一家の中で一目置かれる存在になる。だが一家は、沖辰親分が引退し十八歳の実子・実四朗が二代目になった頃から、新興の薊野一家に縄張りを荒されていく。義理と人情の仁侠道を重んじるが故に、目的のためなら手段を選ばない薊野の非道に耐えていた乙蔵、無暁たちが最後に爆発する展開は、一九六〇年代半ばから七〇年代にかけて鶴田浩二、高倉健らの主演で人気を博した東映の仁侠映画を思わせるテイストがある。万吉がコメディリリーフを務めていることもあり、沖辰一家時代は、本書で安らげる唯一のエピソードかもしれない。

後に子爵夫人になる美しく教養ある環の薄幸の人生を追った菊池幽芳『己が罪』、勤務先の銀行の金を横領し銀座のクラブのママになった原口元子の栄光と転落を描く松本清張『黒革の手帖』、そして〈赤い〉シリーズを始めとする一九七〇年代から八〇年代にかけて制作された大映ドラマまで、主人公の転落を軸にした物語は、明治の昔から連綿と書き継がれ、読者を熱狂させてきた。何気ない日常が一変し、無暁が運命の変転に見舞われる本書も、この系譜に属している。無暁が、良き友の万吉、兄貴分の乙蔵たちと平穏な日々を送っていただけに、ギャップの大きさは衝撃的である。

優秀だった無暁には、他家の養子になって武士として栄達する道も、本山で修行し名僧になる道も、江戸で一流の侠客になる道もあったが、いずれも自分とは無関係な要因によって前途を絶たれ落ちていくだけに、せつなさも募る。

無暁は、小坊主の頃に色街に売られるしのを助けようとしたり、天保の大飢饉で命を奪われる人たちを目の当たりにして新たな決意を固めたりする。経済が長期低迷し、所得格差が広がる現代の日本では、色街に行けば「見たこともないようなきれいなべべを着て、白いままが三度三度食べられる」という〝幻想〟を信じようとしたしのように、貧困にあえぐ女性が日々の糧を得るため風俗産業で働くケースが増えているという。また天保の大飢饉は、凶作や疫病が発生したのは確かだが、それ以上に農村部で貧富の格差が大きくなっており、富の再分配の失敗が貧しい農民を直撃したとの研究もあり、これも富める者はますます富み、貧しい者がますます貧しくなっている現代の社会状況に近いものがある。さらにいえば作中の疫病のシーンが、新型コロナウイルス感染症（COVID－19）のパンデミックを彷彿させるなど、無暁が直面する地獄絵図の数々は現代とも無縁でないだけに、とても江戸時代とは思えない生々しさがある。

無暁が現代に近い社会の矛盾に巻き込まれ、なすすべもなく流されていくだけに暗い気分になるかもしれないが、物語に引き込まれページをめくる手が止まらなくなるのではないか。それは、無暁が転落していく悲劇が、思い通りにならない人生の苦しみ、幸福があっという間に奪われる無常、いつも生の隣にある死の恐怖などを通して人間が小さな存在に過ぎない現実を突き付けると同時に、極限状態に陥ってもあがき続け、前に進むことの大切さに気付かせてくれるからにほかならない。

長く社会の底辺で暮らし、自分と同じように政治の無策や経済システムによって貧困から抜け出せない人たちと接した無暁は、若い頃は憎み否定した仏教と再び向き合うことで、自分だけでなく、現世に絶望しているすべての人を救おうとする。

その意味で本書は宗教小説色も強いが、特定の宗教、宗派に依拠しているわけではない。無暁が、厳しい環境で生活するうちに、共に生きるために助け合う〝共生〟の考え方に到達し、憎んでいた垂水家が差し伸べてくれた手で再生の一歩を踏み出したり、各地を旅する途中で出会った名も無き僧たちの言葉を思い出し修行に打ち込んだりするうちに〝縁〟(人間関係)の重要性を学び、金も名誉も欲しない無私の心で社会悪に立ち向かう場面で〝慈悲〟(やさしさ、いつくしみ)の心を描くなど、普遍的なテーマに昇華させているのである。終盤の無暁が到達した境地に触れると、社会を少しでも改革するために、小さな個人は何ができるのかを考えてしまうのではないか。

ただ本書は、無暁が悟りを開いて、迷える者、苦しむ者を救って終わるような安易な結末にはなっていない。荒行をやり遂げ、常人ではなし得ない高みに立った無暁の〝迷い〟を掘り下げることで、逆説的に命の尊さに切り込んでみせたのである。

先進国の中で唯一、若い世代の死因の第一位が自殺である日本は〝自殺大国〟と呼ばれ、新型コロナウイルスによる先行き不透明感が閉塞状況に拍車をかけている。本書のラストに鳴り響く鈴の音は、〝何があっても生きろ！〟という強いメッセージなので、心身に溜まった澱が浄化され、生きる勇気と希望が湧いてくるはずだ。

参考文献

『出羽三山のミイラ仏』戸川安章（一九七四年、中央書院）
『出羽修験の修行と生活』戸川安章（一九九三年、佼成出版社）
『恵眼院鉄門海上人伝―注連寺縁起―』
湯殿山注連寺・第八十三世住職・佐藤弘明（二〇一五年、湯殿山注連寺）
『出羽三山史』出羽三山神社（一九五四年、出羽三山神社）
『山の宗教　修験道案内』五来重（二〇〇八年、角川ソフィア文庫）
『修験道修行入門』羽田守快（二〇〇四年、原書房）
『お経の意味がよくわかる本』鈴木永城（二〇〇七年、河出書房新社）
『八丈島誌』東京都八丈島八丈町教育委員会（一九七三年、八丈町誌編纂委員会）
『江戸時代　流人の生活』大隈三好（一九八二年、雄山閣出版）
『飢饉――飢えと食の日本史』菊池勇夫（二〇〇〇年、集英社新書）
『江戸の災害と復興』江戸文化歴史検定協会（二〇一六年、江戸文化歴史検定協会）
『バッタを倒しにアフリカへ』前野ウルド浩太郎（二〇一七年、光文社新書）
『プラム川の土手で』ローラ・インガルス・ワイルダー（一九八八年、講談社文庫）

初出
「小説宝石」二〇一六年九月号〜二〇一八年一月号
二〇一八年五月　光文社刊

※本作の舞台は、江戸時代後期です。当時、表向きに獣肉を食することが禁じられていたのは、ご承知のとおりです。本文中の一部に、飢饉時の農民たちの惨状を描く場面で、「牛喰い」や馬、犬猫を食べる場面があります。編集部では、物語の根幹となる舞台設定と、当時の時代背景を考慮した上で、そのままとしました。差別の助長を意図するものではないことをご理解ください。

（編集部）

光文社文庫

無暁の鈴

著者　西條奈加

2021年4月20日　初版1刷発行
2021年8月5日　6刷発行

発行者　鈴木広和
印刷　新藤慶昌堂
製本　ナショナル製本

発行所　株式会社　光文社
〒112-8011　東京都文京区音羽1-16-6
電話　(03)5395-8149　編集部
8116　書籍販売部
8125　業務部

落丁本・乱丁本は業務部にご連絡くだされば、お取替えいたします。
ISBN978-4-334-79187-2　Printed in Japan

組版　萩原印刷

光文社時代小説文庫　好評既刊

暗闇のふたり　小杉健治
同胞の契り　小杉健治
駆ける稲妻　小杉健治
般若同心と変化小僧　小杉健治
つむじ風　小杉健治
陰謀　小杉健治
千両箱　小杉健治
闇芝居　小杉健治
闇の茂平次　小杉健治
掟破り　小杉健治
敵討ち　小杉健治
侠気　小杉健治
武士の矜持　小杉健治
鎧櫃　小杉健治
紅蓮の焔　小杉健治
天保の亡霊　小杉健治
欺きの訴　小杉健治

翻りの訴　小杉健治
情義の訴　小杉健治
蚤とり侍　小松重男
にわか大根　近藤史恵
巴之丞鹿の子　近藤史恵
ほおずき地獄　近藤史恵
寒椿ゆれる　近藤史恵
土蛍　近藤史恵
烏金　西條奈加
はむ・はたる　西條奈加
涅槃の雪　西條奈加
ごんたくれ　西條奈加
猫の傀儡　西條奈加
無暁の鈴　西條奈加
流離　佐伯泰英
足抜　佐伯泰英
見番　佐伯泰英

光文社時代小説文庫　好評既刊

清　搔　佐伯泰英
初　花　佐伯泰英
遣　手　佐伯泰英
枕　絵　佐伯泰英
炎　上　佐伯泰英
仮　宅　佐伯泰英
沽　券　佐伯泰英
異　館　佐伯泰英
再　建　佐伯泰英
布　石　佐伯泰英
決　着　佐伯泰英
愛　憎　佐伯泰英
仇　討　佐伯泰英
夜　桜　佐伯泰英
無　宿　佐伯泰英
未　決　佐伯泰英
髪　結　佐伯泰英

遺　文　佐伯泰英
夢　幻　佐伯泰英
狐　舞　佐伯泰英
始　末　佐伯泰英
流　鶯　佐伯泰英
旅立ちぬ　佐伯泰英
浅き夢みし　佐伯泰英
秋霖やまず　佐伯泰英
木枯らしの　佐伯泰英
夢を釣る　佐伯泰英
春淡し　佐伯泰英
まよい道　佐伯泰英
赤い雨　佐伯泰英
乱癒えず　佐伯泰英
祇園会　佐伯泰英
佐伯泰英「吉原裏同心」読本　光文社文庫編集部編
八州狩り　決定版　佐伯泰英

光文社時代小説文庫　好評既刊

代官狩り　決定版　佐伯泰英
破牢狩り　決定版　佐伯泰英
妖怪狩り　決定版　佐伯泰英
百鬼狩り　決定版　佐伯泰英
下忍狩り　決定版　佐伯泰英
五家狩り　決定版　佐伯泰英
鉄砲狩り　決定版　佐伯泰英
奸臣狩り　決定版　佐伯泰英
役者狩り　決定版　佐伯泰英
秋帆狩り　決定版　佐伯泰英
鵺女狩り　決定版　佐伯泰英
奨金狩り　決定版　佐伯泰英
忠治狩り　決定版　佐伯泰英
神君狩り　佐伯泰英
夏目影二郎「狩り」読本　佐伯泰英
新酒番船　佐伯泰英
出絞と花かんざし　佐伯泰英

縄手高輪　瞬殺剣岩斬り　坂岡真
無声剣　どくだみ孫兵衛　坂岡真
鬼役　坂岡真
刺客　坂岡真
乱心　坂岡真
遺恨　坂岡真
惜別　坂岡真
間者　坂岡真
成敗　坂岡真
覚悟　坂岡真
大義　坂岡真
血路　坂岡真
矜持　坂岡真
切腹　坂岡真
家督　坂岡真
気骨　坂岡真
手練　坂岡真